KNAUR

Von Juliane Käppler ist bereits folgender Titel erschienen:
Die sieben Tode des Max Leif

Über die Autorin:
Juliane Käppler, Jahrgang 1977, lebt und arbeitet in Mainz als freiberufliche Autorin und Texterin. Sie schreibt Jugendromane, Contemporary und Humorvolles für verschiedene Verlage.

Juliane Käppler

Die Schwangerschaft des Max Leif

Ein Roman in 9 Monaten

KNAUR

Für MrT.
Nicht mehr in meinem Bauch,
aber immer in meinem Herzen.

Besuchen Sie uns im Internet:
www.knaur.de

Wenn Ihnen dieser Roman gefallen hat und Sie auf der Suche sind nach ähnlichen Büchern, schreiben Sie uns unter Angabe des Titels »Die Schwangerschaft des Max Leif« an: frauen@droemer-knaur.de

FSC
www.fsc.org
MIX
Papier aus verantwortungsvollen Quellen
FSC® C083411

Originalausgabe März 2017

Ein Imprint der Verlagsgruppe
Droemer Knaur GmbH & Co. KG, München

Redaktion: Martina Vogl
Umschlaggestaltung: ZERO Werbeagentur GmbH, München
Umschlagabbildung: FinePic®, München / shutterstock
Illustration im Innenteil: LeonART / shutterstock.com
Satz: Adobe InDesign im Verlag
Druck und Bindung: CPI books GmbH, Leck
ISBN 978-3-426-51974-5

2 4 5 3 1

Staying aLeif

Ich bin der Ritter im gelben Porsche. Der Daniel Düsentrieb des Schwangerentaxis. Der selbstlose Beschützer ungeborenen Lebens. Das sind die Headlines, mit denen die Presse mein Engagement betitelt. Mein nicht ganz freiwilliges Engagement. Ich hatte keine Wahl.

Mit der Erinnerung gezolltem Schaudern falte ich die Samstagszeitung zusammen und lege sie neben mich auf die Fliesen, lehne den Kopf gegen die Eingangstür und schließe die Augen, als es zum zehnten Mal klingelt. Und klopft. Und tönt: »Herr Leif, machen Sie doch mal auf! Kommen Sie schon! Nur eine Frage!«

Als ich die Augen wieder öffne, sehe ich zwei nackte Beine. Majas schöne, nackte Beine. Sie stecken in karierten Pyjamashorts. Darüber trägt sie ein Hemdchen. Sie stemmt die Hände in die Seiten.

»Max, ernsthaft«, höre ich von ihr. »Soll das den ganzen Tag so gehen? Das ganze Wochenende, wenn es hochkommt? Zieh dir was Anständiges an oder bleib meinetwegen im Schlafanzug, aber beantworte denen bitte die eine verdammte Frage.«

Es ist nie nur eine Frage. Die erste Frage geht in die zweite über und die in die dritte, und an irgendeiner Stelle erzählt man dann irgendeinen Mist, der weitere Fragen nach sich zieht. Außerdem ... ich will nicht in die Zeitung. Ich will bloß meine Ruhe. Auch das Notebook, das links neben mir steht und mir die Berichte anderer Zeitungen präsentiert hat, klappe ich zu.

»Die sollen sich vom Acker machen«, knurre ich.

»Meinetwegen. Dann sag denen halt das und komm zum Frühstück. Wie lange willst du hier noch sitzen? Echt, ich finde das nicht witzig.«

Gestern fand sie das noch. Zum Kaputtlachen fand sie es. Sie hat gelacht, bis sie zuerst einen Schluckauf und dann Bauchschmerzen bekommen hat, während ich dumpf vor mich hinbrütend auf der Terrasse gehockt habe. Sie hat gemeint, das sei typisch für mich, so was könne nur mir passieren. Ich hoffe, es passiert mir nie wieder.

Ich will mich gar nicht erinnern, doch die Bilder und Worte – vor allem die Worte – überrollen meinen Geist. Ich sehe sie wieder vor mir, die zwei Spuren der A67 kurz vor Darmstadt. So wenige Kilometer vor dem Ziel, Frankfurt am Main, ging gar nichts mehr. Stau mit Stillstand. Die erste Fahrt im neuen Lieblingsauto hatte ich mir schon zu diesem Zeitpunkt ganz anders vorgestellt, doch es sollte noch schlimmer kommen.

Weil Maja im Kindergarten unentbehrlich war, habe ich Flo zur Werksabholung eingeladen. Mit dem Zug sind wir am Morgen nach Zuffenhausen gefahren, haben das Porsche-Museum besucht, uns am vom Autobauer gesponserten All-you-can-eat-Büfett gelabt und endlich das Geschoss übernommen – einen Porsche in Racing-Gelb. Auf dem Erinnerungsfoto stehen mir die Freudentränen in den Augen, wohingegen Flo wegen der Farbe, die er als Vergewaltigung einer Legende bezeichnete, eher gequält grinst. Der Stau mit Stillstand hat ihn schließlich so sehr frustrierst, dass er zu telefonieren begann. Er ist Marketingleiter meines Ex-Unternehmens, LeifMusic, und hatte nach unserer Tour noch einmal ins Büro gewollt, um notorisch bis Mitternacht zu arbeiten. Auf meinen Einwurf hin, dass das Büro auch nach Mitternacht noch steht, hat er geschnaubt und den Manager einer Band angerufen, um über die Konditionen für den Vertrag zu sprechen. Indes habe ich mir die Route für die erste richtige Ausfahrt des Porsches zusammen mit Maja überlegt. Sie mag die Farbe und fand es verrückt, dass ich mit dem Kauf so lange gewartet habe.

Es ist bald zwei Jahre her, dass ich meine Hypochondrie überwand und mit ihr die Panik vor schnellen Autobahnfahrten, wegen der ich Flo meinen alten Porsche vermacht hatte. Ich hätte mir sofort ein neues Geschoss zulegen können, doch ich hatte beschlossen, damit zu warten, bis beide Gruppen in Majas Kindergarten jeweils acht Kinder stark sind – und die Einrichtung so gut wie ausgebucht ist. Ein Jahr nach der Eröffnung, im vergangenen Juni, war es so weit. Inzwischen gibt es im Kling Klang, so heißt Majas auf musikalische Früherziehung fokussierte Kindertagesstätte, wie in vielen anderen Kinderbetreuungseinrichtungen der Stadt eine Warteliste.

Flos Telefonat dauerte an, und er tat mir ein bisschen leid. Nicht so sehr, weil er so beschäftigt ist, sondern vielmehr, weil ihm nicht bewusst ist, mit welchem Schwachsinn er sich einen Großteil seiner Zeit befasst. Wie viel Nerven er dabei lässt. Dank meiner damaligen Einsicht habe ich mein Unternehmen, mein Lebenswerk, relativ spontan losgelassen. Einen Job ohne Musik konnte ich mir aber nicht vorstellen, nur mit dem Markt selbst wollte ich nichts mehr zu tun haben.

Heute bin ich Musiklehrer im Kling Klang. Das lag nahe, denn ich habe den Kindergarten praktisch aus dem Boden gestampft – für Maja – und beherrsche zwei Instrumente. Klavier und Gitarre. Neben Instrumenten- und Singstunden findet für die älteren Kinder Notenunterricht in kleineren Gruppen statt. Den betreut ausschließlich Annette, die als Erzieherin und Musikpädagogin eine entsprechende Ausbildung hat. Außerdem hat sie die Jüngeren in ihrer Obhut. Um Maja zu entlasten, kümmere ich mich nebenbei um alles Organisatorische. Um die Buchhaltung, um Bestellungen und Einkäufe, um alles, was nicht so ist, wie es gehört, und um kaputte Dinge. Ich bin der Mann für fast alle Fälle. Lediglich Kinder sind nicht so mein Fall, was aber schlichtweg daran liegt, dass ich nie mit ihnen zu tun hatte und mich noch an sie und ihre Eigenarten gewöhnen muss. Es ist gewiss nicht so, dass ich sie nicht mag. Ich will sie mögen, aber manche Exemplare machen es mir schwer. Ich es ihnen aber auch. So einiges habe ich dazugelernt, und obwohl es an den wenigsten Tagen im Kindergarten entspannt zugeht, bin ich doch vollkommen glücklich mit meiner Entscheidung.

Der Stau dauerte jedenfalls an. Ich schloss mein Fenster, damit die Wärme des Augusttages draußen blieb, und lehnte mich an Flo vorbei zum Handschuhfach, um die Gebrauchsanweisung herauszunehmen und darin zu blättern. Dabei fiel mein Blick auf den Wagen, der neben uns auf der rechten Spur stand. Hinter dem Lenkrad saß eine Blondine und schaute mit seltsam starrem, anscheinend hasserfülltem Blick herüber.

»Was hat die denn für ein Problem?«, murmelte ich, ohne Flos Aufmerksamkeit zu bekommen, nahm die Mappe mit den Fahrzeugdetails aus dem Handschuhfach und wollte mich zurücklehnen, da runzelte die Frau die Stirn und öffnete den Mund, als würde sie schreien. Ihr Blick war geradezu angsteinflößend. Zunehmend besorgt beobachtete ich, wie sie die Tür aufstieß und ausstieg. Mein Verstand hielt es für unwahrscheinlich, dass sie etwas Schreckliches planen könnte – eine Beule in den Kotflügel meines Porsches treten oder die Frontscheibe mit einem Baseballschläger einhauen –, aber mein Verstand ist nicht der anderer Leute, die Kinoereignisse auf der Straße erwarten. Wozu Menschen so fähig sind, erfährt man allerdings täglich in allen Medien, und so nahm ich an, dass diese Lady zumindest ein überzogenes Vorurteil gegen Porsche hegte oder dass die Farbe – Racing-Gelb – eine Aggression bei ihr auslöste.

In null Komma nix stieg ich ebenfalls aus und eilte um den Wagen herum, um die Blondine zu beruhigen.

Das war mein Fehler.

Die Frau schrie und krümmte sich. Vor Schreck hielt ich inne, bewegte mich aber weiter, als sie ein tierisch klingendes Grunzen von sich gab.

Vorsichtig legte ich ihr die Hand auf den Rücken und fragte: »Haben Sie Schmerzen?«

Sie umschlang mein Bein mit beiden Armen, schrie noch einmal und ächzte: »Es geht los.«

Ratlos sah ich mich um. Flo saß noch im Wagen, telefonierte und hatte nichts mitbekommen. Von hinter den Windschutzscheiben anderer Autos glotzten mich Leute an. Ich wandte mich wieder an die Frau und löste ihre Arme sanft von meinem Bein, damit ich mich vor sie hocken und sie anschauen konnte. Sie richtete sich aber auf, starrte mit wildem Blick auf mich herab und legte die Hände auf ihren Bauch. Als ich die Rundung unter ihrem luftig-weiten Sommerkleid bemerkte, wurde mir klar, was losgeht.

Mit einem »Ach du meine Güte!« sprang ich auf und wollte zurückweichen, doch sie packte mein Handgelenk und drückte so fest zu, dass die Blutzufuhr zu den Fingern sicher unterbrochen wurde. Unglaublich, was dieses mit Ausnahme ihres Bauches zierliche Wesen von schätzungsweise zwanzig Jahren für eine Kraft hatte.

»Willst du dich jetzt verpissen, oder wie?«, fauchte sie.

»Nun ja, genau genommen ...«, hob ich an, kam aber nicht weiter, weil sie sich wieder krümmte und brüllte.

»Sie brauchen einen Arzt«, stellte ich fest und erntete dafür ein: »Scheiße, du Arsch, tut das weh!«

Ich versuchte, meine Hand zu befreien. »Würden Sie kurz mal loslassen, dann könnte ich mein Handy holen und telefonieren.«

Sie zog ein Loslassen nicht mal in Erwägung, sondern packte auch meinen bis dahin freien Arm und drückte mit gleicher Schraubstock-Power zu. »Bis der hier ist, Idiot, ist er da.«

Nicht den Arzt kündigte sie an, sondern das Kind. Ein Junge. Ich rang um Konzentration und warf Flo einen hilfesuchenden Blick zu, doch der telefonierte immer noch. Aus den umgebenden Autos stiegen Leute. Offenbar aber nur, um besser sehen zu können.

»Ist hier jemand Arzt?«, rief ich mit versucht ruhiger Stimme, doch der Gedanke, Geburtshelfer auf einer Autobahn zu sein, trieb mir den Schweiß auf die Stirn. »Hallo? Irgendein Arzt?« Mit einem schrecklich hilflosen Gefühl in der Brust sah ich von einem geschüttelten Kopf zum nächsten.

»Ich bin Friseurin«, rief eine Frau.

»Und ich Fleischereifachverkäufer«, kam es von einem Mann.

»Wir sind Rentner«, stellte ein grauhaariges Paar klar.

»Ich bin zwar nur Hypnotiseur«, meldete sich von irgendwo anders irgendwer anders. »Aber meine Frau hat schon vier Kinder bekommen und dabei immer gelegen.«

Ich wusste nicht, wohin ich sie legen sollte – doch nicht auf den Asphalt –, aber wenn sie nicht lag, befürchtete ich, würde das Kind vielleicht einfach … aus ihr rauspurzeln. Furchtbare Vorstellung.

»Sie müssen sich hinlegen«, sagte ich der plötzlich hechelnden Blondine also und machte einen Schritt auf ihr Auto zu. Weil sie mich festhielt, tappte sie mit mir mit. Auf dem kurzen Stück gelang es mir, wenigstens eine Hand aus ihrem Griff zu lösen. Ich öffnete die hintere Tür ihres glücklicherweise größeren Wagens und stieg ein. Sie musste mir folgen, ließ sich auf der Rückbank nieder und legte sich hin, als ich die gegenüberliegende Tür öffnete und ausstieg. Wie befürchtet gab sie mich nicht frei, also hockte ich mich hin und versuchte, sie zu beruhigen, da verkrampfte sie sich, hielt den Atem erst an und ließ ihn dann mit einem gequälten Laut aus der Lunge.

»Das war eine Presswehe«, stellte irgendwer fest.

Ich war schockiert. Sie konnte doch jetzt nicht pressen! Nicht bevor ein Arzt da war.

»Bitte nicht pressen«, raunte ich ihr zu, doch sie funkelte mich wütend an und schimpfte:

»Leicht gesagt, du verdammter Spinner! Du Scheißkerl hattest ja nie Presswehen. Kein Scheißkerl weiß, wie das ist. Ihr schwanzgesteuerten …«

»Mein Gott, schon gut!«, fiel ich ihr ins Wort, aber sie war nicht aufzuhalten.

»Gar nichts ist gut. Und hör mir bloß mit Gott auf! Noch so ein Scheißkerl, der beschlossen hat, dass diesen Mist hier Frauen erledigen sollen. Wäre Gott eine Frau …«

Diesmal unterbrach sie sich selbst, weil sie mit einer neuen Presswehe zu tun hatte. Dabei umklammerte sie mein Handgelenk so fest, dass jedes Gefühl aus meinen Fingerspitzen wich.

»Was ist denn hier los?«, hörte ich von Flo, der endlich fertig telefoniert hatte und ausgestiegen war.

»Sie bekommt ein Kind«, erklärte ich ihm über das erneut einsetzende Schimpfen der Frau hinweg, hob den Kopf und schaute in seine entgeisterte Miene. In seinem Blick stand ganz klar die Frage, was ich mit all dem zu tun hätte.

»Ich dachte, sie wollte den Porsche demolieren«, fügte ich also an.

Flo kratzte sich am Kopf und kommentierte das mit einem »Aha«, da ertönte weiter hinten auf der Autobahn eine Sirene.

»Die Polizei!«, entfuhr es mir mit einem Geistesblitz. »Halt sie an und sag ihnen, was los ist! Die Frau muss in ein Krankenhaus.«

»Wir haben einen Notruf gemacht«, kam es vom Rentnerehepaar.

»Danke, das ist gut«, entgegnete ich, während ich die sich auf der Rückbank windende Frau musterte. »Möglicherweise brauchen wir aber tatsächlich eine schnellere Lösung.«

Flo trabte zum Seitenstreifen, auf dem sich der Polizeiwagen mit Blaulicht näherte, und stoppte ihn mit erhobenen Händen. Wenig später waren er und die beiden Beamten bei mir und der Frau.

»Folgen Sie uns auf dem Seitenstreifen«, beschloss einer der Polizisten kurzerhand. »Die nächste Ausfahrt liegt nur zwei Kilometer entfernt, und der Unfall, zu dem wir müssen, hat sich dahinter ereignet. Fahren Sie Ihren Wagen von der Autobahn und bringen Sie Ihre Frau nach Darmstadt ins Krankenhaus.«

Ich wollte den Männern erklären, dass das weder mein Wagen noch meine Frau war, da spurteten sie schon zurück zu ihrer Streife, fuhren an und warteten, dass ich folgte. Während Flo half, mein Handgelenk aus dem Griff der keifenden und pressenden Blondine zu lösen, beschloss er, mir im Porsche zum Krankenhaus zu folgen. Gedanklich total überfordert, saß ich bald hinter dem Steuer des Kombis, startete den

Motor und lenkte das Fahrzeug unter dem Beifall der Zuschauer auf den Seitenstreifen. Auf dem Weg zur Ausfahrt verfluchte ich Gott. Nicht weil er das Gebären zur Aufgabe der Frauen gemacht hatte, sondern weil er das eine so schockierende Prozedur hat sein lassen. Als Allmächtiger hätte er sicher eine dezentere Lösung finden können, aber wer die Bibelgeschichte kennt, weiß ja, was er sich dabei gedacht hat. Gott könnte das inzwischen, nach den paar Jahrtausenden, vergessen und vergeben haben, doch offenbar ist er über die Maßen nachtragend.

Bei einem besonders schrillen Schrei der Frau auf dem Rücksitz erschrak ich so sehr, dass ich das Gas mit der Bremse verwechselte und dem vor mir mit Blaulicht und Sirene düsenden Polizeiwagen beinahe drauf fuhr. Am Ende aller Nachsicht angelangt, biss ich mir auf die Lippe, um ihr nicht zu sagen, dass sie sich zusammenreißen und Verständnis für meine Stresssituation haben solle, da beruhigte sie sich und verlangte nach ihrer Tasche, die auf dem Beifahrersitz lag. Ich reichte sie ihr. Sie riss sie mir aus der Hand. Im Rückspiegel beobachtete ich, wie sie ein Telefon herauskramte und es an ihr Ohr presste.

»Du bist so ein Versager!«, brüllte sie wenig später in einem Ton, der mir einen vom Scheitel zur Sohle laufenden Schauder bescherte. »Ich bekomme gerade deinen Sohn, und zwar auf der Rückbank des Scheißautos meiner Mutter. Ein wildfremder Kerl, der ein Irrer oder Perverser sein könnte, kutschiert mich ins Krankenhaus, eskortiert von der Polizei, während du wahrscheinlich faul in die Glotze starrst und Pizza frisst. Du hebst deinen trägen Arsch jetzt besser von der Couch und schwingst ihn in die Klinik, sonst will ich dich nie wieder sehen. Verstehst du? Nie wieder!«

Die arme Sau!, dachte ich mir und umklammerte das Lenkrad mit inzwischen schweißnassen Händen.

Die Blondine schmiss das Telefon weg und ergab sich den Strapazen einer neuen Wehe, während ich aus der Ausfahrt düste. An deren Ende wartete eine andere Streife, die wahrscheinlich von den eben getroffenen Kollegen dorthin bestellt worden war. Sie übernahm meinen Fall und verschaffte mir und Flo im Schlepptau freie Fahrt zur nächsten Darmstädter Klinik.

Nach einem tiefen Atemzug nehme ich die Zeitung und falte sie auseinander. Vom Titelbild lächeln mir die nun nicht mehr schwangere Jasmin und ihr Mann Roberto mit dem kerngesunden neuen Erdenbürger Adriano glücklich entgegen. Gemäß den Berichten bedauert Jasmin es, nicht mal meinen Namen zu kennen. Das dürfte sich inzwischen geändert haben, denn die Presse hat ihn innerhalb weniger Stunden herausgefunden. Mein eigener Fehler.

Irgendein Arsch auf der Autobahn hat meinen Porsche, den Racing-gelben, mitsamt seinem Kennzeichen fotografiert. Genau so ist er in der Zeitung gelandet. Als ich gestern nach Hause kam, war ich so fertig, dass ich den Wagen nicht in die Garage gefahren, sondern in der Auffahrt stehen gelassen habe. Saublöd, Max! Wirklich ein saublöder Fehler!

Natürlich bin ich froh, dass es Mutter und Kind gutgeht, dass auch der Vater überlebt hat, aber ich will mich einfach nicht äußern, verdammt! Ich will dieser Held nicht sein. Ich war die Presse, die mir in meinem Ex-Job oft genug am Arsch klebte, los und mag meine ganz persönliche Pressefreiheit. Da sie sich aber recht genau an mich, den Ex-Produzenten, erinnert, klingelt und klopft und ruft sie mit jeder Minute lauter. Ihre Bitten sind längst nicht mehr freundlich, sondern provokant.

Maja reicht mir die Hand. Ich sehe zu ihr hoch, zögere und lasse mich von ihr auf die Füße ziehen.

»Frühstück«, sagt sie und zwinkert mir zu.

Ich folge ihr in die Küche und stelle eine Tasse unter den Kaffeeautomaten. Mit dem heißen Schwarzen in der Hand trete ich durch die offene Tür in den Garten, der glücklicherweise hinter einer hochgewachsenen Hecke liegt.

Hannibal, unser Dobermann, wärmt sein schwarzes Fell in der Morgensonne. Mit einem »Hey, Kumpel« kraule ich ihm den Kopf und mache einen nächsten barfüßigen Schritt, der mich erstarren lässt, denn ich trete auf etwas Pelziges, Weiches.

Mit einem angeekelten »Bah! Verdammt!« mache ich einen Satz nach vorn, verschütte Kaffee und fahre herum, um die tote Maus zu betrachten. Wie immer ist noch alles dran, weder ein Ohr noch ein Bein fehlt. Fein säuberlich wurde sie ums Leben gebracht.

»Hannibal! Wo ist Lecter?«, brumme ich, doch erhalte vom Hund keine Antwort. Als hätte er keine Ahnung, schaut er zu mir hoch und lässt die Zunge aus dem Maul hängen. Also drehe ich mich um, halte nach dem Killer Ausschau und entdecke ihn hinter einem der Gartenstühle. Halb versteckt linst er hervor und miaut, dann tappt er herbei und umschmust meine Beine.

Das funktioniert immer, und er weiß es. Ich vergesse den Groll und stelle den Kaffee auf dem Gartentisch ab, um den roten Tiger hochzunehmen. »Du sollst keine Mäuse für mich töten!«, sage ich ihm vorwurfsvoll, doch er blinzelt und beginnt zu schnurren.

»Er liebt dich nun mal so.« Das kommt von Maja.

Mit vor der Brust verschränkten Armen steht sie in der Terrassentür.

»Dann soll er die Mäuse leben lassen. Entgegen seiner Natur.«

Sie lacht und schlendert an mir vorbei in den Garten. »Er kann nicht gegen seine Natur an. Das ist seine Art, danke zu sagen.«

Ich lasse mich in einen Stuhl plumpsen und plaziere den Kater auf meinem Schoß. Er stemmt die Vorderpfoten auf meine Brust und stupst mir die nasse Nase gegen die Wange. Die tote Maus blende ich aus, und die Anspannung fällt von mir ab, da höre ich einen neuerlichen Ruf, diesmal von hinter der Hecke.

»Herr Leif, sind Sie im Garten? Wir wollen Sie doch nur ganz kurz sprechen. Wie war das denn für Sie?«

Maja stöhnt. Und ich möchte am liebsten aufspringen und irgendeinen Pflanzenkübel über die Hecke schleudern.

Wie das für mich war? Furchtbar.

Ich habe Furchtbares gesehen, bin Zeuge prinzipiell menschenunwürdiger Qualen geworden. In mancher Sekunde glaubte ich, die Frau stirbt mir weg. Ich war heilfroh, dass der Vater des Kindes im Krankenhaus wartete und sie mich endlich losließ, um ihn in den Klammergriff zu nehmen. Die Abdrücke ihrer Nägel habe ich an meinem Handgelenk. Auch ihre Schreie hallen noch in meinen Ohren, ihre Beschimpfungen und übelsten Beleidigungen.

Ich will das nie wieder erleben!

September

Ganz geringe Differenzen

In der Nacht von Samstag auf Sonntag, als Maja und ich das Licht im Haus ausschalteten, verließ die Presse ihre Stellung vorm Haus. Sicherheitshalber wartete ich noch eine Stunde ab, dann schlich ich nach draußen und fuhr den Porsche in die Garage.

Am Sonntag ging das Theater zwar weiter, und Maja wurde richtig sauer, doch ich versprach ihr, dass es sich bald erledigt haben würde. Die Presse würde bald ein neues Fressen finden, das aktueller war, und sich darauf stürzen. Da ich mit dem Verkauf von LeifMusic an Popularität verloren habe und sich eigentlich niemand, den es nichts angeht, mehr für mein Leben interessiert, ist nicht bekannt, dass ich im Kling Klang arbeite, also konnten Maja und ich heute, am Montagmorgen um sieben Uhr, unbeobachtet aufbrechen. Natürlich nicht im Porsche, sondern im schon länger vorhandenen Auto, dem VW Käfer.

Acht Stimmchen begleiten mich jetzt auf dem Piano. Die Jungen und Mädchen zwischen fünf und sieben treffen jeden Ton, was man von einer Reihe erwachsener Profi-Sänger nicht behaupten kann. Hatice und Tabea schauen mich beim

Singen mit großen Augen an und formen die Töne mit Vorsicht, während Lucy beim Trällern mit den Fingern auf dem Piano trommelt, als würde sie die Aufgabe total langweilen. Marlene und Gwyneth finden insbesondere das *Uh uh huu uh huu uh huu* im Refrain so toll, dass sie lange vorher grinsen und aufgeregt hopsen. Sahid, Arthur und Janosch sind zwar auch tonsicher, haben aber Textschwierigkeiten, oder besser gesagt: Sie texten um und verwandeln die Zeile mit dem gebrochenen Beat schnell einmal in »Brich ins Beet mit Gefühl. Du bist so schön, wenn du das machst«.

Ich unterbreche das Spiel und wende mich an die Jungs: »Macht das noch einmal und ihr müsst morgen Flöte üben.«

Weil die drei die Flöte für ein Mädcheninstrument halten, vergeht ihnen der Spaß. Arthur hebt zu einer Rechtfertigung an: »Aber wir dachten, das geht so, und deshalb …«

»Erzähl das deiner Großmutter!«, unterbreche ich ihn und haue wieder in die Tasten. Diesmal klappt bei *Tanz der Moleküle*, einem Song der Band MIA, alles so, wie es soll.

Nach dem letzten Ton vom Piano klatschen die Kids in die Hände, hüpfen herum und rufen: »Noch mal, Max, bitte noch mal singen«, also stimme ich den Song ein weiteres Mal an. Während der zweiten Strophe betritt Maja das Zimmer. Um nicht zu stören, tappt sie auf Zehenspitzen zu einem Hocker, setzt sich und hört zu.

Eine weitere Zugabe gibt es nicht, denn in der verbleibenden Stunde, bis das Kling Klang schließt, steht Spielen im Garten auf dem Plan. Maja geht mit den Kids aus dem Zimmer. Ich höre, wie sie die kleine Meute bittet, eine Minute mausestill zu sein und eine Zweierreihe zu bilden. Ich klappe den Deckel über den Tasten zu und stehe auf, da kommt Maja zurück ins Zimmer. Das Lächeln von eben ist von ihren Lippen verschwunden. Eindeutig verärgert kräuselt sie die Stirn und klatscht einen Zettel aufs Piano.

»Der ist von Frau Wallbusch-Schabrowski«, flüstert sie dazu, damit die Kinder vor der Tür sie nicht verstehen.

»Ah, mal wieder.« Ich nehme den Zettel und entfalte ihn. Die Frau schreibt mindestens einmal im Monat, obwohl sie ihrem Unmut über dieses und jenes bereits zweimal täglich Luft macht, nämlich wenn sie ihren Sohn Janosch bringt und wenn sie ihn wieder abholt. Bei den mündlichen Beschwerden handelt es sich meist um Kleinigkeiten. Mit ihren Briefen verleiht Frau Wallbusch-Schabrowski ernsteren Problemen einen offiziellen Charakter.

Sehr geehrte Frau Rados,

lese ich heute,

abermals muss ich Sie auf Unstimmigkeiten in Ihrer Kindertagesstätte aufmerksam machen. Besonderen Anlass zum Schreiben gibt mir aktuell der in Ihrer Einrichtung angebotene Musikunterricht. Immer häufiger singen die Kinder der Regenbogengruppe Radiomusik statt gängige Kinderlieder bekannter Liedermacherinnen und Liedermacher. Ausdrücklich möchte ich klarstellen, dass Janosch weder Luftgitarre spielen noch hätbängen lernen soll, vielmehr soll Ihr Musikunterricht die Basis für seine klassische Instrumentalausbildung sein. Musik, zu der man Luftgitarre spielen und hätbängen kann, halte ich nicht nur für kontraproduktiv, sondern auch für schädlich. Darüber hinaus bereiten mir folgende Problematiken Kopfzerbrechen:

1. Mir fiel auf, dass die im Juni zur Regenbogengruppe hinzugekommene Lucy abwechselnd von zwei Frauen abgeholt wird. Als ich Janosch darauf ansprach und er mir erzählte, dass Lucy zwei Mütter statt Mutter und

Vater hat, blieb mir fast die Sprache weg. Ich bitte Sie eindringlich, zu überdenken, ob den Ihrer Einrichtung anvertrauten Kindern mit einer derartigen Elternkonstellation nicht ein vollkommen falsches Familienbild vermittelt wird, und rate zu einer Entfernung von Lucy aus dem Kling Klang.

2. Janosch hat letzte Woche Freitag seine Jacke mit der Jacke von Arthur vertauscht. Zugegeben besitzen beide Kleidungsstücke eine gewisse Ähnlichkeit, sind aber durch die Label im Nacken eindeutig zu unterscheiden. Bei Janoschs Jacke handelt es sich um Markenware, während die von Arthur vom Discounter ist. Leider hatte Arthur Janoschs Jacke gestern nicht an, so dass wir nicht zurücktauschen konnten. Bitte fordern Sie Arthurs Mutter auf, Janoschs Jacke herauszugeben. Ich befürchte, dass der Frau nach der Scheidung das Geld knapp wird und sie sich auf fremde Kosten bereichert. Sollte kein Austausch stattfinden und ich das Kleidungsstück auf einer Verkaufsbörse im Internet finden, werde ich polizeiliche Schritte einleiten.

3. Bei Janoschs Eingewöhnung hatten Sie in Erwägung gezogen, vegane Kost einzuführen. Bis heute bieten Sie jedoch lediglich vegetarisches Essen als Alternative an. Bitte informieren Sie mich, wann es vegane Gerichte geben wird.

4. Mir ist aufgefallen, dass die Deutschkenntnisse des kleinen Arabers nach wie vor zu wünschen übrig lassen. Da der Junge bedauerlicherweise mit Janosch befreundet ist, besteht die Gefahr, dass er ihm im Zuge der Verständigung arabisches Vokabular beibringt, womit mein Mann und ich keinesfalls einverstanden sind. Ferner müssten bei dem Kind die Prioritäten geordnet werden. In diesem Sinne sollte er Deutsch lernen, bevor er sich an

einem Instrument versucht, dies insbesondere, wo in seiner Kultur wahrscheinlich nur Buschtrommeln und Schlangenflöten gespielt werden.
Mit freundlichen Grüßen
Natascha Wallbusch-Schabrowski

Ich lasse den Brief sinken und bemühe mich, ernst zu bleiben. Wenn ich jetzt lache, könnte mir Maja ernsthaft böse werden.

»Hast du mit Big Mama wegen veganer Küche geredet?«, frage ich, weil mir das am unverfänglichsten erscheint.

Big Mama ist die Köchin des Kling Klang. Eigentlich heißt sie Latifah Dauphine, aber niemand nennt sie so. Ihr Spitzname lässt nicht nur auf ihren Körperumfang schließen, sondern auch auf ihre dunkle Haut. Sie stammt aus Louisiana, kam vor vielen Jahren aus Liebe zu einem hier stationierten US-Soldaten nach Deutschland und blieb, obwohl die Liebe nicht hielt. Weil ihre kreolischen Wurzeln ihr Wesen noch immer ausmachen, ist sie ohnehin der Meinung, dass sie unsere zwei Vegetarier mangelernährt. Auf dem Vegan-Ohr dürfte sie taub sein.

»Nein«, gibt Maja zähneknirschend zurück. »Nicht im Traum. Ebenso wenig werde ich Lucy entfernen oder Sahid zum Deutschkurs schicken. Darum geht es gerade auch nicht, sondern um deinen Musikunterricht.«

»Ist ein Scherz, oder?« Ich lasse den Brief flattern, stehe auf und lehne mich ans Piano. »Du hast uns eben gehört. Das war doch gut, und es hat den Kids Spaß gemacht. Außerdem haben wir vorher *Bruder Jakob* gesungen, im Kanon.«

Maja verschränkt die Arme. »Das mit dem Headbangen irritiert mich aber, und ich muss der Frau eine Antwort geben. Welches Lied war vorige Woche deine Alternative zu den Kinderliedern?«

Ich wappne mich innerlich. »Das war *Wünsch dir was.*«

Maja zieht die Brauen hoch. »Das ist doch von …«

»… den Toten Hosen, jepp.«

Zuerst zuckt es um Majas Mundwinkel, dann legt sie den Kopf zurück und lacht. »Max, du kannst mit den Kids keine Songs von den Toten Hosen singen.«

»Wieso nicht?« Ich nehme Majas Hand, will sie an mich ziehen, besinne mich aber auf die neugierige Meute, die vor der Tür wartet. »Der Song enthält nicht ein Schimpfwort, dafür jedoch jede Menge gesellschaftlich und sozial wertvolle Weisheiten.«

Ungeachtet der Kinder legt sie die Hand an meine Wange, streicht mit dem Daumen darüber und stellt sich für einen Kuss, einen nur ganz kurzen, auf die Zehenspitzen.

»Ich lasse mir was einfallen für Frau Wallbusch-Schabrowski«, sagt sie und versucht, das mehrstimmige »Ihh!« von draußen zu übertönen. Dann geht sie. Als sie in die Hände klatscht und ein Spiel ankündigt, trappeln die Jungs und Mädchen hinter Maja die Treppe hinunter ins Parterre, von wo aus es in den Garten geht.

Ich trete ans Fenster des Musikzimmers. Das goldene Licht der Nachmittagssonne liegt über den Grasflächen und dem Spielplatz. Die Gruppe mit den jüngeren Kindern spielt unter der Aufsicht von Annette und Lena, einer weiteren Erzieherin. Saskia, die neben Maja und mir für die Großen zuständig ist, hat schon Feierabend.

Mit den Älteren wird es laut im Garten. Auf einer Bank im Schatten sitzt Big Mama und schaut dem Gewimmel zu, bevor sie sich um die Vorbereitung des morgigen Essens kümmert.

»Du, Max?«, ertönt ein Stimmchen hinter mir.

Ich wende mich um und entdecke Janosch Schabrowski im Türrahmen.

»Hey, was machst du denn hier? Du bist doch gerade mit Maja und den anderen in den Garten gegangen.«

»Ich durfte wieder rein, weil ich pieseln muss.«

Mein Blick fällt auf den dunklen Fleck rund um den Reißverschluss seiner Jeans. »Richtig dringend, hm?«

Er nickt, ignoriert seine nasse Jeans und fährt fort: »Rate, was ich werden will, wenn ich groß bin!«

Weder mit Feuerwehrmann noch mit Polizist oder Astronaut liege ich richtig.

Voller Ungeduld verrät mir der Kleine seinen Berufswunsch: »Ich will eine tote Hose werden«, raunt er. »Aber das darf meine Mama nicht wissen. Sie sagt, die Toten Hosen würden Harz bekommen und gar keine Musik machen, sondern nur Lärm.«

»Ich verrate es keinem. Ehrenwort.« Mit einem verkniffenen Grinsen gehe ich zu Janosch und reiche ihm die Hand. »Komm, du nasse Hose, suchen wir dir eine trockene.«

Janosch nimmt meine Hand. Auf dem Weg zu seinem Fach in der Garderobe erzählt er mir, wie er leben wird, wenn er eine tote Hose ist.

Voll gemeine Vorwürfe

»Bist du Cheld, Max Leif, Cheld in gelbem Auto Sport«, sagt Jekaterina Poljakow. Dann legt sie ihre Hände an mein Gesicht und kneift mir in die Wangen. »Bin ich stolz auf dich.«

Wie gewohnt hat sie ihr platinblondes Haar in einem Dutt fixiert und so viel Make-up aufgetragen, als wolle sie in einem Club abfeiern: grüner Lidstrich, grüne Wimpern, rosa Wangen, knallroter Mund. Jede andere Putzfrau würde so figurbetonte Kleidung, wie die Russin sie trägt, wahrscheinlich als hinderlich empfinden, doch in mittlerweile sieben Jahren habe ich Jekaterina Poljakow nie in einer Schürze oder mit Schlappen an den Füßen gesehen.

»Wieso sind Sie so sicher, dass ich das war?« Ich nehme ihre Hände aus meinem Gesicht, denn meine Wangen brennen schon vom Kneifen.

Jekaterina Poljakow verzieht abschätzend den Mund. »Ist logisch. Bild von gelbe Auto Sport chängt an Brett in Küche, und wusste ich, cholst du ab an Freitag.«

»Bestimmt gibt es mehr Männer in Frankfurt, die einen gelben Porsche fahren.« Das hoffe ich zumindest.

»Ist meglich, aber sind die nicht schichtern wie du, Max Leif, und mechten bestimmt gern in Zeitung sein.«

»Okay.« Ich schöpfe tief Atem und lasse ihn mit einem Seufzen aus meiner Lunge. »Behalten Sie das aber bitte für sich. Sprechen Sie nicht mit der Presse, und erzählen Sie auf keinen Fall, dass ich hier arbeite. Sonst rennen die uns im Kling Klang auch noch die Bude ein.«

»Werde ich schweigen wie Gruft«, verspricht sie und schlüpft aus ihren Pumps, um die Dielen, die in den Gruppenräumen liegen, nicht zu beschädigen. Auf dem Weg zur Abstellkammer, wo sie sich mit Eimer, Schrubber und Putzmittel bewaffnen will, passiert sie die Garderobe, zu der ich es noch nicht geschafft habe.

Nach dem Gespräch mit Natascha Wallbusch-Schabrowski war Maja so erledigt, dass sie vor ein paar Minuten nach Hause gefahren ist. Das grobe Aufräumen wäre heute allein meine Sache – würde sich Jekaterina Poljakow nicht einmischen.

»Ist Stall von Schweine!«, ruft sie beim Anblick der kreuz und quer stehenden winzigen Hausschuhe, von denen einige mit heruntergefallenen Regenjacken drapiert sind. Ich entdecke auch mehrere Paar Gummistiefel, die sicher zum Spaß aus dem Schrank geholt und angezogen wurden.

Jekaterina Poljakow schnalzt mit der Zunge und stemmt die Hände in die Seiten. »Schlampige Eltern sind das, die erziehen schlampige Kinder. Kommst du nach Russland, Max Leif, und gehst in Kindergarten dort. Herrscht da Ordnung, sonst ...«

Was sonst geschieht, will ich gar nicht wissen und versuche, die Russin zu stoppen. »Frau Poljakow, lassen Sie das doch.«

»Njet! Kommt in Frage nicht!«, schimpft sie und sammelt die Jacken auf. Sie hängt sie an die Haken, plaziert die Schuhe paarweise in Reih und Glied unter der Sitzbank und greift sich die Gummistiefel. »Ist morgen nur schlimmere Stall von Schweine sonst. Denken sie alle, blede Putzfrau macht das schon.«

In schwungvollen Bewegungen stellt sie die Stiefelchen in den Schrank und sorgt auch dort für militärische Ordnung, dann nähert sie sich mir mit erhobenem Zeigefinger. Der Ärger färbt ihre Wangen röter als das Rouge.

»Ist das meine Pflicht? Njet! Chabe ich Arbeitsvertrag, der sagen. Kommen von Montag bis Freitag um siebzehn Uhr. Musst du in zwei Stunde wischen Boden und Treppen, desinfizieren Klos und Waschbecken, bringen Müll raus und putzen Fenster manchmal. Steht da nicht: Musst du räumen Krempel von schlecht erzogene deutsche Kinder.«

»Dann machen Sie das doch einfach nicht, Frau Poljakow. Kümmern Sie sich lieber um die Küche.«

Sie hebt den Kopf, verengt die Augen zu Schlitzen. »Njet. Amerikanka ist drin.« Mit einem weiteren Schnauben dreht sie sich um und wackelt zur Abstellkammer.

Natürlich, der Staatsfeind! Big Mama ist noch da. Nach über einem Jahr hat es die Russin nicht verwunden, dass Maja und ich eine Amerikanerin eingestellt haben – als Einzige hier nennt sie sie nicht Big Mama. Die Abneigung beruht allerdings auf Gegenseitigkeit.

Ich gehe in den ersten Gruppenraum, um das herumliegende Spielzeug wegzuräumen, bevor sie es entdeckt und einen weiteren Koller bekommt, da klingelt es. Mit der Vermutung, dass ein Kind etwas vergessen hat, kehre ich um, schließe die Tür auf und öffne.

»Hen ich et doch jesacht«, dröhnt Machete. »Is de Max nit zu Haus, is er sischer im Kling Klang.«

An seiner Seite stehen eine Frau und ein Mann – sie mit einem Aufnahmegerät in der Hand, er mit einer Kamera vor der Nase, aus der sofort Knipsgeräusche kommen. Weil ich so überrascht bin, dauert es ein paar Sekunden, bevor ich begreife: Klaus Kuhn alias Machete, seines Zeichens Versicherungsmakler, wusste ebenfalls, dass ich meinen Porsche am Freitag aus Zuffenhausen hole. Schließlich hat er die Versicherung des Fahrzeugs vermittelt. Eigentlich lebt er in Düsseldorf und ist vermutlich wegen anderer Mandanten oder seiner Schwester, die zufällig meine Ärztin ist, in der Stadt.

»Mensch, Jong!«, lacht er und haut mir auf die Schulter. »Halb Frankfort socht dich. Weißt du dat denn nit?« Er richtet sein Jackett über dem nicht ganz zugeknöpften Hawaii-

Hemd, in dessen Ausschnitt eine Goldkette hängt, und wendet sich zu seinen Begleitern um. »Dat is nun der Ritter in dem jelben Jeschoss.«

»Lächeln Sie mal!«, sagt der Fotograf und knipst weiter.

»Wo steht denn der Porsche?«, fragt die Reporterin. »Wir hätten gern ein Foto mit Ihnen vorm Auto. Wie war das denn für Sie? War es stressig? Hatten Sie Angst, dass das Kind auf der Autobahn geboren wird?«

»Max Leif, schaust du Klo an! Ist Frechheit bodenlose!«, zetert Jekaterina Poljakow irgendwo hinter mir.

Ich fühle mich vollkommen überfordert.

»Hier gibt's keinen Porsche«, brummele ich. »Und es gibt nichts zu sagen.«

Der Fotograf nimmt den Apparat vom Gesicht, und auch die Reporterin scheint verunsichert. »Der kleine Adriano würde Sie gern kennenlernen und sich bedanken.« Bei diesen Worten legt sie die freie Hand auf ihren Bauch.

Sie ist schwanger! Auch. Als mir das klarwird, weiche ich wie von Geisterhand gezogen einen Schritt zurück.

»Richten Sie der Familie schöne Grüße aus«, presse ich hervor. »Ich wünsche allen beste Gesundheit und ein langes, zufriedenes Leben …«

»Sie wollen das Baby nicht sehen?« Die Reporterin klingt schlagartig empört und runzelt die Stirn. »Wie sind Sie denn bitte schön drauf?«

»Nix för onjot, Max«, klinkt sich Machete ein. »Dat is ens keine jroße Sache. Schnappschoss mit dem Porsche, Schnappschoss mit dem Säuchleng. Schon is jut, und du kannst widder ding Kindergarten managen.«

Noch ein Wort und ich vergesse meine gute Kinderstube!

»Es ist meine Entscheidung, wann ich wo was manage, wem ich was erzähle oder von wem ich mich für welchen Zweck auch immer fotografieren lasse.«

»Das hab ich alles auf Band«, droht die Reporterin.

»Und keine Genehmigung zur Veröffentlichung«, drohe ich zurück.

»Sie sind ja ein Riesenarsch!«, ächzt sie. »Unfassbar!«

»Ach? Jetzt kommen die Beleidigungen. Na, auf die hab ich ja schon gewartet. Was werfen Sie mir als Nächstes an den Kopf? Männer sind feige Schweine? Von Gott bevorzugte Schwächlinge? Winselnde Feiglinge, die eine Schwangerschaft nicht überleben würden? Eine Geburt schon gar nicht.«

Machete und der Fotograf schweigen bedächtig, doch die Reporterin reagiert mit einem: »Das gibt's ja nicht! So ist das. Sie haben was gegen Schwangere!«

»Ich hab überhaupt nichts gegen Schwangere, sondern sehe bloß nicht ein, mich ständig von einer beleidigen zu lassen, weil sie ihre Hormone nicht unter Kontrolle hat.«

Während die Reporterin hochrot anläuft, hebt der Fotograf eine Hand vor den Mund, und auch Machete scheint über meine Worte erschrocken – als hätte ich was absolut Falsches gesagt.

»Hormone?«, keift die Frau und kommt einen Schritt näher. »Sie sind der letzte Husten, ein ganz erbärmlicher Mistkerl, Sie Ausgeburt von einem Macho-Widerling.«

Ich will ihr nicht erklären, dass ich kein Macho bin, sondern bloß, wie andere Männer, verletzbaren Stolz habe, ahne aber, dass wahrscheinlich jedes neue Wort auf die Goldwaage gelegt werden wird. Da kreischt es hinter mir im Haus.

»Max, musst du kommen cher sofort! Ist ein Pa-uk in Dusche! Ein sehr große Pa-uk!«

Meine Chance!

»Wat is in der Dusche?«, grunzt Machete.

»Ein Pa-uk«, gebe ich schnell zurück. »Ein riesiger! Ich muss unbedingt helfen. Sorry, Leute!« Damit werfe ich den dreien die Tür vor der Nase zu und lehne mich einen Moment gegen die nächste Wand, um zur Ruhe zu kommen. Auf Jekaterina Poljakows zweites Kreischen hin setze ich mich in Bewegung.

Sieben Jahre Gesellschaft einer Russin haben meine Russischkenntnisse nicht merklich verbessert, mich aber sensibel für bestimmte Vokabeln gemacht. Aus diesem Grund weiß ich, dass ich bei *Pa-uk* springen sollte, denn das bedeutet *Spinne*. Durch nichts und niemanden ist Jekaterina Poljakow vom Putzen abzuhalten, mit Ausnahme von Spinnen.

Mit vor Ekel verzerrtem Gesicht presst sie sich an den Türrahmen des Badezimmers und deutet in Richtung Dusche. »Ist Gigant! Machst du tot oder bin ich weg.«

Ihrem Mann mag diese Drohung ein Befehl sein. Jekaterina Poljakows Schilderungen zufolge zerquetscht er die Krabbeltiere mit dem Daumen – was wiederum mir ein Gruseln beschert. Unter dem Protest meiner Putzfrau fange ich die im Durchmesser kaum zwei Zentimeter große Spinne in einem Zahnputzbecher ein, öffne ein Fenster und schüttele sie in die Freiheit. Leben und leben lassen – das ist meine Devise. Schade, dass nicht alle, insbesondere nicht schwangere Reporterinnen, das so sehen. Unter Garantie formuliert sie in diesem Moment die Headline des saftigen Artikels über den vermeintlichen Held.

In gefährlichen Gewässern

Ich habe das Wochenende neu schätzen gelernt und beginne jeden Samstag mit einer Routine: auf den Wecker linsen und feststellen, dass er nicht geklingelt hat, obwohl es schon halb zehn ist. Das Auge wieder zumachen, mich auf die andere Seite rollen, unter Majas Bettdecke kriechen, sie an mich ziehen und an ihrer Haut schnuppern. Wieder eindösen.

Heute kann ich die Prozedur nur zum Teil ausführen, denn Majas Seite ist schon leer. Also ziehe ich ihre Bettdecke an mich, schnuppere daran, genieße die herrliche Ruhe und döse vor mich hin. Ich mag meinen Job total, aber der tagtägliche, sich von Stunde zu Stunde steigernde Lärm hat es in sich. Nur zum Vergleich, wie still es gerade ist, stelle ich mir vor, am Vormittag, kurz vor dem Mittagessen, die Tür des Kling Klang aufzuziehen, einzutreten und *Wämmm!* – mittendrin bin ich in der Kakophonie: Quietschen, Heulen und Kreischen vermengen sich mit Stimmengewirr, dem Trappeln von zig kleinen Füßen, dem Klimpern von Geschirr, dem Scheppern von herunterfallendem Besteck. Da hinein tönen weinende Puppen, bellende Stoffhündchen, tutende Autos, jaulende Feuerwehrsirenen, klingelnde Spielzeughandys.

Maja sagt, sie hört das alles gar nicht mehr. Ich höre es sehr wohl und bin manches Mal ein bisschen froh, dass mein Musikzimmer eine schallisolierende Tür hat.

Heute dagegen: himmlische Ruhe. Hin und wieder zwitschert ein Vogel, das schon trocknende Laub raschelt im Wind, und eine verwirrte Hummel brummselt gegen das gekippte Fenster. Doch davon abgesehen … miaut es. Heftigeres Laubrascheln, ein Krächzen und Flügelschläge ertönen, dann miaut es lauter. Noch ein-, zweimal, bis der Ton eine klägliche Note bekommt. Jetzt bellt es auch. Eindeutig Hannibals hundert Dezi-Bell, in das sich Majas Stimme mischt.

Unschlüssig, ob ich gebraucht werde, drehe ich mich auf den Rücken und schaue erneut zum Wecker. Gerade mal fünf vor zehn ist es, doch die ach so gelobte Samstagmorgenroutine ist wohl beendet. Mit einem Seufzen setze ich mich auf, stelle die Füße vors Bett, reibe mir übers Gesicht und strubbele mir durch die Haare, um wach zu werden, dann stehe ich auf und tappe zum Fenster.

Maja schleppt eine Leiter zum einzigen Baum im Garten, vor dessen Stamm Hannibal inzwischen nur noch kläffend sitzt und hochschaut. Auf dem untersten Ast, in etwa drei Metern Höhe, tänzelt Lecter und miaut immer theatralischer, weil er nicht runterkommt. Als Maja die Leiter zu erklimmen beginnt, beeile ich mich, nach unten zu kommen, und entere den Garten mit den Worten:

»Warum rufst du mich denn nicht?«

»Musst du bei dem Lärm noch gerufen werden?«, lautet Majas trockener Kommentar. Sie ist bereits beim Ast angekommen, schnappt sich Lecter und klettert die Leiter wieder runter, wobei sie sich mit nur einer Hand festhält. Ich kann gar nicht hinsehen.

»Wie ist er da überhaupt raufgekommen?«, frage ich mit dem Luftzug, der aus meiner Lunge braust, als ich den angehaltenen Atem gehen lasse, weil Maja festen Boden erreicht.

Sie lässt Lecter gehen, der wie ein Blitz ins Haus schießt. Hannibal stellt das Kläffen ein und trottet hinterher.

»Na, wie schon.« Sie nimmt die Leiter vom Baum, um sie zurückzuschleppen, und schnaubt, als ich sie ihr abnehme. »Er ist hochgeklettert, wie Katzen es tun. Die verdammte Krähe hat ihn wieder genervt, und er wollte sie fangen.«

Die Krähe ist ein seit Jahren beständiger Gast in unserem Garten. In ihrer Jugend trieb sie Hannibal in den Wahnsinn, und seit ihm ihr provokantes Gehopse egal ist, veranstaltet sie es für den Kater – der, wie einst der Dobermann, so dumm ist, darauf hereinzufallen.

Ich bringe die Leiter an ihren Platz und folge Maja in die Küche, wo sie den Tisch fürs Frühstück gedeckt hat. Während sie Orangensaft einschenkt, grummelt sie: »Du hast die falsche Butter gekauft.«

»Wieso das?« *Bleib ruhig, Max! Sie hat ihre fünf Minuten! Reagier nicht auf den stachelnden Tonfall!*

»Du hast irische Butter aufgeschrieben. Die hab ich mitgebracht.«

»Die ist aber ungesalzen.«

Noch mal: Bleib ruhig! »Macht das einen Unterschied?«

»Natürlich!« Maja stellt den Saft ab und funkelt mich an. Die Narben, die über ihre linke Schläfe und Wange verlaufen, färben sich rot, wie immer in dieser Stimmung. »In der ungesalzenen Butter ist kein Salz.« Das sagt sie, als sei ich ein bisschen blöd.

Ohne einen weiteren Kommentar gehe ich an ihr vorbei zum Gewürzregal und greife mir das Salz. Schnell habe ich die verdammte Butterschachtel in der Hand und salze den Inhalt ordentlich. Im Augenwinkel sehe ich, wie Maja die Arme vor der Brust verschränkt, und gebe noch ein paar Extraprisen obendrauf.

Mit einem »So!« stelle ich die Butter auf den Frühstückstisch. »Passt es nun?«

Maja schüttelt den Kopf. »Aber sonst ist alles fit?«

Auch den Salzstreuer stelle ich auf den Tisch – falls doch noch Bedarf bestehen sollte. »Du meinst, abgesehen davon, dass ich dir seit einigen Tagen absolut nichts recht machen kann?«

»Nee, Max, komm mir jetzt nicht so!«

»Ist doch aber wahr. Ich mache alles falsch. Kaufe die falsche Butter, singe die falschen Lieder, bin nicht da, um den Kater vom Baum zu holen.«

»Eine Runde Mitleid für Max Leif!«, spottet sie, und das gibt mir den Rest.

Mit einer Erstens-zweitens-drittens-Rede will ich ihr ein paar Takte erzählen, da verzieht sie das Gesicht, hebt die Hände an den Kopf, presst die Fingerspitzen an die Stirn. Augenblicklich ist mir aller Wind aus den Segeln genommen.

»Was ist los, Schatz?« Im Nu bin ich bei ihr, fasse sie vorsichtig bei den Schultern. Sie ist starr wie ein Stein. »Maja?«

Sie atmet gepresst und drückt die Finger fester gegen die Stirn.

»Kopfschmerzen?«, frage ich leise und hoffe, dass sie das verneint, obwohl alle Zeichen darauf hindeuten.

Sie nickt, blinzelt zu mir hoch und legt eine Hand auf ihren Bauch. »Mir ist auch ein bisschen schlecht. Ich sollte mich hinlegen.«

»Kann ich dir irgendwie …«

»Nein. Ich muss nur kurz liegen.« Sie wendet sich um, geht ins Foyer und zur Treppe. »Ein, zwei Stunden.«

Hilflos blicke ich ihr nach.

Majas letzte Kopfschmerzattacke liegt über ein Jahr zurück, und ich war zuversichtlich, dass diese Phase überwunden ist. Menschen, die ein Schleudertrauma hatten, leiden häufig längere Zeit danach an Kopfschmerzen, doch Majas Autounfall liegt inzwischen vier Jahre zurück. Dass diese Qual wieder da ist, in Verbindung mit Übelkeit noch dazu, macht mich nervös. Es ist merkwürdig, dass so lange nichts war, und auf einmal, praktisch aus dem Nichts, kehren die alten Beschwerden zurück. Vielleicht rühren diese neuen Kopfschmerzen gar nicht vom Unfall her, sondern haben eine ganz andere Ursache.

Nein! Ich will an keine andere Ursache denken! Will nicht, will nicht! Doch das Wort *Hirntumor* buchstabiert sich vor meinem geistigen Auge und beginnt, sobald es komplett ist, rot zu blinken.

Es ist Stress! Bloß Stress! Bestimmt ist es das, sage ich mir und hocke mich an den Frühstückstisch, ohne auch nur eine Sache anzutasten.

Eine halbe Stunde später habe ich ein mit Butter versalzenes Brötchen hinuntergezwängt und übe den Indianerblick mit Lecter, der Majas Platz eingenommen hat. Eigentlich ist er heiß auf den Schinken, doch ich lasse ihm keine Gelegenheit, sein Objekt der Begierde zu fixieren. Hannibal hockt neben meinem Stuhl und hechelt in der Hoffnung, dass der Kater einen Happen abbekommt. Dann ist für ihn gewöhnlich auch einer drin.

»Das Frühstück ist vorbei, Jungs«, knurre ich.

Von Sekunde zu Sekunde mieser gelaunt, räume ich den Tisch ab und schaue dann nach Maja. Sie hat sich ins Bett gelegt und schickt mich mit leisen, erschöpften Worten weg. Das Telefon klingelt. Machete ruft an, um mir zu erzählen, dass ich vom Ritter zum Tyrann degradiert wurde. Jetzt bin ich ein hasserfüllter Unmensch, der werdende Mütter psychisch fertigmacht und eine schwangere Reporterin angepöbelt hat. Machete klingt, als wolle er sich für den Überfall mit den Zeitungsleuten entschuldigen, aber ich würge ihn ab und verkrümele mich mit dem Notebook ins Wohnzimmer auf die Couch, um den Mist im Internet nachzulesen.

Auf der Startseite eines Nachrichtendienstes, der sich seinen einst guten Ruf verspielte, indem er News unter dem Niveau der schlechtesten Boulevardzeitung zu seinem Steckenpferd gemacht hat, sehe ich eine Schlagzeile, die mein Herz stolpern lässt:

Plötzlich Kopfschmerzen. So grausam starb Stacy M. aus Ohio

Schon habe ich geklickt und befinde mich im Artikel, der über den Kopfschmerz berichtet, den Stacy M. in Verbindung mit Übelkeit hatte und schließlich in einem Krankenhaus behandeln lassen wollte. Die Ärzte dort diagnostizierten eine Meningitis, konnten jedoch nicht helfen und brachten die Frau in eine Spezialklinik, wo man ebenso machtlos war. Nach ein paar Tagen schlimmster Qualen, Halluzinationen und anschließendem Koma verstarb die Frau. Wenig später fand man heraus, was oder besser *wer* die Meningitis ausgelöst hatte: die Gehirnfresser-Amöbe, ein einzelliger Parasit.

In null Komma nix bin ich bei Google, um mir detaillierte Informationen zu holen, und werde auf einer medizinischen Seite fündig. Meine Nackenhaare stellen sich auf, als ich lese, dass vor allem Wassersportler in stehendem Süßwasser vom Parasiten befallen werden, denn an einem besonders heißen Augustwochenende vor zwei Wochen waren Maja und ich zum Schwimmen am Langener Waldsee – ein Gewässer, das zweifelsohne so stehend wie süß ist. Ich erinnere mich, dass sie neben mir geschwommen, für ein paar Meter untergetaucht und prustend wieder aufgetaucht ist. Was, wenn sie dabei vom Parasiten angefallen wurde und er über die Nase und den Geruchsnerv in ihr Gehirn gekrochen ist?

Panik treibt mein Herz an.

Maja muss sofort zu einem Arzt!

Ziemlich gereizte Stimmung

Maja wollte zu keinem Arzt und hat die Gesamtheit der Mediziner als gleichgültige Schnösel bezeichnet. Insbesondere abschreckend fand sie wohl die Vorstellung, in einer Bereitschaftspraxis zwischen hustenden und niesenden Leuten zu sitzen oder in der Uniklinik sechs Stunden lang auf einen überarbeiteten Mitarbeiter mit mäßigen Deutschkenntnissen zu warten. Davon, dass es als Privatpatient ein wenig anders läuft, wollte sie sich nicht überzeugen und hat ihr Leid ertragen.

Von der Gehirnfresser-Amöbe habe ich ihr nichts erzählt, um sie nicht zu beunruhigen, doch in mancher Minute musste ich mit mir ringen. Am Samstagnachmittag verschwanden Kopfschmerz und Übelkeit zwar, doch am Sonntag war beides wieder da. Dasselbe heute, am Montag, und endlich ist sie einsichtig. Annette übernimmt das Aufräumen am späten Nachmittag, so dass Maja und ich zu meiner Ärztin fahren können.

Damals, nach dem Autounfall, wurde Maja zuerst von Spezialisten in Kliniken betreut und trat nach ihrer Entlassung eine Odyssee an, die von einem Allgemeinmediziner zum nächsten führte. Weil bei den einstigen Kopfschmerzen ausschließlich der Notfall-Dooby half, sprich Marihuana, verzichtete sie ganz auf den schulmedizinischen Rat und hat seither keinen Hausarzt mehr. Heute wird sich das ändern. Dr. Ingrid Bärbeißer ist zwar nicht dusselig und plump wie ihr Bruder, Machete, doch als die Liebenswürdigkeit in Person kann ich sie auch nicht bezeichnen. Trotz ihrer Bärbeißigkeit hat mir die Ärztin aber schon einige Male geholfen – auch beim Ausräumen eines Verdachts.

Maja findet es total bescheuert, dass ich sie begleite. Auf der Autofahrt schimpft sie und bedauert es, am Morgen mit mir im Käfer statt wie sonst so oft auf dem Rad zum Kling Klang gefahren zu sein. Ich gebe es nicht zu, bin aber froh darüber, denn ich kann mir vorstellen, dass sie die Probleme vor Dr. Bärbeißer herunterspielt. So schmuggele ich mich nicht nur an ihrer Seite in die Praxis, sondern während des initiierten Small Talks mit der Arzthelferin auch ins Sprechzimmer. Maja kommt nicht dazu, mich rauszuschmeißen, denn Dr. Bärbeißer ist sofort bei uns.

»Herr Leif, wir haben uns ja ewig nicht gesehen«, sagt sie und wirkt dabei ehrlich erfreut.

Nachdem sie Maja und mich begrüßt hat, fordert sie uns auf, Platz zu nehmen. Ich überlasse Maja den bequemen Sessel, den ich der Praxis einst spendierte, weil das reguläre, aus Aluminiumstreben und Lederlappen bestehende Gestell, auf das ich mich nun setze, nicht auszuhalten war. Schon gar nicht bei regelmäßigen Besuchen. Die Ärztin streicht den Kittel über ihren voluminösen Hüften glatt, plumpst hinter ihren Schreibtisch und klappt die vor ihr liegende, jungfräuliche Karteikarte auf.

»Ach, Frau Rados, um Sie geht es heute.«

Vielleicht täusche ich mich, wenn ich meine, dass die Feststellung mit einiger Erleichterung einhergeht. Der folgende lautlose Seufzer bestärkt meinen Verdacht.

»Was führt Sie denn zu mir?«, erkundigt sie sich, nun ganz auf meine Gefährtin konzentriert.

Maja erzählt die Geschichte ihrer Kopfschmerzen, wie sie nach dem Schleudertrauma zur Regelmäßigkeit wurden, dann endlich verschwanden und sie plötzlich wieder plagen. Als ich sie daran erinnere, dass ihr manchmal auch übel ist, fange ich mir den ersten bösen Blick ein.

»Und übel ist mir manchmal«, fügt sie zähneknirschend an.

Dr. Bärbeißer beginnt die Karte zu bekritzeln. Nebenbei fragt sie weiter: »Was für ein Kopfschmerz ist es denn? Einseitig oder beidseitig, stechend oder eher dumpf-drückend.«

»Der Schmerz sitzt beidseitig hinter den Schläfen, zieht bis zu den Augen und sticht«, entgegnet Maja, »genau wie früher.«

»Hm.« Irgendetwas scheint Dr. Bärbeißer an dieser Aussage zu stören. Sie klopft sich mit dem Stift gegen die Lippen. »Sind Sie währenddessen besonders licht- und geräuschempfindlich? Oder nehmen Sie Gerüche verstärkt wahr? Das wäre eine gute Erklärung für die einhergehende Übelkeit.«

Das Gespräch geht in die falsche Richtung! Um mich zurückzuhalten, verschränke ich die Arme vor der Brust und presse die Lippen aufeinander. Dr. Bärbeißer denkt an eine Migräne, und das ist es bei Maja nicht. Liest sie denn keine Nachrichten? Gerade über medizinische Neuigkeiten, wie die von der Gehirnfresser-Amöbe ausgehende Gefahr, sollte sie sofort informiert sein, reagieren und die richtigen Fragen stellen.

Nix da! Nachdem Maja den Migräne-Verdacht ausgeräumt hat, fischt die Ärztin weiter im Trüben.

»Haben Sie in letzter Zeit besonders viel Stress? Gab es eine Änderung Ihres Tagesrhythmus, oder schlafen Sie schlecht?«

Maja verneint und schickt mir einen zweiten bösen Blick, mit dem sie mein Zappeln und Schnauben stoppen will. Ich halte still und beiße die Zähne zusammen.

Die Ärztin kritzelt auf die Karteikartei, murmelt vor sich hin und fragt: »Schwanger sind Sie auch nicht?«

»Natürlich ist sie das nicht!«, platzt es aus mir raus. »Dr. Bärbeißer, wieso ziehen wir nicht ernsthaftere Möglichkeiten in Betracht, insbesondere, um diese auszuschließen …«

»Max, hör auf!«, fällt mir Maja ins Wort, doch einmal in Fahrt, bin ich nicht zu stoppen.

»Ich finde diesen wiederkehrenden Kopfschmerz ziemlich merkwürdig, insbesondere, weil es Maja auch übel ist. Diese Beschwerden passen in kein übliches Raster, das hat Ihre Reaktion eben sehr deutlich gemacht, also würde ich es begrüßen, wenn wir uns auf das Wesentliche konzentrieren und hier nicht über solche Lappalien wie Migräne und Schwangerschaft schwatzen.«

Dr. Bärbeißer hat sich zurückgelehnt, die Hände über dem Bauch verschränkt und meinen Worten mit hochgezogener Augenbraue gelauscht.

»Sind Sie dann fertig, Herr Leif?«, fragt sie nun weniger freundlich.

»Nein, bin ich nicht …«

»Sendepause!«, befiehlt sie und wendet sich an Maja, die neben mir vom Stuhl zu platzen scheinen möchte. »Also, Frau Rados, käme eine Schwangerschaft in Frage?«

»Nein«, knirscht Maja zwischen den Zähnen hindurch und scheint etwas anfügen zu wollen. Stattdessen springt sie auf. »Verschieben wir das Gespräch auf einen anderen Tag.« Sie schaut mich an, kneift die Augen zusammen und murrt: »An dem ich allein herkomme.«

Dr. Bärbeißer greift ein. »Frau Rados, ich kann Ihre Verärgerung verstehen.« Sie schickt mir einen Blick. »Sehr gut sogar. Aber bitte beruhigen Sie sich. Ich würde das gerne heute besprechen, um die eine oder andere Maßnahme zu ergreifen.«

Als Maja nach einem Zögern wieder Platz nimmt, bin ich froh. Nicht nur, weil sie bleibt, sondern auch, weil die Ärztin den Ernst der Lage einzuschätzen weiß und Maßnahmen angekündigt hat. Gern überhöre ich da das: »Noch ein Wort von Ihnen, Herr Leif, und Sie fliegen raus.«

Dr. Bärbeißer fährt fort: »Also, Frau Rados, es verhält sich folgendermaßen: In einem Punkt hat Ihr Mann recht …«

Maja unterbricht sie: »Er ist nicht mein Mann.«

»Natürlich, entschuldigen Sie. Also in einem Punkt stimme ich Herrn Leif zu. Ihre Beschwerden sind insoweit außergewöhnlich, als dass ein Clusterkopfschmerz zwar sticht, aber in der Regel einseitig auftritt, während ein Spannungskopfschmerz ein zwar beidseitiger, aber dumpfer Schmerz ist. Ihre Form ist folglich eine Mischung aus beidem, weshalb ich zu einer genaueren Kopfuntersuchung tendiere.«

Na also! Hätten wir an diesem Punkt nicht gleich ansetzen können? Fällt schwer, das nicht zu sagen, doch ich schweige und warte auf Details.

Dr. Bärbeißer macht sich weitere Notizen und klärt uns nebenbei über ihren Plan auf: »Ich würde mich um einen zeitnahen Termin für ein CT kümmern, bei dem die Knochenstruktur analysiert wird. Ist das ohne Ergebnis, führen wir ein MRT durch, bei dem insbesondere das Hirn angeschaut wird.«

Im Augenwinkel sehe ich, dass Maja zwar nickt, aber die Luft anhält. Mein Herz wird schwer, und ich nehme ihre Hand. Als sie ihre Hand fest um meine schließt, wird mir noch flauer im Magen. Dr. Bärbeißer interpretiert meinen Blick.

»Nur bitte, machen Sie sich keine Sorgen!« Sie schaut von mir zu Maja und retour. »Ich bin sicher, die Kopfschmerzen haben trotz der Unregelmäßigkeit eine harmlose Ursache.«

Ich kann nicht länger still sein. Ein Gedanke, der mich seit ihrem Vorschlag beschäftigt, drängt sich trotz Redeverbot auf meine Zunge: »Per CT oder MRT … also sieht man da auch so was wie … wie einen Parasiten?«

Dr. Bärbeißer runzelt die Stirn. »Einen Parasiten?«

Maja macht sich von mir los. »Was soll das nun wieder?«

Ich kann sie nicht ansehen, nicht mit den furchtbaren Bildern, die in meinem Kopf kursieren. Die Worte sprudeln aus meinem Mund: »Wir waren in einem Waldsee schwimmen, und in stehenden Gewässern leben Parasiten, habe ich gelesen, zum Beispiel die Gehirnfresser-Amöbe. Sie dringt über die Nase ein und ... na ja ... frisst das Gehirn, wie der Name schon sagt. Jetzt befürchte ich, Maja könnte ...«

»Deshalb hast du mich hierhergeschleppt!« Abermals springt Maja auf. »Du hast zu meinen Kopfschmerzen recherchiert, in irgendeinem Online-Klatschblatt Schauernachrichten gelesen und glaubst jetzt, ich hätte einen Parasiten? Das ist unglaublich!«

Zwar habe ich gar nicht recherchiert, nicht in erster Linie, aber das ist jetzt nebensächlich.

»Ich möchte das ja nur ausschließen.«

»Lass deinen eigenen Kopf untersuchen! Wenn einer diesen Parasiten im Hirn hat, dann du.«

»Ich habe aber keine Kopfschmerzen.«

»Wooomit wir wieder beim Punkt wären«, dröhnt Dr. Bärbeißer, die wir beide für den Moment ausgeblendet hatten, in unseren Streit. »Herr Leif, das mit dem Parasiten ist ziemlich unwahrscheinlich.«

»Unwahrscheinlich vielleicht, aber nicht unmöglich.«

Einen Moment lang hat es den Anschein, als wolle mich die Ärztin mit ihrem Blick erdolchen. Dann schmeißt sie ihren Stift auf den Schreibtisch und lehnt sich nach vorn, um die Ellbogen auf ihrem Tisch aufzustützen. »Um Ihr Halbwissen aufzupolieren, Herr Leif. *Naegleria fowleri* ist ein Flagellat, der lediglich Ähnlichkeit mit einer Amöbe hat.«

Ich habe keine Ahnung, wo der Unterschied liegt, und prinzipiell kann dieses Ding sein, was es will, solange es sich von Majas Gehirn fernhält.

Dr. Bärbeißer setzt ihre Rede fort: »Der Parasit ist vor allem auf dem amerikanischen Kontinent sowie in Australien und Asien verbreitet.«

Schon wieder so eine vage Behauptung, die ich nicht im Raum stehen lassen kann. »Vor allem, aber nicht ausschließlich.«

»Es gibt keinen Fall in Deutschland, der von einem Befall berichtet. Nicht einen einzigen! Möglicherweise weil sich diese Spezies unter den hier herrschenden Bedingungen nicht optimal entwickeln kann.«

»Nicht optimal vielleicht, aber entwickeln könnte sich das Ding durchaus. Genug stille Gewässer gibt es allemal.«

»Vielleicht sind die einfach nicht warm genug.«

»Es reicht!«, kommt es von Maja. Sie geht zur Tür, öffnet sie und wartet mit aufforderndem Blick. Weil ich sitzen bleibe, sagt sie so ruhig, wie sie garantiert nicht mehr ist: »Warte draußen, Max! Dr. Bärbeißer und ich klären jetzt die Untersuchungstermine ab. Das schaffe ich allein.«

Mit einem irgendwo zwischen Ärger und Elend liegenden Gefühl schlurfe ich an ihr vorbei ins Wartezimmer. Ihr Blick kündigt an, dass ich später noch einiges zu hören bekommen werde.

Ständig gestörte Ruhe

Seit meiner Kindheit steht Spinat, neben anderem grünen Gemüse wie Rosenkohl und Brokkoli, auf der schwarzen Liste. Maja ist auch kein Fan der grünen Pampe mit Kartoffeln und Ei, aber die Kinder im Kling Klang lieben dieses von Big Mama zubereitete Mittagessen. Glücklicherweise blieb nichts übrig. Mit knurrenden Mägen haben Maja und ich geplant, am Abend zu Hause zu kochen, aber nach einem neuerlichen Gespräch mit Frau Wallbusch-Schabrowski, bei dem sie Einzelmusikunterricht für Janosch durchsetzen wollte, fehlte uns beiden die Motivation, den Kochlöffel zu schwingen, und der auf dem Heimweg passierte Burgerladen lockte.

»Ich nehme den Toscana-Burger«, beschließt Maja, da habe ich die Karte kaum geöffnet. Sie steht auf und will zur Toilette, überlegt sich ihre Speisewahl dann aber. »Ach, bestell mir lieber den Jumbo. Und Kartoffelecken. Oder vielleicht die Chili Cheese Fries?«

Mit einem »Hm« verschaffe ich mir einen Überblick über das Angebot. »Ich glaube, schon die regulären Burger sind ziemlich groß.«

»Ach!« Sie winkt ab und trampelt auf der Stelle, weil sie offenbar so dringend muss. »Bestell mir den Jumbo und die Fries. Und einen Shake. Wir können uns noch einen Salat teilen.«

Ehe ich etwas erwidern kann, eilt Maja zu den Toiletten, also ordere ich, was sie wollte, und füge einen bescheidenen Steakburger und Apfelschorle für mich hinzu. Ein paar Minuten später ist sie zurück, stürzt sich lustvoll auf ihren schon gebrachten Shake und verputzt den ebenfalls servierten Salat, bis uns die Hauptspeisen vorgesetzt werden.

»Die Gehirnfresser-Amöbe«, kichert sie in Erinnerung an den Besuch bei Dr. Bärbeißer und beißt von ihrem Burger ab.

Heute ist der dritte kopfschmerzfreie Tag, was mich prinzipiell optimistisch stimmt. Wirklich sorglos kann ich aber erst nach ihren Untersuchungen sein. Die erste, das CT, findet morgen Vormittag statt.

»Was für eine irre Vorstellung! Nur weil ich im See kurz untergetaucht bin«, murmelt sie zwischen zwei Bissen. »Manchmal spinnst du echt total. Ich wusste nicht, ob ich lachen oder ausrasten sollte.«

Nett, dass sie weder das eine noch das andere getan hat, wo ich bloß voller Sorge war. Auf solche Ideen komme ich ja nicht, um sie zu ärgern. Mit einem schiefen, nur halbwegs amüsierten Lächeln nehme ich mir meinen Burger vor. Der Saft des gut gewürzten, perfekt gebratenen Steaks flirtet mit meinem Gaumen. Genüsslich kauend beobachte ich Maja, die so süß ausschaut, wie sie ihren eigenen Burger Happen für Happen vertilgt, immer wieder plappert und über meine Aktion lacht. Mit allem wirkt sie so anziehend auf mich, dass ich sie gerade am liebsten ausziehen will – ein Gedanke, den ich gern halten würde, der mir jedoch entwischt, weil es laut wird.

Am Nachbartisch nimmt eine Familie Platz; Vater, Mutter, Junge und Mädchen streitend. Die Mutter schleppt zudem ein vielleicht einjähriges Kind, das heult und sich in ihrem Arm windet. Die Kellnerin muss die Stimme heben, um sich verständlich zu machen und verstanden zu werden.

Prompt sind wir beim Geräuschpegel des Kling Klang, an den Maja sich wie automatisch anpasst, indem sie lauter redet. Ich versuche, unsere Umgebung auszublenden, was einigermaßen gelingt, bis mich ein Pommes an der Stirn trifft. Maja hält erst überrascht inne, dann prustet sie los. Ich muss nicht grübeln, woher das Fluggeschoss kam, schicke einen düsteren Blick zum Nachbartisch, an dem sich der vielleicht

Vierjährige und seine etwas jüngere Schwester im anhaltenden Streit mit Pommes bewerfen, ohne dass ihre Mutter sie stoppen kann. Sie hat mit dem Baby genug zu tun, denn das brüllt immer mehr. Den Brei, der via Löffel in seinen Mund gewandert ist, spuckt es aus und zeigt auf einen der Halbliter-Becher Cola auf dem Tisch. Der Vater schaut zu mir rüber und formt ein »Sorry« mit dem Mund.

»Sag doch auch mal was!«, fordert ihn seine total genervte Frau auf, woraufhin er seinem Sohn das Sandwich, mit dem er seine Schwester zu attackieren beabsichtigt, wegnimmt und »Jetzt ist aber Schluss!« bellt.

Der Protest des Jungen ist so ohrenbetäubend, dass Maja aufhört, sich mit mir zu unterhalten, und so fassungslos wie ich zum Nachbartisch schaut. Natürlich sollten wir die Szene ignorieren, aber das ist schlichtweg unmöglich. So werden wir Zeuge weiterer dramatischer Familienminuten: Während sich der Junge bockend unter den Tisch verzieht und dort jedes nur erreichbare Bein tritt, stellt das Mädchen fest, dass auf ihrem Burger Tomaten sind. Sie sortiert das unerwünschte Gemüse in das Getränk ihres Bruders aus und packt, weil es so spaßig ist, gleich ein paar Salatblätter dazu, was ihr Vater abermals mit »Jetzt ist aber Schluss!« kommentiert. Inzwischen hat die Mutter resigniert und lässt das Kleine auf ihrem Arm Cola durch den Strohhalm trinken. Das ist der Moment, in dem Maja der Kragen platzt.

»Sie können dem Kind doch keine Cola geben«, fährt sie die Frau an. »Das Zeug ist nicht nur purer Zucker, sondern enthält auch jede Menge Koffein.«

»Kümmer dich um deinen Scheiß!«, bekommt sie zu hören.

Ich sehe, wie sich Maja einen Ruck gibt und ihren Chili Cheese Fries widmet. »Das ist ungeheuerlich«, raunt sie. Zorn macht ihre Augen dunkler, als sie mich ansieht.

»Lass uns aufessen und verschwinden«, schlage ich vor, obwohl ich eigentlich gar keinen Appetit mehr habe.

Während Maja und ich still essen, tobt neben uns der Krieg. Immer wieder ertönt der Schluss-jetzt-Satz, manchmal garniert mit Drohungen wie »Sonst ist nachher nix mit Transformers« oder »Sonst gibt's keinen Nachtisch«. Irgendwann klatscht Maja ihren Rest Burger auf den Teller, säubert sich die Finger an ihrer Serviette und nimmt ihre Tasche.

»Raus hier«, knurrt sie, »sonst vergesse ich mich.«

Ich trinke noch einen Schluck Apfelschorle und gehe bezahlen. Maja wartet vor dem Restaurant darauf, dass ich das Auto entriegele. Wir sind noch keine fünf Minuten unterwegs, da lässt sie mich wissen, dass sie dringend zur Toilette muss.

»Du warst doch eben erst«, wundere ich mich.

»Das ist beinahe eine Stunde her.« Sie rutscht auf dem Sitz herum. Offenbar ist es so dringend wie zuletzt.

Ich gebe mehr Gas, muss aber bald an einer roten Ampel warten. Maja wird immer ungeduldiger.

»Hast du vielleicht eine Blasenentzündung?«, überlege ich, und wie von allein huschen meine Gedanken zu dem Schreckensartikel über die Gehirnfresser-Amöbe. War eine schwache Blase eines der Symptome?

»Hab ich nicht! Ich muss einfach nur.« Nervös hummelt sie auf dem Sitz herum und scheint selbst Gas geben zu wollen. »Jetzt Ballett! Grüner wird es nicht.«

Tatsächlich hat die Ampel inzwischen umgeschaltet, also scheuche ich den Käfer über die Kreuzung. Einen Kommentar zum befohlenen Ballett verkneife ich mir, presche durch die Straßen – unser Klo als Ziel – und parke wenig später in der Einfahrt vorm Haus. Der Motor ist kaum verstummt, da reißt Maja die Autotür auf, zerrt ihre Handtasche hinter sich her und stürzt mit zusammengepressten Schenkeln zum Eingang. Kopfschüttelnd beobachte ich, wie sie während des Wühlens nach dem Haustürschlüssel auf der Stelle tänzelt, dann öffne ich die Garage und parke den Käfer neben dem Racing-gelben Porsche, der vorsichtshalber noch immer nicht benutzt wird.

Egal, wie sehr ich Maja liebe, hin und wieder hat sie doch Anwandlungen und Bedürfnisse, die ich nicht verstehen werde. Vielleicht ist sie heute einfach sehr aufgeregt wegen der Untersuchung. Vielleicht äußert sich ihre innere Unruhe – die ich an ihrer Stelle verspüren würde – in einem verstärkten Harndrang. Am besten suche ich uns eine herrlich schwarze Komödie im Pay TV, die sie ablenkt.

Eine gedankenlose Entscheidung

Von der eigentlich recht unterhaltsamen Komödie, die ich aussuchte, bekam Maja nur die erste Viertelstunde mit, dann schlief sie an meiner Schulter ein. Fast zeitgleich legte sich Lecter auf meinem Schoß zur Ruhe, und Hannibal, der sich benachteiligt fühlte, machte es sich irgendwo zwischen den beiden auf mir bequem. Aufgrund seiner nicht geringen Größe war das Fernseherlebnis dann etwas gestört, aber ich brachte es nicht über mich, den dösenden Dobermann von mir zu schieben.

Heute wachte Maja mit Kopfschmerzen auf. Und mit Übelkeit. Seit fünf Uhr hing sie über der Toilette und lehnte jeden Trost von mir schlecht gelaunt ab. Ein paar Stunden später setzte ich sie zur CT-Untersuchung im Krankenhaus ab und fuhr ins Kling Klang. Halb zerfressen vor Sorge.

Prinzipiell ist es natürlich günstig, dass sie heute sämtliche Beschwerden hat, denn so lässt sich ein möglicher Übeltäter vielleicht sogar auf dem eigentlich nur die Knochenstruktur betrachtenden CT feststellen. Und später effektiv eliminieren!

Im Kling Klang übernehme ich die Regenbogengruppe gleich nach dem Frühstück von Annette.

Sie drückt mir ein Liederheft in die Hand und sagt: »Das singen Kinder dieses Alters gern.«

Ich verbiete mir jeden Kommentar. Annette mag mich nicht. Das aus zwei Gründen: Zum einen meint sie, ich pfusche ihr mit meinem manchmal eben außergewöhnlichen Unterricht ins Handwerk. Zum anderen hat sie eine Abneigung gegen Männer und empfindet mich im frauenstarken Kling Klang generell als fehlplaziert. Wahrscheinlich könnte alles so schön sein, wäre ich nicht da. Sie hätte Maja ganz für sich.

Maja lacht immer und winkt ab, wenn ich ihr sage, dass Annette auf sie steht, und obwohl ich weiß, dass die Frau privat keine Chance bei Maja hat, fühle ich mich von ihrem Konkurrenzverhalten genervt. Davon abgesehen halte ich sie für eine tolle Erzieherin – ein Kompliment, das von mir nichts wert ist.

Auf dem Weg ins Musikzimmer rangeln Arthur und Janosch miteinander, bis ich sie trenne und ihnen die Flötenübung androhe. Bei Janosch zieht das wie gewohnt, doch Arthur ist heute so übel gelaunt, dass er der Gruppe hinterherstapft und bei jedem Schritt furzt oder rülpst. Dazu ruft er: »Das war ich nicht. Das war Max.«

Man soll Kinder nicht ignorieren. Aber in diesem Fall, an diesem Morgen, halte ich es für das Klügste.

Im Musikzimmer stellen sich alle um mich und das Piano. Ich kündige das erste der fröhlichen Kinderlieder an, da schreit Marlene: »Ich will das nicht singen. Ich will Beyoncé.« Mit einer zu erwachsen wirkenden Geste wirft sie ihr Haar über die Schulter und stemmt eine Hand in die Hüfte – wie Beyoncé.

»Ich auch«, kommt es von ihrer besten Freundin Gwyneth.

Maja und ich nennen die beiden die Glamour Twins – sie sind zwar keine Zwillinge, verhalten sich aber so und streben beide eine glamouröse Karriere an. Die eine als Sängerin, die andere als Schauspielerin. Mit verschiedenen Werbespots für ganz unterschiedliche Produkte, begonnen bei Windeln, haben sie sogar schon Erfahrung im Showbiz gesammelt. Daran erinnern sie mich, als ich ihnen Beyoncé verweigere. Weil das nichts bringt, singt Marlene aus Trotz den Refrain von *If I were a boy*, während Gwyneth ein paar wütende Tränen über ihre rosigen Wangen rollen lässt.

Noch einmal will ich es mit Ignoranz versuchen und setze die Finger auf die Pianotasten, um *Hört ihr die Regenwürmer husten* anzustimmen, da fragt Janosch Schabrowski:

»Wo ist Maja?«

Wahrscheinlich hätte er sie jetzt gern zu Hilfe gegen die Glamour Twins geholt. Ich lasse die Finger auf den Tasten ruhen und antworte ihm: »Im Krankenhaus.«

Einer kurzen Stille folgen erschrockene Fragen: »Wieso ist sie da?«, »Kommt sie wieder her?«, »Ist sie schlimm krank?«

»Stirbt sie bald?«, fragt Janosch Schabrowski.

»Nein«, antworte ich schnell. »Sie lässt nur ihren Kopf untersuchen.«

»Meine Oma hat ihren Kopf auch im Krankenhaus untersuchen lassen«, kommt es abermals von Janosch, »und der Doktor hat entdeckt, dass sie einen Krebs drin hat, im Gehirn. Und jetzt ist sie tot. Ich will nicht, dass Maja auch tot ist. Dann können wir alle nicht mehr herkommen.«

Ein Kloß setzt sich in meinem Hals fest. All das Räuspern hilft nichts, also presse ich die Worte mühsam heraus. »Maja ist bestimmt ganz gesund und zum Mittagessen wieder da.«

Sieben Kinder versuchen, das Gehörte schweigend einzuordnen, aber Janosch bleibt hartnäckig. »In den Ferien waren meine Mama, mein Papa und ich auf Fuertura«, erzählt er und wird von Lucy unterbrochen.

»Das heißt Fuerteventura.«

Typisch Mann ist es ihm egal, wie es korrekt heißt, schließlich will er bloß eine Information vermitteln. Also ignoriert er Lucy. »Da war ein Strand, und an den bin ich nicht gegangen, obwohl Mama und Papa wollten, dass wir hingehen. Aber ich hatte Angst, denn am Strand gibt es Krebse, und ich wollte nicht, dass einer in mein Gehirn kriecht.« Mit großen Augen schaut er mich an und fügt an: »Wie bei der Oma. Die war auch an einem Strand in Stralien.«

»Australien«, verbessert ihn Lucy.

»Ist doch egal, wie es heißt!«, fährt Janosch sie an, weil es ihm zu bunt wird. »Tot ist tot.«

»In Stralien gibt es Känguruhs, die hüpfen und tragen ihre Babys in ihrem eigenen Einkaufsbeutel mit sich herum«, fällt Arthur ein. »Und weil sie so sehr hüpfen, sterben die Babys manchmal im Beutel. Sie werden einfach zu sehr durchgeschüttelt, obwohl man Babys nicht schütteln darf.«

»Und in Stralien gibt es Haie, die beißen von Menschen ab, wenn die im Meer schwimmen«, ruft Tabea aufgeregt. »Die Haie denken, die Menschen sind Schildkröten.«

Lucy ist genervt. »Australien heißt das«, stöhnt sie und rauft sich die rotgelockte Mähne. »Nicht Stralien! Seid ihr dumm, oder wie?«

»In Afghanistan gibt es Kamele, von denen bekommt man Fieber«, klinkt sich Sahid ein, da verschaffe ich mir Gehör über alle jetzt durcheinanderbrabbelnden Kids, die sich mit Schreckensmeldungen zu übertrumpfen versuchen.

»Kinder, lasst uns bitte über was Schönes reden!«, rufe ich und hebe beschwichtigend die Hände.

Beinahe stimme ich *Wenn du fröhlich bist, dann klatsche in die Hand* an, aber dazu mangelt es mir schlicht an Fröhlichkeit. Verdammt, ich mache hier doch bloß den Musikunterricht, nicht die gruppenpsychologische Gesprächsrunde, die Maja sonst allmorgendlich mit den Kindern veranstaltet. Diesbezüglich bin ich vollkommen inkompetent. Ich will nicht mal über Kamele mit dem Fiebervirus, Haie mit einem Faible für Surfer oder Babys in Känguruh-Beuteln nachdenken. Ich will bloß musizieren! Und mir keine Sorgen über Krebse am Strand oder Parasiten im Wasser machen.

Um der Diskussion eine andere Richtung zu geben, inspiriere ich die Kids schließlich dazu, von ihren tollsten Urlaubserlebnissen zu erzählen. So singen wir zwar nicht, bekom men aber die Zeit herum, bis es Mittag ist und Big Mama den Kochlöffel gegen einen leeren Topf schlägt, um die Meute der zwei Gruppen zu Tisch zu rufen.

Es gibt Spaghetti mit Tomatensauce, eigentlich ein Leibgericht. Ich bin der Einzige, der sich von Janosch Schabrowskis Feststellung, dass die Nudeln in der Sauce wie blutiges Gehirn aussehen, den Appetit verderben lässt. Immer nervöser checke ich mein Telefon, doch Majas Nachricht bleibt aus. Auch als die Kinder Mittagsschlaf halten, meldet sie sich nicht und reagiert ebenso wenig auf meinen Anruf. Erst am Nachmittag trudelt eine Nachricht von ihr ein. Sie schreibt, dass sie heute nicht mehr ins Kling Klang kommt, was mich so fix und fertig macht, dass ich Frau Wallbusch-Schabrowski einfach stehen lasse, als sie mir eine neue Beschwerde vorträgt. Zusammen mit Annette und Jekaterina Poljakow räume ich die Zimmer auf, stimme das Essen der nächsten Woche mit Big Mama ab und bin heilfroh, als ich endlich zuschließen kann.

Noch heilfroher stecke ich den Schlüssel ins Schlüsselloch meines Zuhauses. Hannibal begrüßt mich, flankiert von Lecter, der sich wie häufig in arroganter Zurückhaltung übt. Von Maja keine Spur. Ich sprinte die Treppe hinauf ins Obergeschoss, finde sie im Schlafzimmer, wo sie im Bett döst. Leise setze ich mich zu ihr, streiche über ihren Arm. Sie zieht ihn weg, versteckt ihn unter der Decke.

»Wie war das CT?«, frage ich.

Sie zögert zuerst. »Es gab kein CT«, murmelt sie dann und steckt auch Mund und Nase unter die Bettdecke.

Mit dieser Aussage kann ich nichts anfangen. »Wie meinst du das?«

»Wie ich es gesagt habe. Ich habe kein CT gemacht.«

Ärger schießt aus meinem Brustraum nach oben und will aus meinem Mund, doch ich stoppe ihn und formuliere eine vernünftige Frage: »Warum nicht?«

»Weil ich nicht wollte.«

»Na wunderbar, und jetzt? Warten wir mal ab, was so passiert? Wieso willst du nicht wissen, was mit dir los ist?«

»Ich weiß es.«

Das kam schnell und klang überzeugt. Die Sicherheit in Majas Stimme verwirrt mich, und ich verschränke die Arme, wie um die plötzlich beißende Angst in meinen Körper zu sperren.

»Woher, wenn du auf das CT verzichtet hast?«

Maja seufzt. »Es brauchte keins. Ich muss jetzt schlafen, Max. Lass uns morgen reden. Heute stehe ich keine Diskussion durch.«

»Ich werde nicht eher schlafen, als bis du mir sagst, was mit deinem Kopf los ist.«

»Damit ist alles in Ordnung. Mach dir keine Sorgen.«

Ein schlechter Witz!

»Maja ...«

»Gute Nacht, Max.«

»Eine Scheißnacht wird das«, kontere ich, um sie wach zu halten, doch es bringt nichts.

»Nicht die letzte«, antwortet sie noch, dann schläft sie ein.

Gut gepfefferte Neuigkeiten

Ein neuer Samstag beginnt ohne die schöne Routine. Auf einen Schlag bin ich hellwach, nach nur wenigen Stunden Schlaf, und erinnere mich sofort an gestern. Majas Bettseite ist leer. Ich setze mich auf, stütze den Kopf in die Hände und starre aus dem Fenster in den blauen Morgenhimmel. Eine verirrte Hummel brummselt gegen die gekippte Scheibe. Laub raschelt. Vögel zwitschern heiter. Mit einem Ächzen stehe ich auf und schlurfe ins Bad, um die Zähne zu putzen und den schalen Geschmack der Nacht aus dem Mund zu bekommen.

Mein Spiegelbild hat einen endgültig deprimierenden Effekt: wirre Haare, zerknitterte Haut, eine über Nacht vertiefte Sorgenfalte auf der Stirn, nach Kleinverbrecher aussehende Bartstoppeln.

Gedankenverloren schiebe ich die Zahnbürste zwischen die Zähne und beginne zu putzen, da wird die Tür geöffnet. Maja eilt ins Bad und zur Toilette. Mit einem Seufzen erleichtert sie sich, mustert mich nebenbei und murmelt ein »Guten Morgen«.

Weil es keiner ist, antworte ich nicht und stelle stattdessen das Badradio ein bisschen lauter – auch, weil ich den Song mag. *Three Hearts* von Alex Clare.

»Wollen wir nachher eine Runde um den Block spazieren?«, fragt sie.

»Keine Lust«, krächze ich an der Zahnbürste vorbei und konzentriere mich auf mein Spiegelbild.

Ihr »Hm!« klingt verdrießlich. »Eine Ausfahrt mit dem Porsche?«

»Keine Lust«, krächze ich erneut, ohne sie anzuschauen.

Im Augenwinkel sehe ich, dass sie aufsteht, sich die Shorts hochzieht und die Spülung betätigt. Dann stellt sie sich neben mich an ihr Waschbecken und dreht das Wasser auf. Wütend drückt sie auf den Seifenspender und knurrt: »Weißt du was, Max, ich bin schwanger, und ich hab auch absolut keine Lust drauf.«

Ich würge kurz an der Zahnbürste, die zu tief in den Rachen gerutscht ist, dann erstarre ich, suche Majas Blick im Spiegel, doch sie meidet meinen. Mit eiligen Bewegungen spült sie sich die Seife von den Händen, trocknet sie ab und verschwindet aus dem Bad, indem sie die Tür knallt.

Alex Clares Stimme dröhnt in meinen Ohren; allen Ernstes singt er von eins, zwei, drei Herzen unter seinem Dach. Zahnpastaschaum klatscht ins Waschbecken. Ich nehme die Bürste aus dem Mund und spucke aus. Nachdem ich mein Gesicht unter den Wasserstrahl gehalten habe, richte ich mich auf und starre mich erneut an.

Was verdammt noch mal hat Maja gerade gesagt?

Hat sie *schwanger* gesagt? Schwanger im Sinne von: Nachwuchs im Bauch? Ein Krümel Zellen, der sich aus ihren und meinen Zutaten entwickelt hat?

Für den Bruchteil einer Sekunde sehe ich eine fluchende, sich vor Schmerz windende, dickbäuchige Maja neben mir im Porsche. In einer zweiten Sequenz fliegen Pommes an meinen Kopf. Ich höre einen Schrei nach Beyoncé, trotziges Heulen, wütendes Furzen – das alles geballt, nicht nur neun Stunden am Tag, sondern vierundzwanzig! Nicht im Kling Klang, sondern in meinem von einigem Maunzen und Dezi-Bellen abgesehen bisher ruhigen Haus.

Ich bin entsetzt. Schockiert. Wahnsinnig irritiert. Hilflos … Meine Hände zittern, als ich die Zahnbürste ausspüle. Als ich mich über das Waschbecken beuge und mir Wasser ins Gesicht klatsche, dröhnt der Puls in meinen Ohren. Prustend richte ich mich auf und starre mein Spiegelbild an. Das Licht der Sonne, die durch das Fenster hereinscheint und ebenfalls reflektiert wird, erhellt meine Augen und glättet die Falte in meiner Stirn. Ich weiß nicht, woher es kommt, doch mit einem Mal ist da dieses Gefühl, diese Wärme in mir, die mir eine Gänsehaut beschert und meine Mundwinkel anhebt. Nur ein bisschen.

Maja ist schwanger!

Ich stürme aus dem Badezimmer und die Treppe hinunter. Auf dem Weg stolpere ich über Lecter, der wie so oft desinteressiert in einer Laufspur liegt, passiere Hannibal, der auf einen Snack hofft, durchquere auf der Suche nach Maja das Wohnzimmer und die Küche und stoppe vor dem Terrassenfenster. Sie sitzt auf einem der Gartenstühle, hat die nackten Füße auf einen zweiten Stuhl gelegt. Über ihr Schlafoutfit hat sie eine Strickjacke gezogen, hält eine Tasse Tee und pustet hinein. Ihr Blick verliert sich im Grün der Büsche.

Plötzlich wieder verunsichert, gehe ich zu ihr und nehme auf einem dritten Stuhl Platz. Nur kurz schaut sie mich an, dann richtet sie ihren Blick erneut ins Nirgendwo. Ich beuge mich vor, stütze die Ellbogen auf meine Knie.

»Das sind ja mal Neuigkeiten«, sage ich leise.

»Ja«, antwortet sie.

Ich will sie tausend Sachen fragen. So viele Gedanken kursieren in meinem Kopf, doch sie flattern wie Bänder im Wind, und ich bekomme keinen einzigen zu fassen.

»Wie fühlst du dich?«

Sie lässt sich für die Antwort Zeit, spricht erst nach einer gefühlten Ewigkeit. »Natürlich freu ich mich, Max, aber ich mache mir auch Sorgen. Was wird mit dem Kling Klang?« Sie zuckt mit den Schultern. »Und überhaupt. Ich war so gar nicht darauf vorbereitet, hatte das Mutterwerden nicht auf dem Schirm.«

Dito!, denke ich mir und gehe erst einmal auf das organisatorische Problem ein: »Für das Kling Klang finden wir eine Lösung. Wir stellen eine neue Erzieherin für die Regenbogengruppe ein. Später kann ich zu Hause bleiben, und den Musikunterricht übernimmt vorübergehend ein anderer Lehrer.«

Sie hebt die Hände, als wolle sie die Worte abwehren. Anscheinend sind sie ihr zu viel im Moment. Ihr Blick ruht in meinem, doch er ist schlichtweg unergründlich.

»Ein einziges Mal hab ich die verflixte Pille vergessen«, murmelt sie. »Ich hab mir keine Sorgen deshalb gemacht, dachte, dass der Wirkstoff nach all den Jahren so was wie ein fixer Bestandteil in meinem Organismus ist.«

Geile Trefferquote, Max, feiert eine Stimme in mir, und ich beiße mir auf die Lippen, damit ich nichts dergleichen ausspreche. Um sie stumm zu trösten, reiche ich Maja die Hand. Sie nimmt sie nicht, schlingt die Arme um ihren Oberkörper und tröstet sich selbst, also lege ich meine Hand auf ihr Bein – und fühle mich komisch dabei.

»Hättest du mir das eben, dass du schwanger bist, nicht irgendwie netter sagen können?«, entfährt es mir rein impulsiv.

Maja runzelt die Stirn. »Wie denn? Hättest du den Schwangerschaftstest gern in einem Babyschuh auf dem Frühstücksteller serviert bekommen?«

Zum Beispiel. Das wäre tatsächlich nett gewesen. Da Maja die Idee aber so offenbar für dämlich hält, halte ich die Klappe.

Sie redet weiter: »Gestern dachte ich, ich würde nur ein paar Stunden brauchen, um es zu kapieren, aber heute bin ich noch genauso durcheinander. Außerdem habe ich dich zum Spaziergang eingeladen oder zu einer Ausfahrt, doch du hattest ja zu nichts Lust, also verging mir die Lust auf eine nettere Information.«

»Tut mir leid, dass ich …«

»Schon gut!«

Ein paar Sekunden lang schweigen wir, dann kommt mir ein witziger Gedanke, und um Maja aufzuheitern, teile ich ihn: »Nennen wir ihn Mick … Wie Mick Jagger.«

Sie schüttelt den Kopf, kneift die Augen zusammen. »Nicht dein Ernst, oder?«

Ich ziehe meine Hand zurück, verschränke sie einigermaßen ratlos kurz mit der anderen, dann stehe ich auf und pfeife Hannibal zu mir, der im Schatten eines Buschs liegt.

»Ich drehe eine Runde mit dem Hund«, brummele ich, ziehe die Haustür wenig später hinter mir zu und tausche einen Blick mit meinem vierbeinigen Kumpel. Er scheint froh, der miesen Stimmung im Haus zu entkommen, und trabt voran, also tappe ich hinterher, ziehe mein Handy aus der Tasche und rufe Flo an.

»Hey, Max!« Er klingt gehetzt. »Alles klar?«

»Jepp, so weit …«, erwidere ich versucht locker. »Hast du Zeit?«

»Du, gerade ist es ganz schlecht. Ich bin auf dem Weg zum Flieger.«

Das Übliche, denke ich mir. Workaholic Flo jettet von einer Verpflichtung zur nächsten. Er sollte auch mal Pause machen.

»Wann bist du wieder da?«

»In drei Wochen. Ich mach mal Pause, ganz spontan.« Er klingt immer atemloser. »Bin von einer alten Bekannten eingeladen worden.«

»Für drei Wochen?«

»Ja, auf die Bahamas. Du, ich muss einchecken. Ich meld mich, sobald ich zurück bin.«

»Na dann …« Bahamas? Verdammter Mist. »Viel Spaß!«

»Halt die Ohren steif, Max! Bis bald.«

Die Verbindung wird unterbrochen. Ich nehme das Handy vom Ohr, starre auf das Display und schiebe das Gerät dann zurück in die Jackentasche.

Zwei Stunden später sitze ich auf einer Bank im Grüneburgpark und habe die Flasche Whiskey, die ich mir an einer Tankstelle gekauft habe, zur Hälfte geleert – auf das Wohl meines ungeborenen Sohnes. Nebenbei werfe ich einen Stock für Hannibal. Irgendwann hat er keine Lust mehr, das Ding anzuschleppen, und döst neben der Bank.

»Aisklar?«, lallt es neben mir.

Ich hebe den Kopf und mustere den Mann, der sich zu mir auf die Bank plumpsen lässt. Er hat einen Schäferhund dabei, riecht streng und setzt eine eigene Flasche an die Lippen. Nach einem langen Schluck wendet er sich wieder an mich.

»Kannsu die Typn vonner Drinkhalle aunich ab?« Er wischt sich mit dem Handrücken über die Lippen und rülpst. »Dassin keine anstännigen Kumpels. B'scheisen einen. Russenpack!«

»'ch kenn eine anstännige Russin, die b'scheist mich überhaupt nich«, gebe ich mit gleichermaßen schwerfälliger Zunge zurück.

»Hassu Glück. Bissu sch'lange da?«

»Paar Stund'n. 'ch bin hier un drinkauf mein Sohn.«

Beim Nachdenken schwankt der Mann vor und zurück. »Was hatter'n gemacht?«

»No ga nix. Ers ma musser aufie Welt komm'.«

»Ahso.« Er nickt und stößt seine Flasche gegen meine. »Dann pros, auf dein Sohn. 'ch bin übrigens Bernd.« Er nickt zu seinem Schäferhund. »Un das is Rocky.«

»Prost Bernd«, gebe ich zurück und lasse einen neuen Schwall Whiskey meine Kehle hinabgluckern. Obwohl ich irgendwie froh über Bernds Gesellschaft bin, fühle ich mich total alleingelassen.

Oktober

Mit entscheidender Männlichkeit

Flo drückt mir ein Bier in die Hand und lässt sich in einen Sessel fallen. Ich sitze schon und genieße den Blick über Frankfurt, den man von der Terrasse seiner Wohnung aus hat. Es ist das erste Bier seit drei Wochen. Seit dem Tag im Park, an dem ich mich nach allen Regeln der Saufkunst in Gesellschaft von Bernd abschießen musste, habe ich keinen Alkohol angerührt. Nicht nur wegen des grausamen Katers am nächsten Morgen, sondern vor allem aus Solidarität mit Maja. Sie muss auf Wein & Co. verzichten, also tue ich es auch.

Flo ist in der vergangenen Nacht gelandet und hat sich, wie versprochen, gemeldet.

»Was ist mit dem Porsche«, fragt er, »fährst du den inzwischen?«

Ich schüttele den Kopf und trinke einen Schluck.

»Meine Güte, lassen sie dich noch immer nicht in Ruhe?«

»Nein, und deshalb bleibt der Wagen in der Garage. Ist zu auffällig.«

»Wieso musste es auch unbedingt Gelb sein? Wieso kein sportliches Rot, pflegeleichtes Silber oder dezentes Schwarz?«

Ich werfe ihm einen Blick zu. »Es ist doch nicht irgendein Gelb.«

Kein Zitronengelb, Senfgelb oder gar Vanille, sondern eben klang- und farbstarkes Racing-Gelb. Das Gelb für den Blinzel-Blitz-Effekt. In der Sekunde eines Blinzelns düse ich wie der Blitz vorbei – wenn ich irgendwann mal düsen kann.

Flo schnaubt. »Nur Zuhälter fahren gelbe Porsches.«

»Das ist totaler Unsinn.«

»Ist es nicht.«

»Und wenn schon.« Ich zucke mit den Schultern. »Dann bin ich eben der einzige mit gelbem Porsche, der kein Zuhälter ist.«

Flo versucht, sein Feixen hinter dem Bier zu verstecken. »Momentan bist du eher der einzige Porschefahrer, der seinen Porsche versteckt.« Er schafft es nicht länger und lacht doch schallend.

Ich warte, bis er fertig ist. »Wie war denn dein Urlaub?«, brumme ich, um das Thema zu wechseln.

Flo stellt sein Bier ab und verschränkt die Arme hinter dem Kopf. Er seufzt sehnsuchtsvoll. »Ach, der war klasse«, sagt er und schaut dabei in den wolkenverhangenen Nachthimmel. »Ich kann mir gar nicht vorstellen, morgen im Büro zu sitzen. Dort ist so viel Realität.«

»Tja«, sage ich, weil mir nichts Besseres einfällt. Genau so viel Realität habe ich seit drei Wochen.

Ein kühler Wind fegt über die Terrasse. Flo klappt den Kragen seiner Jacke hoch. »So ein Scheißwetter hier«, nörgelt er. »Morgen sollen es nur fünfzehn Grad werden, bei Regen.«

»Herbst«, seufze ich, weil mir nichts Besseres einfällt.

Tatsächlich hat sich der Sommer von einem Tag auf den anderen verabschiedet. Das Nieselgrau drückt auf meine Stimmung, dabei war ich nie wetterfühlig. Vielleicht drückt auch eher die Gewissheit, den letzten sorgenfreien Sommer meines Lebens erlebt zu haben. Im nächsten Sommer bin ich Vater und habe die Sorgenfreiheit gegen eine lebenslange Verantwortung getauscht.

»Strand, Palmen, Wasser, so weit das Auge reichte.« Mit beiden Händen öffnet Flo das Panorama für die Kulisse seiner Erinnerung. »Ihr Haus steht direkt am Meer. Ist nicht sonderlich groß, hat aber alles, was man so braucht. Wobei, viel brauchten wir nicht. Bisschen Essen, bisschen was zu trinken. Den Rest der Zeit haben wir gevögelt.« Er lacht. »Gefühlt zumindest.«

»Echt?«, frage ich, weil mir wieder nichts Besseres einfällt.

Gevögelt habe ich seit mehr als drei Wochen nicht. Jetzt, wo ich drüber nachdenke, wird mir klar, dass ich nicht mal daran gedacht habe. Ich bin allmorgendlich davon aufgewacht, dass Maja zum Klo stürmte. Oft bin ich ihr nachgetappt, habe ihre Haare zurückgehalten und sie getröstet. Dem folgte der Alltag im Kling Klang. Kam ich abends nach Hause, nach dem Einkauf, der Bankerledigung oder weiß der Geier, was anstand, dann fand ich Maja schlafend im Bett und habe mich entweder total erledigt neben sie gehauen oder bin von Hannibal und Lecter belagert auf der Couch eingepennt.

»Echt«, antwortet Flo. »Die Frau ist der Hammer. Tolle Figur, Charisma, kluger Kopf und, meine Güte, konnte die reiten und blasen. Ich hab die Englein singen hören.«

»Halleluja!«, brumme ich, weil ich mir das nicht verkneifen kann.

»Genau, halleluja.« Flo interpretiert meinen Kommentar zuerst falsch und will zu weiteren Lobgesängen auf die Vögelei in der Hütte am Bahamas-Strand fern der Realität anheben, da wird ihm etwas bewusst, und er grübelt kurz. »Was ist los mit dir?«

Ich übergehe seine Frage.

»Wer ist die Frau?«, wundere ich mich stattdessen, obwohl es mich nur mäßig interessiert. »Wirklich eine alte Bekannte oder eine eigentlich Unbekannte, die du im Internet aufgerissen hast und ihrer Einladung schwanzgesteuert gefolgt bist? Mal ehrlich, Mann, früher musste ich dich nötigen, Urlaub zu machen.«

Flo betrachtet mich verdutzt, dann kneift er die Augen zu Schlitzen zusammen. »Noch einmal: Was ist los mit dir?«

»Ihr habt hoffentlich verhütet.«

»Na klar, ich bin doch nicht blöd. Und ja, Anke ist wirklich eine alte Bekannte. Sie ist eine Nachbarin aus Kindertagen, die nun in den USA lebt und auf den Bahamas Urlaub gemacht hat. Aber das alles mal außen vor gelassen …« Flo runzelt die Stirn. »Sag mal, bist du neidisch? Läuft gerade nichts zwischen Maja und dir?«

Ich schicke ihm einen verächtlichen Blick. »Quatsch.«

»Warum freust du dich dann nicht, dass ich eine gute dreiwöchige Pause hatte? Nach Jahren, in denen ich praktisch durchgearbeitet habe.«

»Ich bin einfach erledigt.«

»Vom Musikunterricht im Kling Klang?«

»Ein bisschen schon. Ich nehme Maja da gerade einiges ab. Sie ist nämlich schwanger.«

So. Jetzt ist es raus. Maja und ich haben zwar beschlossen, es noch niemandem zu sagen, aber dieses Niemand bezog sich vor allem auf meine Eltern und die Mädels im Kling Klang – eben auf alle, die solche Neuigkeiten nicht für sich behalten können. Jekaterina Poljakow, die es wegen Majas ständiger Übelkeit herausgefunden hat, musste ein Schweigegelöbnis ablegen.

Flo, der gerade einen Schluck trinken wollte, hält mit der Flasche vor seinen Lippen inne. »Ach du Scheiße!«, keucht er.

Seine Reaktion wurmt mich noch mehr als die Schilderungen seines Urlaubs. »Was ist so scheiße am Vaterwerden?«

»So habe ich das ja nicht gemeint«, lenkt er schnell ein. »Ich bin nur überrascht, weil … na ja. Hattet ihr das geplant?«

Ein Seufzer flieht mit einem »Nein« aus meinem Mund.

»Außerdem bist du hier nicht gerade jubelnd reingestürmt, bist mir nicht um den Hals gefallen und hast mir deine Vaterfreuden nicht ins Gesicht geschrien, mir zur Feier des Tages nichts Hochprozentiges eingeschenkt …«

»Das wollte ich vor drei Wochen machen«, unterbreche ich ihn, doch er geht nicht darauf ein, sondern spricht einen letzten Gedanken aus.

»Und ich dachte wohl auch, du hattest die Familienplanung bereits …«, er zögert vor dem entscheidenden Wort, »… abgeschlossen?«

Vor Überraschung muss ich beinahe lachen. »Ich hatte nicht mal damit begonnen. Wie kommst du darauf?«

»Wie alt bist du jetzt? Anfang vierzig? Ich meine, du siehst jünger aus, aber deine Zellen haben nun einmal eine gewisse Reife, und jeder weiß, dass die Fruchtbarkeit ab Mitte dreißig so rapide sinkt wie der Dow Jones am Schwarzen Freitag.«

Das lasse ich nicht auf mir sitzen. »Ich weiß nicht, wie es um die Spermienqualität anderer Männer bestellt ist, aber meine kleinen Flitzer hatten eine einzige Möglichkeit, einen Tag mit vergessener Pille. Es gab genau einen Startschuss und ein Ziel. Ganz offenbar haben sie es erreicht.«

Flo grinst und sagt, was ich mir damals gegenüber Maja verkniffen habe: »Geile Trefferquote.«

Dann lässt er seine Flasche gegen meine klingen und prostet mir zu. »Auf die Gesundheit! Auf Majas, auf deine und insbesondere auf die eures Nachwuchses. Gesundheit ist das Wichtigste.«

Zwei Stunden später schleiche ich durchs dunkle Haus. Als ich auf etwas Kleines, Weiches trete, rauscht ein Schauder über meinen Rücken. Ich beiße die Zähne zusammen, um nicht zu fluchen, und schalte die Taschenlampe am Handy ein. Lecter hat seine Liebesbotschaft diesmal direkt vor die Treppe gelegt, damit ich sie bloß nicht verfehle. Er selbst sitzt auf der zweiten Stufe und starrt mich erwartungsvoll an.

»Gauner«, brumme ich.

Zu müde, um zu schimpfen, nehme ich die Maus am Schwanz und trage sie nach draußen zum Mülleimer. Zurück im Haus, begrüßt mich auch ein verschlafener Hannibal, dem ich befehle, still zu bleiben. Nachdem ich beiden Tieren einen Snack gegeben habe, husche ich nach oben ins Bad.

Ein paar Minuten später krieche ich zu Maja ins Bett. Sie schläft tief und fest. Ihr Atem geht gleichmäßig. Vorsichtig schmiege ich mich an sie und lege meinen Arm um sie.

»Wir müssen Tapete kaufen«, nuschelt sie im Tiefschlaf.

»Machen wir«, antworte ich, obwohl ich weiß, dass sie mich nicht hört. Dann stecke ich meine Nase in ihre Haare und atme durch.

Wenig entspannte Zeiten

Die Samstagmorgenroutine hat sich geändert. Sanft aufwachen, umdrehen, kuscheln, weiterdösen – das war einmal. Seit geschlagenen zwei Stunden sitze ich vor der Badezimmertür, hinter der sich Maja erbricht. Sie hat mich rausgeworfen, weil ich ihr, wie sie wütend gesagt hat, sowieso nicht helfen kann. Ich soll etwas Sinnvolles tun, meinte sie, aber ich wage mich keinen Meter weg, aus Angst, dass ihr Kreislauf kollabiert und sie umfällt – weil ich sie geschwängert habe.

Ganz ehrlich, ich würde ihr die Übelkeit gern für ein paar Tage abnehmen, wenn sie dann durchschnaufen könnte und mal wieder gute Laune hätte. Die Vorstellung, dass es ein Dreivierteljahr so weitergeht, ist einfach schrecklich. Noch schrecklicher ist der Gedanke, dass Maja zu viel Flüssigkeit verliert. In den vergangenen zwei Tagen hat sie sich nämlich nicht nur morgens erbrochen, sondern auch tagsüber mehrmals, meine Bedenken aber beiseitegewischt.

Hannibal und Lecter leisten mir Gesellschaft. Der Dobermann fixiert die Badezimmertür ähnlich besorgt mit zurückgelegten Ohren und lässt sich kaum vom roten Kater ablenken, der sich die Langeweile zu vertreiben versucht, indem er stänkert. Mal ärgert er mich, mal den Hund.

Alle drei zucken wir zusammen, weil die Eingangstür im Foyer geöffnet und geschlossen wird. Als die Absätze von Pumps auf den Fliesen klackern, schießen beide Tiere nach unten, um Jekaterina Poljakow zu begrüßen und sich Snacks abzuholen, die sie in ihrer Handtasche bei sich hat.

Ich hatte sie nicht auf dem Schirm, schließlich ist es Samstag, erinnere mich dann aber, dass sie sich gestern Abend im Kling Klang für heute angekündigt hat, weil sie das Putzen am Freitagmorgen wegen eines Arzttermins nicht geschafft hat. Ich höre, wie sie die Schuhe auszieht und mit den Tieren spricht. Dann ertönen ihre gedämpften Schritte auf der Treppe. Als sie mich entdeckt, kräuselt sie die Stirn und postiert sich vor mir.

»Brauchst du Euro, Max Leif, oder warum sitzt du auf Boden wie Penner an Chauptbahnhof?«

Ich bin definitiv nicht in Stimmung für eine Diskussion, schaue müde in Richtung Badezimmertür. »Maja ist da drin.«

»Ah! Verstehe ich trotzdem nicht, warum du sitzt chier. Gibt unten noch ein Klo.«

Ärger köchelt in mir hoch. »Ich passe auf sie auf, verdammt!«

»Wieso? Muss sie kotzen wieder?«

Auf mein Nicken verschränkt sie die Arme vor ihrer nicht gerade kleinen Brust und schüttelt den Kopf.

»Ist nicht normal! Kotzt sie viel zu oft.«

»Finde ich auch.«

»Ist sie nicht sauer genug.« Das klingt wie eine Feststellung, der ich ohne Zögern widersprechen kann.

»O nein, sie ist ganz sicher sauer genug!«

»Njet!« Die Russin macht eine Handbewegung zum Mund. »Meine ich essen. Sie muss mehr sauer essen. Geht Kotzen weg.«

Auf meinen zweifelnden Blick fährt sie fort: »In Russland schwangere Frau macht saure Therapie mit Duft und Essen. Kaufst du Ölduft von Zitrone und Apfelsine und verteilst in Chaus. Cholst du Glas mit Gurken und Glas mit Chering. Kann Maja essen Gurken und Fisch und trinken Essig aus Glas. Kaufst du auch Saft von Pampelmuse und Sauerkraut. Trinkt sie. Chört Kotzen auf. So einfach.«

Mir wird nur vom Zuhören schlecht. Unsere russischen Nachbarn sind schon ein hartgesottenes Volk, wenn sie ihre Schwangeren mit Heringsbrühe kurieren.

Aus dem Badezimmer ertönt ein besonders schlimmes Würgen.

»Vielleicht bleiben wir lieber doch bei Nüssen und Knäckebrot«, murmele ich und horche nebenbei auf Maja.

Jekaterina Poljakow ist anderer Meinung. »Würde ich auch kotzen, wenn ich das muss essen immerzu. Ist kein Genuss. Will ich genießen Leben auch in Schwangerschaft.« Sie wedelt mit den Händen. »Also, Max Leif, stehst du auf und gehst du kaufen saures Essen. Bringst du auch Blumen mit zur Freude und Parfüm vielleicht zur Harmonie. Ich kann dann wischen Boden, wo du sitzt.«

Maja mag keine Blumenpräsente, denn sie sieht jedes Pflänzchen lieber in der Natur wachsen. Parfüm ist wegen ihres empfindlichen Geruchssinns gerade keine gute Idee, aber das mit den Zitrusfrüchten und Gurken will ich gern versuchen und rappele mich auf.

Weder die sauren Gurken noch den Sauerkrautsaft hat Maja angerührt, sondern die Nase gerümpft. Als ich die Flasche mit dem Lemon-Duftöl geöffnet habe, ist sie in den Garten gelaufen und hat dort weitergeatmet. Seit einer Stunde hängt sie wieder über dem Klo. Ich weiß nicht mehr weiter.

Nicht nur wegen der Übelkeit, sondern überhaupt. Ich würde gern recherchieren … zu all den Dingen, die es zu beachten, zu besorgen, gegen Probleme zu unternehmen gibt, aber ich habe Maja versprochen, das zu lassen. Als es kein Internet gab, sagt sie, sind auch schon Kinder geboren worden.

Ich könnte antworten, dass man auch von A nach B gefahren ist, als es kein Internet gab, sich aber viel öfter verfranst hat, aber ich antworte gar nichts, sondern nehme den Zettel, den Maja mir mit einem »Ich gebe auf« reicht.

Es ist ein Rezept, mit dem ich zur Apotheke fahren soll. Ein mir unbekanntes Medikament steht darauf.

»Was ist das?«

»Etwas gegen die Übelkeit, von meiner Frauenärztin.« Maja lässt sich auf die Couch fallen, zieht ein Kissen auf den Bauch und umarmt es. »Ich kann es ohne Bedenken anwenden, wenn es zu schlimm wird. Ich wollte es ohne das schaffen, aber jetzt geht es einfach nicht mehr.«

Ein Blick auf die Uhr sagt mir, dass es zwanzig Uhr ist und auch die letzte Apotheke gerade schließt. So wie Maja die Augen. Erfahrungsgemäß ist es nur noch eine Frage von Minuten, bis sie schläft. Den heutigen Tag kann ich abhaken, aber vielleicht rettet das Medikament unseren Sonntag. Also starte ich das Notebook und rufe Notdienst-Finder auf, gebe die Postleitzahl vom Westend ein und kann nicht glauben, dass die nächste Bereitschaftsapotheke in Bockenheim ist. Einen Spaziergang mit Hannibal, den der heute wieder zu kurz gekommene Hund verdient hätte, kann ich mit der Besorgung also nicht verknüpfen und mache mich im Auto auf den Weg.

Eine Viertelstunde später klingele ich am Notfall-Fenster der Apotheke. Nichts passiert, und ich will ein weiteres Mal auf den Knopf drücken, da erscheint doch noch eine Frau aus den Tiefen des Ladens. Sie trägt keinen weißen Kittel, sondern einen braunen Pullover über einer Jeans. Ohne mich anzusehen, nimmt sie das Rezept entgegen. Ich schaue sie dafür umso genauer an, irritierter mit jeder Sekunde. Ihre langen, dunklen Haare hat sie am Hinterkopf straff zu einem Zopf gebunden. Ihre Figur ist sehr weiblich mit Rundungen, die viele als ein paar Kilo zu viel bezeichnen würden. Sie ist geschätzt in Majas Alter und reicht mir in etwa bis zum Kinn, wie Maja. Still liest sie sich das Rezept durch.

»Einen Augenblick bitte«, sagt sie und schaut auf. Ihre Stimme wird durch den Lautsprecher ein bisschen verzerrt. »Das Medikament muss ich von hinten holen.«

Ich starre sie an, denn ihre Augen haben dieselbe Form wie Majas, dieselbe Größe, denselben Farbton. Ihre Gesichtsform ist anders, der Mund hat einen anderen Schwung, aber dieser Unterschied genügt nicht, um das merkwürdige Gefühl in meinem Bauch zu vertreiben.

»Ist alles in Ordnung?«, fragt sie.

Ich nicke. *Max, hör auf zu glotzen!*, befiehlt mir eine innere Stimme. Also blinzele ich und kläre meine Kehle mit einem Räuspern. »Alles klar, ich warte.«

Sie verschwindet wieder in den Tiefen der Apotheke, ist bald zurück und erkundigt sich, ob ich noch etwas anderes benötige. Abermals bin ich von ihrem merkwürdig vertraut wirkenden Blick verunsichert und will erneut starren, reiße mich aber zusammen und verneine.

»Dann bekomme ich zehn neunundneunzig von Ihnen. Es ist ein Privatrezept, also müssen Sie den vollen Preis bezahlen.«

»Schon in Ordnung«, murmele ich, hole mein Portemonnaie aus der Jacke und ziehe einen Zwanzig-Euro-Schein heraus. Nachdem ich ihn in den metallenen Schub gelegt habe, erhalte ich Majas Medikament und das Wechselgeld. Die Frau wünscht mir einen schönen Abend, ich ihr nicht. Wahrscheinlich muss sie die gesamte Nacht in der Apotheke sitzen.

Noch im Auto habe ich ihren Blick vor Augen, verdränge die Erinnerung jedoch, als ich in die Einfahrt vor unserem Haus biege. Ein Teil von mir will Maja davon erzählen, ein anderer Teil verbietet es mir. Sie ist so empfindlich gerade und soll sich jetzt nicht auch noch Sorgen machen. Nachher grübelt sie zu lange über einen Grund, warum ich einer anderen Frau so tief in die Augen schaue, dass ich am Ende von einer Ähnlichkeit überzeugt bin.

Maja ist einzigartig für mich. Gerade jetzt sollte ich sie das spüren lassen.

Im entwaffneten Zustand

Das ist nicht meine Schuld! Ich möchte an dieser Stelle ganz klar darauf hinweisen. Das war nicht meine Programmwahl für den Sonntagabend!

Ich war so froh, dass der Morgen einmal nicht im Badezimmer über der Kloschüssel begann und auch nicht dorthin führte. Endlich, dank des Medikaments, war Maja nach dem Aufwachen nicht speiübel, sondern nur leicht schlecht, was sich allerdings legte. Wir konnten frühstücken, einen entspannten Tag bei Regenwetter zu Hause verbringen und wollten den Abend gemütlich vor dem Fernseher ausklingen lassen. Ich habe einen Film aus dem Pay TV vorgeschlagen, aber Maja wollte unbedingt das Programm eines öffentlich-rechtlichen Senders sehen, einen Film, den man, O-Ton, mal gesehen haben muss, weil er laut diversen Abstimmungen zu den besten Filmen des vergangenen Jahrtausends gehört. Also gab ich nach und schaute mir beinahe drei Stunden lang Großwildjagden und Flüge über die Savanne an, welche hin und wieder von tiefgründigen Dialogen unterbrochen wurden. Faszinierende Bilder, das muss ich zugeben, und eine beeindruckende musikalische Untermalung. Beides immerhin so gut, dass Maja wach blieb. Während Lecter und Hannibal es sich wie immer auf mir bequem machten, lümmelte sie auf dem weitaus bequemeren Teil der Couch ganz allein, aß mit Kräutergewürzen bestreute Tomaten und folgte dem Drama – das leider tatsächlich als eines endete.

Früher hätten wir irgendwas Lustiges oder einen Actionfilm geschaut, heute ein Drama. Obwohl mir das Genre durchaus bewusst war, war ich doch nicht auf die Tränen am Ende eingestellt. Maja heult wie ein Schlosshund.

»Sie hat alles verloren«, schnieft sie und wischt sich die Tränen von den Wangen, nur um Platz für neue zu machen. »Sie hat ihren besten Freund verloren, weil er ein Arsch war, der ihr Geld verprasst, sie betrogen und mit Syphilis angesteckt hat, woraufhin sie keine Kinder mehr bekommen konnte. Die ganze Arbeit auf der Kaffeefarm, die sie nie gewollt hatte, hat sie allein bewältigt, das Unternehmen zum Erfolg geführt und am Ende niederbrennen sehen. Sie hat die Liebe ihres Lebens kennengelernt. Er hat sie respektiert, wie sie war, stand ihr in allem bei, und als sie sich endlich füreinander entschieden hatten, stürzt er mit seinem Flugzeug ab.«

Majas Schluchzen lässt mich frösteln. Ich will ein Wort der Ermunterung über meine Lippen zwängen, doch sie fährt fort: »Auf seiner Beerdigung hat sie sich abgewandt von allem, vom Leben auch. Sie hatte eine Farm am Fuße der Ngong-Berge, und plötzlich hatte sie gar nichts und niemanden mehr.«

»Es ist doch nur ein Film«, antworte ich und weiß, dass das falsch war, als Maja mich anfunkelt. Für einen Moment rechne ich sogar damit, dass sie ihre letzte Tomate nach mir wirft, doch sie scheint es sich anders zu überlegen und beißt hinein.

»Ein Film, der auf einer wahren Geschichte beruht«, kontert sie mit halbvollem Mund.

»Aber die Story spielt doch vor fast hundert Jahren, in den Zwanzigern oder Dreißigern. Die Frau ist längst tot.«

Maja heult auf und wirft ein Kissen, das nur den Kater vertreibt. »Wie kann man nur so gefühllos sein?«

»Ich bin überhaupt nicht gefühllos. Ich kann nur Fiktion von Fakten unterscheiden.«

Ein zweites Kissen fliegt mir an den Kopf. Diesmal springt auch der Dobermann von der Couch, nicht ohne weiteres jedoch. Er fletscht die Zähne und knurrt Maja an. Das gibt ihr den Rest.

»Bist du wohl still!« Sie steht auf und nimmt die nur noch mit leeren Stengeln gefüllte Gemüseschale sowie das Gewürz mit in die Küche. Mit hochrotem Kopf und tränenden Augen kehrt sie zurück und baut sich vor mir auf.

»Du liebst mich überhaupt nicht mehr. Keiner liebt mich mehr. Hannibal hat dich schon immer mehr geliebt, weil er dich nun mal eher kannte, und jetzt knurrt er mich sogar an.« Ihr Blick wandert zum Kater, der in Deckung in einer Ecke hockt. »Und Lecter ist offenbar schwul geworden. Früher hat er mir immerzu auf der Pelle gehockt, aber seit neuestem ...« So hilflos, dass es mir weh tut, zuckt sie die Schultern. »Seit neuestem ist er nur noch bei dir. Überhaupt bringt er nur dir seine Mäuse. Mir hat er nie eine gebracht.« Sie stampft mit dem Fuß auf und fügt ein von Traurigkeit zerrissenes »Nicht eine einzige« an.

Wie schockgefroren sitze ich auf der Couch. Meine Kehle fühlt sich an, als sei sie zugeschnürt. Das ist auch besser so, denn in einem ersten Impuls will ich Maja sagen, dass sie furchtbar übertreibt. Früher hätte sie bei der Dramatik eines Filmes wie dem eben geschauten abgewunken. Nein, Korrektur, früher hätte sie solche Filme gar nicht sehen wollen. Und heute gibt sie mir die Schuld an der Tragödie der bedauerlicherweise nicht erfundenen Hauptdarstellerin? Trauert hundert Jahre zu spät um deren vergeigtes Leben? Das soll Mann verstehen? Mann versucht es immerhin.

»Maja, nun komm schon her.« Ich breite die Arme für sie aus, statt ihr mit einem gefährlichen Früher-warst-du-...-Satz zu kommen.

Sie zögert, klimpert die Tränen aus ihren Augen. Dann schluchzt sie und stürzt sich an meine Brust.

»Ich fühl mich so furchtbar, Max«, weint sie und hält mich ganz fest. »Und ich verstehe überhaupt nicht, warum. Ich fühl mich überhaupt nicht schwanger, sondern nur elend. Ich habe verdammten Schiss, obwohl ich mich eigentlich freuen möchte.«

»Bestimmt geht es dir bald besser«, sage ich und streichele über ihren Rücken, drücke einen Kuss auf ihre Schläfe.

Du hast ihr das angetan, flüstert die Stimme im Kopf.

Sie redet weiter. »Weißt du, ich stelle mir oft vor, wie wir zu dritt sind. Oder zu fünft; du und ich und Hannibal und Lecter und der Krümel.« Wieder schluchzt sie und hält mich noch fester. »Und das sind wunderbare Gedanken.«

»Es wird toll!«, presse ich hervor.

Kann es nicht morgen schon so weit sein? Hoffentlich bist du dann kein totaler Versager, der alles falsch macht. Ganz ehrlich, du hast nämlich keine Ahnung, wie so ein Baby zu managen ist.

»Ich bin so gespannt auf den Krümel, auf diese einmalige Mischung von mir und dir.«

Eine bisweilen ziemlich explosive Mischung. Wenn dieser Krümel dein Temperament bekommt, wird es echt spannend, aber lach bitte wieder, Maja. Hör auf zu weinen!

»Und ich erst!«

»Und es tut mir echt leid, dass ich in letzter Zeit so biestig zu dir war, obwohl du so lieb bist.« Sie boxt mir auf die Schulter. »Ich will dich nicht ständig kritisieren, und in den Momenten, in denen ich es tue, kann ich mich zwar überhaupt nicht leiden, tue es aber trotzdem.«

»Das geht schon vorbei.«

Hoffe ich zumindest. Und so ein bisschen mehr Liebe könnte in Zukunft nicht schaden.

»Ich liebe dich wie verrückt, weißt du das eigentlich?«

Mit diesem Satz überrascht sie mich, aber er tut so gut. Mit den berühmten drei Worten werfen Maja und ich nämlich nicht um uns, wie es andere tun. Wir sind sparsam damit, und ich hatte sie nun länger nicht gehört.

»Ich liebe dich auch, mein Schatz.«

Mehr als du dir vorstellen kannst. Bis zum Mond und dann zum Saturn und von da aus zur Sonne und zurück.

»Und wenn ich vor dir sterben sollte ...« Nach kurzer Beruhigung schluchzt sie erneut. »Dann möchte ich zu diesem Song beerdigt werden.«

»Zu welchem Song?«

Mein Alarm meldet sich: *Wie? Was? Vor mir sterben? Vergiss es! Und sag doch jetzt nicht so was. Sonst hab ich die Nacht wieder Alpträume. Du hast doch keine Angst, während der Schwangerschaft zu sterben? Wie hoch ist wohl das Risiko, eine Schwangerschaft nicht zu überleben?*

»Der Song aus dem Film.« Maja löst sich von mir, um sich aufzusetzen und mir in die Augen zu schauen. »Als die beiden in der Propellermaschine über die Savanne geflogen sind. Dieses klassische Stück.«

»Ach das.«

Tragisch, schwermütig, viele Violinen. Der perfekte Beerdigungssong.

»Du stirbst nicht«, sage ich schnell. »Nicht vor mir.«

Nicht heute oder morgen. Nicht weil du mein Baby bekommst.

Sie atmet tief durch, gibt mir einen Kuss und steht auf. »Ich muss ins Bett. Ein Wunder, dass ich noch nicht schlafe.«

»Komme gleich nach«, antworte ich und stelle den Fernseher aus.

Sie geht aus dem Raum und die Treppe hinauf. Ich höre sie im Bad. Noch eine Weile sitze ich auf der Couch im nun stillen Wohnzimmer. Dann schalte ich das Licht aus und folge ihr.

Leicht entflammbare Gemüter

Der kleine Janosch möchte von seiner Mutti aus dem Kling Klang abgeholt werden.

Bis eben haben Janosch Schabrowski und ich im Regenbogenzimmer aufgeräumt. Jetzt sitzen wir auf der Bank vor der Garderobe und spielen *Ich sehe was, was du nicht siehst.* Inzwischen haben wir alles gesehen, was wir nicht sehen.

Maja musste vor einer Stunde zu einem Termin auf die Bank. Big Mama ist noch vor ihr gegangen. Annette wollte mit Janosch warten und ist sauer abgedampft, als ich ihre Hilfe abgelehnt habe. Jekaterina Poljakow wischt den Fußboden im oberen Stockwerk und singt ein traurig klingendes russisches Volkslied, das sich nach einem vergessenen Kind anhört. Irgendwo im bitterkalten Russland irrt es frierend durch schmutzige, von zerfallenen Häusern flankierte Straßen auf den Roten Platz zu. Schneeflocken tänzeln durch die Nacht.

Vor zehn Minuten habe ich Janoschs Mutter angerufen. Vor Wut schnaubend hat sie mir erklärt, dass sie wohl einmal einen Kosmetiktermin haben kann und ich bitte schön mit ihrem Mann telefonieren soll, der heute für das Abholen zuständig ist. Ihn habe ich nicht erreicht.

»Ich wette, meine Mama ist im Krankenhaus«, sagt Janosch Schabrowski aus heiterem Himmel und wirkt noch betrübter als schon den ganzen Tag über.

»Nein, sie ist bei der Kosmetik.« Mir wird bewusst, dass er mit diesem Begriff vielleicht nichts anzufangen weiß und sich etwas neues Schauerliches darunter vorstellen könnte. Also hole ich weiter aus: »Dahin gehen Frauen, wenn sie sich das Gesicht hübsch machen lassen. So ähnlich wie beim Friseur, nur geht es nicht um die Haare, sondern um die Haut.«

Trotzig schüttelt der Junge den Kopf und mit ihm seinen halben Körper. »Glaub ich nicht. Sie ist im Krankenhaus.«

Seine Beharrlichkeit wundert mich. »Wieso denkst du das?«

»Sie hat gestern sehr laut geschrien.«

Ein Streit? Ich halte mich zurück, um ihn nicht zu verunsichern. »Erwachsene werden manchmal etwas lauter, wenn sie unterschiedlicher Meinung sind.«

»Aber sie hat geschrien, weil Papa auf ihr drauf gelegen hat. Bestimmt hat er ihr weh getan. Er hat an ihrer Bluse gezogen und ihre Hände festgehalten, damit sie sich nicht wehren kann. Ich hab's genau gesehen.«

Ach du Scheiße! Was nun? »Ähm … Wo warst du denn, als das passiert ist?«

»Vor dem Zimmer.«

»Vor dem Zimmer?«

»Ja. Vor Papas Büro.«

»Und Papa hat Mama …« Gevögelt, verdammt? Ohne die Tür zu schließen?

Janosch nickt. »Er hat ihr weh getan, bis sie geschrien hat. Auf seinem Schreibtisch. Er hat bestimmt gedacht, ich merke das nicht, aber ich hab durch das Schlüsselloch geguckt. Genau am Schlüssel vorbei. Bis sie geschrien hat. Da bin ich in mein Zimmer gerannt.«

Ich räuspere mich. »Du, Janosch, also ich glaube nicht, dass dein Papa der Mama weh getan hat. Manchmal sieht es nur so aus, obwohl sie sich eigentlich gerade besonders lieb haben.«

Ein weiteres Mal schüttelt er sich trotzig. »Stimmt nicht. Es war genau wie bei den Löwen im Zoo. Die haben das auch so gemacht, und da hat Papa mir erklärt, sie würden kämpfen.«

Tja! Das hat man vom Lügen. Wenn man sein Kind schon vor den Käfig mit den poppenden Löwen stellt, sollte man auch den Arsch in der Hose haben, ihm zu erzählen, was abläuft. Man kann es ja kindgerecht formulieren und sagen, dass die Löwen gerade ein Löwenbaby machen.

Spontan entfährt mir die Wahrheit: »Du, Janosch, in Wirklichkeit haben die Löwen nicht gekämpft, sondern ein Baby gemacht.«

Er springt von der Bank auf, stiert mich an und stemmt die Hände in die Seiten. »Babys bringt der Klapperstorch, wenn man ein Stück Zucker auf das Fensterbrett legt. Ich habe fast jeden Abend nachgesehen. Mama und Papa haben nie Zucker hingelegt.«

Was will ich darauf erwidern? Der arme Janosch ist verwirrt genug, da kann ich nicht auch noch seine grundsätzlichen Überzeugungen über den Haufen werfen, also schweige ich und klopfe neben mich, damit er sich wieder setzt. Das tut er, nachdem er gegen die Bank getreten hat.

Nach weiteren fünf Minuten des von Jekaterina Poljakows Gesang untermalten Schweigens wird mir etwas klar: Ab nächstem Frühjahr werden Maja und ich mindestens achtzehn Jahre lang nie wieder ungestörten Sex haben können. Wir werden uns in entlegenen Räumen verbarrikadieren, Schlüssellöcher abkleben und still sein müssen. Sonst denkt unser Kind, wir bringen uns um. Oder später, wenn es kapiert, was tatsächlich passiert, spricht es vor lauter Ekel kein Wort mehr mit uns. Wir brauchen einen Notfallplan!

Ich tauche aus meinen Gedanken auf, als Jekaterina Poljakow die Treppe herunterkommt. Schnaufend stellt sie Eimer und Schrubber ab.

»Seid ihr ja chier immer noch.«

»Jepp.« Ich lege den Arm um Janoschs Schultern und ziehe ihn trostvoll an mich. »Aber Papa kommt bestimmt gleich.«

Jekaterina Poljakow schnaubt. »Würde ich verstehen, wenn es wären fünfzig Grad minus mit Schnee meterchoch, dass Verkehr ist gelegt lahm wie in Russland in Winter. Aber sind zehn Grad plus und nicht mal Regen.«

Die Tür fliegt auf. Ein total verdatterter Papa von Janosch steht ein paar Sekunden lang reglos vor uns, dann stürmt er zu seinem Sohn und zieht ihn an seine Brust, murmelt Entschuldigungen von wegen Termin und so weiter. Jekaterina Poljakows »Ach, chier kommt Vater Rabe« hört er glücklicherweise nicht, und ich bedeute ihr, die Klappe zu halten.

Nachdem der Vater den Sohn freigegeben hat, bitte ich Janosch, schon mal Schuhe und Jacke anzuziehen, was bei seinem Trotz ein bisschen dauern kann. Dann fordere ich den Vater auf, mir ins Regenbogenzimmer zu folgen, und schließe die Tür in der Hoffnung, dass weder Janosch noch Jekaterina Poljakow die Lauscher anlegen.

»Herr Wallbusch-Schabrowski«, beginne ich in gedämpftem Ton.

»Kein Doppelname, bitte«, unterbricht er mich.

»Herr Schabrowski«, setze ich erneut an, doch abermals fällt er mir ins Wort.

»Wallbusch.«

»Herr Wallbusch.«

Verdammte Axt! Darauf hab ich ja nun überhaupt keinen Bock. Die beiden Namen auszusprechen ist aufgrund der aufeinanderfolgenden *Sch* kompliziert genug. *Frau Wallbusch-Schabrowski, Janosch Schabrowski ...* Der Typ hätte diesen Mist verhindern sollen, dann müsste er hier jetzt keinen Tanz um seine korrekte Anrede machen. Diese scheiß Doppelnamen, diese verflixt übertriebene Emanzipation!

Wenn Maja und ich mal heiraten, soll sie mir bloß nicht mit diesem Krempel kommen. Wohin das führt, sieht man am Beispiel dieser Familie: Jeder hat einen anderen Nachnamen. So ein bisschen altmodisches Zusammengehörigkeitsgefühl ist doch das mindeste. Maja wird Leif heißen. Punkt. Und mein Kind heißt auch Leif. Ganz altmodisch. Wieso auch nicht? Es ist ein genauso akzeptabler Name wie Rados. Keine Diskussion nötig.

Ganz tief hole ich Luft und will hervorbringen, was mir auf dem Herzen liegt, da wird die Tür geöffnet. Jekaterina Poljakow steckt den Kopf ins Zimmer.

»Sorry, ich störe, Max Leif, aber ist Frau Buschabraknika da. Will sie Janosch entführen.«

Frau Wallbusch-Schabrowski will Janosch entführen?

Ich komme nicht zum Nachfragen, denn die Tür wird ganz aufgestoßen, und Besagte drängt sich an Jekaterina Poljakow vorbei ins Regenbogenzimmer, um sich wie eine Harpyie auf ihren Mann zu stürzen.

»Da bin ich *einmal* bei der Kosmetik«, beginnt sie ihre Anklage, »*einmal* verlasse ich mich auf dich. Und du vergisst ihn, deinen Sohn, den du so unbedingt wolltest. Mit dem du sonst was unternehmen wolltest. Zelten gehen, Fliegenfischen, Fußball spielen.« Sie verzieht den Mund voller Verachtung. »All das erwarte ich ja gar nicht mehr, nur dass du ihn nicht auch noch vergisst.«

Herr Wallbusch ist stumm wie der Fisch, den er mit seinem Sohn aus dem Fluss holen wollte, also springe ich ein.

»Frau Wallbusch-Schabrowski.« Zur Beschwichtigung hebe ich die Hände. »Ich war gerade in einem Gespräch mit Ihrem Mann, um ihm mitzuteilen, dass Janosch Sie beide gestern Abend offenbar beim Liebesakt beobachtet hat und nun sehr besorgt ist.«

Die Harpyie wendet mir das kalte Gesicht zu. Ihre Augen blitzen vor Zorn. »Herr Leif, wie wollen Sie meinen Sohn einschätzen können? Soweit ich weiß, sind Sie kein qualifizierter Erzieher und daher kaum einmal in der Lage, ihn zu beaufsichtigen, wie es erforderlich wäre.«

Ihre Worte treffen mich wie eine Faust in den Magen.

»Wäre es Ihnen lieber gewesen, ich hätte Janosch in die Obhut unserer Reinigungschefin übergeben?« Mit kaum mehr vorhandener Leichtigkeit zucke ich die Schultern. »Das Kling Klang schließt um siebzehn Uhr, und jetzt ist es eine Stunde später. Vielleicht hätte Janosch beim Durchwischen geholfen.«

Die Harpyie klappt den grässlichen Schnabel zu und zischt aus dem Raum. Bevor ihr Mann ihr folgt, wirft er mir einen entschuldigenden Blick zu. Ich gehe nur hinterher, um mich von Janosch zu verabschieden. Dass er mich umarmt und fest drückt, tut gut.

»Was fir blede Alte«, ächzt Jekaterina Poljakow, sobald sich die Tür des Kling Klang hinter Familie Wallbusch-Schabrowski geschlossen hat, und ich bin ihr sehr dankbar, dass sie ihre Einschätzung, die ich gern teile, nicht eher geäußert hat. Eigentlich hatte ich mich darauf eingestellt.

»Sollte sie auch besser suchen qualifizierte Kosmetika«, knurrt sie weiter. »Chat sie Augenbrauen wie Indianer mit begrabene Pfeife Frieden und rote Gesicht wie nach Ohrfeige, die sie chat verdient.«

Ich ziehe meine Jacke über und mache mich auf den Heimweg.

Frisch enttarnte Gefahren

»Wir können ihn Roger nennen«, schlage ich Maja am nächsten Abend beim Couchfläzen mit seichter TV-Unterhaltung vor. »Wie Roger Waters von Pink Floyd.«

Sie stellt ihren Tomatensaft ab, den sie neben dem roten Gemüse für sich entdeckt hat. Sie krabbelt zu mir, stützt sich über mir auf und sagt: »Chauvi!« Immerhin grinst sie dabei und gibt mir einen Kuss, der nach Tomatensaft schmeckt.

»Bin ich überhaupt nicht.«

»Warum schließt du ein Mädchen dann kategorisch aus?«

»Tue ich gar nicht. Ich halte es bloß für unwahrscheinlich.«

»Wieso?«

»Ich weiß nicht genau, irgendwie sehe ich halt immer einen Jungen, wenn ich an uns drei denke.«

Sie legt sich auf mich. »Also bist du doch ein Chauvi!«

Ich übergehe ihre Anschuldigung. »Roger Leif. Klingt okay, oder?«

Maja gurgelt, als hielte sie das Lachen zurück. »Okay ist der kleine Bruder von Scheiße. Ach, und Leif soll das Kind auch gleich heißen?«

»Klar.« Nicht dass wir jetzt in eine Doppelnamen-Diskussion geraten. Um davon abzulenken, mache ich sie auf unsere Zuschauer aufmerksam. Hannibal und Lecter hocken vor der Couch und beobachten uns. »Schau, die hängen gleich auf uns.«

»Auf dir vielleicht«, brummelt Maja an meine Schulter. »Ich bin tabu, zumindest für Lecter. Vorhin, als ich ihn mir einfach mal schnappen wollte, hat er mich sogar angeknurrt.«

Eigentlich ist Maja sein Lieblingsdosenöffner und die Nummer eins seiner Kuschelmenschen, vor allem, weil Hannibal eher auf mich fixiert ist. Als Zeichen der Zuneigung, vielleicht auch, damit ich mich nicht vernachlässigt fühle, legt mir der Kater bloß die Mäuse hin, so von Kerl zu Kerl. Damit ich ihn in meinem Haus toleriere oder so. Weiß ich, wie Kater denken? Nein.

»Dabei habe ich ihn mit nach Hause gebracht«, kommt es von Maja in einem gefährlich emotional klingenden Tonfall. »Damals, als er noch ein Babykater war und auf einem Baum festsaß.«

»Er wird etwas ahnen. Wahrscheinlich riechst du anders, deine Hormone machen eine Veränderung durch. Das irritiert ihn, weil er an deinen Geruch gewöhnt ist.«

Sie hebt den Kopf und schaut mich aus feuchten Augen an. »Rieche ich für dich auch anders?«

So schnell, wie ich nein denke, kann ich gar nicht den Kopf schütteln. Ich umarme sie fester. »Absolut nicht. Du duftest für mich nach wie vor wie mein Lieblingsmensch.«

Um meine Aussage wissenschaftlich zu untermauern, informiere ich mich später, als Maja schläft, im Netz über das Verhalten von Katzen während der Schwangerschaft. Das ist erlaubt, da ich zu Katzen recherchiere und nicht direkt zum Thema Schwangerschaft. Ich erfahre, dass gerade diese Tiere ein äußerst sensibles Gespür für Schwangerschaften haben, aber unterschiedlich darauf reagieren, weil sie nun einmal verschiedene Persönlichkeiten haben. Während die einen kaum noch vom schwangeren Frauchen ablassen und sich bei jeder Gelegenheit auf deren Bauch legen, gehen die anderen auf Distanz, bis das Kind auf der Welt ist.

Völlig unvorbereitet entdecke ich gegen Ende meiner Recherche einen ganz erschreckenden Begriff: Toxoplasmose – und sehe mich mit einem neuen Parasiten konfrontiert. Diesmal trägt er den schauerlichen Namen *Toxoplasma gondii.* In meinen Ohren klingt das nach einem äußerst unheimlichen Gollum.

Der Lehrstoff ist ebenso gruselig: Katzen sind nach einer Erstinfektion zumeist frei von Symptomen und ein Leben lang immun – nichtdestotrotz schleppen sie den Widerling mit sich herum und übertragen ihn an einen Zwischenwirt. Oft den Menschen. Gefahr besteht für Schwangere, da sich der Parasit das Baby vornehmen und schwere Schäden verursachen könnte.

Alarm!!! Maja sollte heilfroh sein, dass der Kater einen Bogen um sie macht.

Das Notebook zu schließen kostet Überwindung, doch alles Weitere wäre verbotene Recherche. Rastlos tigere ich durch das Wohnzimmer, wobei ich dem inzwischen auf der Couch pennenden, ahnungslosen Lecter argwöhnische Blicke zuwerfe.

Würde ich ihn einfach vor die Tür setzen, überlege ich, dann würde er dort bis zur nächsten Eiszeit sitzen bleiben. Tausendmal eher hätte ihn Maja wieder ins Haus gelassen. Aussetzen bringt also nichts. Grübelnd stehe ich vor dem Terrassenfenster des Wohnzimmers, schaue in den dunklen Garten und male mir ein Szenario aus, in dem ich den Kater in ein Heim gebe – in ein wirklich gutes, sauberes, feines Heim nur für Katzen – und Maja erzähle, er sei fortgelaufen, von einer schicken Katzendame verführt, liebestrunken, um bis an sein seliges Ende mit Seinesgleichen glücklich zu sein. Allein bei der Vorstellung tut mir das Herz weh. Und dann wird mein Fuß warm. Und nass.

Fluchend mache ich einen Satz zurück und knurre ein »Duuu!«.

Hannibal setzt sich und schaut zu mir hoch. Vermeintlich arglos ist sein Blick, doch ich habe es gelernt, hinter die lieben dunklen Augen zu schauen.

Es ist mehr als ein Jahr her, dass er mich angepinkelt hat. Früher, seit er auf der Welt ist eigentlich, hat er das aus Gewohnheit gemacht, diese dumme Angewohnheit aber eingestellt, da ich immer ungehaltener reagierte und ihn schließlich … in ein Hundeheim gesteckt habe.

Das ist unheimlich!

Anscheinend haben nicht nur Katzen einen sechsten Sinn.

»Alles klar, Kumpel.« Ich streichle dem Dobermann den schwarzen Kopf. »War nur so ein Gedanke.«

»Ein ziemlich blöder Gedanke«, füge ich auf dem Weg nach oben an.

Auf der Fahrt ins Kling Klang bietet sich die erste Gelegenheit, mit Maja über den Gollum, der vielleicht in unserem Kater lebt, zu sprechen. Sie unterbricht mich schon nach den ersten Worten.

»Max, es ist alles okay. Mach dir keine Sorgen!«

»Wie, alles okay?«, brause ich auf. »Das ist eine ernste Sache.«

»Natürlich. Deshalb habe ich mich von meiner Gynäkologin testen lassen. Ich bin immun gegen Toxoplasmose.«

Menschen können dagegen auch immun sein? Davon habe ich nichts gelesen. »Ganz sicher?«

»Absolut.«

»Warum hast du nicht gesagt, dass du diesen Test machst?«

»Weil ich dir eine Sorge ersparen wollte. Komm also bloß nicht auf die Idee, Lecter vor die Tür zu setzen, okay?«

»Quatsch«, grummele ich und wehre mich gegen das schlechte Gewissen, das sich prompt regt.

»Ah, ich liebe diesen Song«, sagt Maja völlig ab vom Thema und dreht am Lautstärkeregler, bis die Stimme und die sachten Gitarrenklänge das Auto erfüllen.

Bei dem Song handelt es sich um *Time in a Bottle* von Jim Croce, der erste US-Nummer-eins-Hit in meinem Geburtsjahr. Noch vor der Veröffentlichung war der Sänger in einem Flugzeug tödlich verunglückt.

Vor allem die Gitarre und die sanfte Stimme machen den Song aus, und der Text natürlich, der sich mit den kostbaren Momenten von Liebenden beschäftigt. In einer Flasche sollen die Zeiten eingefangen und für die Ewigkeit aufbewahrt werden.

»Wusstest du, dass er das für seine Frau geschrieben hat, als sie schwanger war?«, frage ich Maja und schaue kurz zu ihr rüber.

Sie schüttelt den Kopf und lehnt ihn dann gegen die Stütze, schließt die Augen und lauscht weiter.

Meine Sorge werde ich den ganzen Tag nicht los, also finde ich mich am Nachmittag bei Dr. Bärbeißer ein. Sie trägt eine merkwürdige Kopfbedeckung – eine Art Helm, der aus Metallbändern besteht, über eine hochgeklappte Lampe verfügt und sie ausschauen lässt, als käme sie gerade aus einem Bergwerk. Von Majas Schwangerschaft weiß sie bereits, weil Maja angerufen und erklärt hat, warum sie die geplanten Untersuchungen nicht durchführen lässt.

»Ich bin wegen unseres Katers hier«, beginne ich.

Ein paar Sekunden lang mustert mich die Ärztin und sagt dann: »Herr Leif, vielleicht wenden Sie sich diesbezüglich lieber an einen kompetenten Veterinärmediziner.«

»Ein Veterinärmediziner?« Sind wir heute zum Scherzen aufgelegt, Dr. Bärbeißer? »Es geht doch um diese …« Wie hieß es noch. Was mit toxisch. »Um diese Toxodings.«

Der Ärztin geht ein Licht auf – dies ohne die Lampe am Helm einzuschalten. Sie setzt das Ding sogar ab und legt es vor sich auf den Tisch. »Toxoplasmose?«, hilft sie mir auf die Sprünge.

»Genau. Also Maja meinte, sie sei von ihrer Gynäkologin getestet und für immun befunden worden, aber ist das Kind auch immun?«

Für ihre Erläuterung holt sie tief Luft. »Katzen stecken sich in der Regel an, indem sie tachy- oder bradyzoitenhaltiges Fleisch zu sich nehmen. Je nachdem dauert die Präpatenz dann drei bis acht Tage. Sobald die sporulierten Oozysten ausgeschieden sind, ist es für das Tier überstanden. Insofern Maja immun ist, hatte sie bereits Kontakt mit dem protozoischen Parasiten, was irgendwann in ihrem Leben gewesen sein kann.«

»Was, verdammt, ist denn Brandy- und Tachofleisch?«, frage ich, weil das als Einziges hängengeblieben ist.

Dr. Bärbeißer verkneift sich ein Grinsen. »Hat Ihr Kater Kontakt mit Schweinen und Schafen?«

Im Westend? Ich schüttele den Kopf. »Nur mit Mäusen und Vögeln, wenn er schnell genug ist.«

»Dann sorgen Sie sich nicht, Herr Leif. Ohnehin scheiden nur etwa zwei Prozent der Katzen Toxoplasmen-Oozysten aus, also am ehesten Tiere, die in landwirtschaftlicher Umgebung leben.«

Entnervt reibe ich mir mit den Händen übers Gesicht. »Ich mach mir aber Sorgen. Maja ist immer noch übel, was im Extremfall nur durch Medikamente kontrolliert werden kann.«

»Behandeln Sie Ihre Maja nicht wie Glas«, höre ich von der Ärztin. »Spätestens in zwei Monaten wird sie das nerven, wie ich sie einschätze.«

»Wieso das denn?«

»Nun ja, spätestens dann hat sie die Morgenübelkeit überwunden, fühlt sich ziemlich gut und vielleicht von Ihnen gebremst.«

Ich? Maja bremsen? In meinen Träumen! Darauf antworte ich gar nicht.

»Lassen Sie Ihre Partnerin vorsichtshalber nicht das Katzenklo sauber machen. Das wäre alles.«

»Das mache sowieso ich.«

»Gut, und schauen Sie halt, dass sie den Kater nicht unbedingt abknutscht.«

»Das passiert auch nicht. Er macht gerade einen Bogen um sie, findet ihre hormonelle Veränderung offenbar zu merkwürdig.« Nicht nur der Kater, doch das verschweige ich an dieser Stelle.

»Dann ist ja alles bestens.« Dr. Bärbeißer steht auf und geht zur Tür. »Tschüss, Herr Leif, halten Sie die Ohren steif.«

Sie kichert, weil sich das reimt, während meine Gedanken relativ unfreiwillig zu einem Körperteil fliegen, das schon länger nicht mehr steif war.

Der entfernte Freund

Die Luft ist frisch, aber nicht klapperkalt. Es duftet nach Laub, das von den Bäumen und Büschen gefallen ist und vom Wind über den Rasen verteilt wurde – ich habe es noch nicht zusammengeharkt. Das Haus hinter mir liegt im Dunkeln, wie auch der Garten und der Großteil der Stadt. Ich will den Himmel sehen, der heute Nacht besonders klar ist, pechschwarz und so wolkenlos, dass selbst das beständige Licht Frankfurts die Sicht kaum trübt.

Maja schläft längst, aber ich kann noch nicht ins Bett. Ich muss noch hier sitzen, in die Sterne sehen. In Astronomie bin ich nicht wirklich bewandert, doch mit den Größeren aus dem Kling Klang sowie deren Eltern waren Maja, Annette und ich vor ein paar Tagen in einer Sternwarte, und vom dort Gehörten ist einiges hängengeblieben.

Von den Sternen des Sommers, die im Westen allmählich untergehen, wandert mein Blick zum heute wie das ganze Jahr über gut zu erkennenden Großen Wagen und zu Kassiopeia, dem Himmels-W. Von da aus huscht er weiter zum Wintersechseck, das sich unter anderem aus Orion sowie den Zwillingssternen zusammensetzt und dessen auffälligste Punkte Kastor und Pollux sind. Der Betreiber der Sternwarte erzählte hierzu eine Geschichte, die die Kinder ein bisschen traurig machte:

Kastor und Pollux wurden als Zwillinge von Leda geboren – der eine als Sohn eines irdischen Königs, der andere als Sohn von Zeus. So war Kastor menschlich und sterblich, Pollux hingegen göttlich und unsterblich. Die Brüder waren einander sehr vertraut und gerieten in viele Abenteuer, bis Kastor in einem Kampf getötet wurde. Pollux war deshalb so verzweifelt, dass er seinen Vater bat, ihn ebenfalls sterben zu lassen. Zeus erfüllte seinen Wunsch zum Teil und gewährte ihm abwechselnd Zeit im Reich des Hades und im Himmelreich Olymp. In den Monaten, welche die Zwillinge gemeinsam bei Hades verbringen, sehen wir sie als Sternbild.

Vielleicht mag ich die Geschichte so sehr, weil ich mich hier draußen bei den Sternen dem Menschen, der mir immer wie ein Bruder war, am nächsten fühle. Paul und ich sind im selben Jahr in Westerland auf Sylt geboren. Durch selten mehr als ein paar Gartenzäune getrennt, sind wir zusammen aufgewachsen, waren unzertrennlich. Wie Kastor und Pollux waren wir Abenteurer, das Leben war unsere Herausforderung. Gemeinsam meisterten wir den Ritt durch die Wüste der Schule, wir bezwangen den Sturm der ersten Liebe und überquerten das Meer der Möglichkeiten, um unseren Hafen zu finden. Nicht verwunderlich, haben wir unseren Anker beide in Frankfurt am Main gesetzt und Unternehmen gegründet, mehr Höhen und Tiefen gemeinsam durchlebt. Und so hätte es weitergehen können.

In Nächten wie diesen sitze ich hier wie ein Pollux und *telefoniere* mit meinem Kastor, der nicht überlebt hat. Vor zweieinhalb Jahren ist er von einem Tag auf den anderen an einer Lungenembolie gestorben. Die darauf folgende Zeit war die schlimmste meines Lebens. Paul fehlte mir sehr, das tut er noch heute. Immer wird das so sein, denn sein Platz kann nicht durch einen anderen besetzt werden. Flo ist ein Freund, den ich schätze und gern um mich habe, aber unsere Freundschaft unterscheidet sich von der, die mich mit Paul verbunden hat. Sie ist nicht so tief, da ist nicht so viel Vertrautheit, wir kennen einander nicht wie die sprichwörtliche Westentasche, nichts ist so selbstverständlich. Ich glaube, einen Freund wie Paul findet man nur früh im Leben. Zusammen groß zu werden, Seite an Seite in einer Zeit aufzuwachsen, in der Vorsicht und Existenz noch nicht so von Bedeutung sind, das ist ohne Zweifel prägend.

Und Maja? Sie ist nun meine beste Freundin, aber ich kann sie dennoch nicht mit Paul vergleichen. Unsere Verbindung ist ähnlich tief und vertrauensvoll, doch hinzu kommt, dass ich sie liebe, mich emotional und körperlich zu ihr hingezogen fühle. Sie ist der Mensch in meinem Leben, der an erster Stelle steht.

Wie kann ich sie nicht wie Glas behandeln?

Schwangerschaft ist keine Krankheit. Natürlich nicht. Doch das ist ein Spruch, eine bescheuerte Plattitüde, geprägt von alten Weibern, Machos und Arbeitgebern. Schwangerschaft ist aber ein Risiko – ein zusätzliches. Es gesellt sich zum Autounfall, zu einem Terroranschlag in der U-Bahn, einer Hirnblutung, einem Schlaganfall, einer Embolie.

Ich würde es kein zweites Mal aushalten, die wichtigste Bezugsperson meines Lebens zu verlieren. Wie sollte ich ohne Maja weitermachen? Ich würde in diesem Haus leben, verfolgt von ihrem Geist, ich würde im Kling Klang Musikunterricht geben und jahrein, jahraus neue Kinder empfangen und ins Schulleben entlassen, ohne diese Erfahrungen mit ihr teilen zu können. Ich würde für einen Ein-Mann-plus-zwei-Tiere-Haushalt einkaufen, beim Anblick von Tomaten zu heulen beginnen und mich vor den Wochenenden grausen. Ich würde mit mir selbst diskutieren, überall und zu jeder Sache ihre Stimme hören, mich von ihr beobachtet fühlen. Ich wäre noch einsamer, als ich es je ohne sie war.

Ich muss und werde Maja wie Glas behandeln. Nicht nur jetzt, sondern vermutlich, bis ich ins Gras beiße. Das bedeutet nicht, dass ich sie in Styroporkügelchen polstere, und ich werde auch nicht vor jeden ihrer Schritte Watte auslegen, aber ich werde mir immer darüber bewusst sein, was ich in der Hand habe. Glas.

Damit ist klar: Nicht fallen lassen, nicht drauftreten, nirgends gegenstoßen, keinen rohen Kräften aussetzen, sondern behutsam behandeln. Eigentlich sollte jeder Liebende mit seinem Partner umgehen, als sei er aus Glas – statt davon auszugehen, dass er wie ein Zementblock alles aushält.

Zum Beispiel eine Schwangerschaft.

In Momenten wie diesen bin ich wahnsinnig zwiegespalten. Zum einen verspüre ich Freude darüber, dass ich Nachwuchs bekomme, zum anderen den Drang, Maja vor Gefahr zu beschützen. Und wenn Letzteres die Überhand gewinnt, dann frage ich mich: Wer ist dieses Kind? Ich kenne es ja gar nicht. Ich weiß nichts über dieses Kind. Nicht einmal, wie es sich anfühlt, so als Krümel. Nicht mal das. Ich kann nicht einschätzen, was es auszurichten vermag, so als Krümel. Und das macht mir Angst.

Gleich darauf setzt das schlechte Gewissen ein. So wie jetzt, denn ich sollte mein Kind doch über alles stellen, von Beginn an, oder? Aber über allem steht Maja. Und sie muss dieses Kind auf die Welt bringen. Ich bin bloß der Erzeuger. Ich kann nicht mehr tun, als mir während der Schwangerschaft ständig Sorgen zu machen und bei der Geburt total belämmert danebenzustehen und mich zu bemühen, dass ich nicht umfalle, weil vielleicht ein paar ziemlich eklige Dinge geschehen.

Denke ich so recht über das alles nach, dann komme ich vor lauter Gedanken kaum zum Luftholen und bin mir sicher, würde ich Flo davon erzählen, dann würde er ratlos gucken, mir auf die Schulter hauen und behaupten, dass schon alles gut werden würde. Als hätte er eine Ahnung! Von Schwangerschaft!

Mein Blick fliegt abermals in den Himmel, hinauf zum Sternbild des Zwillings.

Kastor, der nordlichste Stern des Zeichens, blinzelt mir zu.

Zwei entsetzliche Nervensägen

Ich habe eine zweite Berufung: Seit gestern Nacht sehe ich mich nicht mehr nur als Musiklehrer, sondern auch als Manager. Das muss ich sein, um die verschiedenen Phasen einer Schwangerschaft wortwörtlich managen zu können, wobei eine Menge Flexibilität sowie ein dickes Fell gefragt sind – sagt ein Online-Ratgeber für werdende Väter, den ich nun doch befragt habe. Ich muss einfach wissen, was wann abgeht.

Endlich erschließen sich mir Majas Stimmungsschwankungen, warum sie manchmal zweifelt und mich zurückweist: Sie ist in Phase eins, der emotionalen Phase. Hier bin ich als Feuerlöscher, Brandungsfels und Wattebausch gefragt. In meinem speziellen Fall auch als Tomatenorganisator.

Nach den vergangenen Wochen freue ich mich ja ein bisschen auf die zweite Etappe, welche angeblich mit dem vierten Schwangerschaftsmonat beginnt und als die euphorische Phase bezeichnet wird. Wie Dr. Bärbeißer es angedeutet hat, ist Maja dann wohl besonders lebenslustig. Mein Part wird in dieser Zeit der des Spaßmachers sein, aber auch der einer Notbremse, falls sie auf zu verrückte Ideen kommt und beispielsweise Base Flying ausprobieren oder einen Zoo kaufen will. Vielleicht brauche ich im Anschluss eine Verschnaufpause, obwohl mir das dritte Trimester, die beschwerliche Phase, alle Kraft abverlangen wird. Hier soll ich Kühlschrankbefüller, Chauffeur, Masseur und Transporteur sein und prinzipiell immer, wenn sie etwas vorhat, »Liebling, ich mach das« oder noch besser: »Ich habe es bereits erledigt« sagen. Momentan kann ich mir nicht vorstellen, dass Maja das gefällt.

Unter keinen Umständen, in keiner Phase, nie und nimmer darf man als Schwangerschafts-Manager eine Äußerung oder Handlung der Liebsten als unbedeutend oder gar hormongesteuert erachten, geschweige denn bezeichnen. Auch nicht, wenn es stimmt. Damit und mit anderen Dingen werde ich mich zurücknehmen, selbst wenn es an Selbstaufgabe grenzt – so wurde es auf der Webseite beschrieben. Zurückhaltung und gewissermaßen persönlicher Verzicht sind ohnehin Dinge, an die ich mich gewöhnen sollte. Den Schilderungen im Web zufolge ist niemand mehr ganz er selbst, wenn er Mutter oder Vater geworden ist.

Das Kling Klang wartet an diesem Morgen mit einer ganz anderen Herausforderung auf mich. Maja und Annette sind in einem Elterngespräch. Ich habe die Regenbogengruppe, die eine Stunde spielen darf, in der Obhut. Janosch, Arthur und Sahid sind mit den Baustellenfahrzeugen beschäftigt. Lucy macht, wie oft, ihr eigenes Ding und malt. Hatice und Tabea sind in der Kinderküche und haben den pinkfarbenen Mixer zum Plastikkuchenbacken in Beschlag – so lange, bis die Glamour Twins nicht mehr Mutter, Tante, Kind spielen, sondern einen eigenen Kuchen backen möchten. Die beiden fragen nicht, sie fragen nie, sondern wollen den Mixer und die Backformen einfach so nehmen. Obwohl Tabea und Hatice eher zurückhaltend sind, lassen sie sich das nicht gefallen.

Innerhalb von Sekunden bricht ein von vier schrillen Stimmchen unterlegter Streit aus. So schnell kann ich gar nicht sein. Ich habe nur zwei Arme, wünsche mir gerade zwei mehr, denn kaum habe ich Tabea und Marlene voneinander getrennt und will mich um Hatice und Gwyneth kümmern, da fallen Erstere abermals übereinander her. Marlene zieht Tabea an den Zöpfen, bis die kreischt und ihre Widersacherin im Gesicht kratzt.

Auf Knien und mit Einsatz meines ganzen Körpers schaffe ich eine Art Mauer zwischen den Streithühnern.

»Genug«, keuche ich und angele mir den Mixer, um ihn zu konfiszieren.

»Aber wir haben doch gar nichts gemacht«, heult Hatice.

»Ihr habt euch gehauen. Alle vier.« Ich stehe auf. »Hier wird nicht gehauen. Gehauen wird nie. Ist das klar?«

»Aber der Kuchen war noch gar nicht fertig«, jault Tabea.

»Dann gibt es eben heute keinen Kuchen.« Ich weise auf den Herd. »Ihr könnt ja was kochen. Schaut, da gibt es vier Kochstellen. Eine für jede von euch.«

Tabea und Hatice scheinen darüber nachzudenken, die anderen beiden aber nicht. Marlene verschränkt die Arme. Gwyneth zieht einen Schmollmund und beginnt hastig ein- und auszuatmen. Dabei legt sie ihre Hand auf die Brust. Drama, Drama, Drama! Vor ein paar Monaten bin ich darauf noch hereingefallen.

»Ich will nicht kochen.« Marlene stampft mit dem Fuß auf.

»Dann lass es. War nur ein Vorschlag.«

»Kochen ist uncool!«

Ich gehe aus dem Küchenbereich, und mein Blick fällt auf den Miniatur-Ferrari. Nachdem ich den Mixer außer Reichweite gebracht habe, schiebe ich das Auto in die Spielküche.

»Hier ist ein cooler Ferrari«, sage ich. »Dreh eine Runde. Das entspannt.«

»Ein Ferrari ist eine Gurke«, schreit Marlene mit vor Zorn roten Wangen, rennt zum kleinen Fahrzeug und gibt ihm einen Tritt. »Frag meinen Vater! Der weiß es ganz genau. Nur ein Lapotschini ist keine Gurke.«

»Das heißt Lamborghini«, tönt es von der Bausteleninsel. Arthur hat das gesagt. Abgesehen davon lassen er, Janosch und Sahid sich nicht von ihrem Spiel ablenken.

»Na gut, dann eben nicht.« Ich will die vier Mädchen allein lassen, denn Nummer fünf, Lucy, ruft mich, um mir ihr Bild zu zeigen, da geht Gwyneth zu Hatice und Tabea, die sich inzwischen am Herd beschäftigen, und nimmt ihnen alle Töpfe weg. Die beiden stürzen sich auf sie, Marlene springt hinzu, und schon habe ich ein neues wildes Kampfknäuel.

Nachdem ich sie abermals getrennt habe, setze ich jede auf einen Stuhl – weit genug voneinander entfernt. Sie sollen über ihr Verhalten nachdenken und dürfen nicht aufstehen, bis sie mir sagen, was sie falsch gemacht haben. Tabea und Hatice sind schnell und geben zu, dass sie nicht hätten hauen sollen. Marlene will nicht über ihre Fehler nachdenken, sondern droht mir mit ihrem Vater. Gwyneth sagt gar nichts, sondern presst Tränen aus ihren Augen und hyperventiliert, in der Hoffnung, das Bewusstsein zu verlieren. Ich gehe zu ihr, knie mich vor ihren Platz und lege die Hände an ihre Ärmchen.

»Hör auf damit, Gwyneth«, sage ich. »Das tut dir nicht gut.«

Sie starrt mich aus aufgerissenen Augen an, hebt dann eine Hand vor die Stirn und rutscht schlaff vom Stuhl.

»Gwyneth, das ist nicht witzig ...«

Ihre Mundwinkel zucken. Sie hält den Atem an. Als ich sie unter dem Kinn kitzele, kichert sie, wird aber gleich darauf sauer und schlägt meine Hand weg. Sie will aufstehen und abhauen, doch ich setze sie wieder auf den Stuhl – bis sie ihren Fehler eingesteht. Was für die anderen gilt, gilt auch für sie.

Irgendwann steht Lucy neben mir. »Frauen sind echt schwierig«, sagt sie.

Ich schaue sie an, weiß nicht, was ich antworten soll.

Sie zeigt mir ihr Bild. Vier Gesichter hat sie gemalt, das in einer Technik, die an Picassos Kubismus-Phase erinnert. Jedes Gesicht in einer anderen Hauptfarbe. Alle wutverzerrt. Jeder Kopf hat Zöpfe. Bratpfannen, Kochlöffel und Mixer fliegen dazwischen herum.

»Wie findest du's?«

Kurz vor sechzehn Uhr schleppe ich frisch eingekaufte Lebensmittel in Big Mamas Küche. Ich hieve die Kiste mit den Kartoffeln und dem Gemüse auf die Arbeitsplatte in der Mitte des Raumes und will mich ans Wegräumen machen.

»Lassen Sie nur«, brummt Big Mama mit ihrer tiefen Stimme, in der noch ein schwacher amerikanischer Akzent mitschwingt.

Sie mustert mich aus ihren dunklen Augen und macht eine Kopfbewegung in Richtung des Stuhls, den sie für sich selbst in eine Ecke gestellt hat. »Setzen Sie sich eine Minute, Max, und schnaufen Sie mal durch.«

Das ist tatsächlich eine gute Idee. Mit einem Ächzen nehme ich Platz, reibe mir übers Gesicht.

»Harter Tag heute, hm?« Big Mama schnappt sich den Sack Kartoffeln und trägt ihn zu einem Eimer, in dem sie den Vorrat aufbewahrt. »Die Mädchen machen es Ihnen nicht leicht, was?«

»Na ja …« Mehr bekomme ich nicht über die Lippen. Ich stütze die Ellbogen auf die Knie und den Kopf in die Hände.

Inzwischen frage ich mich, ob ich zu streng war, zu verständnislos. Gwyneth und Marlene sind schwierig, aber es sind ihre Eltern, die sie dazu gemacht haben. Wer sein Kind seit dem Pampersalter in Werbespots plaziert, sie bei Agenturen anmeldet und ihnen die große Karriere prognostiziert, der sollte eigentlich auf einem Stuhl landen und über seine Fehler nachdenken. Aber nein. Gerade hört sich Maja Vorwürfe dieser Eltern an, lässt sich drohen und rechtfertigt meine Konsequenz.

»Keine Sorge«, brummt Big Mama. »Sie haben alles richtig gemacht. Und hey, Max?«

Ich richte mich auf, sehe sie fragend an.

»Jeder Tag hier ist die beste Übung.« Sie zwinkert mir zu und räumt dann die Paprika und die Tomaten in zwei Schalen.

»Wie meinen Sie das?« Die beste Übung wofür?

Zwei Reihen weißer Zähne zeigen sich mit ihrem Lächeln. Sie stützt die Hände auf die Arbeitsfläche. »Ich habe vier Kinder bekommen, Max. Glauben Sie mir, ich sehe, wenn eine Frau schwanger ist.«

Ich bin verwirrt. Kann wieder gar nichts sagen. Das muss ich auch nicht. Die Köchin redet schon weiter.

»Auch darüber machen Sie sich mal keine Sorgen! Maja ist eine starke Frau. Sie sind ein guter Mann. Sie werden tolle Eltern.«

Ein entblößtes Bedürfnis

Eine Nacht mit wildem, hemmungslosem Sex mit Maja liegt hinter mir und flaut in einem über meinem Bauch zusammenfallenden Zelt ab. Alles nur geträumt. Schade!

Nachdem ich mir die Augen wachgerieben und festgestellt habe, dass Maja nicht neben mir liegt, lausche ich und höre sie unten im Haus herumlaufen. Es ist Mittwoch, einer der Tage, an denen ich erst zwei Stunden später, zum Beginn der ersten Musikstunde, ins Kling Klang fahre, weil alle vier Erzieherinnen für die beiden Gruppen da sind. Ich befehle meinem besten Stück, komplett zu schrumpfen, stehe dann auf und tappe ins Bad.

Ich bin noch unter der Dusche, als Maja ins Bad rauscht. Durch die Scheibe der Dusche hindurch beobachte ich, wie sie versucht, ihre lockigen Haare zu einem Zopf zu binden. An ihren harten Bewegungen erkenne ich, dass sie genervt ist. Nichtdestotrotz tauchen die Bilder des Traums in meinem Kopf auf. Mit aller Willenskraft verdränge ich sie und rufe über das Prasseln des Wassers hinweg ein fröhliches: »Guten Morgen, mein Engel!«

Sie feuert das Haargummi weg und antwortet: »Morgen!« Das klingt so schlecht gelaunt, wie sie aussieht.

Nicht drauf eingehen, Max! Einfach weiter gute Laune simulieren. Vielleicht steckt es an.

»Wie geht's dir heute?«

Maja versucht es mit der Haarbürste. Sie nimmt das Haargummi zwischen die Lippen, kämmt nach links, kämmt nach rechts, kämmt zurück und fummelt die Haare schließlich zusammen. Kaum hat sie das Gummi darum geschlungen, da zieht sie es schon wieder ab, pfeffert es über den Waschtisch und die Bürste hinterher.

»Das sah doch gut aus«, sage ich.

»Einen Scheiß sah es!«

Sie streicht sich durch die Haare, zupft die Locken zurecht und wirkt immer gereizter. Wie kurz vorm Explodieren. Besser, ich halte jetzt die Klappe. Um sie nicht durch schlichtes Zuschauen zu reizen, drehe ich mich sogar um, da höre ich ein:

»Liebst du mich eigentlich noch?«

Eigentlich hatten wir das Thema, diese Unterstellung erst. Wie könnte ich nicht? Wieso sollte ich nicht?

Ich bleibe mit dem Rücken zu ihr stehen – vorsichtshalber –, verteile Duschgel auf meinem Oberkörper und antworte über die Schulter: »Na klar!«

»Sieh mich dabei an!«

Na gut. Also dann. Ich drehe mich um und schaue ihr in die Augen. »Ich liebe dich eigentlich noch. Und ganz sicher werde ich dich eigentlich immer lieben.«

Meinen kleinen Spaß übergeht sie. »Aber du begehrst mich nicht mehr … sexuell.«

Der bloße Gedanke löst eine Regung in meinen Lenden aus, was Maja nicht sieht, weil sie mir ins Gesicht starrt und nicht zwischen die Beine.

»Ich begehre dich total.« Ich stelle das Wasser ab, ohne den Wasserhahn auch nur anzusehen.

»Davon merke ich aber gar nichts. Früher hatten wir beinahe jeden Tag Sex. Aber seit zwei Monaten hast du mich nicht angerührt. Nicht ein Mal!«

Weil ich dachte, dass du nicht willst!, verteidige ich mich im Stillen und beiße mir auf die Lippen. *Weil ich dachte, dass du mich zurückweist. Weil es dir so schlechtging. Tatsächlich habe ich einige Wochen überhaupt nicht dran gedacht, aber im Moment …*

Das zu sagen wäre ein fataler Fehler, das ist mir klar. *Emo-*

tionale Phase!!!, lärmt der Alarm in mir. Zeige Verständnis! Sei mitfühlend! Sei der Feuerlöscher!

Verdammt, dazu müsste ich erst mal bei mir selbst löschen.

»Ähm …«

»Sag doch einfach, dass du mich nicht mehr vögeln willst«, faucht Maja und stürmt aus dem Bad. Einigermaßen perplex trete ich aus der Dusche. Ich lausche, höre ihre eiligen Schritte auf der Treppe. Kurz ist es still, dann kehren die Schritte zurück.

Jetzt, Max!, befiehlt der Kerl in mir, dem sämtliche Phasen der Schwangerschaft scheißegal sind. Pitschnass und wie Gott mich schuf stürme ich aus dem Bad und sage: »Und wie ich dich vögeln will!«

»Ni figa sebje!«, ruft Jekaterina Poljakow und lässt den Schrubber fallen.

Ni figa sebje bedeutet so viel wie *Heilige Scheiße!,* und normalerweise sagt sie das beim Anblick größerer Unordnung. Nun gleitet ihr Blick an mir hinab, ziemlich zielgerichtet. Ziemlich genau zwischen meine Beine, zu der Stelle, auf die Maja hätte aufmerksam werden sollen, um all ihre Sorgen zu vergessen.

»Was machen Sie denn hier?«, entgegne ich entsetzt, und auch der Rest von mir wird steif.

Es ist zwar Mittwoch, aber nicht einmal acht Uhr. Jekaterina Poljakow kommt montags, mittwochs und freitags um neun Uhr.

»Komme ich Stunde eher, chabe ich Maja gesagt gestern«, murmelt sie tonlos, ohne den Blick von meiner Männlichkeit zu nehmen. »Muss ich um elf Uhr in Schule von Kind sein, um zu sprechen über mein Beruf vor Klasse.«

Noch immer unfähig, mich zu rühren, suche ich nach etwas, mit dem ich mich bedecken könnte. Ein Handtuch ist im schier endlos entfernten Badezimmer. Ich könnte das Bild von der Wand nehmen und vor mich halten, aber es ist ein weiblicher Akt von Philippe Flohic, der alles nicht gerade besser machen würde. Meine Hände, die ich mitsamt den Armen endlich bewege, müssen es tun.

»Ähm … Frau Poljakow«, stottere ich, als sie mir wieder ins Gesicht schaut. »Was ich eben gesagt habe … also das galt Maja und nicht …«

»Will ich choffen doch!«

»Natürlich, um Himmels willen! Erzählen Sie ihr bloß nichts hiervon. Sie ist zurzeit sehr emotional!«

Sie nickt. »Jetzt ich verstehe, wieso chast du sie geschwangert gleich bei erste Versuch.«

Was zum Teufel?!

Es ist eine Sache, dass sie von der Schwangerschaft weiß, aber eine ganz andere, dass sie sogar über meine Trefferquote im Bilde ist. Anscheinend hat ihr Maja von der vergessenen Pille erzählt.

»Könnten wir bitte das … Thema wechseln?«

Abermals nickt sie. »Choroscho. Wechselst du!«

»Ich … ähm.« Mein Hirn rattert auf Hochtouren. »Ich wechsel jetzt … wieder ins Bad. Da bin ich dann gleich raus, und dann können Sie dort sauber machen.«

Jekaterina Poljakow bückt sich und nimmt den Schrubber auf. Sobald sie wieder aufrecht steht, hebt sie auch das Kinn. »Mache ich in gewohnter Reihenfolge. Wie immer. Nicht andersherum.«

»Schon klar, Frau Poljakow.«

Sie wendet sich ab und geht den Flur entlang in Richtung Schlafzimmer. »Ziehst du jetzt Chose an, Max Leif!«, ruft sie. »Will ich mich konzentrieren auf Arbeit.«

November

Mit belehrendem Finger

Da sitze ich nun. Wie ein Soldat in einem Bunker mit lauter Sprengstoff. Neben mir auf dem Stuhl fläzt ein Teenager mit dickem Bauch, weil sie nicht mehr gerade sitzen kann. Sie liest in einem Mütter-Magazin und informiert sich zu den Problematiken der ersten Wochen mit Baby. Gegenüber tauschen sich zwei Frauen mit mehr und weniger runden Kugeln über die Faszination Wehen aus und fragen sich, wie die sich wohl anfühlen. Das könnte ich ihnen zwar nicht sagen, aber sehr genau, wie sie klingen. Mit einem Schaudern vertreibe ich die Gedanken an die Schwangere auf der Autobahn.

Maja, die neben mir sitzt, hat zwar noch keine Schwangerschaftsrundung, ihre Hand aber trotzdem auf den Bauch gelegt. Ihre Finger klopfen nervös darauf herum, also nehme ich ihre freie Hand, um ihr Mut zu spenden, der mir prinzipiell selbst fehlt.

Kein Leidensgenosse ist anwesend zur montäglichen, für Schwangere reservierten Beratungszeit in der Praxis von Dr. Niki Papadopoulus. Ihr Name klingt nicht nur griechisch, sie ist es auch. Seit Betreten der Praxis musste ich mir schon mehrmals auf die Zunge beißen, um meinen Argwohn nicht zu äußern. Maja weiß nicht, ob die politische und wirtschaftliche Lage in Griechenland die Ärztin hierher verschlagen hat, sie ist erst seit zwei Jahren Patientin.

Sie meint, Dr. Papadopoulus sei nett. Nett! Die meisten Griechen sind nett! Wären sie dazu professionell, befände sich ihr Land nicht in einer so prekären Lage. Ich bin schlichtweg unsicher, ob griechische Gynäkologen mit absoluter Sorgfalt vorgehen, ob sie sich eine moderne Praxisausstattung leisten, ob sie jedes Wort verstehen, kurzum, ob sie auf Dinge achten, auf die man hier in Deutschland üblicherweise so achtet.

Ich beuge mich zu Maja. »Wieso hast du nicht gesagt, dass sie Griechin ist?«, flüstere ich.

Sie schaut mich an und zieht die Brauen hoch. »Macht es einen Unterschied, welcher Nationalität sie ist?«, flüstert sie zurück.

Vielleicht. »Nein, nicht unbedingt.«

»Warum sollte ich es dann erwähnen? Wolltest du dich vorbereiten? Schnell noch ein paar griechische Floskeln lernen? Guten Morgen heißt *Kalimera.*«

Das weiß ich. Und ein Bier vom Fass, bitte heißt *Mia birra apo warelli.* Ich war schon in Griechenland und mag die Griechen, wie gesagt. Ich mache mir nur Sorgen, wieder mal, sonst nichts, und finde Majas Sarkasmus gerade total unangebracht. Deshalb beschließe ich, nicht darauf zu reagieren, und richte den Blick auf den Bildschirm, wo der Film über die Entwicklung des Babys im Mutterleib zum dritten Mal startet.

»Mal ehrlich, Max.« Maja klingt böse. »Was soll die blöde Frage? Hast du etwa Fremdenangst?«

»Ich habe überhaupt keine Angst.« Halbwegs stimmt das. »Es war nur eine Frage, und jetzt vergiss sie, okay?«

Sie schnaubt und verschränkt die Arme, kann aber nicht lange bocken, denn sie wird aufgerufen. Ich halte kaum mit ihr Schritt, so schnell flitzt sie ins Sprechzimmer. Wenig später schüttelt mir Dr. Papadopoulus kräftig die Hand und bittet mich nahezu akzentfrei, neben einer Liege Platz zu nehmen. Während sie und Maja über das Problem mit der Übelkeit sprechen, zieht Maja ihren Pullover aus, knöpft die Hose auf und legt sich hin. Die Ärztin quetscht Gel aus einer Tube auf Majas Bauch und wischt es mit einem stabartigen Gerät breit, das bald Bilder auf den über der Liege hängenden Monitor überträgt.

Von einer Sekunde auf die andere bin ich gebannt. Auf dem letzten Ultraschallbild, das Maja mit nach Hause brachte, war ein Krümel zu sehen, der am Rand eines schwarzen Sees klebte.

»Hier haben wir den kleinen Schatz«, höre ich Dr. Papadopoulus sagen – eine Bemerkung, durch die sie bei mir umgehend einen Stein im Brett hat. Allerdings würde ich den kleinen Schatz gern erkennen.

Ich sehe einen unförmigen Kreis, der an einem zweiten, beinahe gleich großen dunklen Kreis hängt. Rundherum sind Punkte. Hände und Füße, wie die Ärztin erklärt. Mit zwei Klicks berechnet sie die Größe des kleinen Schatzes, siebenundzwanzig winzige Millimeter – nicht mal mein halber Zeigefinger. Wie klein sind dann erst diese Punkte, die Hände und Füße sein sollen?

Als die Ärztin sagt, dass das Herz schon schlägt, bleibt meines einen Augenblick stehen. Ich verlasse meinen Platz und schleiche zum Bildschirm, um den kleinen Schatz eingehender zu betrachten. Dabei entdecke ich etwas Merkwürdiges.

»Was ist das?« Ich tippe auf einen Schatten hinter dem unteren Kreis. Schatten sind nie gut bei solchen Untersuchungen. Schatten bedeuten immer Probleme.

»Die Plazenta«, erklärt Dr. Papadopoulus.

»Die was? Was soll das sein?«

»Max, das ist bloß der Mutterkuchen«, antwortet Maja anstelle der Ärztin. »Sozusagen der Kühlschrank des Babys.«

Eigenartig, was Frauen so alles im Bauch haben können.

»Sicher?«

»Ganz sicher.« Dr. Papadopoulus antwortet nun wieder, und ihr Ton hat sich etwas geändert. Sie klingt jetzt nicht mehr ganz so locker, sieht ihre Kompetenz offenbar in Frage gestellt.

Da ich von einer Plazenta nie etwas gehört oder gelesen habe, muss ich das so hinnehmen und rücke noch näher an den Monitor. »Sieht man schon, was es wird?«

Maja und die Ärztin lachen gleichzeitig. »Noch nicht«, antwortet Letztere. »Frühestens ab der elften Woche. Und sicher sagen kann man es auch dann nur, wenn man etwas entdeckt, wenn es also ein Junge ist.«

Klar ist es einer. »Ab nächster Woche? Können wir da noch mal kommen?«

Maja nennt mich erneut einen Chauvi und meint, dass diese Frage erst mal nicht so wichtig sei. Dr. Papadopoulus vertröstet mich auf den nächsten Monat.

Schade! Aber kommen wir zu anderen wichtigen Themen. Genau genommen tut Maja das, während sie sich wieder anzieht.

»Bei dieser Untersuchung, wegen der Risikoschwangerschaft, was wird da alles überprüft?«, erkundigt sie sich wie beiläufig.

Meine Nackenhaare stellen sich auf. »Risikoschwangerschaft? Wieso das denn? Was denn für ein Risiko?«

Maja wendet sich an mich. »Max, ich bin siebenunddreißig und du bist dreiundvierzig. Wir haben nicht mehr die beste Qualität …«

»Wir haben eine sehr gute Qualität«, unterbreche ich sie.

Dr. Papadopoulus übernimmt das Wort und erzählt zuerst, warum ab einem bestimmten Alter zu diesen erweiterten Untersuchungen mit speziellen Geräten geraten wird. Dann geht sie ins Detail.

Ach, hätte Maja doch nicht gefragt! Nicht in meiner Gegenwart. Wie soll ich das Kopfkino von Lücken in der Bauchwand, Wolfsrachen und erweiterten Hirnkammern nun wieder abschalten? Genau genommen hat der kleine Schatz schon einen vergleichsweise überdimensionierten Kopf. Überhaupt sieht er momentan recht merkwürdig aus.

»Aber es ist doch alles an seinem Platz, oder nicht?«, frage ich die Ärztin. »Alles da, wo es in diesem Stadium hingehört.«

»Es scheint alles in Ordnung zu sein«, entgegnet sie.

Das Wort *scheint* gefällt mir nicht. Gar nicht.

»Wenn alles da ist, wo es hingehört, warum dann Extra-Untersuchungen? Was bringen die denn?«

Es macht einen doch nur irre! Da wird der kleine Schatz von links nach rechts gedreht, von oben und unten untersucht, gemessen und gewogen und für gut oder nicht gut befunden, bevor er überhaupt auf der Welt ist. Scheiße ist das!

Ich sehe Maja an. Sie muss das doch auch denken. Tut sie anscheinend nicht, denn sie bleibt ruhig, also beiße ich mir ein weiteres Mal auf die Zunge.

»Hat das Baby beispielsweise einen Herzfehler«, erklärt die Ärztin, »dann könnte es noch im Mutterleib operiert werden. In vielen anderen Fällen wäre man schon bei der Geburt auf eine spezielle Behandlung eingestellt.«

Schluss! Aus!

»Wär das dann jetzt alles?«, knurre ich.

Die Ärztin nickt. »Es wird schon alles gut sein, sorgen Sie sich nicht«, versucht sie mich zu beruhigen.

Dann hätte sie all das nicht erzählen dürfen. Wie soll man da ruhig bleiben? Als wir das Sprechzimmer verlassen, nimmt Maja meine Hand.

»Zehnter Juni«, murmelt sie und schaut mich an. Sie lächelt und sieht glücklich aus, so glücklich, dass es in meinem Brustraum zieht. »Sternzeichen Zwilling. Ein kleines himmelhoch jauchzendes, zu Tode betrübtes Wesen«, fügt sie hinzu, »das immerzu Anpassung verlangt. Du wirst alle Hände voll zu tun haben.«

Ich wünschte, ich könnte mich gerade darauf freuen.

Ein besonderer Partner

Auch zwei Tage später fällt es noch schwer, die Teufel von der Wand zu bekommen, die Dr. Papadopoulus drangemalt hat. Immer wieder schleichen schreckliche Gedanken in meinen Kopf; ich träume sogar davon. Vor Maja verberge ich das, denn sie hatte gestern und heute Morgen wieder mit der Übelkeit zu kämpfen.

Den Optimisten zu spielen ist anstrengend, insbesondere an den Abenden, wenn es ruhig wird. Heute ist es schlimm, denn Maja und ich spielen Scrabble. Ich ziehe nur Buchstaben, mit denen sich schreckliche Worte wie Röntgen, Zecke, Organ und Blut bilden lassen, und bekomme immer schlechtere Laune. Gerade wünsche ich mir effektive Ablenkung, da klingelt es.

Maja schaut mich an. »Erwartest du wen? Ist das Flo?«

»Glaube ich nicht«, sage ich auf dem Weg zur Tür.

Davor steht Machete mit einem Karton Wein unter dem Arm und einer Tüte, in der sich exakt zwei Kekse befinden. Die reicht er mir zuerst und sagt dazu: »Bidde, macht euch en lostichen Abend.«

Mir wird klar, was es damit auf sich hat. »Cannabis-Kekse, ähm … Klaus!«

Auch den Wein drückt er mir in die Arme.

»Wofür ist das?«

»Dat is enne Entschuldijung, Jong. Dat tut mir leid, dat ich dir de Reporterin aufjehalst han.«

»Ach, das ist ja nun schon ein paar Wochen her.«

Hätte ich eine Hand frei, würde ich abwinken – nicht, weil es mir nichts ausgemacht hat, von dieser Klatschblattkritzlerin als Schwangerenhasser angeprangert zu werden, sondern nur, um Machete loszuwerden.

Maja gesellt sich zu uns an die Tür. »Hallo, Klaus«, begrüßt sie den Besuch und wirft einen Blick auf den Karton, den ich halte. Die Kekse sind darunter, also sieht sie sie nicht. »Du hast Wein mitgebracht, wie nett.«

Ich weiß, in Wirklichkeit ist sie überhaupt nicht begeistert, denn sie findet Machete schrecklich nervig.

»Mer könne enne Fläsch zosammen leere«, schlägt er vor.

Maja zögert nicht mit der Absage. »Sorry, Klaus, ein anderes Mal. Ich trinke gerade keinen Alkohol.«

Er zählt eins und eins zusammen. »Du leewer Jott! Sach ens, dat du und de Jong wat Kleenet erwartet?«

»Ist so«, antworte ich. »Aber Maja geht es zurzeit nicht so gut, sie ist oft müde und …«

»Och, kick ens an! Wat is mit eure Versischerunge? Hann ihr allet, dat ihr so brucht? Mehr Leestunge bei Untersuchunge, Korse, Chefarztbehandlunge, Eenzelzemmer?«

Das kann nicht sein Ernst sein? Nicht an der Haustür. »Wir sind beide privat versichert, wie du weißt.«

»Dat kütt sin, aber nit jede private Versischerung …«

»Klaus, lass gut sein.«

Er gibt nach. »Also jot! Dat ihr bloß anruft, wenn ihr wat brucht.« Nur an mich gewandt, fragt er: »Und mer drenke ennen, dat machen mer, ja?«

Versicherungsgespräche bei Bier? Das ist nicht die Art von Ablenkung, die ich mir gewünscht habe. Das hatte ich alles schon. Meistens endet das in irgendeinem Unglück. Machete ist ein Magnet für peinliche oder fiese Momente.

»Nicht heute, Klaus«, sage ich also. »Aber danke für den Wein und … na ja. Das wär nicht nötig gewesen.«

Er versteht und macht auf dem Absatz kehrt. »Allet klar, Jong«, ruft er im Gehen und winkt über die Schulter. »Bes die Däch!«

Ich folge Maja ins Haus, stelle die Kiste Wein ab und zeige ihr die Kekse. Sie muss nur daran schnuppern, um zu wissen, was drin ist.

»Das hätte ich Klaus gar nicht zugetraut«, sagt sie.

»Ich traue ihm alles zu.« Ich nehme ihr die Kekse ab. »Am besten, wir werfen sie gleich weg.«

»Quatsch!« Sie nimmt mir die Tüte wieder weg und öffnet eine Schranktür, stellt sich auf die Zehenspitzen und steckt die Kekse in eine ganz hinten stehende Tasse. »Die heben wir uns auf … für irgendwann.«

Sie klappt die Schranktür zu und wendet sich mir zu. »Und jetzt? Schauen wir einen Film?«

»Welchen denn?«, frage ich mit einigem Argwohn. Zu Recht, in Anbetracht ihrer Antwort.

»*Love Story*. Einer der besten Filme des vergangenen Jahrtausends. Der läuft heute zufällig. Den wollte ich schon immer mal sehen.«

Ich habe nur davon gehört, weiß aber, dass er in eine Kategorie mit *Jenseits von Afrika* gehört. Ein weiteres Drama, für das ich am Ende auch noch verantwortlich gemacht werde, brauche ich wirklich nicht.

»Du, also … das ist nichts für mich. Aber ich setze mich mit dazu. Okay? Daddel dann ein bisschen auf dem Notebook.«

Maja ist einverstanden. Sie schaut den Film, und ich surfe. Ich suche, ohne zu recherchieren, und werde tatsächlich fündig: Es gibt ein Netzwerk, in dem sich werdende Väter mit ihren Sorgen, Fragen und Nöten an bereits gewordene Väter wenden können. Das System ist sogar besonders ausgeklügelt, denn man erstellt sich ein Profil wie bei einer Partnervermittlung und bekommt den passenden Partner zugewiesen. Einen sogenannten *Duddy*, eine Kombination aus *Daddy* und *Buddy*.

Mein Duddy kommt ebenfalls aus Frankfurt und heißt Ralf.

»Wo drückt denn der Schuh?«,

fragt er im Chat und überfordert mich prompt damit. Gerade habe ich gar keine Ahnung, welche meiner zahlreichen Sorgen den höchsten Gesprächsbedarf hat.

»Ach, eigentlich an so vielen Stellen, dass ich gar keine genaue Stelle nennen kann. Ich bin total durcheinander und habe das Gefühl, tausend Dinge auf einmal tun zu müssen, ohne zu wissen, womit ich beginnen soll.«

»Ist normal. Du wächst an deinen Aufgaben, denen du wahrscheinlich jetzt schon unbewusst nachkommst. Es ist praktisch jeden Tag irgendwas anderes, und mit jedem Tag wirst du ein bisschen mehr Vater. Ohne dir dessen bewusst zu sein.«

So simpel die Worte sind, so tröstlich sind sie. Endlich ist da mal jemand, der mir nicht sagt, ich solle mir keinen Kopf machen. Jemand, der anscheinend von allein weiß, wie ich mich fühle. Bestimmt bin ich nicht der erste werdende Vater, den dieser Mann berät.

»Bist du schon lange Duddy?«

»Seit drei Jahren. Mein Sohn ist jetzt sechs.«

»Und warum machst du das?«

Das wundert mich schon, schließlich bekommen die *Experten* kein Geld hierfür, sondern bieten ihren Rat und ihre Hilfe ehrenamtlich an.

»Ach, weißt du. Es ist irgendwie auch eine Art Gesellschaft, wenn ich zu Hause bin, Heim und Kind hüte, während meine Frau mit Freundinnen unterwegs ist.«

Ich muss grinsen und tippe:

»Na, dann mache ich mir jetzt ein kühles Blondes auf.«

»Tu das, Max. Ich genieße schon eins.«

Beim virtuell gemeinsam getrunkenen Bier erzählt Ralf mir, wie er die Schwangerschaft wahrgenommen hat, und ich erkenne einige Parallelen. Er war anfangs genauso überfordert und hat sich Vorwürfe gemacht, weil es seiner Frau schlechtging. Dass er sich in einer ersten Reaktion einen angetrunken hat, genau wie ich, hat sie ihm ziemlich übel genommen. Überhaupt war Ralfs Frau noch ein bisschen schräger drauf als Maja. Da bin ich beinahe erleichtert, dass sie gerade lediglich näher am Wasser gebaut hat und mir nicht jeden Tag aufs Neue mit der Trennung droht. Bezüglich der Übelkeit empfiehlt Ralf mir Ingwerbonbons, denen zwar eine wehenfördernde Wirkung nachgesagt wird, aber erst im letzten Schwangerschaftsdrittel.

Ich setze Ingwerbonbons auf meine Einkaufsliste.

Als ich das Notebook zuklappe, stelle ich fest, dass Maja eingeschlafen ist. *Love Story* läuft noch, und ich habe trotz des Chats genug davon mitbekommen. Leider. Eigentlich will ich jetzt ausschalten, doch ich schaue weiter, in der Hoffnung auf ein gutes Ende. Blöder Fehler! Die Frau stirbt in den Armen ihres Ehemannes, weil dessen Vater kein Geld für die Therapie ihrer Blutkrankheit herausgerückt hat. Der Film endet damit, dass der Mann ganz allein auf einer Parkbank sitzt.

Mein Blick fliegt zur schlafenden Maja. Ihr Bild verschwimmt vor meinen Augen, stattdessen sehe ich mich selbst einsam auf einer Parkbank sitzen. Schnell schüttele ich die furchtbaren Gedanken ab, stehe auf und streichele Majas Wange, um sie zu wecken.

Sie blinzelt, streckt sich und murrt vor Müdigkeit. Ich lösche alle Lichter, nehme sie hoch und trage sie ins Bett. Als ich zu ihr unter die Bettdecke krieche, schmiegt sie sich mit dem Rücken gegen meine Brust.

»Ich habe gerade geträumt, dass wir einen Jungen bekommen«, nuschelt sie.

Ich lege den Arm um sie, gebe ihr einen Kuss in den Nacken und sage: »Nennen wir ihn Jimi, wie Jimi Hendrix.«

Sie lacht leise und schläft wieder ein.

Wiederbelebter Argwohn

Maja möchte Fastfood. Sie hat einen Zahn darauf, wie sie behauptet, als wir am Donnerstagabend nach dem Kling Klang auf dem Heimweg sind. Zwar ist das eine Abwechslung zu den ständigen Tomaten, aber nein, nein und nochmals nein!

Duddy Ralf hat mir eine Studie gezeigt, laut der Schwangere, die übermäßig viel Fastfood essen, möglicherweise Fastfood-Junkies zur Welt bringen, weil die Inhaltsstoffe des sorglos zubereiteten Essens gewisse Opi-Dinger in ihrem Hirn träge werden lassen. Ein Kind, das nur durch Pommes und Burger zufriedenzustellen ist, müssen wir zu allem anderen wirklich nicht riskieren. Auf diese Studie ist Ralf gestoßen, weil seine Frau nach dem Besuch von Schnellrestaurants immer Sodbrennen bekommen hat.

»Das Kind soll kein Fastfood-Junkie werden«, sage ich Maja also und erspare ihr die Opi-Dinger-Erklärung, weil sie sich mir selbst nicht gänzlich erschließt. »Lass uns was Gesundes kochen.«

»Fastfood-Junkie?«, grummelt sie. »Dann hör auf, dein Smartphone zu benutzen, damit wir keinen Handy-Junkie bekommen. Und trenn dich vom Fernseher, sonst wird es vielleicht ein TV-Junkie.«

»Mein Handy und der Fernseher sind nichts, was in den Kühlschrank in deinem Bauch wandert. Der Fastfood-Fraß aber schon.«

»Ich will einen Cheeseburger. Und ich will nicht darüber diskutieren. Den letzten Burger hatte ich vor Wochen, also wird das schon keine Überdosis sein.«

Ich resigniere und lenke den VW Käfer in die Einfahrt eines Fastfood-Restaurants, dessen Logo uns seit Minuten entgegenleuchtet und Maja überhaupt erst auf den blöden Gedanken gebracht hat. Vielleicht kann ich sie ja zu einem halbwegs gesunden Wrap überreden.

Fehlanzeige.

Maja will Burger. Und sie bereut diese Entscheidung bitterlich, als sie eine Stunde später Sodbrennen bekommt. Ein weiteres Mal mache ich mich auf den Weg in die Apotheke.

»Bringst du Tomaten mit?«, ruft Maja mir nach. »Die sind aus.«

»Mache ich«, antworte ich ihr, ohne zu grummeln, wie ich es gern tun würde.

Erst gestern habe ich zehn Tomaten und zwei Liter Tomatensaft gekauft. Wir sollten einen Dauerauftrag aufsetzen und das Zeug nach Hause bringen lassen. Mittlerweile kennen mich die Kassiererinnen im Markt nämlich schon und lächeln milde, wenn ich wieder mal Tomaten aufs Kassenband packe.

In der Garage stehe ich einen Moment vor dem Käfer, dann fällt mein Blick auf den Porsche. Den nehme ich jetzt und basta! Schließlich ist es schon dunkel, weshalb das Gelb vielleicht nicht so auffällt. Überhaupt ist es Wochen her, dass all diese Artikel im Klatschblatt standen.

Die Fahrt zum Supermarkt verläuft ereignislos. Ich erledige den Einkauf und will die nächste Apotheke ansteuern, da erinnere ich mich an die Frau in der Notfallapotheke und beschließe, dorthin zu fahren. Es ist zehn vor acht; ich sollte es schaffen.

Eine Minute vor acht parke ich vor der Apotheke in Bockenheim. Diesmal muss ich nicht am Notdienst-Schalter warten, sondern betrete den Verkaufsraum, in dem noch zwei Leute bedienen. Die Mollige, die Maja so ähnlich sieht, kümmert sich gerade um eine ältere Frau. Ihre jüngere Kollegin spricht mit einer anderen im Rentenalter, wirft mir als

Neuzugang aber nebenbei einen Blick zu. Dann schaut sie zur Tür, vor der mein Auto parkt, und abermals zu mir. Nach einem kurzen Innehalten konzentriert sie sich auf ihre Kundin.

In der zentralen Warteschlange stehen drei weitere Menschen, alles Senioren. Man könnte meinen, sie hätten genug Zeit, um ihre Erledigungen am Vormittag zu tätigen, aber anscheinend sind sie abends einfach zu gern unterwegs. Schon im Supermarkt habe ich an der Kasse geschlagene drei Minuten hinter einer geschätzt Siebzigjährigen verharrt, der just die vielen Centstücke im Portemonnaie aufgefallen waren und die deshalb beschlossen hatte, sich davon schnell zwei Bananen zu kaufen. Diese Entscheidung hat sie der wenig begeisterten Kassiererin, deren Feierabend sich aufgrund der längeren Warteschlange hinter mir zu verzögern drohte, in allen Einzelheiten geschildert. Einer der drei mit mir in der Apotheke Wartenden will seine Bonuspunkte augenscheinlich gegen ein Friedhofsgerät einlösen – so wird es auf dem aufgehängten Prämienplakat bezeichnet. Die anderen beiden haben sich für Klosterfrau Melissengeist und einen Staubwedel entschieden. Eine vierte Seniorin gesellt sich hinzu.

Die Apothekerin, die ich sprechen will, ist noch immer mit ihrer ersten Kundin beschäftigt, während die jüngere einen nach dem anderen abfertigt. Ich werde nervös, als ich an erster Stelle warte, und auch ein bisschen sauer, weil ich höre, dass die Kundin der Molligen nicht etwa über Schmerzen oder Schlafstörungen redet, nicht mal eine attraktive Treueprämie will, sondern vom Türkeiurlaub erzählt, in dem ihre Enkelin in den Herbstferien mit der Familie war. Von einem Fuß auf den anderen trete ich, hüstele sogar, doch bald wird der Schalter frei, hinter dem die jüngere Kollegin bedient. Ich lasse die letzte Seniorin vor, die sich freut und bedankt. Die junge Apothekerin hingegen wirft mir einen bösen Blick zu.

Viel zu schnell fertigt sie die Kundin ab und verabschiedet sie, dann schaut sie mir auffordernd und keineswegs freundlich entgegen.

»Ich möchte zu Ihrer Kollegin«, sage ich absolut höflich und linse zum entsprechenden Tresen, an dem sich das Gespräch nun um Türken mit Broten auf dem Kopf dreht.

»Ach ja, wieso?«, tönt es beinahe kampflustig zurück. Die junge Frau verlässt ihren Platz, kommt zu mir an die blaue Diskretionslinie und stemmt die Hände in die Seiten. »Bin ich Ihnen etwa zu schwanger?«

Mist.

Dass sie ein Baby erwartet, habe ich nicht gesehen. Wie auch? Ihr Tresen verdeckt den Bauch, und der nicht gerade figurbetonende Kittel tut das Übrige.

»Nein, tut mir leid …«, hebe ich an, doch sie fällt mir ins Wort.

»Sie sind das doch, oder nicht? Der Schwangeren-Hasser im gelben Porsche, der sich zu fein war, ein Neugeborenes zu besuchen, und die schwangere Reporterin beleidigt hat.«

Tolle Zusammenfassung!

»Nein. Genau genommen bin ich keiner von denen«, knurre ich und wünschte, sie hätte leiser gesprochen, denn nun haben wir die Aufmerksamkeit der Seniorin und der anderen Apothekerin. »Ich habe absolut nichts gegen Frauen mit Babybauch und wollte heute lediglich Ihre Kollegin sprechen.«

»Quatsch, geben Sie doch zu, dass Sie …«

Diesmal wird sie unterbrochen, und zwar von meinem Schrei. Empört fahre ich zu der Seniorin herum, die mir mit ihrem Schirm auf den Rücken geschlagen hat. Jetzt stippt sie mir die Spitze gegen die Brust.

»Sie sind das wohl«, klugscheißert sie. »Ich erkenne Sie genau! Da war ein Foto von Ihnen in der Zeitung.«

Ich schlage ihren Schirm weg. »Ach, sind Sie jetzt endlich fertig? Ist die arme Frau …«, ich nicke in Richtung der nicht-schwangeren Apothekerin, »… die sicherlich gern heute noch Schluss machen würde, nun bis ins Detail über den Urlaub Ihrer Enkelin informiert? Ich bin es nämlich.«

»Aaah!«, keift die Alte und stippt ihren Schirm erneut gegen mich. »Gegen Rentner haben Sie also auch was.«

Noch einmal schlage ich den Schirm weg. »Lassen Sie das, sonst stippe ich Sie auch mal an. Ich habe weder etwas gegen Rentner noch gegen Schwangere, sondern bin bloß allergisch gegen Rücksichtslosigkeit, egal in welcher Form. Und wenn Sie dann jetzt fertig sind, wäre ich gern an der Reihe. Zu Hause wartet nämlich meine *schwangere* Frau auf ein Mittel gegen Sodbrennen.«

Die Alte will die Diskussion vertiefen, wird jedoch von der schwangeren Apothekerin unter beruhigenden Worten zur Tür geführt. Die andere nickt mich zu sich an den Tresen.

»Ein Mittel gegen Sodbrennen soll es also sein.« Mit dem Blick zum Monitor klimpert sie auf ihrer Tastatur herum. »Eines, das sich bei Vorliegen einer Schwangerschaft eignet.«

»Genau«, entgegne ich, noch ein wenig atemlos.

»Und das konnte nur ich Ihnen geben?«

»Natürlich nicht, aber ich wollte Sie sprechen.«

Sie hebt den Kopf, mustert mich und scheint mich nicht zu erkennen, also helfe ich ihr auf die Sprünge und erzähle ihr von dem Anti-Übelkeits-Mittel, das sie mir während des Notdienstes verkauft hat.

»Die Sache ist die«, sage ich leise, damit es die andere, die gerade hinter den Tresen zurückkehrt, nicht hört. »Sie haben eine gewisse Ähnlichkeit mit jemandem, den ich gut kenne.«

Die Frau zieht die Augenbrauen hoch, genauso wie Maja es tut, wenn ich ihr auf den Wecker gehe. »Das soll vorkommen.«

»Also, die Person, die ich meine, hat keine lebenden Verwandten, aber ich frage mich, ob nicht …«

»Hören Sie«, sagt sie in einem nun deutlich distanzierten Ton. »Wir haben seit einer Viertelstunde geschlossen. Zu Hause warten zwei Kinder auf mich. Und mein Mann. Ich habe wirklich keine Zeit für solchen Small Talk. Und auch keinen Bedarf daran.«

Sie gibt mir das Medikament. »War das alles?«

Prinzipiell … ja. Bis auf … »Ingwerbonbons bitte noch.«

»Die stehen direkt vor Ihrer Nase.« Sie weist auf einen Treppenständer, in dem verschiedenfarbige Päckchen stehen. »Welche Geschmacksrichtung soll es denn sein?«

»Ähm, Ingwer.«

»Natürlich, aber sehen Sie, die gibt es auch mit Mango- oder Orangengeschmack. Finden viele angenehmer.«

»Die Classic-Ingwerbonbons.«

Sie nimmt ein Päckchen vom Ständer und rechnet die Bonbons mit ab. Ich bezahle mit Karte, überlege nicht lange und notiere meine Telefonnummer auf der Rückseite des Belegs.

»Falls Sie es sich anders überlegen«, ich schiebe ihr den Zettel hin, »melden Sie sich bei mir.«

Sie ignoriert meine Nummer, wendet den Beleg und vergleicht die Unterschrift mit der auf der Karte.

Mir wird klar, dass sie denkt, ich würde sie anmachen wollen. Deshalb hat sie ihre Kinder und den Mann erwähnt. Weil ich absolut keine Lust habe, mich zu erklären, mich schon wieder zu rechtfertigen, hake ich die Sache gedanklich ab und verlasse die Apotheke.

Herrlich beknackte Ansichten

Der Freitagnachmittag steht zur Hälfte im Zeichen von Familie Wallbusch-Schabrowski. Herr und Frau Wie-auch-immer-sie-jeweils-korrekt-heißen sitzen in Majas Büro. Diesmal nicht allein. Frau Johnson und Frau Johnson, die Eltern von Lucy, sind ebenfalls da. Weil Maja keine vier Stühle vor ihren Schreibtisch rücken und wie eine Richterin dahinter thronen wollte, hat sie Hocker im Kreis aufgestellt. Für mich auch einen, da ich auf Anwesenheit bestanden habe, aber ich ziehe es vor zu stehen. Gesprächskreise sind einfach nicht mein Ding. Eigentlich bin ich bloß hier, damit Maja sich nicht aufregt. Die Chancen, dass sie auf irgendeine Art emotional wird, stehen nämlich ziemlich gut, denn die Parteien erheben gegenseitige Anklage.

»Wir fragen uns einfach, wie Ihr Sohn auf die Idee kommt, das Geschlecht eines Mädchens sehen zu wollen«, sagt die eine Frau Johnson.

»Was kommt als Nächstes?«, fügt die andere hinzu. »Will er dann herausfinden, was es so tut?«

Frau Wallbusch-Schabrowski schnalzt mit der Zunge. Ihr Mann wirkt genervt, er scheint die Aussprache schon jetzt abstrus zu finden. Ich kann es ihm nachfühlen.

»Jetzt sag doch auch mal was!«, fordert seine Frau ihn auf.

Ohne sie anzuschauen, hebt er die Schultern und lässt sie wieder fallen. »Was soll ich dazu sagen? Ich finde das lächerlich.«

»Lächerlich?«, kräht Frau Wallbusch-Schabrowski und wendet sich den Johnsons zu. »Das ist alles andere als lächerlich. Mir scheint, Sie beide verstehen es nicht, Ihre Tochter zu erziehen, wie es sich in unserer Gesellschaft gehört. Dazu zählt nämlich, sich die Hose hochzuziehen, bevor man eine

Toilettenkabine verlässt.« Sie schnaubt verächtlich. »In Anbetracht Ihrer sonderbaren Familienkonstellation ist das nicht verwunderlich. Da mangelt es sicher nicht nur an korrekter Erziehung.«

Krawall bricht los. Drei Frauen beschuldigen sich gegenseitig verschiedenster Dinge. Lange aufgestauter Frust hat endlich ein Ventil. Maja versucht, die Gemüter zu beruhigen, doch sie wird mit der Vernachlässigung ihrer Aufsichtspflicht konfrontiert und aufgefordert, nach Geschlechtern getrennte Toiletten anzulegen.

Herr Wallbusch und ich tauschen einen Blick, der unser Einvernehmen besiegelt. Es war eine Lappalie, die sich folgendermaßen zutrug:

Am Mittwochnachmittag ist Janosch zur Toilette gegangen, um zu pullern. Dort traf er auf Lucy, die dasselbe Bedürfnis gehabt hatte und gerade aus einer Kabine kam. Wohlgemerkt mit noch herabgelassener Hose. Janosch fiel prompt auf, dass es zwischen Lucys Beinen anders ausschaut als zwischen seinen Beinen, weshalb er sie fragte, ob er einen genauen Blick drauf werfen könne. Lucy hatte bereits von einem kleinen Unterschied gehört, sich davon jedoch noch nicht überzeugen können, also forderte sie ihn auf, seine Hose ebenfalls herunterzulassen, was Janosch tat.

Maja wird der Lärm zu viel. Sie steht auf und verlässt das Zimmer. Wenig später ist sie wieder da und hat die Notfalltröte dabei. Die verwendet sie eigentlich nur in der Regenbogengruppe, wenn alle durcheinanderschreien oder zwei miteinander rangeln. Beherzt drückt sie auf die Tröte. Ich habe das Ding ein paarmal gehört und bin abgehärtet. Alle anderen Anwesenden fahren erschrocken zusammen, und die drei Frauen verstummen endlich.

»Hätte ich geahnt, dass Sie sich wie Kinder aufführen, hätte ich das Ding gleich mitgebracht«, sagt Maja in nüchternem Ton. Dann nimmt sie wieder Platz und fährt fort: »Normalerweise erledigen die Großen den Toilettengang ohne Begleitung, weil sie es ganz einfach können oder sogar darauf bestehen. Wie ist es denn zu Hause, halten Sie da Wache?«

Das grimmige Schweigen ist Antwort genug, aber Herr Wallbusch schüttelt zudem den Kopf und wird dafür von seiner Frau angefunkelt.

»Nur weil ein oder auch zwei angehende Schulkinder auf Toilette sind, kann ich keine Gruppe allein lassen, erst recht nicht, wenn wir bei einem Lernspiel sind«, erklärt Maja weiter.

»Dann sind Sie wohl unterbesetzt«, argumentiert eine Frau Johnson und erhält dafür ausnahmsweise Frau Wallbusch-Schabrowskis Zustimmung.

»Absolut nicht«, kontert Maja noch immer erstaunlich ruhig. Ich kann mir denken, dass sie eigentlich fluchen möchte. »Für jede Gruppe des Kling Klang sind zwei Erzieherinnen da, Fachkräfte wohlgemerkt, keine unterbezahlten Aushilfen wie in anderen Einrichtungen. An diesem Nachmittag war die Hälfte der Regenbogen-Kids bereits abgeholt und Annette hatte Feierabend. Wäre sie da gewesen, hätte sie die Kinder trotzdem nicht zur Toilette begleitet.«

Frau Wallbusch-Schabrowski erkennt zuerst, dass sie an dieser Stelle nicht weiterkommt, und richtet ihren Ärger abermals gegen die Johnsons, die auf ihre Provokationen eingehen und zurückschießen. Als ich sehe, dass Majas Narben an der Schläfe rot werden – ein sicheres Zeichen für einen emotionalen Ausbruch –, übernehme ich.

»Diese Diskussion bringt doch nichts«, unterbreche ich die Kampfhennen. »Vor allem habe ich den Eindruck, dass es insbesondere um Vorurteile geht, die an diesem Ort grundsätzlich keinen Platz haben.« Bei diesen Worten ruht mein

Blick auf Frau Wallbusch-Schabrowski, die ihren Mund zu einem Strich verkneift.

Weil es still bleibt, spreche ich weiter: »Ich habe Janosch und Lucy entdeckt. Und ganz ehrlich gesagt, ich musste lachen, weil sie niedlich aussahen, distanziert waren und das jeweils andere Geschlecht als komisch betitelten. Ich bat sie, sich anzuziehen beziehungsweise zur Toilette zu gehen. Während Lucy auf Janosch wartete, beantwortete ich den beiden noch die eine oder andere Frage.« Um meine Einstellung mit einer Geste zu unterstreichen, ziehe ich die Hände aus den Hosentaschen und hebe sie. »Alles ganz harmlos. Haben wir das nicht alle so oder so ähnlich erlebt?«

»Haben wir«, brummt Herr Wallbusch. Nun hat er seine Aufgabe erfüllt und auch mal was gesagt. Nicht das Richtige offenbar.

Frau Wallbusch-Schabrowski steht auf, geht aus dem Gesprächskreis und zur Tür. »Wir erwägen, Janosch in einer anderen Einrichtung betreuen zu lassen«, giftet sie.

»Tun Sie das, dann kehrt hier endlich Ruhe ein«, entgegnet eine Frau Johnson.

»Das täte mir sehr leid«, sagt Maja, die ebenfalls aufgestanden ist, um die Wallbusch-Schabrowskis halbwegs vernünftig zu verabschieden. »Janoschs Wechsel so kurz vor der Einschulung kann ich auch aus psychologischer Sicht nicht empfehlen. Ihr Sohn fühlt sich hier sehr wohl.«

»Machen Sie sich mal keine Sorgen«, sagt Herr Wallbusch und wird von seiner Frau aus dem Raum gezerrt.

Die Johnsons warten, bis die beiden weg sind, dann entschuldigen sie sich dafür, dass die Diskussion aus dem Ruder lief, und verlassen das Zimmer ebenfalls. Maja kommt zu mir und sinkt gegen meine Brust. Ich schlinge meine Arme um sie, drücke einen Kuss auf ihren Kopf und streichele ihren Rücken.

»In solchen Momenten möchte ich alles hinschmeißen«, höre ich sie mit gebrochen klingender Stimme sagen.

Sie weint. Natürlich weint sie. Früher hätte sie so was nicht erschüttert, aber jetzt ist sie so leicht zu verletzten. Ich ziehe sie fester an mich. Ganz bewusst schweige ich. Trost braucht nicht immer Worte. Ich weiß, dass Maja nie und nimmer alles hinschmeißen wird. Nicht einmal, wenn Müttern wie Frau Wallbusch-Schabrowski drei Drachenköpfe wachsen.

Vor der offenen Tür tönt das Gekicher der Mädchen aus der Regenbogengruppe. Auch die drei Jungs tauchen im Türrahmen auf und grinsen, als hätten sie einen Streich im Sinn. Maja muss lachen und löst sich von mir. Sie nimmt meine Hand.

»Komm, sie wollen dir was zeigen«, sagt sie und zieht mich im Kreis der Kids mit sich bis ins Musikzimmer. Dort soll ich mich ans Piano setzen.

»Spiel *Tanz der Moleküle*«, fordert Marlene, während die anderen sieben verstummen, bis ich in die Tasten schlage.

Und dann trällern sie das Lied von MIA. Sie haben geübt – ohne das von mir als Aufgabe bekommen zu haben. Einfach so. Und es ist einfach schön, wie enthusiastisch sie die Zeilen schmettern; sogar die Jungs verzichten auf Blödeleien und wippen in den Knien, wie um Anlauf für den euphorischen Refrain zu nehmen.

»Uh uh huuuu«, singen sie. Und mein Herz tanzt.

Ich tausche einen Blick mit Maja, die sich grinsend eine neue Träne, eine glückliche diesmal, aus dem Augenwinkel wischt.

Das hätte ein schöner Abschluss des Kling-Klang-Tages sein können. Den MIA-Song vor mich hin summend, kaufe ich Lebensmittel für den nächsten Tag ein und bringe sie zu Big Mama. Gerade erzähle ich ihr von der Überraschung der Kids, da betritt Annette die Küche.

»Als Nächstes bringst du ihnen sicher Raps von Bushido bei«, motzt sie und stellt ein Tablett mit Teetassen neben die Spüle. »Wenn sie fröhlich vom Koksen singen, prahlst du dann auch damit?«

Sprachlos wende ich mich zu ihr um. Die Frau ist ja krank! Und sie macht das mit Berechnung. Ihre Argumente sind so lächerlich, ihre Worte so krass, dass sie damit wartet, bis sie mich allein erwischt oder eben in Gesellschaft einer Mitarbeiterin, der sie sich übergeordnet fühlt. Sie kritisiert mich nie, niemals, in Majas Gegenwart. Sie weiß, dass ich nicht petze. Sie weiß, dass ich kein Arsch bin, und das ärgert sie noch mehr, denn so bleibt ihr für Kritik nur mein Unterricht.

Ich reagiere nicht auf sie, wende mich wieder Big Mama zu, die Annette mit gerunzelter Stirn mustert.

»Sie hätten Janosch sehen sollen ...«, hebe ich an, doch Annette fällt mir mit einem »Oh, Janosch, dein Liebling!« ins Wort. Ich spüre, dass sie näher kommt, dicht hinter mir Stellung bezieht, und beiße die Zähne fest aufeinander.

»Du ziehst ihn den Mädchen vor«, höre ich. »Verteidigst sein Fehlverhalten. Warum? Weil er ein Kerl ist?«

»Ich glaube, die Küche ist zu klein für drei Personen«, knurrt Big Mama.

Annette denkt nicht daran zu verschwinden. Ich drehe mich wieder zu ihr um und würde sie am liebsten fragen, ob sie in diesem Beruf richtig ist, ob sie Pädagogin sein will oder Kampflesbe, ob sie ihre Verantwortung gegenüber den Kindern nicht über persönliche Abneigungen stellen möchte. »Sei nicht traurig, Annette«, sage ich mit einem Lächeln. »Ich frag die Kids morgen, ob sie nicht auch ein Ständchen für dich einüben wollen.«

»Untersteh dich!«, faucht sie.

Ich wünsche Big Mama einen schönen Feierabend und verlasse die Küche.

Voll bekotzte Tage

Das Badezimmer ist wie so oft am Morgen belegt, also stürme ich die Treppe hinunter, poltere unter den aufmerksamen Blicken von Hannibal und Lecter ins Gästeklo, werfe die Tür hinter mir zu und überfalle die Kloschüssel. Ich hatte mir ja gewünscht, Maja die Übelkeit abnehmen zu können, aber nicht so. Außerdem ist ihr auch schlecht, nicht so häufig wie in den vergangenen Wochen, doch gerade heute wieder. Als sich mein Mageninhalt außerhalb des Magens befindet, betätige ich die Spülung und sinke auf die kühlen Fliesen. Schüttelfrost lässt mich zittern, und ich sehne mich zurück ins Bett, aber meine Knochen sind zu schwer, ich kann mich nicht bewegen. Es klopft an. Auf mein schwaches »Ja« öffnet Maja die Tür und steckt den Kopf in den Raum. Prompt besorgt, kommt sie zu mir, kniet sich vor mich.

»Was ist denn los, Max?«

Ich stützte den Kopf in die Hände. »Mir geht's gar nicht gut.«

»Hast du gebrochen?«

Ich nicke und habe eine Ahnung, woher das kommt. Gestern beim Musikunterricht hat Tabea über die gesamte Länge der Pianotasten gereihert. Es war eine Heidenarbeit, das sauber zu bekommen. Maja denkt sich das auch.

»Tabea«, murmelt sie nur und streicht mir durch die Haare. »Ach, Max, sie hat dich angesteckt. So was geht wahnsinnig schnell bei Kontakt mit Noro- oder Rotaviren. Ich hoffe, die anderen Kinder hat es nicht auch erwischt. Wir haben Tabea ja gleich isoliert und abholen lassen.«

Scheiß-Viren! Miese Fieslinge! Verdammt, fühl ich mich elend.

Maja steht auf. »Max, du legst dich am besten wieder ins Bett. Ich koche dir noch einen Tee, bevor ich gehe, und lasse einen Zettel für Jekaterina Poljakow da.« Sie wirft einen Blick auf ihre Armbanduhr. »Die kommt ja um neun.«

»Wofür soll das gut sein?«

»Sie soll das Schlafzimmer heute nicht sauber machen, alles andere aber besonders gründlich desinfizieren.«

»Ah.« Ich rappele mich auf, tappe hinter Maja her aus dem Klo und zerre mich die Treppe hoch.

»Falls du Hunger bekommst, iss erst mal nur Zwieback.«

Scheiß-Viren, denke ich mir erneut. Der Tee weiß genau, wie sehr ich ihn hasse, und Zwieback – tagelang Zwieback. Bin ich ein verflixter Hamster? Lieber esse ich gar nichts. Ohnehin rumort es allein beim Gedanken an Essen in meinem Bauch. Schlotternd und zitternd verschwinde ich im Schlafzimmer, mummele mich in die Bettdecke ein und ergebe mich meinem Leiden.

Drei Tage benötigen die Viren meinen Recherchen zufolge mindestens, bis sie sich ausgetobt haben. Am Freitag, Tag drei, geht es mir ein wenig besser. Zur Sicherheit hat Maja im Gästezimmer geschlafen, nicht ganz freiwillig, sondern von meinen Überredungskünsten überzeugt. Schlimm genug, dass sie sich in die Viren-Hölle des Kling Klang wagt, da muss ich sie nicht auch noch zu Hause der Gefahr aussetzen.

Ich verlasse das Bett, als Jekaterina Poljakow mit dem Staubsauger anrückt, verkrümele mich auf die Couch, stelle meine Zwangsnahrung in Form von Tee und getoastetem Brot parat und klappe das Notebook auf. Lecter kriecht unter die Decke und kuschelt sich an mich, als wolle er meine Wärmflasche sein. Hannibal schaut vom gegenüberliegenden Sessel traurig herüber und beneidet seinen Kumpel um die geringe Größe.

Ich schreibe Ralf im Chat an, doch er reagiert nicht. Er hat mir erzählt, dass er Anwalt ist. Also ist er sicher mit Mandanten oder vor Gericht beschäftigt. Vor lauter Langeweile poste ich meinen Gesundheitsstatus schließlich im sozialen Netzwerk und bekomme dafür immerhin einen aufmunternden Kommentar von Flo. Seiner Timeline zufolge hat er die letzte Zeit mit erfolgreichen Rockbands verbracht.

Nur kein Neid, Max!, befehle ich mir und like ein paar von Flos Statements. Wirklich neidisch bin ich gar nicht.

Träge scrolle ich mich durch die kuriose Welt des Netzwerkes und werde müde. Vielleicht ist es das Geräusch des Staubsaugers, das mich einlullt. Im Dösen fällt mir die Apothekerin ein, und ich öffne zumindest ein Auge, um ihren Namen, der auf einem Schildchen an ihrem Kittel stand, einzutippen. Clarissa Nowak.

Tatsächlich finde ich sie. Weil sie ihr Profil für die Öffentlichkeit gesperrt hat, sehe ich nicht mehr als ihr Foto und das Hintergrundbild, eine Aufnahme von ihr mit Sonnenbrille beim Weintrinken und ein Herbstblumenmotiv. Darüber schlummere ich abermals ein.

Ein Schimpfen schreckt mich auf.

»Schämst du dich, Max Leif!«, zetert Jekaterina Poljakow und zieht mir das Staubtuch über den Kopf. »Flirtest du mit fremde Frauen, und arme Maja schuftet in Kling Klang.«

Verärgert klappe ich das Notebook zu und setze mich auf. »Da liegen Sie völlig falsch, Frau Poljakow. Aber davon abgesehen, wenn es so wäre, ginge es Sie gar nichts an.«

»Geht mich alles an, Max Leif, putze ich für dich seit sieben Jahren. Weiß ich, wann du rennst in Unglück.«

»Ich renne nirgends hin.«

»Pah!«, macht sie, stemmt die Hände mitsamt dem Staubtuch in die Seiten und schaut streng auf mich herab. »Weißt du, was Freundin in Russland chat gemacht, als ihr Mann – Chund gesteuert Schwanz – sie chat betrogen mit andere Frau?«

Ich wünschte, das wäre eine rhetorische Frage. Ist es aber nicht, und Jekaterina Poljakow antwortet. Mit so viel Ärger in der Stimme, dass sich Hannibal mit zurückgelegten Ohren aus dem Sessel verdrück und auch Lecter unter der Decke hervorkriecht, um das Weite zu suchen.

Nun bin ich ganz allein mit einer äußerst aufgebrachten Russin.

»Chat sie genommen ihn und gebunden mit Gürtel an Kupplung für Anchänger von Auto. Ist sie losgefahren und hat sie ihn geschleift chinterher auf Bauch durch chalb Nischni Nowgorod, diesen Chund gesteuert Schwanz!«

»Sie kennen ja tolle Leute«, murmele ich.

»Chabe ich Freunde konsequent. Chat sie ihn gezerrt, bis er chat verloren Chose und chatte Ding wundes. Chat er im Leben nicht mehr gedacht an Sex mit andere Frau.«

»Ich wette, die beiden haben fortan eine äußerst glückliche Ehe geführt.«

»Njet, chat meine Freundin ihn geschickt in Wieste.«

»Wie auch immer. Es gibt keinen Grund, diesen Krempel mit mir zu tun, denn ich habe nur geschaut. Und das ohne ein Interesse zu haben, wie Sie es mir gerade unterstellen.«

»Sagen sie alle.«

»Mir ist egal, was alle sagen.« Mit einem vorwurfsvollen Blick an die Russin setze ich die Füße vor die Couch. »Sie könnten überhaupt etwas freundlicher sein. Ich bin krank, wie Sie wissen.«

»Pah! Chabe ich Arbeitsvertrag, der sagen: Kommen an Montag, Mittwoch und Freitag. Musst du saugen Staub und reinigen die Spiegel und Flächen und Boden und Fenster manchmal. Steht da nicht, musst du betütteln Max Leif, wenn er ist krank. Bin ich nicht deine Medsistra! Bist du krank, gehst du zu Arzt. Schawasch!«

Selber basta!

Nein, sie ist nicht meine Krankenschwester beziehungsweise Medsistra, wie sie vor lauter Eifer mal wieder auf Russisch gesagt hat. Zum Glück ist sie das nicht. Wären alle Medsistras wie sie, erlitten die Patienten einen Rückfall, sobald sie gesunden, und würden sterben wie die Fliegen.

Mit heftig grummelndem Magen laufe ich zum Gästeklo und würge bald wieder über der Schüssel, während mir mein Gehirn beharrlich die Bilder eines wundgeschleiften Dings zeigt.

Grausames Volk, diese Russen.

Bevor ich die Toilette verlasse, schaue ich auf die Uhr. Es ist nach zwölf, also ist Jekaterina Poljakow vielleicht schon weg. Ich lausche. Stille antwortet mir. Vorsichtig öffne ich die Tür, trete ins Foyer und entdecke die Tiere. Eins ist mausetot. Dahinter hocken ein stolzer Lecter und ein irgendwie mitleidig dreinblickender Hannibal.

In null Komma nix bin ich wieder im Klo und stürze zur Schüssel.

Eine bedeutsame Erkenntnis

Duddy Ralf erzählt mir, dass er für die Geburt eine Playlist erstellt hat. Seine Frau wollte das. Offenbar sind die meisten Kliniken zu diesem Zweck mit High-End-Stereoanlagen ausgestattet. Ralf musste Songs aussuchen, die in der Beziehung eine Rolle gespielt haben. *I just called to say I love you* von Stevie Wonder war der Song, zu dem sie das erste Mal zusammen getanzt haben. *Careless Whisper* von George Michael lief beim ersten Sex. Zu *Moon River* von Frank Sinatra eröffneten sie die Tanzfläche auf der Hochzeit.

Nach intensivem Nachdenken stelle ich fest: Maja und ich haben keine passenden Lieblingssongs. Unseren ersten Tanz – wenn man das so nennen will – hatten wir auf einem Open-Air-Konzert von Linkin Park zu *Faint*. Unser erster Sex fand in meinem völlig stillen Schlafzimmer statt. Auch bei den folgenden Malen lief keine Musik – oder ich kann mich nicht daran erinnern, weil ich aus gutem Grund abgelenkt war. Während eines Urlaubs an der Südküste Frankreichs haben wir viel David Guetta gehört. Ruhigere Stücke eignen sich wahrscheinlich besser, aber die von Ralf empfohlenen Songs von Mozart oder Enya kann ich mir beim besten Willen nicht geben.

Überhaupt finde ich diese Idee total bescheuert und witzele im Chat.

»*Shout* von Tears for Fears wäre perfekt für die Minuten, nachdem die Fruchtblase geplatzt ist. Danach könnten wir das *In Utero*-Album von Nirvana laufen lassen, und wenn's losgeht, sollte *The Final Countdown* von Europe auf voller Lautstärke dröhnen.«

Ralf schreibt:

> »Deine Frau muss entweder starke Nerven oder viel Humor haben. Meine hätte mich trotz aller Schmerzen aus dem Geburtsraum geprügelt.«

Deine Frau muss gar keinen Humor haben, denke ich mir und beschließe, die Notwendigkeit einer Geburts-Playlist zu eruieren. Ohne direkt zu fragen natürlich. Wenn ich Maja darauf anspreche, wird sie mich wahrscheinlich für verrückt erklären. Obwohl – emotional, wie sie gerade ist, erwartet sie vielleicht, dass ich Musik zusammenstelle und sie damit überrasche?

Ich habe recherchiert. Ich musste es tun. Zu so etwas Kritischem wie einer Nackenfaltenmessung gehe ich nicht unvorbereitet, sondern informiere mich, wie alles funktioniert. Dr. Niki Papadopoulus mag eine Zusatzausbildung und ein ausreichend auflösendes Ultraschallgerät haben, aber das bedeutet nicht, dass sie uns die Vorgänge erklärt. Vor allem so, dass wir sie als Nichtmediziner verstehen.

Die zahlreichen möglichen Erkenntnisse, verschiedene Trisomien und Syndrome, habe ich bewusst übersprungen, um mich nicht verrückt zu machen. Ich habe mich auf das Ziel konzentriert: den zu ermittelnden Wert. Dieser ergibt sich aus der gemessenen Nackentransparenz des kleinen Schatzes, Majas Alter, der Schwangerschaftswoche (wir sind in Woche zwölf) und einigen anderen Faktoren. Wir streben eine Eins bis Zwei an. Eine Drei wäre Grund zur Sorge, und an eine Sechs will ich nicht denken.

Nein, ich denke nicht daran!

»Du machst mich wahnsinnig, Max«, raunt Maja, als wir nebeneinander im Wartezimmer sitzen. »Hör auf zu zappeln.«

»Ich zappele nicht.«

»Tust du wohl. Ich hätte allein herkommen sollen.«

Und wenn wir eine Drei oder schlechter bekommen? Dann wärst du hier allein, ohne mich, der dich auffängt. Das sage ich mir im Stillen und schweige.

Mein Herz schlägt schneller, als Maja aufgerufen wird, und es galoppiert wie ein Rennpferd, sobald sie sich auf der Liege ausstreckt und Dr. Papadopoulus das Ultraschallgerät zur Hand nimmt. Ich soll mich setzen, aber ich kann nicht. Die Ärztin hält das Gerät auf Majas Bauch und blickt auf den Bildschirm. Ihr Stirnrunzeln entgeht mir nicht. Ich halte den Atem an und schaue auf den Monitor, ohne viel zu erkennen.

»Oh!«, sagt Dr. Papadopoulus.

Mein Herz bleibt stehen.

»Oh, Frau Rados!« Ihr Tonfall bleibt der gleiche. Sie dreht sich zu mir um. »Und Herr Leif.«

»Was?«, fragen Maja und ich unisono und tauschen einen besorgten Blick. Ich nehme ihre Hand. Sie umschlingt meine fest.

Speiübel wird mir beim Gedanken an den Schatten, diesen angeblichen Kühlschrank. So viel zur Kompetenz dieser Frau! Das war nicht der Kühlschrank, sondern sicher …

»Ein Zwilling«, sagt die Ärztin. »Sie bekommen Zwillinge!«

Mir ist, als wäre mir ein Kantholz über den Schädel gezogen worden. Es brummt in meinen Ohren, schillert vor meinen Augen, mein Sauerstoffvorrat geht zur Neige. Ich plumpse auf den eben abgelehnten Stuhl. Die Stimme der Ärztin klingt wie weit entfernt. Sie redet was von einem Baby, das vor der Plazenta lag, und einem zweiten, das sich dahinter versteckt hat. Außerdem hält sie es für wahrscheinlich, dass die Zwillinge eineiig sind, da sie sich nicht nur die

Plazenta, sondern auch die Embryonalhülle teilen. Danach höre ich eine ganze Weile nichts, und ich denke nicht mehr als *Ach du Scheiße!*

Ununterbrochen.

Ganz ehrlich, auf nicht sonderbar schonende Weise habe ich erfahren, dass ich *ein* Kind bekomme. Damit habe ich mich abgefunden, und ja, ich habe mich auf mein *eines* Kind gefreut. Nun wurde mir beinahe ebenso unsensibel mitgeteilt, dass es *zwei* sind. Ich könnte jetzt sagen: Hey, eins zum regulären Preis und ein zweites gratis dazu! Aber nein. Nein! Der Gedanke an Zwillinge – Zwillinge! Zwei! –, der überfordert mich momentan. Ganz sicher freue ich mich später, aber jetzt gerade? Muss ich erst mal klarkommen.

Irgendwann stehe ich auf der Straße vor der Praxis. Maja fällt mir um den Hals.

»Zwillinge, Max«, ruft sie. »Wie cool ist das denn?«

»Was du machst, machst du richtig, hm?«, keuche ich und halte mich mehr an ihr fest, als ihr Halt zu geben. »Werden es Jungs?«

Maja rückt ein Stück von mir ab und grinst mich an. »Du warst doch dabei. Sie hat es noch nicht erkennen können.«

»Und wie ist der Wert?« Das bedarf einer Korrektur. »Ähm, wie sind die Werte?«

»Zwei Komma eins und zwei Komma drei.«

Okay, zweimal eine Zwei minus. Meine Güte, jetzt muss ich mir nicht nur um zwei, sondern um drei Sorgen machen!

»Die Werte sind gut … für mein Alter.« Maja umarmt mich wieder. »Ich finde es so toll, Max, freust du dich auch?«

»Ähm …«

Zwillinge?!

Ernsthaft?

Bei unserer Ankunft im Kling Klang verdrängt die Sonne die Wolken und erwärmt die Luft wie an einem Oktobertag. Der dichte Novembernebel, mit dem wir es in letzter Zeit oft zu tun hatten, hat die Kinder nörgelig gemacht, also nutzen beide Gruppen das tolle Wetter und gehen vor dem Mittagessen in den Garten.

Ich hole die Lauf- und Fahrräder aus dem Schuppen, fast zuletzt ein rosafarbenes, das sich Gwyneth schnappt und damit abdampft. Marlenes Schrei quält mein Gehör. Schnell nehme ich das letzte Fahrrad, ein gelbes, und stelle es ihr mit einem »Hier ist noch eins, kein Grund zum Weinen« hin, doch sie ballt die kleinen Hände zu Fäusten und quietscht:

»Ich will das rosa Fahrrad!«

Ich halte nach Gwyneth Ausschau, die schon fröhlich radelt und Arthur im Vorbeifahren die Zunge rausstreckt.

»Frag Gwyneth doch, ob sie mit dir tauschen würde.«

»Das tut sie nie und nimmer! Und ich will jetzt ein rosa Fahrrad, sonst fahre ich nicht.«

So nicht, Fräulein! Als ich das gelbe Rad kommentarlos zurück in den Schuppen räume, heult Marlene lauter.

Janosch hält an, wundert sich kurz und erfasst sie Situation. Er steigt ab und schiebt Marlene sein Rad hin. »Hier, du kannst meins haben«, brabbelt er. »Das ist rot.«

»Ich will kein rotes Fahrrad!«, entrüstet sich Marlene. »Ich will ein rosa Fahrrad!« Sie gibt Janosch einen Schubs, so dass er das Rad gehen lässt und auf den Hintern fällt. Heulend rennt Marlene weg. Ich will Janosch aufhelfen, da stoppt Lucy ihr grünes Rad und steigt ab. Sie reicht Janosch die Hand und hilft ihm auf. Er zieht zwar einen Schmollmund, scheint sich aber nicht weh getan zu haben.

»Ärger dich nicht über die«, tröstet sie ihn. »Die hat bloß ihre Tage.«

Dezember

Der unbedingte Wunsch

Zehn Uhr und die Frau meines Herzens liegt noch neben mir! Wir erobern unsere Samstagmorgenroutine zurück! Yay! Ganz in deren Sinne kuschele ich mich an Maja, die langsam wach wird, sich streckt und mich zurückkuschelt.

»Lass uns entspannen. So richtig!«, murmelt sie.

Perfekte Idee. »Unbedingt. Bleiben wir den ganzen Tag im Bett.«

»Doch nicht im Bett!« Maja setzt sich auf. »Ich mache jetzt Frühstück, und danach schauen wir nach Urlaub, okay?«

Urlaub? Schwanger? Im Dezember? Ich blinzele Maja an. »Wohin willst du denn?«

Sie zuckt mit den Schultern und steht auf. »Irgendwohin, wo ich noch nie war. Eine Insel in der Karibik, zum Beispiel.«

Irgendwie klingt das nach Ärger und Aufregung.

Die Zeit der Übelkeit ist vorbei. Die emotionale Phase offenbar auch. Als hätte jemand mit dem Finger geschnippt, ist Maja in der euphorischen Phase und erwartet, dass ich ihr folge. Was ich laut den Empfehlungen tun sollte. Aber ich muss auch die Vernunft sein.

»Wieso unbedingt die Karibik?«, frage ich Maja beim Frühstück. »Wir könnten hier in Deutschland zwei Wochen in einem Wellnessresort verbringen, im Bayerischen Wald meinetwegen oder an der Küste. Kurze Anreise, volle Entspannung.«

Sie wirkt alles andere als begeistert. »Bei dem Scheißwetter? Schneeregen seit Tagen.« Zur Verdeutlichung zieht sie die Schultern hoch und schüttelt sich.

»Wir müssten zehn Stunden fliegen«, erinnere ich sie. »Das ist zu lange. In einer einfachen Schwangerschaft mag das unproblematisch sein, aber nicht bei Zwillingen.«

Majas Einsicht kommt mit einem Schnauben. Stumm schmiert sie Butter auf ihr Brötchen.

Mit fällt noch ein weiterer Kontrapunkt ein: »Außerdem gibt es in der Karibik die Tigermücke. Du weißt schon, Zika-Virus und so weiter …«

»Ja, ja«, brummelt sie. »Ich hab's ja schon abgehakt. War eine blöde Idee.«

»Wie ist es mit den Kanaren? Da warst du noch nie.«

»Dort möchte ich auch nie hin. Pauschal- und Massentourismus ist kein Urlaub.«

»Das ist nur auf den Hauptinseln so. Auf La Gomera …«

»Nein.«

Okay, dann ein Stückchen weiter. »Kapverden?«

Gedankenverloren schüttelt sie den Kopf, dann erhellt sich ihre Miene. »Pantelleria!«, ruft sie und klatscht in die Hände. »Das ist es. Fliegen wir nach Pantelleria!«

Das klingt, als sei die Entscheidung gefallen.

»Liegt das nicht unterhalb von Sizilien? Also genau genommen zwischen Italien und Afrika … neben Lampedusa?«

»Oh, Lampedusa ist ein ganzes Stück weg.«

»Aber ist diese Insel aufgrund ihrer Lage nicht auch Anlaufstelle für Schlepperboote?«

»Nein. Dort landen kaum bis keine Flüchtlinge. Die müssten in Tunesien starten, aber das Land unterbindet das wegen der vielen Urlauber.«

Na gut ... aber trotzdem! »Warum willst du unbedingt dorthin?«

Maja wird ernst. Sie stützt den Kopf in eine Hand. »Die Familie meiner Mutter stammt von Pantelleria.«

Das wusste ich nicht. Maja hat mir nur erzählt, dass ihre Mutter italienische Wurzeln hatte.

»Und ... du willst Verwandte suchen?«

»Nein. Meine Großeltern sind doch mit meiner Mutter nach Deutschland gekommen. Es ist keiner mehr da. Außerdem kenne ich nicht einmal ihren Mädchennamen. Ich möchte einfach nur hin und schauen, wo sie herkam ... wo ein Teil von mir herkommt.«

Schach, Max? Noch nicht!

Mal abgesehen von der umständlichen Anreise über Rom und Palermo gehört die Insel zu Sizilien. Und das ist kreuzgefährlich! Wiege der Cosa Nostra. *Malavita* – das schlechte Leben, das die Mafia und somit auch die Kriminalität entstehen ließ.

Ich hole das Notebook an den Frühstückstisch und starte es, um die Haken an der Insel, die übersetzt den so schönen Namen *Tochter der Winde* trägt, zu finden. Lange muss ich nicht suchen, da sind sie:

Stürme und Unwetter, durch welche Pantelleria isoliert ist und nicht mehr mit Lebensmitteln versorgt werden kann. Busch- und Waldbrände, toxische Chemieabfälle im Wasser, Anarchie im Straßenverkehr. Von der Westküste Afrikas über den Suezkanal immigrierte Kugelfische und Barrakudas. Ein Unterwasservulkan.

Nichts davon beeindruckt Maja.

»Pantelleria kommt überhaupt nicht in Frage!«, stelle ich

klar. »Das ist ja steinzeitlich! Wilde Handzeichen interpretieren, um herauszufinden, wer Vorfahrt hat.«

Maja zieht eine Braue hoch. »Max, du übertreibst total. Wen interessiert der Straßenverkehr? Wir müssen kein Auto mieten.«

»Und was ist mit dem Kling Klang?«

»Ich muss sowieso langsam eine Vertretung finden.«

Okay, schach-fast-matt!

»Na gut.« Ich klappe das Notebook zu. »Ich überlege es mir.«

Um meine Bedenken, vor allem wegen des Fluges, noch von anderer Seite untermauern zu lassen, rufe ich am Montagmorgen heimlich bei Dr. Niki Papadopoulus an. Bedauerlicherweise hat sie keine Einwände gegen eine Flugreise der Mittelstrecke. Im Gegenteil, das zweite Trimester hält sie für die optimale Zeit für einen letzten Urlaub zu zweit. Weil Maja völlig gesund und die Luftversorgung im Flugzeug heutzutage optimal ist, werden angeblich weder sie noch die Babys einen Unterschied merken. Auch dass Maja wegen des Fluges bereits mit ihr gesprochen hat, steckt sie mir, also bitte ich sie, nichts von meinem Anruf zu sagen.

In einer persönlichen Angelegenheit sitze ich am Nachmittag in Dr. Bärbeißers Sprechzimmer.

»Um wen geht's heute, Herr Leif?«, fragt die Ärztin schmunzelnd zur Begrüßung und plumpst in ihren Sessel. »Um den Kater? Oder um Frau Rados? Haben Sie nicht auch einen Hund?«

Sehr witzig. Ich lache mich gleich vom Stuhl.

»Es geht um eine Flugreise.«

»Gute Idee, noch mal Urlaub zu machen, bevor das Kind da ist. Wohin geht es denn?«

»Sizilien, und es werden zwei.«

»Zwei Wochen auf Sizilien?«

»Zehn Tage … und zwei Kinder.«

Sie schlägt die Hände zusammen. »Zwillinge! Oh, wunderbar!«

»Was halten Sie von Sizilien?«

»Eine herrliche Insel!« Sie kneift ein Auge zu und betrachtet mich aus dem anderen argwöhnisch. »Aber Sie sind sicher nicht hier, um sich meine Reiseempfehlung einzuholen, oder doch?«

»Nicht, was Land und Leute angeht, sondern wegen …«

»Ach so, natürlich! Die Impfempfehlung. Also zusätzlich zu den Standardimpfungen gemäß Impfkalender ist ein Schutz gegen Hepatitis A ratsam.«

»Nein, das ist es nicht.«

»Keine Sorge wegen der Schwangerschaft. Totimpfstoffe, wie der gegen Hepatitis, sind im Allgemeinen unbedenklich.«

Jetzt hat sie mich abgelenkt. »Totimpfstoffe?« Das klingt kontraproduktiv. Wie können die unbedenklich sein?

Die Ärztin lacht. Sie ist gut drauf zum Wochenbeginn. »Davon stirbt man nicht. Totimpfstoffe enthalten abgetötete Erreger, wohingegen Lebendimpfstoffe aus lebenden Keimen bestehen.«

»Schon gut. Das muss ich so genau nicht wissen, und ich bin auch nicht wegen der Impfungen hier. Die haben wir beide. Das Einzige, worüber ich mit Ihnen sprechen will, ist der Flug.«

»Sie brauchen ein Mittel gegen Übelkeit.«

»Nein, ich …«

»Gegen Nervosität?«

»Nein, verflixt, lassen Sie mich doch mal ausreden!«

Beide Brauen zieht sie nun hoch und wirkt ein bisschen eingeschnappt. »Dann kommen Sie doch auf den Punkt.«

»Wie denn, wenn Sie immerzu reden?«

Sie klappt den Mund zu und starrt mich an; den typisch bärbeißigen Blick hat sie nun drauf. Ich starre zurück. Sie trommelt mit den Fingern auf der Tischplatte und murmelt: »Ich warte.«

»Eine Flugreise mit zwei Stopps, insgesamt sind wir sechzehn Stunden unterwegs. Ist das nicht zu anstrengend?«

»Ist doch gut, wenn der Flug nicht so lange dauert und Maja sich immer mal die Beine vertreten kann. Vielleicht sogar in Rom?«

»Ja«, gebe ich zähneknirschend zu. »Eine Nacht. Zwar nur auf dem Hinflug, aber immerhin.«

»Was sagt denn Frau Rados' Gynäkologin?«

Nee, so nicht! »Ich möchte Ihre Meinung hören.«

»Meine Meinung ist die folgende: Wenn die Gynäkologin die Gesundheit ihrer Patientin sowie der Ungeborenen nicht gefährdet sieht und wenn Frau Rados Lust auf diesen Urlaub hat, dann kann er auch stattfinden.«

Toll. »Genau das wollte ich nicht hören«, brummele ich.

Dr. Bärbeißer verzieht den Mund, um ihr Bedauern auszudrücken, und gibt mir doch zu verstehen, dass sie gar nichts bedauert. »Von mir dürfen Sie immer die Wahrheit erwarten, Herr Leif.« Sie zwinkert. »Ob Sie die nun hören wollen oder nicht.«

Lauter unnötige Risiken

Eine Bekannte von Jekaterina Poljakow war schon in Italien. Wie ich erfahre, hatte sie die Reise bei einem Preisausschreiben gewonnen und einen fabelhaften Urlaub verbracht. Eigentlich will ich der Russin erklären, wie Hannibal und Lecter während unserer Abwesenheit zu versorgen sind, aber sie hört mir überhaupt nicht zu, sondern gibt mir einen Ausflugstipp nach dem anderen. Schließlich hat sie an die hundert Fotos gesehen und weiß, wo es sich in Italien gut feiern lässt.

»Frau Poljakow«, unterbreche ich sie. »Maja und ich wollen nur relaxen. Außerdem sind wir auf einer sehr kleinen Insel ganz im Süden. Und mit Hannibal müssen Sie darauf achten, dass er …«

»Papperlapp!« Sie winkt ab. »Weiß ich, was ich machen muss mit beide Tiere, auch wenn nicht steht in Arbeitsvertrag.« An einer Hand beginnt sie abzuzählen. »Channibal benutzt Chundetür, wenn er will in Garten, und Lecter benutzt Chundetür auch. Gehe ich mit Channibal spazieren kurz einmal an Tag und lang zweimal an Wochenende. Bekommen sie beide Essen an Morgen und Abend und Wasser immer frisch.« Sie nimmt die zweite Hand hinzu. »Mache ich Klo von Lecter sauber dreimal in Woche. Kuschel ich mit beide mindest einmal an Tag, damit sie nicht sind so traurig. Mehr ist nicht, oder?«

Ich schiebe die Hände in die Jeanstaschen. »Jepp.«

»Siehst du, Max Leif, alles gut.« Ihr fällt etwas ein. »Wenn dir oder Maja wird iebel in Flieger, musst du trinken Wodka, und gut.«

»Jepp«, sage ich abermals, denn die Wodka-Vorschläge meiner Putzfrau kenne ich inzwischen.

In Russland ist Wodka ein Universalmittel. Hat man Schmerzen, trinkt man Wodka. Ist einem schlecht oder kann man nicht schlafen, trinkt man Wodka. Will man eine Wunde desinfizieren, schüttet man Wodka drauf, und will man einer Speise den besonderen Kick geben, kippt man Wodka rein. Man backt Kuchen mit Wodka, entfernt Schimmel mit Wodka, reinigt den Herd mit Wodka und verwendet ihn als Raumspray gegen hartnäckigen Geruch. Geht einem auf einer einsamen Landstraße das Benzin aus, dann füllt man den Tank mit Wodka, den man als echter Russe garantiert flaschenweise im Kofferraum hat.

»Und in Kling Klang«, sagt Jekaterina Poljakow und holt mich aus meinen Gedanken. Sie setzt eine grimmige Miene auf. »Chabe ich Auge auf Neue, kannst du wetten.«

»Das ist super. Aber übertreiben Sie es bitte nicht. Die Frauen wissen alle schon, was sie zu tun haben.«

»Chabe ich auch Auge auf alle anderen. Sage ich Bescheid, wenn sie machen Bledsinn. Chabe ich Telefon von Chotel.«

»Es wird schon keinen Anlass geben.«

Da bin ich zuversichtlich. Auf eine Empfehlung von Annette hat Maja eine Erzieherin gefunden, die gerade ihre Ausbildung abschließt. Während des Urlaubs springt sie ein – genauso »last minute«, wie wir den Urlaub gebucht haben. Später, wenn ihr die Arbeit bei uns gefällt und sie in die Kita passt, kann sie Majas Schwangerschaftsvertretung für die Regenbogengruppe sein.

Majas Schwangerschaft ist gegenüber den Erzieherinnen nun auch kein Geheimnis mehr. Alle freuen sich, auch Annette. Offiziell zumindest. Sind Maja und die Kinder nicht in der Nähe, motzt sie herum und erdolcht mich mit Blicken. Neulich hat sie einen Streit mit Jekaterina Poljakow vom Zaun gebrochen – den hat sie natürlich verloren, aber lange schaue ich mir das nicht mehr an.

Seit einem ziemlich turbulenten Flug vor ein paar Jahren, der von Sansibar zurück nach Frankfurt ging, bin ich nicht in der Luft unterwegs gewesen. Damals habe ich mir geschworen, nie wieder einen Fuß in ein Flugobjekt zu setzen. Das war eine Kopfsache; ich wollte einfach nicht. Danach habe ich gar nicht mehr über eine Flugreise nachgedacht. Anders als jetzt.

Jetzt, das ist die Nacht vor dem Abflug. Vierzehn Tage vor Weihnachten außerdem. Da macht man sich schon mal Gedanken, wobei ich feststelle: Ich habe keine Flugangst. Ich habe nämlich keine Angst zu sterben. Aber ich habe Angst, dass Maja stirbt.

Sie hingegen ist total unbesorgt, hat bis eben fröhlich und aufgeregt gepackt. Nun schläft sie. Dasselbe habe ich versucht, bin aber wieder aufgestanden und hocke nun vor dem Internet.

Wir fliegen mit Alitalia, die in puncto Flugsicherheit im unteren Mittelfeld, hinter Lufthansa und Air Berlin liegt. Prinzipiell wird die Fluggesellschaft als zuverlässig eingestuft, allerdings hat sie insgesamt neun Maschinen verloren, unter anderem durch den Ausbruch von Feuer an Bord und wegen einer Kollision mit einem anderen Flugzeug. Der letzte Absturz liegt beinahe dreißig Jahre zurück. Damals flog eine Maschine im Landeanflug auf Zürich zu tief und prallte auf die Landebahn. Niemand an Bord überlebte das.

Als Pessimist könnte man nun befürchten, dass Alitalia mal wieder an der Reihe ist. Da ermutigen allgemeine Feststellungen wie die, dass der zeitliche Abstand zwischen tödlichen Unfällen immer größer wird. Andere Bemerkungen, wie *Runter kommt man immer* und *Niemand weiß, wer morgen vom Himmel fällt*, hätte ich allerdings lieber übersehen.

Auf der Suche nach beruhigenderen Fakten finde ich eine App, die ich mir gleich auf mein Smartphone lade. *Am I going down?* heißt das Programm, das auf Basis von Unfallstatistiken der US-amerikanischen Flugsicherheitsbehörden mit Hilfe eines Algorithmus ermittelt, wie hoch die Absturzwahrscheinlichkeit eines bestimmten Fluges ist. Also wähle ich Frankfurt als Abflughafen und Palermo als Flugziel aus und starte die Berechnung. Sekunden später habe ich die Fakten auf dem Screen: Die Chancen stehen eins zu vier Millionen. Ich könnte die Route täglich fliegen und würde wahrscheinlich erst nach etwa zwölftausend Jahren abstürzen.

Misstrauisch machen mich die Zahlen dennoch, also wiederhole ich den Vorgang für einen Flug innerhalb Chinas. Tatsächlich wird die Absturzwahrscheinlichkeit in diesem Fall deutlich höher eingeschätzt.

Halbwegs zufrieden klappe ich das Notebook zu. Im Dunkeln tappe ich ins Schlafzimmer und lege mich neben Maja. Mein Geist trudelt davon, aber er ist nicht so träge, wie ich es gehofft habe. Immer noch äußerst aktiv, zeigt er mir Bilder, die ich nicht sehen möchte: solche von Flugzeugen, deren falsch berechnete Routen sich irgendwo am Himmel kreuzen, und solche von Vögeln, die sich magisch von Triebwerken angezogen fühlen. Ich sehe mich und Maja in der Kabine unbemerkt einschlafen, während der Sauerstoff abfällt. Ich sehe Chaos im Cockpit, einen unkontrollierbaren Autopiloten und einen lebensmüden Copiloten. Auch der Feind mit Langstreckenraketen spielt in meinen Kurzfilmen eine Rolle, denn er hält alle Passagiere meines Flugs für Terroristen und feuert spontan. In anderen Sequenzen verschwindet das Flugzeug auf mysteriöse Weise vom Radar, und nach einem Zeitraffer, Jahre später, werden Teile davon mit Muscheln bewachsen an einem Strand angeschwemmt.

Ich könnte Actionfilm-Regisseur werden. In nur fünf Stunden könnte ich das Drehbuch schreiben.

Verdammt, ich muss schlafen!

Auf unbekannten Terrassen

Die ganzen Sorgen hätte ich mir sparen können. Der erste Flug von Frankfurt nach Rom am Vortag war entspannt. Nach dem Weiterflug nach Sizilien am frühen Morgen ist auch der dritte Alitalia-Vogel plangemäß um neun Uhr fünfundzwanzig in Palermo abgehoben und nur fünfundvierzig Minuten später sachte auf Pantelleria gelandet. Tatsächlich hätte ich mir mehr Gedanken über den Straßenverkehr machen sollen, schließlich wurde ich vom Auswärtigen Amt ausdrücklich gewarnt.

Wie ein Berserker rast der Taxifahrer vom Zentrum in den Norden der Insel, wo das Hotel liegt. Rechts vor links, Ampeln, Fußgänger, andere Autos scheinen schlichtweg egal zu sein. Jedem Verkehrsteilnehmer offenbar. Von den Zeichen, über die man sich angeblich verständigt, bekomme ich nichts mit, insofern in die Luft geworfene Hände, Vogel zeigen und das Verdreschen der Hupe nicht dazugehören. Nicht einmal die schlechte Qualität des Asphalts bremst den Taxifahrer. Maja und ich können nur unsere Gurte festzurren und uns festhalten, während es durch Schlaglöcher von der Tiefe des Donaudurchbruchs geht – was etwa zehnmal pro Minute der Fall ist. Nach einer wilden Viertelstunde erreichen wir unser Ziel.

Das Hotel ist das kleinste, in dem ich jemals war. Innerhalb einer Trockenmauer gesellen sich zehn bungalowähnliche Häuser um ein Hauptgebäude, in dem sich Lobby, Bar und Restaurant befinden. Alle sind aus bräunlich grauen, dicken Steinen errichtet und haben ein leicht gewölbtes weißes Dach. Dammusi nennt man diese Häuser auf Pantelleria, und Maja erzählt, dass die Bauweise eine bis in die Antike reichende Tradition hat. Das Innere unseres Dammusos hat mit kräftigen Farben, dunklen Holzmöbeln und geschwungenen Türbögen einen Hauch von Orient, was Maja wiederum damit erklärt, dass die Insel nicht mehr ganz Italien und auch noch nicht Afrika ist.

Wir packen die Koffer aus und ziehen uns um, denn vor der Tür unserer außergewöhnlichen Bleibe hat sich die Luft auf die angekündigten zweiundzwanzig Grad erwärmt. Trotz der Brise, die hier wohl immer weht, fühlt sich die Temperatur viel wärmer an. In T-Shirts, kurzen Hosen und Badeschlappen, mit Handtüchern und Sonnencreme in der Badetasche machen wir uns auf den Weg zum Meer, das man von der Terrasse unseres Dammusos aus sieht. Maja weist auf zwei einfache Klappstühle, die an der Hauswand lehnen und nicht zum eigentlichen Outdoor-Mobiliar gehören.

»Die brauchen wir.«

Ich mustere die Stühle. »Wozu? Wir haben doch Handtücher. Die reichen fürs Erste.«

»Glaub mir, Max. Es wird schnell unbequem ohne was Anständiges zum Sitzen.«

Das glaube ich nicht wirklich, widerspreche aber nicht weiter, weil das ohnehin keinen Sinn hätte, sondern reiche Maja die Tasche und schnappe mir die leichten Stühle. Zuerst folgen wir einem Pfad, dann ein paar Treppen. Schließlich stehen wir in einer aus schwarzem Stein bestehenden Bucht. Breite, glatte Flächen, auf denen vereinzelt Menschen in Klappstühlen sitzen, führen stufenweise ins Wasser.

Maja breitet die Arme aus, lässt sich den Wind ins Gesicht pusten und lacht. »Ist das nicht schön, Max?«, ruft sie, ohne mich anzusehen.

Und das ist auch besser so, denn mein gedankliches *Was zur Hölle …?* steht mir sicher deutlich ins Gesicht geschrieben. Trotz Sonnenbrille.

Kommentarlos folge ich ihr zu einer der kleinen Plattformen, klappe die Stühle auf und stelle sie hin. Maja setzt die Tasche ab, nimmt Platz und atmet tief durch, als sei sie jetzt bereit für die totale Entspannung. Mit vor der Brust verschränkten Armen, die Hände unter die Achseln geschoben, gehe ich ein paar Schritte bis zur tieferliegenden Plattform und mustere den weiteren Weg ins Wasser. Bevor Maja da runtergeht, werde ich überprüfen, wie sicher es ist.

»Ist das hier der Hauptstrand?«, frage ich, als ich mich neben sie setze und die Beine ausstrecke.

Ganz bewusst formuliere ich es so, denn die präzisere Erkundigung würde so negativ klingen. Maja versteht meine eigentliche Frage trotzdem und antwortet entsprechend.

»Es ist der einzige Strand.«

»Ah … schön.«

»Was ist los, Max?«

»Nichts. Alles gut.«

»Es gefällt dir nicht, richtig?«

Ich zögere, schaue sie an und sehe mein Spiegelbild in ihrer Sonnenbrille. »So ein bisschen vermisse ich den Sand.« Ja, der Gedanke, meine Füße in warmen, feinkörnigen Sand zu stecken, war irgendwie nett.

»Ich hab dir erzählt, dass die Insel aus Lavagestein besteht.«

»Nicht, dass das auch für den Strand gilt.«

»Das ist doch logisch.« Sie wendet sich ab, lehnt sich im Stuhl zurück. »Außerdem hättest du es nachlesen können. Du recherchierst ja sonst alles.«

Am späten Nachmittag schieben sich Wolken vor die Sonne. Die Luft kühlt ab. Wir packen zusammen und kehren zum Hotel zurück. In unserem Dammuso gibt es WLAN. Während Maja duscht, lasse ich Google nach Restaurants suchen.

Es findet einige am Hafen, der in einem fünfzehnminütigen Spaziergang zu erreichen ist. Die beiden mit den besten Bewertungen haben leider besonders viele Meeresfrüchte im Angebot. Muscheln und Austern sind für Maja sowieso tabu, weil sie die ekelhaft findet. Nicht aber Schalentiere. Shrimps und Garnelen bereiten wir zu Hause gern frisch zu. Wie sie hier auf den Teller wandern, weiß ich nicht.

»Im Restaurant gibt es ziemlich viele Gerichte mit Shrimps«, rufe ich zu Maja ins Bad, als sie aus der Dusche kommt. »Die sollten wir hier nicht bestellen.«

»Wieso nicht?«

»Sie sind vielleicht nicht gut zubereitet und tragen das Hepatitis-Virus in sich.«

»Tatsächlich? Das ist ja widerlich!«

»Ach ja, und generell gilt: Finger weg von allem, was nicht gekocht, gebraten oder gegart ist.«

»Hab ich schon jemals rohes Fleisch gegessen? Carpaccio und Sushi vielleicht, aber doch nicht mehr, seit ich schwanger bin.«

»Ich meine ja nicht nur Fleisch, sondern würde das auch für Gemüse empfehlen. Und iss besser keinen Blattsalat.«

Das Handtuch um die Hüften, kommt Maja aus dem Bad. »Und warum das?«

Ich höre ihre Frage nicht so richtig. Ihr Anblick lenkt mich ab. Wasser tropft aus ihren Haarspitzen, rinnt über ihre Schultern und irgendwie größeren Brüste zu ihrem Bauch, der sich über unseren Kindern schon sanft wölbt. Sie kommt zu mir, bleibt vor mir stehen.

»Bitte streichel auch keine Tiere, die sich im Restaurant herumtreiben«, murmele ich und hebe den Blick, um ihr in die Augen zu schauen. »Wahrscheinlich schlawinern viele Katzen herum, das ist in diesen Urlaubsländern so, denn sie …«

Maja küsst mich. Mit hastigen Bewegungen öffnet sie die Knöpfe meines Hemdes. Zuerst bin ich überrascht und einen Moment reglos, doch ich schalte schnell und ziehe ihr das Handtuch vom Körper. Ihre Haut ist warm und weich. Sie murrt und küsst mich fester, als meine Hände auf ihrem Hintern landen und ich sie in Richtung Bett dirigiere. Wenig später bin ich so nackt wie sie.

In der Stille des Zimmers liebe ich meine Maja wie lange nicht, genieße jede Sekunde und schaue ihr dabei in die Augen, die sich mal weiten und mal schließen. Ihr schöner Mund öffnet sich und lässt Seufzer durch – eine Einladung zum Küssen. Also küsse ich sie und liebe sie weiter.

Wegen unmoralischen Verhaltens

Was habe ich getan?

Wie konnte ich nur!

Nicht mein Gesicht, nicht meine Hände haben meine Jungs nun zuallererst von mir gesehen, sondern ein anderes Körperteil.

Verdammt! Wieso habe ich daran nie früher gedacht, nie in letzter Zeit, wenn ich mich nach Sex mit Maja gesehnt habe. Meine Vernunft hätte doch ein Veto einlegen müssen. Nicht sofort vielleicht, aber rechtzeitig. Sexuelle Enthaltsamkeit ist sicher nicht das Erste, was einem verantwortungsvollen werdenden Vater einfällt, aber ganz sicher das Zweite.

Von Verantwortungsbewusstsein kann gewiss keine Rede sein, im Gegenteil. Ich habe die Zwillinge mitsamt dem Kühlschrank wahrscheinlich ganz schön durchgeschüttelt, sie verwirrt und vielleicht sogar irgendwo getroffen. Furchtbar! Der erste Satz, den ich in schätzungsweise zwei Jahren höre, lautet bestimmt: Du warst das!

Ich werfe einen Blick zu Maja, die im Klappstuhl neben mir chillt und in einem Magazin, das über die Schwangerschaft mit Zwillingen informiert, lauter Kreuze auf einer ganzen Seite mit Checklisten macht.

»Ist das irgend so ein Test?«, will ich wissen.

Sie schüttelt den Kopf, ohne aufzuschauen, und macht mehr Kreuze. »Nein, das ist eine Auflistung aller Dinge, die wir brauchen.«

Das sind schon an die dreißig Kreuze. Und das alles mal zwei?

»Wir müssen nicht etwa umziehen, uns etwas Geräumigeres suchen, oder doch?«

Sie legt den Kopf zurück und lacht. Dann streckt sie die Hand nach meiner aus. Ich nehme sie, streiche mit dem Daumen über ihre weiche Handinnenfläche und beobachte, wie ihr Lächeln sich verändert.

»Weißt du, worauf ich gerade Lust habe«, raunt sie und legt die Zeitschrift weg.

Auf Tomaten? Einen Burger? »Worauf denn?«

»Ich würde gern mit dir ins Liebesnest verschwinden.«

In Gedanken sehe ich mich in einer Fernsehshow sitzen und höre eine Spannungsmelodie, Applaus und dann die Aufforderung des Moderators.

Max, nun musst du dich für eine Antwort entscheiden.

[A] Ach, hier ist es doch gerade so schön. (Gelächter aus dem Publikum)

[B] Bestimmt räumt die Putzfrau gerade das Zimmer auf. (Lauteres Gelächter)

[C] Ich habe furchtbare Kopfschmerzen. (Vereinzelte Buhrufe)

[D] Wir sollten damit warten, bis die Kinder geboren sind. (Lautstarke Buhrufe)

Hand aufs Herz, bei dieser Frage kann ich nur verlieren und starte ein Ablenkungsmanöver, indem ich auf die Uhr schaue.

»Oh, schon eins. Willst du eine Tomate?« Wir haben genug Vorrat in der Kühltasche dabei. Auch Tomatensaft.

Maja lässt meine Hand los. »Na toll!«

»Wie, na toll?« Ich gebe mich ahnungslos, obwohl ich weiß, wie sinnlos das ist. Prinzipiell schinde ich nur Zeit. Sekunden.

»Ich sage dir, dass ich Lust auf dich habe, und du bietest mir Tomaten an. Das ist mal eine schöne Klatsche, herzlichen Dank!«

»So war das nicht gemeint, ich habe ja auch Lust auf dich, wie sehr, das hast du gestern gemerkt, und sicher wird das nur mehr, wenn dein Bauch wächst, aber …«

Die Wahrheit hält sich mit Krallen an den Wänden meiner Kehle fest, denn sie wäre schon peinlich.

»Aber was, Max? Sag nur, du hast diese Hemmungen?«

»Hemmungen?«

»Hast du Schiss, du könntest die Babys beim Vorstoßen treffen und verletzen?«

»Nein, verdammt«, knurre ich und schaue mich nach den wenigen anderen Badegästen um, die hoffentlich kein Deutsch verstehen. »Wieso nimmst du kein Megaphon? Dann hören es auch noch die Leute auf den oberen Stufen.«

»Und wenn schon.« Sie zuckt mit den Schultern. »Deine Ängste sind unbegründet. Wir rammeln ja nicht wie die Blöden.«

Ich hole tief Luft und sage es: »Trotzdem. Ich finde, wir sollten uns zurückhalten, bis die beiden auf der Welt sind.«

Maja runzelt die Stirn, schnaubt und schweigt.

Anhaltend.

Nach einer Weile konzentriere ich meinen Blick auf den Horizont, auf die Linie, an der sich Meer und Himmel treffen. Unweigerlich muss ich an den Dezember 2004 denken, als zehn Meter hohe Wellen Thailand überrollt und mehr als zweihunderttausend Menschen das Leben genommen haben. Die Ursache dafür war ein Erdbeben im Indischen Ozean. Und wir relaxen hier über einem Vulkan!

Ich will es mir eigentlich gar nicht vorstellen, aber man muss prinzipiell vorbereitet sein. Wenn sich das Mittelmeer also plötzlich zurückzieht und ich eine nur minimale Veränderung am Horizont sehe, dann werde ich alles stehen und liegen lassen, Maja schnappen und rennen. Rennen, rennen, rennen. Bis zu einem Taxi. Das bringt uns von der Küste weg und zu einem möglichst hohen Gebäude.

Maja holt mich aus meinen schauerlichen Gedanken. »Hast du Lust, schwimmen zu gehen?«

Tausende wurden im Wasser von der ersten Welle überrascht. Fischer, Segler, Familien – für immer auf grausame Weise getrennt.

Ohne den Blick vom Meer nehmen zu können, antworte ich: »Du, im Moment grad nicht. Sonnen wir uns lieber noch ein bisschen.«

Maja steht auf. »Also ich brauche jetzt eine Abkühlung.«

»Hier gibt's doch Duschen.«

»Zum Duschen hätten wir zu Hause bleiben können.« Damit geht sie zum Wasser.

Ach, wären wir doch zu Haus geblieben!, brummele ich in mich hinein und hefte mich an ihre Fersen.

Mehr Wasser am Nachmittag. Und wir mittendrin.

»Das ist der Hammer, Max!«, ruft Maja.

Für einen Schnorchelausflug sind wir in den Westen der Insel zum Arco dell'Elefante gefahren. Die berühmte, aus dem Wasser ragende Felsformation trägt diesen Namen, weil sie wie der Kopf des Dickhäuters aussieht.

Maja ist vom Boot gesprungen. Ich bin ihr gefolgt, bewaffnet mit Schnorchel, Taucherbrille und Flossen. Nach einem ersten Blick in die Unterwasserwelt ist sie aufgetaucht, um mich an ihrer spontanen Euphorie teilhaben zu lassen. Gleich darauf steckt sie das Gesicht erneut unter Wasser und blubbert etwas Unverständliches durch den Schnorchel.

Ich weiß, was mich dort unten erwartet: das Gefühl von Unendlichkeit. Wie Thomas Mann einst so wunderbar sagte: *Das Meer ist keine Landschaft, es ist das Erlebnis der Ewigkeit.* Das trifft es ziemlich gut. Beim ersten Blick, den man unter Wasser wagt, ist jeder Mensch, der ein Herz und eine Seele hat, mehr als gerührt und fasziniert von einer ungefähren Ahnung über unendliche Weiten.

Der Spruch geht aber noch weiter: … *das Erlebnis der Ewigkeit, des Nichts und des Todes.*

»Max, jetzt guck doch endlich«, schnauft Maja, als sie aufschaut. Dann steckt sie sich den Schnorchel wieder in den Mund und ergibt sich ihrer Faszination.

Dabei ist sie aber brav. Während die anderen sechs Teilnehmer des Schnorchelausflugs in die Tiefe tauchen, paddelt sie an der Wasseroberfläche. Ich spüle meine Brille aus und ziehe sie über die Augen, schiebe den Schnorchel zwischen die Zähne und bin bei Maja … im Erlebnis der Ewigkeit.

In einigen Metern Tiefe befindet sich eine Korallenbank. Gorgonien in allen Farben schaffen den perfekten Kontrast zum kristallklaren Wasser. Meeresbewohner wie Muränen und Papageienfische tummeln sich dazwischen, die einen erschrocken über unseren Besuch, die anderen geflissentlich in ihr Tun vertieft.

»Hmm hmm hmmhmm hmmhmhm«, höre ich von Maja.

Ich gucke in die Richtung, in die sie zeigt, und übersetze es mit: »Schau mal, da ist ein Seestern.«

Während wir weiterpaddeln, mustere ich meine Umgebung immer wieder wachsam. Wir sind hier schließlich im Mittelmeer und nicht im Langener Waldsee. Hier gibt es Nemos und Dories und all die coolen Piratenfische, aber auch jede Menge andere Wesen, die nicht mal im Traum daran denken, etwas an ihrem schlechten Image zu ändern, und Fische keineswegs als Freunde, sondern als Futter betrachten. Menschen versehentlich – oder gelegentlich – auch.

Also halte ich Ausschau nach dem Hai, bin darauf eingestellt, Maja zu verteidigen und das Monstrum in die Flucht zu schlagen, ohne exakt zu wissen, wie ich es im Fall des Falles am effektivsten vertreibe. Durch einen Faustschlag zwischen die Augen? Mit einem Fußtritt in die Knorpel? Indem ich ihm den Rettungsreifen vom Boot zwischen die Zähne schiebe? Es mit dem Schnorchel erdolche?

Ich hebe den Kopf über Wasser. Maja kommt ebenfalls hoch und ruft: »Du schaust ja gar nicht nach unten.«

»Klar, das hab ich. Wahnsinn, das alles!«

Ja, der Wahnsinn! Die Liebe meines Lebens schwimmt mit meinen Söhnen im Bauch in einem Haibecken herum. In der Hoffnung, dass Maja mir folgt, kraule ich zum Boot. Sie folgt.

An Deck setzen wir uns an die Reling, lassen die Beine vom Bootsrand baumeln und beobachten, wie die anderen nach und nach die Leiter erklimmen.

Der Wind frischt auf. Kühl streicht er über meine Haut und spielt in Majas Locken. Ich ziehe sie an mich, drücke einen Kuss auf ihre vernarbte Schläfe und murmele:

»Wir können sie Kurt und Eddie nennen, wie Kurt Cobain und Eddie Vedder.«

Sie weicht ein Stück zurück, um mich anzuschauen. Dann unterdrückt sie ein Lachen. »Ein Hoch auf den Grunge, hm? Auf Nirvana und Pearl Jam und die Zeit deines Lebens?«

Ich küsse sie auf die Stirn. »Die Zeit meines Lebens bist du.«

Sie schmunzelt vor sich hin. »Dito.«

»Ist das ein Ja?«

»Wozu? Zu den Namen?«

»Klar.«

»Nein«, grinst sie und zieht mich an sich.

Echt unvergessliche Stunden

Wir haben im *Spiegel der Venus* gebadet, in einer Saunagrotte gesessen und den Montagna Grande bewandert. Weitere Kicks für Majas euphorische Phase, wie Parasailing und Bananenbootfahren, bietet Pantelleria zum Glück nicht, und so liegen größtenteils entspannte Tage hinter uns.

Wenig entspannt war hingegen die vergangene Nacht. Maja war schnell eingeschlafen, und auch ich dämmerte allmählich ins Traumland, da holte mich ein verhasstes Sirren zurück. Eine Mücke hatte sich auf meine Wange gesetzt, und ich schlug beherzt zu, erwischte sie aber nicht. So sirrte sie bald wieder um meinen Kopf. Als ich sie nicht mehr hörte, stellte ich mir vor, wie sie sich auf Majas Haut setzt und ihren scheußlichen Rüssel in sie bohrt. Um das zu verhindern, wedelte ich mit den Händen um Majas Kopf und deckte sie dann besser zu. Sie murrte im Schlaf und drehte sich auf die andere Seite.

Ich lag wach und horchte auf das Sirren, das immer wieder an mein Ohr drang. Als ich es nicht mehr aushielt, holte ich mein Smartphone und googelte die Tigermücke. Dieses Viech ist leicht zu erkennen: schwarz mit weißen Zebrastreifen. Es sollte besser Zebramücke heißen, damit man beim Sichten gleich weiß, mit wem man es zu tun hat. Bis zu einen Zentimeter groß kann das Insekt sein und sich auch jenseits der Tropen ausbreiten. Dank der globalen Erwärmung.

Ich schaltete das Licht ein und begab mich auf die Suche. In erster Linie, um mich zu vergewissern, dass wir keine Tigermücke zu Besuch hatten. Ferner, um den Störenfried bei Gelegenheit zu erschlagen. Maja wurde wach und schimpfte zuerst, half mir dann jedoch, um die Prozedur zu verkürzen.

Bis die Mücke – keine Tigermücke, wie ich kurz vor dem Schlag feststellte – endlich erledigt war, vergingen drei Stunden, an deren Ende ich beinahe jemanden vom Personal gerufen hätte. So sauer war ich. Obwohl Maja noch viel saurer war, schlief sie gleich wieder ein. Ich lauschte noch längere Zeit in die Dunkelheit hinein, um sicherzugehen, dass kein zweites Viech im Dammuso herumschwirrte.

Als eine Art Entschuldigung für die Nacht miete ich im Hafen einen kleinen Katamaran. Es ist schon früher Nachmittag. Wir wollen den Rest des Tages und die Nacht auf dem Meer verbringen.

Ich bin einige Jahre nicht mehr gesegelt, einen Katamaran zuletzt in meinen frühen Dreißigern vor Südafrika. Aber mit dem Segeln ist es wie mit dem Fahrradfahren, man verlernt es nicht, und so kursen wir um die Insel, was nicht sehr lange dauert, und ankern im Westen vor einer Steilküste, deren Klippen aussehen, als seien sie mit Kerzenwachs überzogen. Grotten und von einer grünen Schicht bewucherte Überhänge perfektionieren die Formationen.

Wir holen die Segel ein, legen Elton John auf und beobachten andere Boote, von denen Taucher springen. Bis zum Sonnenuntergang bleiben sie unter Wasser.

In der Küche des Hotels habe ich Brot, Käse und Getränke organisiert. All das packe ich nun für ein Picknick an Deck aus. Maja sitzt an der Reling des linken Rumpfes und scheint gefangen von der Magie des Ozeans, die natürlich nicht nur unter Wasser wirkt. Über Wasser hat sie jedoch einen anderen Effekt; hier befreit sie die Gedanken und schickt den Geist auf eine Wanderung.

Als ich sie rufe, sieht sie sich zu mir um und kommt auf das Tragdeck, wo ich eine Decke ausgebreitet habe.

»Geht's dir gut?«, frage ich.

Sie nimmt sich ein Stück Brot und Käse, beißt von beidem ab und nickt. Abermals schaut sie über das Meer.

»Ich musste an meinen Vater denken«, sagt sie leise. »Und an meine Mutter auch irgendwie. Ohne sie mir vorstellen zu können.«

»Du wünschst dir, sie hätten Großeltern sein können«, schlussfolgere ich mitfühlend und spüre, wie sich Majas Schwermut um mein eigenes Herz legt.

Sie antwortet nicht, beißt noch mal vom Brot ab.

»Vielleicht tröstet es dich ja ein bisschen, dass meine Eltern noch da sind.«

»Sie wohnen siebenhundert Kilometer entfernt.«

»Wenn die Zwillinge mal kein Grund sind, ihre Pension endlich zu verkaufen und herzuziehen.«

Noch immer wissen die beiden nichts von ihrem Glück. Nach dem Urlaub, zu Weihnachten, fahren Maja und ich nach Westerland, wo meine unverbesserlichen Eltern mit ihren siebzig Jahren noch immer eine Pension betreiben.

»Weißt du, manchmal habe ich mir diese superkitschigen Familienzusammenführungen im TV angeschaut«, erzählt Maja. »Sohn oder Tochter suchen die Mutter, die durch einen tragischen Umstand verloren ging. Das Wiedersehen nach Jahrzehnten wird von dramatischer Geigenmusik untermalt, die alle Zuschauer dazu bringen soll, so haltlos zu weinen wie die Wiedervereinten.«

So merkwürdig der Gedanke ist, dass Maja ein solches Programm schaut, so sehr verstehe ich sie.

»Ich habe diese Menschen beneidet«, murmelt sie, »weil es für sie eine Mutter zu finden gab.«

Diese Hoffnung hat Maja leider nicht mehr. Ihre Mutter, Francesca, starb nach einer Fehlgeburt, als Maja gerade mal zwei war. Ihr Vater ist vor etwa drei Jahren im Alter von achtundsiebzig infolge eines Schlaganfalls gestorben, ein paar

Monate bevor wir beide uns wirklich kennenlernten. Maja kennt ihre Mutter nur aus den Erinnerungen ihres Vaters, und er hat sie als ihr sehr ähnlich beschrieben, optisch wie charakterlich. Wenn ich mir das vorstelle, bei einer zwanzig Jahre älteren Frau, habe ich immer ein recht klares Bild von Majas Mutter.

Dramatisch ist außerdem, was nach dem Tod von Francesca geschehen ist: Maja erkrankte kurz darauf schwer am sogenannten Wilms-Tumor, einer bösartigen Nierengeschwulst, die sich vor allem bei kleineren Kindern entwickelt. Nachdem sie tagelang erbrochen hatte, kam die Diagnose, und sie musste sich einer monatelangen Kombinationstherapie aus Chemo und Bestrahlung unterziehen. Nach der Operation galt sie als geheilt, wie die meisten der kleinen Patienten.

Mir wird mulmig, wann immer ich daran denke. Unvorstellbar, was meine Maja in diesen frühen Jahren durchgemacht hat, und ihr Vater muss vor Sorge fast umgekommen sein. Wahrscheinlich hatte er Angst, nach seiner Frau auch sein Kind zu verlieren.

Majas Stimme holt mich in die Gegenwart zurück.

»Ich weiß nicht, wen ich vermissen soll, wenn ich an meine Mutter denke, aber ich vermisse irgendwen. Manchmal bin ich sogar sicher, dass sie noch lebt und ich ihr eines Tages begegne. Andere Male fühle ich mich …« Auf der Suche nach dem richtigen Wort hebt sie die Schultern und schaut mir in die Augen. »… unvollständig. So seltsam sich das anhören mag.«

Das tut es tatsächlich. Eigentlich sollte ich ihr das Gefühl geben, vollständig zu sein, und so sage ich: »Ich fühle mich komplett mit dir.«

Sie schüttelt den Kopf. »Das ist etwas anderes. Wir sind nicht blutsverwandt, haben nicht dieselben Gene.«

Stumm beobachte ich, wie sie Weintrauben vom Zweig zupft und eine nach der anderen isst. Nach einer Weile krabbele ich hinter sie, umarme sie und lege das Kinn auf ihre Schulter. Vor uns schimmert das Meer im Mondlicht, hinter uns pfeift der Wind in den Klippen, über uns blinken die Sterne, unter uns tummeln sich Fische, und aus den Boxen schallt Elton Johns *Tiny Dancer*.

Schritte an Deck wecken zuerst mich und Sekunden später Maja. Erschrocken setzen wir uns im Bett der Kajüte auf, deren Tür wenig später auffliegt. Licht von starken Taschenlampen blendet uns, und Maja hebt einen Arm vor die Augen. Ich springe auf und will mich den Bootsdieben oder Piraten – zwei oder drei, wie ich vermute – entgegenwerfen, erstarre aber beim Klang eines harschen fremdsprachigen Lauts. In null Komma nix werde ich herumgewirbelt, meine Arme werden nach hinten gezerrt und auf dem Rücken festgehalten. Ich starre Maja an, die entsetzt zurückstarrt und nun beide Hände vor den Mund hält.

Eine Stimme mit Akzent sagt: »Both of you are under arrest for illegally immigrating into the Republic of Tunisia.«

Festgenommen? Wegen illegaler Einwanderung nach Tunesien?

Okay, Leute, das ist ein ziemlich mieser Scherz, und wer auch immer ihn sich ausgedacht hat, kann was erleben. Aber wo ist die Kamera?

»What the fuck!«, knurrt Maja, da packt sie ein anderer Kerl. Tatsächlich schaut er aus wie ein Polizist oder Soldat.

Mir wird klar, dass das hier kein Scherz ist, aber ein Irrtum. Den will ich aufklären, flehe Maja mit einem Blick an zu schweigen und erzähle den Polizisten, dass wir Deutsche sind und Urlaub auf Patelleria machen. Denen ist relativ egal, wer wir sind. Sie dirigieren uns an Deck, wo wir auf eine in der Morgendämmerung liegende Küste blicken, die so gar nicht europäisch ausschaut. Meine Vermutung ist, dass sich der Anker des Katamarans gelöst hat und wir die ganze Nacht übers Meer getrieben sind. Offenbar in tunesische Gewässer. Auch das interessiert die Typen nicht.

So freundlich ich kann – wirklich freundlich ist das kaum noch –, bitte ich sie, uns mit unserem Boot umkehren zu lassen, aber sie verfrachten mich und die jetzt verbissen schweigende Maja auf ein motorisiertes Polizeiboot und düsen mit uns an die Küste.

Schier unlösbare Probleme

Die Jungs aus Kelibia hätten sagen können: »Okay folks, have a good trip back to Italy!«, aber stattdessen stellten sie Fragen.

Zuerst mussten Maja und ich sie den Soldaten auf dem Boot beantworten, dann welchen am Ufer. Jetzt sitze ich im Vernehmungsraum eines unweit der Küste gelegenen Gefängnisses, in das wir gebracht wurden. Ich habe es schon immer gehasst, mir wegen doppelter und dreifacher Erklärung zur selben Sache Fusseln vor den Mund zu labern. In meinen Augen bedeutet das einen Mangel an interner Kommunikation. Gäbe es das im Kling Klang, müssten wir nach einem Monat schließen.

Ich bin allein mit dem Typen, der mich nun befragt. Maja wird parallel in einem anderen Raum vernommen, und ich kann nur hoffen, dass der Kerl, mit dem sie es zu tun hat, nicht so ein Widerling ist wie der, der mir hinter seinem Schreibtisch gegenübersitzt. Drei Stunden sind seit unserer Festnahme vergangen, vor zwei Stunden wurden Maja und ich getrennt. Inzwischen bin ich verdammt ungehalten. Meine Hoffnung, dass mich irgendwer versteht – nicht mein Englisch, sondern meine Situation –, schwindet von Minute zu Minute.

»Der Anker war von der Kette gerissen«, erkläre ich von neuem. »Das haben Ihre Leute bei der Untersuchung des Katamarans doch festgestellt, oder nicht?«

»Das sagen alle«, antwortet der Mann. »Ständig reißt ein Anker von der Kette irgendeines Bootes. Wir stellen dann fest, dass eine Manipulation vorliegt.« Er verkneift die Augen zu Schlitzen. »Hier in Tunesien gibt es genug andere

Dinge, die uns Arbeit machen. Flüchtlinge brauchen wir nicht auch noch.«

Ich soll die verflixte Kette angesägt haben? Flüchtlinge? Maja und ich? Das ist lächerlich!

»Hören Sie, wir sind Deutsche. Wir kommen aus der entgegengesetzten Richtung. Daher, wo alle hinwollen.«

»Darum geht es nicht. Alle Flüchtlinge werden gleich behandelt. Befragung und Arrest, bis eine Rückführung möglich ist.«

»Wir sind aber keine Flüchtlinge!« Ich bebe vor Zorn. »Wir leben sehr gern in Deutschland und hatten zu keinem Zeitpunkt die Absicht, nach Tunesien einzuwandern.«

»Das sagen alle.«

Alles, wirklich alles perlt an dem Typen ab. Vielleicht sagt er mir als Nächstes, dass er nur seinen Job macht, aber seine Mimik und die Klangfarbe seiner Stimme sprechen Bände darüber, wie viel Vergnügen er hat. Ihm geht dabei einer ab, und ich habe den Eindruck, bei mir ist das in erhöhtem Maße der Fall. Ich bin keiner der üblichen Verdächtigen, sondern ein Europäer, ein Deutscher noch dazu.

Die nächsten Worte schiebe ich mühsam ruhig zwischen den Zähnen durch: »Weder ich noch meine Lebensgefährtin möchten hier leben. Meine Partnerin ist schwanger, ich will sie keiner Gefahr aussetzen, und hier …«

Das, was ich bisher gesehen habe, erscheint mir alles andere als ungefährlich. Es ist dreckig, voll und laut, es stinkt, und der Umgangston der Polizei mit den Insassen ist nicht nur katastrophal, sondern lässt außerdem Raum für Vermutungen, was hier noch so passiert.

Um die Mundwinkel des Kerls zuckt es. »Mit Schwangeren haben wir es genauso oft zu tun wie mit manipulierten Ankern«, knurrt er.

Du Arschgeige! Ich balle die Hände zu Fäusten. *Lauf du*

mir einmal im Freien über den Weg, dann polier ich dir deine arrogante Visage!

Das würde ich ihm gern entgegenschleudern, behalte es aber für mich und schlage einen sachlichen Ton an: »Also gut, sprechen wir darüber, wie es nun weitergeht.«

Der Typ stützt seine kräftigen Arme auf den Schreibtisch, um mir näher zu sein und vielleicht sicherzustellen, dass ich jedes Wort verstehe.

»Wir überprüfen Ihren Fall. Für die Zeit bekommen Sie eine nette Zelle, die Sie sich mit anderen Flüchtlingen teilen. Das Gleiche gilt für Ihre Frau, die wir im Frauentrakt unterbringen. Ihr Boot ist beschlagnahmt und wird untersucht.«

Ruhig, Max! Ganz ruhig! »Wie lange dauert das in etwa?«

Der Kerl wiegt den Kopf hin und her. »Paar Tage. Vielleicht auch Wochen.«

Mein Atem stockt und will sich mit einem Brüllen aus meiner Kehle befreien. Wieder zwinge ich mich, ruhig zu bleiben. Wenn ich jetzt herumschreie, vermittele ich diesem Mann einen hilflosen, machtlosen Eindruck. Das darf nicht geschehen. Ich habe eine Ahnung, wie Maja und ich hier rauskommen, aber dazu ist es wichtig, dass ich ihm begegne wie er mir.

Zuerst spiegele ich seine Haltung, indem ich meine Ellbogen auf seinen Tisch stütze und meine Nase relativ dicht vor seine bringe. Sein unangenehmer Geruch, der mir dabei in die Nase steigt, stärkt meine Zuversicht.

»Ich lasse Ihnen eine Wahl«, sage ich ihm mit kühler Stimme und festem Blick in seine Augen. »Option eins: Sie behandeln meine Frau und mich weiter wie Flüchtlinge, obwohl Sie genau wissen, dass wir versehentlich hier gelandet sind. Sie stecken uns in Ihre Zellen und behalten uns ein paar Tage hier.« Ich mache eine bedeutungsvolle Pause. Die muss sein, bevor ich fortfahre: »Ich kann Ihnen versichern, dass es nur wenige, sehr wenige Tage sein werden, und ich kann Ihnen versichern, dass Sie im Anschluss eine Menge Ärger bekommen, insbesondere wenn meiner Frau oder unserem Nachwuchs etwas passiert. Ich werde nicht nur Sie, sondern Ihre ganze Nation verklagen.«

Er wirkt gelassen, aber ein Funkeln in seinem Blick verrät, dass er auf die Alternative gespannt ist.

»Option zwei.« Ich verschränke meine Finger ineinander. »Sie lassen mich jetzt telefonieren. Hier drinnen bei Ihnen. Nicht draußen an irgendeinem Münztelefon.«

»Wen wollen Sie anrufen? Ihren Anwalt etwa?« Er belächelt das.

Ich lächele zurück. »Meinen Anwalt. Und meine Bank. Dann haben Sie spätestens morgen Vormittag fünftausend Euro auf Ihrem Konto. Vorausgesetzt natürlich, Sie geben mir mein Boot zurück und lassen meine Frau und mich zurück nach Italien.«

Er überdenkt das. Meine Nähe scheint ihm zu viel zu werden, denn er lehnt sich zurück, mustert mich. Endlich antwortet er: »Wenn das Geld auf meinem Konto ist, dann können Sie gehen.«

Kommt nicht in Frage. Maja und ich verbringen keine Nacht hier. Weder getrennt noch zusammen.

»Umgehend.«

»Heute Nachmittag. Und ich will eine schriftliche Bestätigung von Ihrer Bank, dass die Transaktion veranlasst wurde.«

»Meine Frau, die will ich sofort sehen.«

Er nickt.

»Gut. Dann das Telefon bitte.«

Als ich das Gerät von ihm entgegennehme, zittern meine Hände – hey, ich könnte ein top bezahlter Schauspieler werden, wäre ich imstande, aus einer Verzweiflung heraus prompt in die Coolness von James Bond zu wechseln.

Ob der Typ das Zittern bemerkt, kann ich nicht sagen. Falls ja, dann ist es ihm egal. Für fünftausend Euro dürfte ich jetzt sicher sogar mit den Zähnen klappern.

Ein unausgesprochener Gedanke

Der Mann, der mich vernommen hat, war nicht der einzige, der verstanden hat, dass mit Maja und mir Geld zu verdienen ist. Jemand anderes scheint sich einen Bonus geholt zu haben, indem er der Presse von uns erzählt hat.

So warten bei unserer Entlassung am Nachmittag vor dem Gefängnistor Kameras auf uns. Jede Menge Kameras. Und Mikrophone. Wenig später sind wir von Menschen umringt. Fragen in Englisch, aber auch Deutsch prasseln auf uns ein. Blitzlicht flackert.

Maja hebt die Arme vor den Kopf. Ich würde es ihr gern gleichtun, auf keinen Fall etwas sagen. Doch wenn ich es nicht tue, steht bald die nächste absurde Geschichte über mich in der Presse. Also erzähle ich in knappen Sätzen, wie es zu unserer Festnahme kam.

»Es war ein Missverständnis«, füge ich am Schluss an. »Der Anker unseres Bootes hatte sich vom Grund gelöst. Wenn Sie uns jetzt bitte durchlassen, meine Frau und ich würden gern wieder aufs Meer und die letzten Tage unseres Urlaubs genießen.«

»Stimmt es, dass sie schwanger ist?«, fragt irgendwer.

Ich presse den Mund zusammen, löse ihn dann aber für die Antwort. »Das ist richtig und ein weiterer Grund dafür, dass wir nun gern unsere Ruhe hätten.«

»Zwanzig Kamele für Ihre Frau«, kommt es von einem Mann, der ohne Zweifel nicht zur Presse gehört.

»Nettes Angebot, aber nein danke«, knurre ich.

Maja senkt die Arme und schaut mich entgeistert an, wohl weil ich es als nettes Angebot bezeichnet habe.

»Dreißig Kamele?«

Ich nehme Majas Hand. »Verschwinden wir.«

Von zwei Officers aus dem Gefängnis flankiert, eilen wir zu einem Polizeiwagen. Wir retten uns auf die Rückbank, schlagen die Türen zu, tauschen einen stummen Blick.

Am Hafen warten noch mehr oder dieselben Presseleute. Sie stellen weniger Fragen, fotografieren und filmen lediglich, wie wir an Bord unseres Katamarans gehen. Adrenalin dröhnt in meinen Ohren, als ich die Segel hisse, Pantelleria als Ziel in die GPS-Navigation eingebe und sich das Boot aufs offene Meer zubewegt.

Maja tritt hinter mich. Sie schlingt die Arme um mich.

»Bist du okay?«, frage ich sie.

»Alles gut, Max.«

»Wie geht's den Babys?«

»Auch gut.«

»Hast du …« Ich vergesse die Frage, als ich etwas spüre.

Da war eine Art Bewegung, wie ein Stupsen, an meinem Rücken. Das kam von Majas Bauch. Zuerst glaube ich, dass ich mich geirrt, es mir eingebildet habe, da passiert es abermals. Nur ganz leicht.

»Hast du das gemerkt?«

Sie küsst meinen Nacken. »Was meinst du?«

»Da, schon wieder! Merkst du das nicht?«

Sie lacht. Ein warmes Lachen. »Die Babys treten dich?«

Oder boxen. Es könnten auch ihre Hände sein. »Wieso merkst du das nicht?«

»Ich habe es heute Vormittag, als ich verhört wurde, zum ersten Mal gespürt.«

Ich bin verwirrt und gerührt zugleich, drehe den Kopf und schaue sie über die Schulter an. »Wieso hast du nichts gesagt?«

»Wann denn?« Sie stellt sich auf die Zehenspitzen und gibt mir einen Kuss auf die Wange.

Tja, gute Frage. Im Knast war es schlichtweg zu ungemütlich, auch noch, als der Deal mit dem Kerl perfekt war. Eine irre Geschichte, alles in einem – der lose Anker, die Verhaftung und Befragung, das Bestechungsgeld. Würde ich es selbst nicht besser wissen, würde ich mich als Spinner bezeichnen – aber irgendwie freue ich mich jetzt schon auf den Moment, in dem ich meinen Jungs davon erzählen kann: *Ihr zwei werdet nie erraten, wo eure Mutter eure ersten Bewegungen gespürt hat. Nie kommt ihr drauf …*

Einige Stunden später, am frühen Abend, erreichen wir unseren Urlaubshafen von Pantelleria. Wir bezahlen die für zehn zusätzliche Stunden angefallene Leihgebühr für den Katamaran und kehren in unser Hotel zurück.

»Ich glaube, ich will nach Hause«, sagt Maja, als wir lange vor Mitternacht nebeneinander im Bett liegen.

»Ich glaube, ich auch«, antworte ich ihr und drehe mich auf die Seite, um mich an sie zu schmiegen und ihren Bauch zu streicheln.

»Lass uns morgen zurückfliegen, okay?«

Damit bin ich verdammt einverstanden.

Maja döst ein. Die Babys noch nicht. Immer wieder spüre ich ihre Bewegungen unter meiner Hand, werde darüber ruhig und müde. Wie von fern dringt ein Geräusch an mein Ohr, und ich brauche ein paar Sekunden, bis ich kapiere, dass es mein Handy ist. Das Display kündigt meine Eltern an.

Verdammt. Die Presse war schnell. Natürlich.

Um Maja nicht zu wecken, nehme ich das Gespräch auf der Terrasse entgegen.

»Junge?«, schreit mein Vaters ins Telefon, weil er denkt, aufgrund der großen Entfernung muss die Verbindung schlecht sein. »Hörst du mich?«

»Hallo, Vater, ich verstehe dich ausgezeichnet. Du musst nicht so laut reden.«

Er dämpft seine Lautstärke kein bisschen. »Wir haben euch in den Nachrichten gesehen. Deine Mutter ist krank vor Sorge.«

Er würde nie zugeben, dass er sich auch sorgt.

»Sag ihr, es ist alles okay. Uns geht es gut. Zum Glück haben sie uns nicht lange dabehalten. Wir sind schon wieder auf Pantelleria im Hotel.«

»Mäxchen?« Meine Mutter hat das Telefon übernommen. Sie schreit auch. »Mäxchen, hörst du mich?«

Ich entferne das Telefon ein Stück vom Ohr. »Sehr gut. Mach dir keine Sorgen. Maja und mir geht es gut.«

»Und dem Kind?« Jetzt schluchzt sie.

Ich seufze stumm. Dass meine Eltern nun von der Presse erfahren, dass sie Großeltern werden, ist superblöd. »Auch gut, alles in Ordnung.«

»Was wollte der Typ mit den Kamelen?«, ruft Vater aus dem Hintergrund.

Der Beitrag wurde offenbar ungeschnitten gesendet, aber sei es drum. Ich muss auch nicht antworten, denn Mutter redet weiter: »Wann fliegt ihr zurück nach Deutschland?«

»Wahrscheinlich schon morgen.« Ich will das Gespräch zu einem Ende hinführen. »Wir sehen uns dann ja an Weihnachten bei euch.«

»Kommt nicht in Frage.« Mutter schnaubt. »Mäxchen, also wirklich! Du kannst Maja nach diesen Strapazen nicht auch noch der langen Fahrt nach Westerland aussetzen. Wir kommen selbstverständlich zu euch.«

»Ähm …« Meine Eltern bei uns. An Weihnachten. Okay, darüber mache ich mir später Gedanken.

»Wir legen jetzt auf, Junge!« Das ist mein Vater. »Sonst wird es zu teuer.«

Dann ist die Verbindung schon unterbrochen. Ich gehe nach drinnen, lege das Handy weg und krieche zu Maja ins Bett. Sie wacht nicht auf, als ich mich wieder an sie schmiege. Wie so oft stecke ich die Nase in ihre Haare und atme ihren Duft ein. Dabei kommt mir ein Gedanke, der im ersten Moment seltsam erscheint: *Meine Frau,* das habe ich heute bestimmt hundertmal gesagt. Gegenüber denen im Gefängnis und später bei der Presse. Und plötzlich ist da eine Frage, die eine Frage, die über meine Lippen will.

»Maja?«, raune ich und warte.

Sie wacht nicht auf, atmet gleichmäßig weiter.

Noch einmal sage ich ihren Namen, ein bisschen lauter diesmal, doch sie dreht sich lediglich auf die andere Seite.

Ich rutsche an sie heran, lege einen Arm um sie und schlafe auch bald ein.

Zu unfreiwilliger Prominenz

Da wir auf die letzte Maschine des Tages nach Frankfurt gebucht sind, haben wir in Rom bis zum späten Nachmittag Aufenthalt und vertreiben uns die Zeit in einem Flughafenbistro bei mäßig leckerer, dafür aber schweineteurer Pasta. Mir fällt ein Paar auf, das zwei Tische entfernt sitzt und Pizza isst. Sie schauen zu uns rüber, diskutieren kopfnickend und kopfschüttelnd, ziehen verschwörerische Mienen und schauen abermals. Dass sie Deutsche sind, erkenne ich an ihren Outfits. Er in gestreiftem Hemd, Bermudashorts und Lederslippern, in denen er bis zu den Waden hochgezogene Tennissocken trägt, ist der Typ Brummifahrer. Sie, im weißen Pulli mit Glitzerapplikationen, Leggins und goldenen Sandaletten, gehört wohl zur Gattung der Gartenzaunschwadroniererinnen.

Sie steht schließlich auf und kommt herüber. Maja, die mit dem Rücken zu den beiden sitzt und sie noch nicht bemerkt hat, schaut verwundert auf, als die Frau neben unserem Tisch steht, eine Hand in die Seite stemmt und mit schriller Stimme fragt:

»Sagt mal, seid ihr nicht die mit dem Boot?«

In stillem Einvernehmen schütteln Maja und ich die Köpfe. Wenn wir zugeben, *»die mit dem Boot«* zu sein, setzt sie sich bestimmt an unseren Tisch und stellt weitere Fragen.

Die Frau stolziert zurück und informiert ihren Mann quer durchs Bistro: »Die sagen nee, aber die sehen echt so aus. Die geben das sicher nur nicht zu.«

Als hätten wir keine Ahnung, mit wem sie uns nicht verwechselt, essen wir unsere Pasta auf, trinken aus, zahlen und stehen dann auf, um Arm in Arm davonzuschlendern.

»Lass uns einen Zeitungskiosk suchen«, flüstert Maja.

»Schon auf dem Weg«, flüstere ich zurück.

Hinter den Gates entdecken wir einen kleinen Laden, in dem es Bücher, Süßigkeiten und eben Zeitungen gibt. Wir sehen mehrere deutsche Tageszeitungen – und Fotos von uns und dem Katamaran auf jedem Titelblatt. Ich entziffere Headlines wie *Flüchtlingsdrama um deutsches Paar* und *Warum segelte der Ex-Musikguru von Italien nach Tunesien?*

»Fass bloß keine von denen an«, murmele ich Maja zu.

Sie blättert in einer Frauenzeitschrift, ohne zu bemerken, dass sie sie verkehrt herum hält. Ich nehme ihr das Magazin ab und lege es zurück.

»Jetzt verstehst du bestimmt, warum ich Gespräche mit der Presse hasse.« Ich führe sie aus dem Kiosk. »Du hast gehört, was ich denen erzählt habe. Nun siehst du, was sie daraus machen. Es ist zum Kotzen.«

Maja holt ihre Sonnenbrille aus der Tasche und setzt sie auf. »Was ich auf jeden Fall verstehe, ist, warum Promis immer mit Sonnenbrillen herumlaufen. Man fühlt sich total nackig ohne.«

Als ich meine ebenfalls aufsetze, ertönt neben uns ein: »Guck mal, sind das nicht die mit dem Boot?«

Ich lege meinen Arm um Majas Schultern. Wie schlendern zum Gate, wo ich gegen Majas Protest auf Business-Class umbuche. Die restliche Zeit bis zum Abflug dürfen wir in der Lounge verbringen, wo wir von fleißig auf ihren Laptops herumklimpernden, ahnungslosen Business-Menschen umgeben sind.

Es ist nach Mitternacht, als das Taxi vor unserem Haus im Westend hält. Maja und ich steigen aus und tauschen einen Blick, als hinter der Tür Hannibals Winseln ertönt. Vor Freude kann er sich nicht bremsen und beginnt zu dezi-bellen.

Wir beeilen uns, zur Tür zu kommen, damit er nicht die Nachbarn weckt, da hören wir Jekaterina Poljakow. Mit verhaltener Stimme versucht sie den Dobermann zu beruhigen und öffnet die Tür. Ein schwarzpelziger Blitz schießt aus dem Haus, zuerst zu mir. Hannibal springt an mir hoch, kläfft und winselt vor lauter Glück, dann macht er das Gleiche mit Maja und wechselt schließlich zwischen uns hin und her, weil er sich nicht entscheiden kann.

Ich strubbele ihm durchs Fell, beruhige ihn und wundere mich allmählich, warum Jekaterina Poljakow da ist. Ich hatte ihr zwar eine SMS geschrieben und sie über unsere Ankunftszeit informiert, jedoch nicht erwartet, dass sie uns persönlich begrüßt.

Sobald wir im Haus sind, wird mir klar, dass etwas nicht stimmt. Die Russin hat rote Augen, ihr sonst so perfektes Make-up kann ihr vom Weinen aufgedunsenes Gesicht nicht verstecken.

»Jekaterina«, fragt Maja und klingt so erschrocken, wie ich es bin. »Was ist denn los?«

Sie hebt die Hände an die Wangen und weint. »Ach, ist es ganz furchtbar! Tut mir so leid.« Ihr trauriger Blick fliegt von Maja zu mir, während Hannibal immer noch aufgeregt um uns herumzappelt.

Jemand fehlt. Jemand, der sich sonst nie gleich in den Vordergrund drängt, sondern einen von irgendeiner erhabenen Position aus willkommen heißt. Lecter ist nirgends zu sehen.

»Wo ist der Kater?«, entfährt es mir tonlos.

Maja hebt die Hand vor den Mund, Tränen schießen ihr in die Augen. Ich lege den Arm um sie und bin darauf eingestellt, das Schlimmste zu hören.

Jekaterina Poljakows Weinen wird lauter. Immer wieder von Schluchzern unterbrochen, erzählt sie: »Ist er gegangen durch Chundetür am zweiten Tag und nicht gekommen zurück. Chabe ich gerufen die ganze Zeit, immer wieder. War ich die ganze Zeit chier und chabe ich gewartet.«

»Sie hatten doch unsere Nummer im Hotel.«

»Ach, wollte ich nicht verderben Urlaub, Max Leif!« Sie ringt die Hände. »Chabe ich gechofft, er kommt wieder. Aber kam er nicht. Chabe ich getan, was ich konnte. Flugblatt mit Foto von Lecter gedruckt und verteilt ieberall, aber niemand chat ihn gesehen. Chabe ich angerufen bei Flüsterer, der angeblich kann zurückflüstern verlorene Tiere, aber wollte der nicht kommen. Chabe ich gestern angerufen bei Feuerwehr und gefragt, ob sie chaben gefunden Lecter überfahren. Chabe ich genau beschrieben.« Sie schüttelt den Kopf. »Aber chaben sie nicht. Ist er verschwunden ohne Spur.«

Maja löst sich von mir. Sie durchquert das Foyer und das Wohnzimmer, öffnet die Terrassentür und stürmt in den Garten.

Als ich sie den Kater rufen höre, zieht sich mein Herz zusammen, mehr mit jedem Mal. Ich versuche, die Russin zu trösten, und sage ihr, dass es nicht ihre Schuld ist und sie nach Hause fahren und sich ausruhen soll.

Mit hängenden Schultern kommt Maja zurück und verabschiedet Jekaterina Poljakow mit einer festen Umarmung. Weinend halten sich die beiden Frauen. Ich kann es nicht mit ansehen und verdrücke mich in den Garten. Hannibal tappt mir nach.

Die Hände in die Taschen meines Mantels geschoben, stehe ich im Dunkeln und starre ins Nichts. Es kribbelt in meiner Nase. Ich ziehe die Schultern hoch.

»Lecter?«, rufe ich. Nicht sonderlich laut.

Hannibal winselt, geht ein paar Schritte in den Garten hinein. Da höre ich das Maunzen. Leise zuerst, deutlicher mit jedem Meter, den der Kater näher kommt. Dann raschelt es in der Hecke, und er steht vor mir, schaut zu mir hoch und umschmust meine Beine.

Überglücklich nehme ich ihn hoch und trage ihn nach drinnen. Er ist etwas leichter geworden, hat ein paar Gramm verloren in den Tagen seiner offenbar als Protest gegen unseren Urlaub dienenden Abwesenheit.

Jekaterina Poljakow ist schon gegangen. Maja zieht gerade ihren Mantel aus. Sie hält inne, als sie den Kater in meinen Armen sieht, hebt dann ungläubig den Blick, um mir in die Augen zu schauen. Sie muss es nicht aussprechen, ich weiß es auch so: Sie kann es nicht fassen, dass er nicht gekommen ist, als sie ihn gerufen hat.

Die unbeantwortete Frage

Ganze drei Tage lang hat Lecter Maja und, ja, auch mich nach unserer Rückkehr ignoriert. Beleidigt war er schon früher immer, wenn wir verreist sind. Ich hatte jedoch keine Ahnung, wie weit er gehen würde.

Maja hat sein Verhalten verschmerzt und ignoriert ihn zurück. Mit mir redet sie netterweise noch. Jekaterina Poljakow würdigt das Tier keines Blickes und hat mir angekündigt, dass sie sich gern weiter um Hannibal kümmert, wenn wir verreisen, dass der Kater aber bleiben kann, wo der Pfeffer wächst.

Darüber mache ich mir Gedanken, wenn es so weit ist. Nicht jetzt. Auf Flos Anraten haben Maja und ich einer mit Bedacht ausgewählten Tageszeitung ein Interview gegeben, um unseren unfreiwilligen Segeltörn nach Tunesien ausführlicher aufzuklären und sämtlichen Spekulationen ein Ende zu machen. Zwei Einladungen in Fernsehshows haben wir aber abgelehnt, denn die würden das Interesse an uns nur erhöhen. Die Welt hat genug C-Promis, um den Dschungel und Tanzshows zu füllen. Außerdem haben meine Eltern ihre Drohung wahrgemacht und sind über Weihnachten zu Besuch gekommen.

Beim ersten Abendessen gibt es natürlich nur ein Thema.

»Was freue ich mich, dass ihr ein Baby bekommt«, sagt Mutter.

»Das hätten wir gern persönlich erfahren«, nörgelt Vater, der neben mir sitzt. »Nicht aus dem Fernsehen. Überhaupt war es fahrlässig von dir, mit Maja nach Afrika zu segeln. Wenn ihr segeln wollt, dann könnt ihr das doch in der Nordsee tun.«

Natürlich, das Minimum an Kritik muss sein. Ohne Kritik geht es nicht.

»Bisschen frisch da draußen, aktuell«, kontere ich. »Und davon abgesehen, bin ich nicht nach Afrika gesegelt. Das hat das Boot praktisch selbständig getan.«

Vater winkt ab. »Man geht dort unten überhaupt nicht segeln, aktuell. Viel zu gefährlich. Jeder weiß das. Man liest und hört es ja ständig.«

Mutter tätschelt seinen Arm, um ihn zum Schweigen zu bringen. »Hauptsache, ihr seid wohlbehalten zurück und dem Kind geht es gut.«

Maja klinkt sich ein. »Genau genommen sind es zwei Kinder.« Sie tauscht einen Blick mit mir und greift über den Tisch hinweg meine Hand. »Max und ich bekommen Zwillinge.«

Mutter kann es zuerst nicht fassen. Dann lächelt sie selig und bringt vor Rührung keinen Ton heraus. Auch Vater hat es die Sprache verschlagen. Er betrachtet mich lange, dann lacht er und klopft mir auf die Schulter.

Eltern kann man wirklich nichts recht machen. Ein absolutes Ding der Unmöglichkeit ist das. Ist man Student und finanziell von ihnen abhängig, verlangen sie, dass man einen gut bezahlten Job findet. Sucht man sich einen Job, nörgeln sie, dass man keine Zeit für sie hat. Nimmt man sich Zeit und besucht sie, kritisieren sie, dass man keine Frau mitbringt. Bringt man eine Frau mit, beschweren sie sich über einen Mangel an Enkeln. Kündigt man ihnen welche an, erkundigen sie sich nach dem Datum der Hochzeit.

Mehr aus Trotz als aus irgendeinem anderen Grund habe ich die eheähnliche Partnerschaft vor insbesondere meinem Vater verteidigt, aber er hat nicht lockergelassen. Als neumodische Feigheit hat er diese Art des Zusammenlebens bezeichnet, als verantwortungslos, sobald sich Nachwuchs ankündigt – als hielte man sich alle Chancen offen, statt sich festzulegen und einander Sicherheit zu geben. Und zuletzt die Killerfrage: Was sollen die Leute sagen?

Ich habe zwar nicht nach-, aber aufgegeben, als Maja müde wurde. Nachdem sie sich ins Bett verabschiedet hat, leiste ich meinen Eltern noch eine halbe Stunde Gesellschaft im Wohnzimmer und folge ihr dann.

Sie liegt nicht im Bett, sondern sitzt auf der Fensterbank.

»Alles in Ordnung?«, frage ich leise.

Sie schaut mich kurz an, sieht dann wieder in den Garten. »Klar.«

»Wieso glaube ich dir das nicht?«

»Vielleicht, weil du ein schlechtes Gewissen hast. Schließlich hast du deinen Eltern gerade unmissverständlich zu verstehen gegeben, dass du nicht beabsichtigst, mich zu heiraten.«

Mooooment! Zurückspulen! Noch mal abspulen. Bleibt derselbe Mist. Mein Herz schmerzt plötzlich, als sei ein Felsbrocken draufgefallen.

»Maja …« Ratlos suche ich nach Worten. »So war das uberhaupt nicht gemeint. Ich dachte, du legt keinen besonderen Wert auf eine Heirat.«

»Weil?«

»Nun ja, weil …« Warum eigentlich? »Weil das so bürokratisch ist, eine Steuersparmethode, ein altmodischer, unsinniger Zwang?«

»Vielleicht halte ich eine Hochzeit von zweien, die sich lieben, für etwas Wunderbares.«

Ich habe Maja verletzt – unbewusst zwar, aber dennoch. Kurz überlege ich, ihr zu gestehen, dass ich sie fragen wollte. Nach unserer Rückkehr aus Tunesien hatte ich es vor – und ich hätte es getan, wäre sie wach geworden. Aber würde sie mir das glauben, nun, wo ich gerade lang und breit erklärt habe, dass ich mich nicht an sie binden will? Dabei stimmt das nicht. Ich bin seit zwei Jahren an sie gebunden. Das ist lediglich nicht urkundlich bestätigt.

»Dann heirate mich«, sage ich ohne ein Zögern.

Mit großen Augen schaut sie mich an. »War das ein Scherz?«

Ich nehme ihre Hand und wiederhole meine Worte: »Heirate mich, bitte.«

»Warum? Du hast doch gerade …«

»Das war auf die Allgemeinheit bezogen, nicht auf uns. Ich weiß nicht, wieso mir die Ansichten meines Vaters nicht am Arsch vorbeigehen und ich ihm immer Kontra geben muss, aber so ist das irgendwie. Deshalb habe ich das alles gesagt.«

»Ah.«

Ah? Mehr nicht? Immer noch kein Ja?

Also weiter im Text: »Ich wollte ihm klarmachen, dass heutzutage niemand heiraten muss. Ich habe nicht das Gefühl, dich heiraten zu müssen. Ich möchte es.«

Wink mit dem Zaunpfahl, liebe Maja! Möchtest du auch?

Sie runzelt die Stirn. »Jetzt soll ich einfach so zustimmen, weil du es dir anders überlegt hast?«

Menno! Wieso kann sie nicht bloß ja sagen? Was muss ich hier den Erklär-Bär geben? »Ich habe mir gar nichts anders überlegt. Ich hätte dich gestern geheiratet, wie ich dich morgen heiraten würde. Du bist sowieso schon meine Frau.«

Majas »Hm« hat einen unangenehmen Klang. Sie steht auf und schiebt sich an mir vorbei. »Na, dann mach mal was klar. Vielleicht komme ich hin.«

Wie jetzt? Was ist das für eine Antwort? Wo ist die Euphorie mitten in der euphorischen Phase, wo die Romantik? Ohne ein weiteres Wort verschwindet Maja im Bad.

Januar

Für ausgeglichene Verhältnisse

Yippie ya yeah, Babykino!

Es ist Montag, Schwangerschaftsberatungsmontag bei Dr. Niki Papadopoulus. Und Maja bummelt. Während ich in den Fliesen im Foyer vor der Eingangstür Wurzeln schlage, wuselt sie noch im Bad herum. Sonst braucht sie nie so lange, ist meist sogar schneller fertig als ich und drängelt dann, aber heute, ausgerechnet heute, hat sie irgendein Problem mit der Frisur. Als käme es darauf an. Wir wollen in ihren Bauch gucken, nicht auf ihre Haare.

»Können wir dann los?«, rufe ich in die erste Etage hinauf.

Majas hektische Schritte sind die erste Antwort. »Herrgott, sie können ja nicht davonlaufen«, zetert sie dann.

»Das ist wohl ausgeschlossen, aber wir könnten nicht drankommen, wenn wir zu spät aufschlagen.«

»Hah«, kommt es von Maja. »Bestimmt nicht. Wir sind doch privat versichert.«

Wie es im Gesundheitswesen läuft, hat sie wirklich schnell verstanden, und so ist mein Argument so was von nichtig, aber ein neues fällt mir nicht ein. Ich habe auch keine Lust, mir eins zu überlegen. Ich möchte jetzt bitte Babys gucken, wie es ausgemacht war, um acht Uhr. Darauf freue ich mich seit Tagen, schließlich ist es einen Monat her, dass ich meine Jungs gesehen habe. Vor lauter Ungeduld fahre ich schon mal den Porsche aus der Garage und warte bei laufendem Motor in der Einfahrt.

Es dauert.

Und dauert.

In der umfangreichen Media-Datenbank suche ich nach Musik, die zur Stimmung passt, und finde einen Song, der absolut perfekt ist. Als Maja endlich aus der Tür kommt, dröhnt ihr *Sweet Child O' Mine* von Guns N' Roses entgegen.

»Hier draußen wabert aber eine Menge Testosteron«, ruft sie über den Lärm der Musik hinweg, als sie auf den Beifahrersitz plumpst und die Tür zuzieht.

Ich muss grinsen. »Findest du?«

»Klar. Der Porsche, Guns N' Roses …«

Kommt noch mehr? Offenbar nicht. »Und ich?«

Sie schmunzelt. »Natürlich, Max, du auch.«

Zufrieden lasse ich den Porsche aus der Einfahrt rollen. Ein bisschen nervös bin ich und bete im Stillen, den Jungs geht's gut, nach allem, was sie erlebt haben. Außerdem hoffe ich, sie hören das Brummen des Porschemotors und die Musik – ab dem fünften Monat funktioniert ihr Gehör nämlich, hat Maja erzählt.

Im Wartezimmer bin ich diesmal nicht der einzige Mann. Da sitzt noch einer bei seiner hochschwangeren Partnerin. Ein seliges Lächeln auf den Lippen, halten sich die beiden an den Händen.

»Was wird's denn bei Ihnen?«, frage ich nach einer Weile.

Die Frau antwortet: »Ein Junge.«

Bei ihren Worten schaut der Mann noch ein bisschen beseelter drein. »Und bei Ihnen?«

»Wir wissen es noch nicht«, antwortet Maja.

»Aber da wir zwei bekommen, stehen die Chancen ganz gut, dass auch ein Junge dabei ist«, füge ich an und ernte einen irritierten Blick von meiner Liebsten.

»Sie sind eineiig, Max, also stehen die Chancen wie bei nur einem Kind fifty-fifty.«

Das Paar wird aufgerufen, und sobald wir allein sind, murmele ich: »Ich weiß aber, dass es Jungs sind.«

»Dann weißt du mehr als ich.«

»Ich habe es einfach im Gefühl.«

»Was, wenn dein Gefühl dich trügt?«

»Kann ich mir nicht vorstellen.«

»Du kannst dir nicht vorstellen, Mädchen zu bekommen?«

Klar, dass sie das so auslegt. Ich komme nicht zu einer Rechtfertigung, denn Maja hält mir einen Vortrag über Gleichberechtigung und Emanzipation, in dem Vorwürfe mitschwingen, die schrecklich weit hergeholt sind. Nachwirkungen der emotionalen Phase müssen das sein.

»Chauvie!«, schimpft sie am Schluss.

»Bin keiner«, grummele ich zurück. »Bloß Realist.«

Kurz erweckt sie den Eindruck, als wolle sie mir an die Gurgel gehen, da werden wir ins Sprechzimmer gebeten. Zum Glück schwindet ihre schlechte Laune, als uns Dr. Papadopoulus begrüßt. Maja legt sich hin, ich setze mich neben sie und schaue gebannt auf den Bildschirm, auf dessen Mattscheibe nun eindeutig zwei Babys zu erkennen sind.

»Hier haben wir Baby A«, sagt die Ärztin und beginnt es durch Klicks zu messen. »Gut gewachsen, das Kleine, alles dran. Kein Grund zur Sorge.«

Sie nimmt sich das andere vor, Baby B, und hat auch zu diesem Kind nur gute Nachrichten.

Gleichzeitig atmen Maja und ich auf. Ich würde jetzt gern die bekannte Frage stellen, wage das nach der Diskussion eben aber nicht und bin froh, dass es Maja tut.

»O ja, nun sieht man, was es wird«, entgegnet die Ärztin. »Bei Baby A gerade ganz deutlich.«

Ganz deutlich? Das klingt gut. Mein Herz schlägt schneller.

Erneut setzt Dr. Papadopoulus den Schallkopf auf Majas Bauch und holt Baby A in den Fokus. »Hier haben wir eine kleine Madame.«

Kleine Madame??? Wie jetzt? Kein Mick, Roger, Jimi, Eddie oder Kurt?

»Und das andere?«, presse ich hervor.

»Nun, das lag eben etwas ungünstig, aber da die Kinder eineiig sind …« Dr. Papadopoulus schiebt den Stab über Baby B. »Ah, hier haben wir sie«, flötet sie. »Natürlich auch eine Madame.«

Madame A und Madame B?

Völlig entgeistert fliegt mein Blick zuerst zu Maja, die mich angrinst, dann wieder zum Bildschirm. Das kann doch nicht stimmen! Das sind bestimmt griechische Apparaturen!

»Sind Sie sicher, dass Ihr Gerät richtig funktioniert? Vielleicht ist die Batterie schwach?«

Maja lacht, und auch die Ärztin ist amüsiert. »Die Geräte laufen mit Strom«, erklärt sie. »Und sie funktionieren einwandfrei.«

Maja beginnt, sich den Bauch zu säubern. Dr. Papadopoulus reicht mir die Aufnahmen des Ultraschalls, und ich halte sie mir dicht vor die Nase. Da ist wirklich gar nichts zwischen den Beinchen von Baby A und Baby B.

»Hast du vor, dich noch irgendwann zu freuen?«, fragt Maja auf der Rückfahrt vorwurfsvoll. »Zum Beispiel darüber, dass beide gesund sind.«

Sie sitzt hinter dem Steuer, denn ich war zu durcheinander zum Fahren.

»Ich freu mich doch«, gebe ich zurück. Das tue ich wirklich. Ich war nicht auf Mädchen vorbereitet. Schon gar nicht auf zwei. »Ich hätte nur gern die Männerquote erhöht.«

»Die Männerquote?«

»Jepp, in meinem Leben. Da sind so viele Frauen.«

»So viele Frauen? Sorry, aber ich dachte, ich sei die einzige.« Das sagt sie zwar mit einem Augenzwinkern, versteht meinen Standpunkt aber nicht.

»Klar bist du die einzige, dennoch fühle ich mich irgendwie …« Tja, wie soll ich das nennen? »Überfraut. Überall sind Frauen, tagtäglich. Begonnen bei dir über Jekaterina Poljakow, die Erzieherinnen im Kling Klang und Big Mama bis hin zu Dr. Papadopoulus und Dr. Bärbeißer. Jetzt kommen noch zwei hinzu.«

»Was ist mit Flo?«

»Der ist keine tägliche Gesellschaft.«

»Die beiden Ärztinnen sind es auch nicht.«

Da! Noch immer hat sie keine Ahnung, was ich meine. »Aber sie sind trotzdem irgendwie immer präsent, und sei es nur in Gedanken.«

»Dann denk öfter an Flo. Oder triff dich häufiger mit ihm.«

Ganz toll. Super Vorschlag. Ich verschränke die Arme vor der Brust und schaue aus dem Fenster, da höre ich:

»Hannibal und Lecter«, lacht sie. »Beides Jungs. Endlich bekommen wir Gleichstand im Haus.«

Wirklich. Echt super.

Ein ausgeflipptes Irrenhaus

Ich bin ein Kerl, verdammt!

Ich kann mich für Autos begeistern, für Feuerwehrautos, Polizeiautos, sogar für die Müllabfuhr, und prinzipiell für alles, was mit Verkehr zu tun hat. Ich staune über den Steigflug eines Jumbojets, über den Start einer Rakete, über den Wind in den Segeln einer übers Wasser fliegenden Yacht, über die Schienenfahrt der Schnellzüge. Dahingegen lassen mich Puppen völlig kalt. Genau genommen gruseln sie mich in der Fernsehwerbung und im Kling Klang mit ihren starren Blicken, den quäkenden Rufen nach Brei und Milch. Dass sie inzwischen sogar pinkeln und kacken können, finde ich widerlich. Sogar als erwachsener Kerl könnte ich noch mit Miniaturtankstellen, -waschanlagen und -parkhäusern spielen, doch Mini-Küchen oder Mini-Einkaufsläden langweilen mich gnadenlos. All das dämliche Plastikobst! Ich liebe Lego, ich hasse Barbie. Ken auch. Einen *Star-Wars*-Marathon am Sonntag fände ich phantastisch, während ich bei *Wendy auf dem Reiterhof* ziemlich bald einschlafen würde. Überhaupt mag ich keine Pferde, keine weißen oder schwarzen, keine rosa Pferde und auch keine türkisfarbenen mit Flügelchen. Und seit ich denken kann, habe ich eine Abneigung gegen zimperliesige Petzen. Würde sich Madame A oder Madame B beschweren, dass sie an den Zöpfen gezogen wurde, würde ich sie raufen schicken – ein erster Schritt in die Gleichberechtigung.

Natürlich gewöhne ich mich an den Gedanken, zwei Mädchen zu erziehen, nach einer Woche ist von der Irritation kaum etwas übrig, aber so wahr ich Max Leif bin, ich werde ihnen nicht beibringen, wie man Plastikpuppen zum Kacken bringt! Diese Erziehungsklischees und die typische Rollenverteilung wird es bei mir nicht geben. Bei mir lernen sie Wichtiges fürs Leben, zum Beispiel, wie man ein Auto tankt und richtig einparkt, ein Segel hisst, vor der Polizei flieht und einen an den Zöpfen ziehenden Stänkerfritzen in die Flucht schlägt. Die rosarote Brille, die insbesondere die Werbewelt Mädchen aufsetzt, wird es bei Maja und mir nicht geben. Überhaupt werde ich versuchen, sie vor Rosarot zu bewahren. Alle anderen Farben, außer Lila, sind auch schön.

Die Babytragen habe ich also in *Darjeeling Aquamarin* und *Florenz Rauchblau* bestellt. Maja war einverstanden. Sie will sich auch keine rosa oder lila Trage vor den Bauch spannen. Man müsste die ganze Kleidung darauf abstimmen oder würde aussehen wie jemand, der die Anwesenheit seines Kindes mit Alarm ankündigen wollte. Gestern Abend wurden die Dinger geliefert, aber ich hatte keine Zeit, sie auszuprobieren, denn Maja kam vom Projekttag nach Hause und war ziemlich geschafft. Die ganze Woche stehen im Kling Klang Ausflüge auf dem Programm. Am Montag fuhr die Regenbogengruppe zur Rehfütterung in den Stadtwald, gestern ging es in eine Abenteuerhalle, heute sind sie in einem Kinder-Atelier angemeldet. Weil die Kleinen ebenfalls unterwegs sind, wenn auch nicht den ganzen Tag, findet kein Musikunterricht statt.

Das Ausschlafen gelingt mir dennoch nicht. Auch heute stehe ich schon um halb neun unter der Dusche, schlüpfe dann in Shorts und Sweathose. Hund und Kater hat Maja bereits versorgt; sie laufen im Garten herum und wollen rein gar nichts von mir. Also mache ich mir einen Kaffee, hole den Karton mit den Babytragen und packe die aquamarinblaue aus. Die ganzen Riemen und Klickverschlüsse sind selbsterklärend, und so sitzt das Ding bald vor meinem Bauch beziehungsweise baumelt dort. Zu Tragekomfort und Sicherheit kann ich keine Aussage treffen, weil es mir an einem Baby mangelt. An den Küchentresen gelehnt, trinke ich Kaffee und überlege, Lecter zu fangen und in den Sack zu stecken, da fällt mein Blick auf ein viel geeigneteres Objekt: den Kürbis, den ich gestern für eine Suppe gekauft habe.

Ich nehme ihn, wiege ihn in den Händen. Könnte hinkommen, drei bis vier Kilo hat der. Schwuppdiwupp ist er im Sack. Auf den paar Schritten durch die Küche empfinde ich die Tragegurte als stabil und nicht störend und will mich im Treppensteigen versuchen, da bricht Krawall im Garten los. Hannibal dezi-bellt, Lecter kreischt und irgendwer krächzt. Die Krähe! Schnell bin ich an der Terrassentür und sehe zu meinem Entsetzen, dass der Kater die Krähe gefangen hat – es war ja praktisch eine Frage der Zeit.

So wenig ich das Viech leiden kann, ich kann nicht zusehen, wie es zerfleischt wird, also schnappe ich mir meine Sweatjacke von der Couchlehne, ziehe sie über und zurre den Reißverschluss zu. Dann reiße ich die Tür auf und eile der Krähe zur Rettung. Hannibal dezi-bellt noch lauter, und Lecter kreischt protestierend, als ich ihm den Vogel abnehmen will, was nicht leicht ist, denn er plant, damit zu flüchten.

»Verdammt, lass los!«, schimpfe ich und wende mich zum immer wilder werdenden Hannibal um. »Und du hältst die Klappe. Ist ja wie im Irrenhaus hier.«

Der Hund winselt beleidigt und trottet zur Terrasse, doch der Kater denkt nicht daran aufzugeben und beißt mir in die Hand, also gebe ich ihm eins auf die Ohren. Erschrocken lässt er sein Opfer los und sucht das Weite.

Da hockt die Krähe nun, beäugt mich aus einem Auge und hüpft über das von gefrorenem Tau überzogene Gras.

»Na los, hau ab!«

Ein Krächzen kommt zur Antwort.

»Schuuuh! Flieg!«, rufe ich und wedele mit den Armen, um ihr zu verdeutlichen, was sie tun soll. Sicher hat sie einen Schock, denn mehr als hopsen tut sie nicht. Dann versucht sie, die Flügel auszubreiten, wobei es jedoch bleibt, denn der linke ist anscheinend verletzt.

Na klasse! Was nun?

Ich stemme die Arme in die Seiten und schaue mich um. Lasse ich die Krähe hier, überlebt sie die nächste Stunde nicht. Sie würde es nicht einmal über die Hecke schaffen, denn der rotpelzige Killer lauert sicher irgendwo. Hannibal wäre auch nicht abgeneigt, das Tier um die Ecke zu bringen. Mir bleibt nur eins: einfangen und zum Tierarzt.

Im dritten Anlauf gelingt das Fangen. Vorsichtig, um sie nicht noch mehr zu verletzen, trage ich die Krähe ins Haus und überlege, wo ich Lecters Transportbox hingetan habe, da ertönt ein:

»Ni figa sebje!«

Ich will Jekaterina Poljakow schildern, was passiert ist, doch sie spricht zuerst. »Chast du Voggel, Max Leif!«

Korrekt erfasst.

»Chabe ich dich beobachtet!« Sie kneift die Augen zusammen, um mich noch kritischer zu mustern. »Muss ich sagen, machst du Angst mir. Chast du Fetisch sehr komische!«

Kurz überlege ich, was sie meint, dann beschließe ich, mich um die Krähe zu kümmern. »Tut mir leid, Frau Poljakow, aber ich habe jetzt keine Zeit, ich muss …«

»Zu Arzt für Nerven musst du.« Sie macht eine entsprechende Handbewegung vor ihrem Gesicht. »Musst du schnell, wird nur schlimmer sonst.«

Warum auch immer sie mich heute Morgen beleidigen will, interessiert mich gerade nicht. Ich schiebe mich an ihr vorbei in Richtung Abstellkammer, wo ich die Transportbox vermute, aber die Russin folgt mir.

»Zuerst machst du, wenn Maja ist nicht chier, dann machst du, obwohl sie ist in Chaus, weil du chast die Sucht danach. Am Ende machst du auch, wenn du gehst raus.«

»Frau Poljakow, wirklich …« Mit dem Arm drücke ich auf die Klinke, stoße die Tür zur Kammer auf und werfe ihr einen bösen Blick zu. »Sehen Sie nicht, dass ich ein Problem habe?«

»O ja, große Problem! Cheist Brut-Krankheit, weiß ich. Chabe ich gesehen in Magazin Nacht.«

Tickt die noch ganz richtig? »Hören Sie, ich habe nicht vor, den Vogel brüten zu lassen. Er hat sich den Flügel gebrochen, also wären Sie bitte so nett und würden nach Lecters Box schauen?«

Das ist keine Bitte, aber die Russin bewegt sich nicht einen Zentimeter. Im Gegenteil, sie hebt das Kinn und schwafelt weiter herum.

»Chast du schon Iebelkeit an Morgen gechabt, warst du dann gelaunt schlecht, jetzt machst du dir fette Bauch.« Sie schnaubt und hebt den belehrenden Zeigefinger. »Ist nicht normal! Ist Krankheit, wenn du bist solidarisch mit Maja so viel.«

Was zur Hölle!, denke ich mir, während die Krähe in meinen Händen zappelt.

»Ist lächerlich total, wenn du hipfst durch Garten wie bei Gimnastik Schwangerschaft und verletzt sogar arme Voggel dabei.« Sie kommt näher und gibt mir einen leichten Schubs. »Bist du Mann gefälligst, Max Leif. Wirst du Vater, nicht Mutter. Chast du Eier in Chose, also kneifst du zusammen die Arsch oder rufe ich Maja an und sage ihr.«

Allmählich dämmert mir, worauf sie hinauswill. Am zappelnden Vogel vorbei linse ich auf meinen Bauch, der sich wie in den letzten Schwangerschaftswochen unter der Sweatjacke wölbt. In der Tat ist die Vorstellung, dass ich so auf

Krähenjagd gegangen bin, ziemlich skurril, allerdings bedeutet es auch, dass der Sack was taugt.

Ich verbiete mir ein Grinsen, nicke in die Kammer hinein. »Holen Sie die Box, aber flott!« Diesmal duldet mein Ton keine Widerrede.

Jekaterina Poljakow fügt sich schimpfend, kommt mit der Tragebox zurück, stellt sie vor meine Füße und öffnet die Gittertür.

Ich knie mich hin, was mit dem Sack ebenfalls problemlos möglich ist, setzte die Krähe in die Box und richte mich wieder auf.

Bevor die Russin weiternölt, öffne ich meine Jacke und zeige ihr, was darunter ist. Meine Erklärung braucht nur wenige Worte, da läuft meine Putzfrau knallrot an, entschuldigt sich knapp und kümmert sich endlich um die Dinge, die in ihrem Arbeitsvertrag stehen.

Mit ausdauerndem Einsatz

Ich mag keine Zebras mehr. Und auch keine Giraffen. Denke ich erst an Krokodile und Nilpferde, bekomme ich richtig schlechte Laune.

Natürlich habe ich keine Erfahrungen im Tapezieren. Flo genauso wenig. Nach nur zwei Stunden klebt mehr Kleister an uns als an den Tapeten, aber wir geben nicht auf. Wir schaffen das!

»Hätte es nicht einfache Raumfarbe getan«, nörgelt Flo und reicht mir die exakt ausgemessene Bahn auf die Leiter, damit ich die zweite Wand fertigstellen kann.

Im Malern habe ich schon Erfahrung, schließlich habe ich das ganze Kling Klang zum Teil sehr kunterbunt gestrichen, aber Maja und ich wollten für das Schlaf- und spätere Spielzimmer der Mädels lustige Tiermotive. Die Zebras und Giraffen sind auf gelber Tapete, die noch wartenden Krokodile und Nilpferde auf hellgrüner. Die ehemaligen Gästezimmer in der ersten Etage wurden leer geräumt – in einer Stunde erledigt. Mit der Tapete machen wir schon viermal so lange herum, weil es schwierig ist, die Zebrastreifen und Giraffenflecken so hinzukleben, dass man noch erkennt, um welche Tiere es sich handelt. Ich bin da sehr genau, jeder Strich muss passen, und treibe Flo wohl in den Wahnsinn.

»Malern kann jeder«, antworte ich nur.

»Dann hättet ihr euch hierfür einen Profi holen können.«

Das wäre eine Option gewesen, und das war auch Majas Vorschlag, aber ich habe darauf bestanden, die Zimmer für meine Mädels in Eigenarbeit schön zu machen. Maja wollte helfen, doch Kleisterdämpfe sind nicht gut für sie, also habe ich sie Babysachen kaufen geschickt. Zusammen mit Jekaterina Poljakow, um sie ein wenig aufzuheitern, denn wegen meiner Scheinschwangerschaft war sie anhaltend geknickt.

Maja hat nicht aufhören können zu lachen, als ich ihr die Sache mit dem Kürbis in der Babytrage, der Krähe im Garten und Jekaterina Poljakows Vermutung erzählt habe. Die Krähe erholt sich übrigens in einer Vogelwarte. Flo war ähnlich amüsiert, aber inzwischen muffelt er nur noch herum, leimt die Bahnen ein und denkt sich bestimmt, dass er seinen Samstag irgendwie netter verbringen könnte.

Geflissentlich korrigiere ich den Sitz der aktuellen Bahn, so dass Giraffenhälse und Zebraärsche perfekt passen.

Flo betrachtet mich einen Moment lang kritisch. »Sicher, dass du nicht doch das Couvade-Syndrom hast?«

Couvade-Syndrom, das ist die medizinisch korrekte Bezeichnung der von Jekaterina Poljakow erwähnten Brut-Krankheit, bei der werdende Väter sich so sehr mit ihrer Partnerin identifizieren, dass sie Schwangerschaftssymptome entwickeln, beispielsweise an Morgenübelkeit leiden und einen dicken Bauch bekommen.

»Nein. Ich will das hier bloß selbst erledigen, wie die meisten anderen Väter auch.«

Flo schüttelt den Kopf und reicht mir die nächste Tapetenbahn. »Versteh ich nicht.«

»Wirst du irgendwann.«

»Und das mit der Hochzeit verstehe ich genauso wenig.«

Uh, heikles Thema.

»Ich meine, wieso sagt sie nicht einfach ja oder nein?«

Schwer zu erklären. Ich versuche es trotzdem: »Sie sagt nicht nein, weil sie eigentlich ja sagen möchte. Sie denkt allerdings, ich will sie heiraten, um es ihr recht zu machen.«

»Ist das so?«

»Natürlich nicht. Es war halt ein ungünstiger Zeitpunkt, sie zu fragen. Aber nach dem, was ich meinen Eltern während der Diskussion erzählt habe, wäre wohl kein Moment der richtige gewesen.«

»Dann hättest du warten und den Antrag irgendwie inszenieren sollen. Meine Güte, Max, so cool und easy Maja ist, sie ist eine Frau. Du hättest dir was Besonderes überlegen können.«

»Nein.« Da bin ich mir ganz sicher. »Für mich war dieser Moment besonders. Ich brauche keine Inszenierung für diese Frage.«

»Sie offenbar schon.«

»Braucht sie nicht. Sie hat bloß die beleidigte Leberwurst spielen wollen und weiß nun nicht, wann sie zurückrudern soll.«

»Und jetzt?«

»Ganz einfach, jetzt plane ich unsere Hochzeit für Ende April. Und wenn sie da ist, ist sie da.« Punkt.

Auf Knien rutschen? Ich nicht! Ganz gewiss bettele ich nicht. Maja hat ihren Stolz, aber ich auch. Ich frage sie kein zweites Mal. Ich serviere ihr das Datum und die Uhrzeit, und wenn sie Frau genug ist, mich zu heiraten, dann kommt sie zur gegebenen Zeit an den gegebenen Ort.

»Ihr seid ein schräges Paar.« Flo reicht mir die Bahn, die ich nicht nur an die vorherige Wand, sondern auch an das Fenster anpassen muss.

So meistern wir bald das erste Zimmer und gehen nach nebenan, um uns mit den Krokodilen und Nilpferden auf grünem Untergrund zu befassen.

Woohoo! Euphorie!

Seit dem frühen Abend schallen die Songs der Stones durch das Haus. Bei *Start Me Up* hat Maja die erste Ladung Babykleidung in die Waschmaschine gesteckt. Nach dem *Tattoo-You*-Album hat sie *Sticky Fingers* aufgelegt, und inzwischen läuft *High Tide and Green Grass.* Während Maja tanzt und mitsingt und wäscht, liege ich total erledigt auf der Couch und schaue TV ohne Ton. Jeder Knochen tut mir weh, insbesondere die Schultern und der Rücken. Flo, der hauptsächlich Bahnen eingekleistert hat, meinte vorhin, er würde seine rechte Hand nicht mehr ordentlich spüren und die nächsten Tage wahrscheinlich mit links telefonieren müssen. Aber immerhin haben wir die zwei Zimmer fertig tapeziert.

Nach jeder Ladung Wäsche, die aus dem Trockner kommt, zeigt mir Maja die schönsten Strampler: lindgrün mit einer Schmetterling-Applikation, gelb mit einem Marienkäfer, zwei weiße mit unterschiedlichen Blumen und noch viel mehr. Nur wenige Teile sind rosa oder lila. Kein einziges ist blau. Maja sagt, die blauen Kleidungsstücke hätten alle so sehr nach Junge ausgeschaut, und will die Wäsche wegräumen. Dazu fehlen ihr Schränke, wie sie nun feststellt und auf die Uhr schaut.

Zum Glück ist es kurz vor acht. Die Möbelhäuser schließen in fünf Minuten. Also packt sie die Strampler wieder in den Korb und kümmert sich um die letzte Wäscheladung.

Während ich das Abendessen vorbereite, ärgere ich mich über die seit Jahrzehnten bestehende Rosa-hellblau-Angewohnheit. Zugegeben, ich würde einen Babyjungen nicht in einen rosafarbenen Strampler stecken, aber ich frage mich doch, was gegen ein Marine- oder Taubenblau für kleine Mädchen einzuwenden ist.

Später chatte ich mit Duddy Ralf. Dass Maja und ich Zwillinge erwarten, weiß er schon. Nun erfährt er vom Hochzeitsplan.

»April nächsten Jahres?«,

fragt er.

»Nope, wir wollen heiraten, bevor die Kinder auf der Welt sind.«

Bewusst verschweige ich, dass Majas *Ja, ich will* generell noch aussteht.

»Da seid ihr aber ziemlich spät dran.«

»Wieso? Sind doch noch drei Monate.«

»Es sind *nur* noch drei Monate! Wenn ihr eine besonders schöne Location wollt, nicht nur eine Amtsstube, ist das echt knapp.«

Heiraten auf dem Amt? Auf keinen Fall! Das wäre überhaupt nicht Majas Ding und meins auch nicht. Wären wir in Westerland, könnten wir uns auf einem Schiff von einem Kapitän trauen lassen oder uns irgendwo am Strand das Jawort geben. Aber wir sind in Frankfurt – auch das sollte ausreichend schöne Trauorte bieten.

Ein paar Minuten lang kommt nichts von Ralf, und ich recherchiere die Außenstellen des Frankfurter Standesamtes. Tatsächlich finde ich nur eine Handvoll, und von diesen fünfen überzeugen mich lediglich zwei. Das ist deutlich weniger, als ich von der Metropole erwartet habe. Ralf schreibt wieder:

»Mit der Location für die Feier werdet ihr auch Probleme bekommen. Die besten werden ausgebucht sein. Normalerweise reserviert man da mindestens ein Jahr im Voraus.«

»Es gibt doch auch Leute, die spontan heiraten. Was machen die dann?«

Seine aus nur einem Wort bestehende Antwort schickt er mit einem zwinkernden Smiley.

»Abstriche.«

Zu ausländische Traditionen

Am nächsten Montag habe ich das bestellt, was man als Aufgebot bezeichnet. Das hätte viel romantischer ablaufen sollen, etwa mit einem anschließenden gemeinsamen Mittagessen, aber Maja ist nicht einmal mitgekommen, sondern hat sich mit einem Kuss von mir verabschiedet und ist ins Kling Klang gefahren – obwohl sie dort nicht dringend gebraucht wurde, denn montags und freitags ist inzwischen ihre Schwangerschaftsvertretung an den Vormittagen da.

Auf dem Amt haben sich Duddy Ralfs Prognosen bewahrheitet: Meine favorisierten Locations, der Palmengarten und die Nikolauskapelle, sind nicht nur Ende April ausgebucht, sondern auch im Mai und Juni und den ganzen Sommer über.

Für ein paar Sekunden spielte ich mit dem Gedanken an eine Trauung in der Amtsstube, dann erinnerte ich mich an einen kitschigen Film, den ich irgendwann zwischen *Jenseits von Afrika* und *Love Story* anschauen musste, und hatte eine Idee: Maja und ich heiraten bei uns zu Hause. Zuerst hatte ich an den Garten gedacht, doch die Standesbeamtin nahm mir den Wind aus den Segeln, indem sie mich aufklärte, dass Trauungen in Deutschland nicht unter freiem Himmel, sondern in einem geschlossenen Raum stattfinden müssen. Wieso eine Decke über dem Kopf Vorschrift sein muss, verstehe ich zwar nicht, aber ich kann sie mit unserem Wohnzimmer erfüllen. Es ist groß genug und schließt an die Terrasse an. Die Drohung der Beamtin, dass das aber teurer sei, habe ich abgewunken und mich nun auch einmal euphorisch zum Kling Klang aufgemacht.

Dort verpuffte meine gute Laune, als Maja mit einem »Ah« reagierte – mal wieder ein Ah! und sonst nichts.

Am späten Nachmittag komme ich mit einer allergiebedingten Essensänderung für Arthur, der eben abgeholt wurde, in die Küche und gerate mitten in eine Diskussion. Jekaterina Poljakow ist eben zum Dienst angetreten. Aber anders als sonst kümmert sie sich nicht zuerst um die obere Etage, um dem Feind nicht zu begegnen, sondern scheint heute eine Konfrontation zu suchen.

»Ich erzähle dir nicht, wie herum du deinen Wedel schwingen sollst«, schnauzt Big Mama, die gerade Ähnlichkeit mit einer Bulldogge hat. »Und du erzählst mir nicht, wie ich hier zu kochen habe.«

»Mache ich immer wieder«, kontert die Russin äußerst aufgebracht. »Wenn du kochst wie Schweine!«

»Wär mir neu, dass Schweine kochen.«

Nicht einmal die Schicht Make-up verbirgt Jekaterina Poljakows zorngerötete Wangen. Sie faucht: »Chabe ich keine Zeit, zu schrubben Wand chinter Cherd jeden Tag. Rührst du bitte scheen vorsichtig!«

Big Mama bleibt unbeeindruckt. »Ich rühre, wie ich rühren möchte.«

»Dann schrubbst du Wand chinter Cherd gefälligst selbst.«

»Das mache ich sowieso schon. Es war gar nicht so dreckig.«

Jekaterina Poljakow hat genug. Sie fährt zu mir herum und zeigt auf besagte Wand hinter Herd. »Max Leif, sagst du jetzt was! Reicht es! War die ganze Wand voll mit rote Spritzer gestern.«

»Das bleibt bei Tomatensauce nun mal nicht aus«, ruft Big Mama mit einer Stimme grollend wie Donner, und schon wollen sich die beiden wieder verbal aufeinanderstürzen.

Ich hebe die Hände. »Meine Damen! Eine Diskussion über so eine Lappalie ist wirklich das Letzte, was ich heute brauche. Ich habe echt andere Probleme.«

Damit klatsche ich Big Mama den Zettel mit den Essensänderungen für Arthur hin und mache auf dem Absatz kehrt.

»Was für andere Probleme chast du, Max Leif?«, höre ich von Jekaterina Poljakow.

»Egal!«, antworte ich, ohne mich umzudrehen, und bin schon an der Tür, da fragt auch Big Mama:

»Nicht egal, Max, was ist los?«

Ich resigniere, lasse die Schultern sinken und wende mich um. Unsicher, ob und wie ich das sagen soll, fahre ich mir durch die Haare und starre auf die Fliesen, da ist die Köchin bei mir und drückt mich auf den Stuhl in der Ecke.

»Sorgen belasten die Seele«, meint sie dazu. »Lassen Sie alle Sorgen fliegen.«

Also sammele ich meinen Mut, erzähle den beiden von meinem Antrag, vom Besuch auf dem Standesamt und von Majas jeweiliger Reaktion.

»Chast du gemacht falsch total«, schimpft die Russin. »Chättest du machen sollen mit mehr Kreativität.«

»Yeah«, pflichtet Big Mama ihr bei. »Das war echt ein bisschen einfallslos.«

Hätte ich bloß die Klappe gehalten! Die beiden sind einzeln kaum zu übertönen, aber wenn sie sich ausnahmsweise zusammen über etwas aufregen, ist das, als stünde man unter den Niagarafällen. Und so prasselt es nun auf mich ein.

»Chättest du gemacht Flashmob mit Musik, Max Leif, und gut. Chabe ich gesehen in Internet. Ist toll.«

»Sie hätten Ihren Antrag von einem Flugzeug in den Himmel schreiben lassen können. Mit Kondenswasser, oder wie das geht. Das wäre romantisch gewesen.«

»Chättest du Film gedreht und in Kino gespielt.«

»Warum sind Sie nicht in eine Fernsehshow gegangen?«

»Chättest du Lichter gestellt in Form von Cherz.«

»Sie hätten Maja bei einem Candlelight-Dinner in so einem wunderbaren Restaurant fragen können.«

»Oder chättest du gemacht mit Maja Jagd Schnitzel. Und am Ende sie chätte gefunden Ring.«

»Sie müssen mal ein bisschen realistisch sein, Max! Frauen lieben so was. Und es wäre sehr sexy, sehr männlich gewesen.« Big Mama hebt die Hände. »Aber was machen Sie?«

»Fragst du Maja einfach aus Chimmel cheitere!« Jekaterina Poljakow schüttelt den Kopf. »Ist nicht normal!«

»Nicht einmal einen Ring haben Sie gehabt.«

»Ich habe gefragt, wie und wann ich es für richtig hielt«, kontere ich endlich und endgültig sauer. »Aber vielen Dank für das Verständnis.«

»War es eben nicht richtig«, ruft die Russin und wirft die Hände in die Höhe, um sie ratlos fallen zu lassen. »Chätte Maja sonst gesagt ja.«

Bei ziemlich jedem der mir gerade vorgeschlagenen Anträge hätte mir Maja den Puls gefühlt. Sie mag kein Tamtam, ich mag kein Tamtam. Deshalb ist eine Trauung bei uns zu Hause ja so perfekt. Dass sie meinen Antrag nicht angenommen hat, lag allein an der vorhergehenden Kontroverse mit meinen Eltern. Und wo hätte ich mitten in der Nacht einen Ring auftreiben sollen?

Mir wird bewusst, dass ich mich mir selbst gegenüber rechtfertige, und ärgere mich noch mehr. Die Stimme der Putzfrau dringt in meine wirren Gedanken.

»Wann chast du vor, zu cheiraten sie nun?«

»Am zwölften Mai«, knirsche ich zwischen den Zähnen durch. »Eigentlich wollte ich noch im April, aber da gab es keinen Termin mehr.«

»So bald?«, ruft Big Mama erschrocken.

»Um willen Chimmels, chat Maja nur vier Monate, es sich zu überlegen«, stimmt Jekaterina Poljakow ein. »Und müssen wir uns kimmern um Kuchen und Essen und Trinken, um Musik und Blumen, Kleider und Anzug und …«

»Sie müssen gar nichts«, falle ich ihr ins Wort. »Ich erledige alles selbst.«

»Unsinn, Max!«, klinkt sich Big Mama ein. »Lassen Sie uns doch helfen. Wir helfen gern.«

Plötzlich wie ein Herz und eine Seele, tauschen die Frauen einen Blick, nicken sich zu und lächeln mich dann mitleidig an.

»Das habe ich gerade gemerkt.«

Die Köchin winkt ab. »Das war doch bloß Kritik.« Sie hebt den Finger. »Haben Sie sich schon überlegt, wer den Kuchen macht und das Abendessen?«

Das habe ich nicht. Das wären zwei der Punkte gewesen, um die ich mich als Nächstes gekümmert hätte. Ich zucke mit den Schultern. »Einen Bäcker und einen Caterer werde ich fragen. Das sollte kein Problem werden.«

»Ach ja?« Big Mama zieht die Brauen hoch. »Irgendeinen Bäcker und irgendeinen Caterer? Oder wollen Sie zehn Bäcker und Caterer testen, bis Ihnen schlecht wird? Haben Sie überhaupt die Zeit, wo nur vier Monate bleiben?«

Jekaterina Poljakow hat dem nichts hinzuzufügen. Sie lauscht Big Mama mit vor der Brust verschränkten Armen und wendet sich an mich, als es an mir ist zu antworten.

»Was schlagen Sie denn vor?«

»Ha!« Big Mama deutet auf ihre große Brust. »Ich mache das Essen. Echte kreolische Küche ist was sehr Besonderes. Und Sie können sicher sein, dass es lecker ist, wenn ich koche.«

Das ist in der Tat eine sinnvolle und sogar sehr gute Idee.

»Und der Kuchen?«

»Ich habe eine Freundin, auch Amerikanerin. Sie backt wunderbare Torten zu allen möglichen Anlässen, ganz nach Ihren Vorstellungen.«

Ich habe keine Vorstellungen, da ich nicht so gern Kuchen esse, aber ich weiß, welche Art Maja cool findet. »Maja mag diese kleinen … Dings, aus mehreren Schichten, die mit Beeren und Puderzucker garniert sind. Die gibt's auch als große … Dings.«

In Big Mamas Miene steht ein dickes Fragezeichen, aber Jekaterina Poljakow schnippt mit den Fingern.

»Cake naked«, ruft sie erfreut, weil sie weiß, wovon ich rede.

»Genau. Naked Cakes.«

»Kein Problem«, sagt Big Mama. »Diese Kuchen macht meine Freundin.«

Die Russin klatscht in die Hände. »Prima. Chaben wir Kuchen, chaben wir Essen. Kimmere ich mich um das Chaus sowieso, und mache ich an Tag von Chochzeit besonders scheen, verspreche ich. Kaufen wir viele Blumen für Dekoration ieberall.«

Big Mama zwinkert mir zu. »Sehen Sie, so schnell geht das, wenn Sie uns fragen! Jetzt müssen Sie sich nur noch um Ihren Anzug und die Musik kümmern. Beides sollten Peanuts für Sie sein.«

»Und um die Ringe«, fällt es Jekaterina Poljakow ein. »Oder willst du Maja etwa auch cheiraten ohne Ring?«

Das habe ich nicht vor. Ich werde uns wunderschöne Ringe aussuchen. Plötzlich wieder ganz optimistisch verlasse ich die Küche.

Eine ausgefallene Methode

Drei Tage später, am Donnerstag, niest Maja mittags im Kling Klang. Die Kinder der Regenbogengruppe wünschen ihr im Chor Gesundheit – zumindest die sechs, die anwesend sind. Tabea und Arthur sind wegen einer Erkältung zu Hause. Normalerweise achte ich nicht auf Nieser, aber dieser eine weckt meinen Argwohn.

Nicht zu Unrecht. Denn das Niesen geht weiter. Am Abend hat Maja so oft geniest, dass ihre Nase verstopft und sie ganz schlapp ist. Sie geht früh ins Bett, weil sie außerdem friert, und ich folge ihr, um sie zu wärmen.

»Komm mir lieber nicht zu nahe«, sagt sie, »ich denke, ich habe mich bei einem der Kids angesteckt.«

Als würde mich das stoppen. Irgendwann habe ich irgendwo gelesen, dass Kuscheln und Küssen die beste Medizin gegen Erkältung ist, also kuschele ich mich dichter an sie und drücke ihr einen Kuss auf die Stirn. Sie seufzt, schlingt einen Arm um mich und murmelt: »Mir geht es so bäh.«

Ob es Baby A und Baby B auch bäh geht? Niesen sie gerade ebenfalls und fühlen sich schlapp?

Maja errät meine Gedanken. »Es ist nur eine Erkältung, Max, also bitte fahr jetzt keinen Film.«

»Tue ich gar nicht«, schwindele ich.

Majas warmer Atem streicht über meinen Hals, als sie kratzig lacht. »Und ob. Ich kenne dich doch.«

Ich gebe nach. Nur ein bisschen. »Wenn es morgen schlimmer wird, solltest du zu Dr. Bärbeißer gehen.«

»Quatsch. Was will sie machen? Ich kann sowieso keine Medikamente einnehmen. Es ist nur ein Schnupfen.«

Nur ein Schnupfen? Hm.

Die halbe Nacht ist Maja wach oder wälzt sich in unruhigen Träumen hin und her, manchmal so schwungvoll, dass die Babys ordentlich durchgeschüttelt werden müssen. Am Freitagmorgen bleibt sie im Bett, weil sie leichtes Fieber hat. Schweren Herzens fahre ich ins Kling Klang. Ich bin nur froh, dass Jekaterina Poljakow zum Putzen kommt. Natürlich schreibe ich ihr eine Nachricht, dass sie ein Auge auf Maja haben soll. Natürlich schreibt sie zurück, dass ich mich nicht so anstellen soll – *bitte scheen!*

Am Samstag sinkt Majas Fieber, und der Schnupfen wird vom Husten abgelöst. Bei jedem Anfall hält sie sich den Bauch – und ich den Atem an. Husten bedeutet pressen, und pressen bedeutet Stress für die Babys. Inzwischen bin ich wirklich sauer auf die Eltern, die ihre Kinder mit Temperatur, Schnupfen und Husten ins Kling Klang gebracht haben. Für rücksichtslos halte ich das – nicht nur gegenüber den gesunden Menschen, sondern auch gegenüber den Kranken selbst, die in so einem Zustand ins Bett gehören.

Am Montag fühlt sich Maja viel besser. Auf meinen Rat hin bleibt sie trotzdem noch einen Tag zu Hause und hat ein Paket angenommen, in dem sich zwei Gestelle befinden, die sie mir nach meiner Heimkehr aus der Kita präsentiert. Kleine Plüschtiere baumeln daran. Lachende Blümchen an dem einen, das halbe Universum am anderen.

»Schauen die nicht toll aus?« Maja hält mir die Dinger hin.

Ich betrachte sie skeptisch. »Was tun die?«

»Na, das sind Mobiles. Sie werden über dem Bett angebracht, und zieht man an der Strippe, spielen sie ein Schlaflied.« Um das zu demonstrieren, zieht sie an der Strippe des Blümchen-Teils.

Ein einfaches Klimpern wie von einer Spieluhr erklingt. Ich lausche der Melodie, ohne sie zuordnen zu können.

»Was für ein Lied ist das?«

»Erkennst du das nicht? *Schlafe, mein Prinzchen, schlaf ein.*«

»Hm!« Ich kraule mir das Kinn, runzele die Stirn.

Maja lässt das weiterdudelnde Mobile sinken. »Was ist denn nun wieder? So etwas hat jedes Baby.«

Darum geht es nicht. Natürlich sollen die Mädels jede ein Mobile haben, aber es sollte ein gutes Lied spielen, das Maja und ich nach Monaten noch ertragen können. Und bei diesem hier habe ich ein weiteres Problem.

»Wir bekommen Prinzesschen und keine Prinzchen.«

Maja muss lachen. »Ernsthaft, Max?«

»Klar! Stell dir vor, wir singen mit der Melodie …«

»Wir könnten einfach Prinzesschen singen.«

»Die Melodie ist langweilig.« So.

Maja haut das Mobile in die Kiste. »Na gut, dann eben nicht. Dann such du doch eines aus, dessen Melodie dir gefällt.«

»Was spielt das andere?«

In einer ruppigen Bewegung zerrt Maja an der Strippe des Mobiles mit dem Universum und hält es hoch. Es ertönt eine mir bekannte Melodie.

»Hey, das kenn ich!«

»Na wunderbar, dann kannst du ohne Zettel mitsingen«, witzelt sie ohne den Anflug eines Lächelns und tippt mit dem Fuß, als würde sie nur auf mein Veto warten.

Tatsächlich habe ich eines, ein ganz entscheidendes sogar. Wiederum hat es mit dem Text zu tun.

»Der Wald steht schwarz und schweiget, und aus den Wiesen steiget der weiße Nebel.« Ich schüttele den Kopf. »Klingt wie ein Horrorfilm, in dem ein gruseliger Waldschrat angekündigt wird.«

Maja steckt auch das zweite Mobile in die Kiste und verschwindet ins Wohnzimmer, um sich mit Hannibal zu beschäftigen. Ich folge ihr. Sie soll sich nicht ärgern, wo sie gerade wieder gesund ist.

»Wir können den Mädels auch auf der Gitarre vorspielen. Die hat wenigstens einen vernünftigen Klang.«

»Klar!« Sie wird böse, streichelt dem Dobermann kurz den Kopf, richtet sich dann auf und verschränkt die Arme über ihrem runden Bauch. »Nachts um drei willst du die Gitarre rausholen.«

»Das natürlich nicht, aber ich finde außerdem, die Mobiles sollten dieselbe Melodie haben, sonst gibt es eine wilde Kakophonie.«

»Wie auch immer.« Sie wechselt den Raum erneut, verdrückt sich diesmal in der Küche. »Kümmer dich halt selbst darum«, ruft sie und gibt mir damit eine Aufgabe, die mich den Rest des Abends beschäftigt.

Mit Hannibal an meiner Seite und Lecter auf meinem Schoß nehme ich die deutschen Schlaflieder unter die Lupe. Die meisten ärgern mich.

In *Guten Abend, gute Nacht* wird irgendetwas, hoffentlich nicht das Kind, »mit Näglein besteckt«. Außerdem finde ich es schlimm, den Kindern vorzusingen, dass sie nur wieder aufwachen, wenn Gott das will. Fällt flach. Bei *Schlaf, Kindlein, schlaf* wird dem nachts putzmunteren Schützling mit einem beißenden Hund gedroht. Geht gar nicht! Und weil heranschleichende Sandmänner, die durchs Kinderzimmerfenster glotzen, in meinen Augen Spanner sind, streiche ich auch *Die Blümelein, sie schlafen* von der Liste. In *Weißt du, wie viel Sternlein stehen* ist von Mücken und der heißen Sonnenglut die Rede, was ich unpassend finde. Beim Gedanken an Mücken muss ich mich gleich kratzen. Nichts für ungut, es geht noch schlimmer. Ich bin nicht nur gar nicht der Typ, der *Heidschi Bumbeidschi* trällert, sondern finde es außerdem erschreckend, dass Babys in diesem Stück mit toten

Müttern und sterbenden Kindern konfrontiert werden. Das soll ein Schlaflied sein?! Da bekommt man ja Alpträume.

Ein Glück gab es Heinz Rühmann und den Komponisten von *La Le Lu*. Meine Retter! Dieses Schlaflied kann ich mit meinem Gewissen vereinbaren und grase das Internet nach Mobiles ab, die genau diese Melodie draufhaben.

Es ist bald Mitternacht, als ich eines mit Plüschkätzchen und ein anderes mit Plüschhäschen finde. Nachdem beide gekauft sind, tappe ich müde ins Bett, werfe im Vorbeigehen einen Blick aus dem Fenster und sehe, dass es schneit. In Frankfurt! Wahnsinn. Schade, dass Maja schon schläft.

Es schneit weiter. In dicken Flocken rieselt der Schnee vom Himmel und bleibt in Brocken auf den Straßen liegen. Am Freitag wühlt sich der Postbote in unsere Straße durch und übergibt Jekaterina Poljakow während der Putzzeit zwei Pakete. Drin sind: die neuen Mobiles. Tadaaaa!

Maja will von meinem *Tadaaaa!* nichts wissen. Sie liest einen Roman, der so viele Seiten hat, dass er wahrscheinlich für die restlichen Schwangerschaftswochen reicht. Also gehe ich mit Hannibal vors Haus. Er schnappt nach den Flocken. Als hinter uns ein Miau ertönt, drehen wir uns beide erstaunt um. Lecter, der alle Schlupflöcher im Garten kennt, will sich uns anschließen, obwohl er den Schnee offensichtlich nicht so cool findet. Bei jedem Schritt schüttelt er eine Pfote aus.

Zusammen drehen wir eine Runde um den Block. Ich hänge meinen Gedanken nach. Hätte ich früher an die Sache mit dem Kinderkriegen gedacht, hätte ich sie mir irgendwie anders vorgestellt. Irgendwie … euphorischer. Denn von Euphorie, oder von der euphorischen Phase, in der Maja sein sollte, spüre ich gerade gar nichts. Aber ich sollte ihr nicht böse sein, weil ich eigentlich keine Ahnung habe, was in ihr vorgeht, weder aus mentaler noch aus emotionaler, noch aus körperlicher Sicht. Ich bin der Nebenstehende, der unterstützen sollte – und das gerade nicht so richtig schafft.

Zurück im Haus, sage ich den Vierbeinern gute Nacht, denn Maja ist inzwischen nicht mehr auf der Couch. Ich finde sie im Bett, wo sie noch immer liest. Nach meinem Gang ins Bad schnappe ich mir die Mobiles, bringe sie ins Schlafzimmer und lege mich zu Maja. Das Mobile mit den Kätzchen halte ich wenig später am Stab über unsere Köpfe und ziehe an der Stippe. *La Le Lu* erklingt, und die Kätzchen starten ihren Tanz.

Maja senkt das Buch auf ihren Bauch. »Was wird das?«

»Wir schauen einfach, wie so ein Ding auf uns wirkt, ob wir es mögen, zusammen mit der Melodie.«

»Hm«, macht sie. Mehr nicht, aber sie liest auch nicht weiter, sondern rutscht ein Stück näher.

»Ich finde es ganz okay, was meinst du?«

»Ganz niedlich, ja.«

Die Melodie verklingt, also angele ich mir das zweite paratgelegte Mobile mit den Häschen und ziehe an der Strippe. *La Le Lu* geht in die zweite Runde, und nun drehen sich die Häschen dazu im Kreis. Maja ist still.

»Auch okay?«

»Absolut«, nuschelt sie.

»Der Liedtext auch, oder was meinst du? Der Mond schaut zu und so weiter. Das können wir singen, oder nicht?«

»Können wir.« Sie schmiegt ihren Kopf an meine Schulter.

Ich warte, bis die Hasen den Tanz beenden, und lege das Mobile dann zum anderen neben das Bett.

»Am zwölften Mai, hast du da schon einen Plan?«, frage ich.

Kein Ton kommt von ihr. Ihr gleichmäßiger Atem rauscht an mein Ohr. Ich drehe den Kopf zur Seite, schaue sie an. Sie schläft. Ich lege die Hand auf ihren Bauch.

Von ausgesprochenen Experten

Maja meint, ich solle mir nicht solche Sorgen machen. Ich wünschte, ich hätte ihre Gelassenheit, ihren absoluten Optimismus. Je näher der Termin der Feindiagnostik rückt, desto nervöser werde ich aber, habe schlechte Träume und kann mich nicht mal wirklich auf den Musikunterricht konzentrieren. Ins Babykino gehe ich immer gern, aber vorm 3-D-Babykino gruselt mir. Mit der einundzwanzigsten Schwangerschaftswoche kommt der Tag aber unaufhaltsam näher.

Der Spezialist hat den zeitaufwendigen Namen Prof. Dr. med. Dr. rer. biol. hum. Clauß Maria von Tattenfeld. Maja muss lachen, weil ich eine halbe Minute vor dem Schild stehe und lese. Sie nimmt mich an der Hand, zieht mich zur Anmeldung und dann weiter ins Wartezimmer. Zwei identische weiße Sofas mit je einem Tisch davor stehen darin. Sonst nichts.

Wir setzen uns. Und warten. Und schauen die Bilder an der Wand an. Auf die sonst beinahe obligatorischen Fotos von Kornblumen im Sonnenschein hat man zugunsten der Kunst eines Malers aus Offenbach verzichtet.

»Das würde ich auch hinkriegen«, sage ich. »Kaufst einfach ein bisschen roten Lack und bewirfst eine Leinwand damit.«

»Sieht aus, als hätte der Künstler ein Schwein geschlachtet«, antwortet Maja.

»Irgendwie unangebracht in so einer Praxis.«

Ich wende den Blick ab, betrachte die Titel der auf dem Tisch liegenden Zeitschriften: das Mercedes-Benz-Magazin und ein Designermöbel-Katalog.

»Der Typ hat schon drei Minuspunkte«, murmle ich und atme durch, um meine Nervosität unter Kontrolle zu bringen.

»Warum?«, fragt Maja. »Weil er Benz fährt?«

»Nein.« Ich nicke zum Schild an der Zimmertür. »Wegen dieser ganzen Titel im Namen.« Ich nicke zu den Bildern. »Wegen dieser blutrünstigen Kunst.« Ich nicke zum Tisch. »Und weil er keinen Wert darauf legt, seinen bestimmt oft besorgten Patienten Ablenkung zu bieten.«

Minuspunkt Nummer vier bekommt der Mann, den ich einfach Dr. Tattenfeld nennen werde, nach einer Dreiviertelstunde Wartezeit.

»Vielleicht ist gerade ein anderes Paar im Sprechzimmer«, überlegt Maja.

»Dann hätte er uns eine Stunde später herbestellen sollen.«

Maja beginnt ihre Hände zu kneten – ein Zeichen dafür, dass sie auch nicht mehr easy ist. Kein Wunder, in dieser Umgebung. Ich lege eine Hand über ihre Hände, die ganz kalt sind.

Endlich taucht der Arzt in der Tür auf, ein grauhaariger Typ mit sonnengebräunter Haut. Er schiebt die Brille auf seiner Nase hoch, hält sich die Akte vors Gesicht und krächzt: »Fräulein Radius, bitte.«

Maja korrigiert ihn, während sie ihm die Hand schüttelt. »Maja Rados und Frau, bitte, nicht Fräulein.«

Nachdem er mich begrüßt hat, macht er auf dem Absatz kehrt und rennt vorweg, sein offener Kittel weht hinter ihm her. Seine Schuhsohlen quietschen auf dem Boden. Für diese Art und Weise kassiert der Arzt den fünften Minuspunkt. Ein zusätzliches Studium der Verhaltenswissenschaften hätte nicht geschadet.

Mir ist so was von übel!

»Also«, sagt er, sobald wir alle sitzen – er hinter seinem überladenen Schreibtisch, Maja und ich auf der anderen Seite. »Sie sind hier wegen der sonographischen Feindiagnostik, also wegen des Fehlbildungsultraschalls.«

»Wir sind hier, um zu erfahren, dass es unseren Kindern gutgeht«, antworte ich scharf, damit er von seinem hohen Ross auf die Patientenebene herunterkommt.

Er kapiert es nicht – oder ihm ist es egal. In noch schlimmerem Deutsch fährt er fort: »Ich werde gleich einen US durchführen, um den pränatalen Nachweis über sonographische Softmarker zu stellen, wobei ich zwischen isoliert und kombiniert auftretenden sonographischen Softmarkern unterscheiden werde.«

»Sonographische Softmarker?«, frage ich. »Sind das Indikatoren für Besonderheiten?«

Dr. Unsympath nickt. »Exakt.« Er steht auf, schiebt die Hände in die Kitteltaschen und geht zum Fenster, um in den Garten zu schauen, während er uns weiter aufklärt.

»Stehen bestimmte Softmarker in einem Zusammenhang zu anderen, ist die Wahrscheinlichkeit von Fehlbildungen des Fötus höher. Typische sonographische Softmarker sind beispielsweise eine vergrößerte Nackentransparenz und ein dorsonuchales Ödem, Hydrops fetalis und Plexus choroideus.«

Vollidiot! Das ist sein ganz persönlicher Softmarker.

Ich beiße mir auf die Zungenspitze, um das nicht zu sagen, und Maja, die meine Gedanken zu lesen scheint, wirft mir einen Blick zu, mit dem sie mich bittet, ruhig zu bleiben. Also hole ich ein weiteres Mal tief Luft und lausche weiterem Latein.

Soll er doch einfach labern. Ich will ja überhaupt nicht wissen, was all diese Dinge bedeuten. Die deutschen Namen der Fehlbildungen, von denen ich gehört habe, genügen mir.

»Einzelne oder mehrere sonographische Softmarker sind also Hinweise auf bestehende Anomalien, häufig Trisomie 10, das Down-Syndrom, das Turner-Syndrom und das Pätau-

Syndrom.« Er wendet sich um, schaut uns zur Abwechslung kurz an und beginnt dann einen Spaziergang durchs Zimmer. »Im Falle einer Schwangerschaft mit monochorial-diamnioten Mehrlingen, wie bei Ihnen …«

»Dr. Tattenfeld«, fällt ihm Maja ins Wort. »Könnten Sie sich bitte so ausdrücken, dass wir Sie verstehen. Wir sind intelligente Menschen, haben allerdings nicht Medizin studiert.«

Der Arzt wendet sich Maja zu und runzelt die Stirn. »Sie erwarten doch eineiige Zwillinge, oder nicht?«

»So ist es«, entgegnet sie. »Bedeutet monochorial-diadings dasselbe?«

»Natürlich.«

»Aha, es hätte ja sein können, dass damit schon eine Besonderheit bezeichnet wird.«

Dr. Unsympath scheint sich zuerst rechtfertigen zu wollen, beschließt aber am Punkt der Unterbrechung anzuknüpfen. »Also bei eineiigen Zwillingen, die sich eine Plazenta teilen, besteht zusätzlich das Risiko des fetofetalen Transfusionssyndroms.«

»Hören Sie mal!« Mir reicht es. Ich stehe auf, um klarzumachen, dass ich jetzt sofort loslegen will. »Können wir dieses Geschwafel bitte ausfallen lassen? Wir wollen nicht hören, was unsere Kinder alles haben könnten. Wir hoffen, dass alles in Ordnung ist. Deshalb sind wir hier.«

Der Arzt spitzt den Mund, wippt von den Fersen auf die Zehen und sagt: »Nun gut«, wobei er beleidigt klingt.

Hab ich ihm seinen Spaß verdorben!

Mehr denn je hoffe ich nun, dass Baby A und Baby B gesund sind, denn von diesem Mann möchte ich keine schlechten Nachrichten mitgeteilt bekommen. Er ist diese Sorte Mediziner, die jede Menschlichkeit verloren hat, für die Patienten Abrechnungsobjekte sind, die man im Rahmen der schulmedizinischen Möglichkeiten kurieren kann oder nicht. Er ist dieser Typ Arzt, der einem ohne Regung in der Miene mitteilt, dass man noch vier Wochen zu leben hat, und im Rausgehen alles Gute wünscht.

Eigentlich will ich nicht einmal, dass dieser Mann seine Instrumente auf Maja setzt oder sie anfasst, dass er unsere Babys auch nur anschaut, doch das muss ich wohl ertragen.

Das Erlebnis wird anders als erwartet, denn als die Bilder der Kleinen auf den Monitor übertragen werden, bleibt mir die Spucke weg. Sie sind so deutlich zu erkennen, mit ihren winzigen Mündern, Nasen und Händen, und sie sehen schon fertig aus. Unvorstellbar, wie klein sie noch sind, gerade mal fünfundzwanzig Zentimeter messen sie. Ich bin so gerührt, dass ich heulen könnte – und so erleichtert, als der Arzt sagt, dass sie keinerlei verflixte sonographische Softmarker aufweisen.

»Geht's dir gut?«, fragt Maja später in einem Bistro, in dem wir frühstücken, bevor es ins Kling Klang geht. Über den Tisch hinweg greift sie nach meiner Hand, die jetzt kälter ist als ihre.

Seit wir aus der Praxis raus sind, habe ich nicht viel gesprochen, sondern nur wahnsinnig viel gedacht, meine Gedanken aber nicht sortieren können.

»Ich sehe sie immer noch«, sage ich. »Baby A und Baby B … auf diesem Monitor. Sie sind so dermaßen niedlich.«

Maja lächelt und streicht mit dem Daumen über meinen Handrücken.

Mir fällt etwas ein. »Was hältst du von Janis, wie Janis Joplin, und Ella, wie Ella Fitzgerald?«

Erst einmal lacht sie, aber dann wird sie ernst. »Wieso immer englische Namen? Und warum sollen die Kinder unbedingt wie Musiker heißen?«

»Na ja, es würde irgendwie passen.«

»Zu dir als Musikmensch.«

Jetzt stänkert sie wieder. Ihre Hand zieht sie auch zurück. »Wieso nennen wir sie nicht Madonna-Shakira und Britney-Rihanna?«

»Weil das völlig bescheuerte Namen sind?«, entgegne ich, ohne es als Frage zu meinen, und mache mich über das Frühstück her, das gerade gebracht wurde.

»Britney-Rihanna, tu das Mäh ma ei!«, witzelt Maja, während sie ihr Croissant teilt. »Madonna-Shakira, tu ma die Oma winken!«

»Du bist doof«, brummele ich und beiße von meinem Brötchen ab. Am ersten Bissen verschlucke ich mich, weil ich lachen muss.

»Selber doof«, gibt sie zurück. »Aber ich liebe dich trotzdem. Wir finden schon Namen.«

Bestimmt. Wenn nicht, bleiben wir einfach bei Baby A und Baby B.

Februar

Ein aufmüpfiges Hirn

Die merkwürdigsten Dinge geschehen seit neuestem im Haus. Ich finde Ketchup im Kosmetikschrank und Bodylotion in der Kühltruhe. Gebrauchte Kaffeetassen wandern zurück ins Küchenregal, während BHs in den Geschirrspüler geraten. Eine ganze Ladung schwarzer T-Shirts wurde mit Maschinenreiniger gewaschen. Der Haustürschlüssel, den Maja tagelang gesucht hat, ist auf geheimnisvolle Weise beim Schuhputzzeug gelandet. Hannibal findet in seinem Napf nun oft Ente in Cremesauce, die er wenig wählerisch mit einem Haps vertilgt. Dahingegen umschleicht Lecter die Brocken Rind mit grünem Pansen und hat sogar seine liebevollen Mauslieferungen eingestellt.

Durch das Fenster des Büros im Kling Klang beobachte ich jetzt, wie Maja zum Auto geht, den Schlüssel aus der Tasche kramt und die Kiste mit dem Gemüse, das in der Woche nicht verwertet wurde, auf dem Dach abstellt. Wie immer nehmen wir das am Freitag mit nach Hause, wohin Maja nach ihrem Zahnarzttermin direkt fährt. Sie steigt ein, und ich denke mir, dass sie sich doch sicher noch an das Gemüse erinnert. Als ich höre, wie sie den Motor startet, eile ich aus dem Zimmer und die Treppe hinab, stürme aus der Tür, rufe und wedele mit den Armen, doch sie fährt los – mit der Gemüsekiste auf dem Dach. Ohne mich zu sehen oder zu hören, biegt sie auf die Straße, wobei die Kiste vom Auto rutscht. Paprika, Gurken und Tomaten kullern über die Steine und in den Schnee an den Seiten der Einfahrt.

Eigentlich erübrigt es sich zu sagen, dass ich mir Sorgen mache. Irgendwas stimmt mit Majas Gehirn nicht. Während ich versuche, nicht über mögliche Ursachen nachzudenken, sammele ich das Gemüse in die Kiste und bringe es nach drinnen.

Eine Viertelstunde später ruft sie an und fragt, ob die Gemüsekiste noch in der Küche steht. Ich will ihr nicht sagen, was wirklich passiert ist, sondern tue so, als würde ich nachschauen, um ihre Annahme zu bestätigen. Da lacht sie, brummelt was von Alzheimer und legt auf, weil sie ins Sprechzimmer gerufen wird.

Alzheimer?

Es klopft. Big Mama kommt ins Büro und hält einen roten Schal hoch. »Hier, Maja hat ihren Schal bei mir vergessen. Schwangerschafts-Alzheimer.«

Schwangerschafts-Alzheimer?

Bevor ich nachhaken kann, ist Big Mama schon wieder aus dem Zimmer und lässt mich endgültig alarmiert zurück.

Eben am Telefon, da hat Maja also nicht gescherzt? Sie leidet an einer Sonderform von Alzheimer, die in der Schwangerschaft auftritt? Wenn es die Köchin weiß, dann sicher auch die Erzieherinnen und Jekaterina Poljakow. Warum ich nicht? Wieso sagt mir das niemand? Ich muss das doch wissen, um entsprechend reagieren zu können! Vor allem muss ich wissen, wie gefährlich diese Krankheit ist. Nur eine kann mir hierauf eine ehrliche Antwort geben, und diese Person muss ich heute unbedingt sprechen.

Während ich mit Janosch Schabrowski auf der kleinen Bank bei der Garderobe sitze, schaue ich immer wieder heimlich auf die Uhr. Kurz vor fünf ist es schon.

»Wollte Mama kommen«, frage ich den Jungen, »oder Papa?«

»Papa«, antwortet er und erzählt mir dann von einem Eisangelausflug, zu dem er seinen Vater am Wochenende begleiten wird. Zum Glück keine neuen Schauergeschichten über Schlüssellochbeobachtungen und von Krebsen gebissene Großmütter.

Janosch beschreibt mir eine besondere Form der Angel, die sein Vater hat, um besonders dicke Fische aus dem Wasser zu holen, da schwingt die Tür auf und Herr Wallbusch schneit herein. Er nimmt seinen Sohn auf den Arm, drückt ihm einen Kuss auf die Stirn und entschuldigt sich, weil er so spät dran ist. Eine Besprechung hat ihn aufgehalten.

»Weißt du, dass Maja und Max ein Baby bekommen?«, fragt Janosch seinen Vater.

»Ja, das hat die Mama mir erzählt«, antwortet der und setzt den Jungen ab, damit er sich die Stiefel anziehen kann.

»Weißt du, dass es gar nicht nur ein Baby ist, sondern zwei?«

»Oh!« Herr Wallbusch schaut mich an. »Ja, dann …« Er scheint zu überlegen, ist vielleicht unsicher, ob er mich beglückwünschen oder bedauern soll. »Ich hoffe, alles ist gut.«

»Ja, so weit … alles prima.« Fast.

Plötzlich habe ich das Gefühl, ich müsste diesem Mann von Majas Schwangerschafts-Alzheimer erzählen. Keine Ahnung, wieso. Schnell verscheuche ich das Bedürfnis, wünsche den beiden ein schönes Wochenende und schließe hinter ihnen ab.

»Schwangerschafts-Alzheimer«, sagt Dr. Bärbeißer mit ernster Miene und nickt. Dann lacht sie schallend.

Irritiert warte ich, bis sie sich beruhigt. Das tut sie nicht wirklich, klatscht vor lauter Belustigung sogar in die Hände und fragt schließlich: »Doktor Internet haben Sie deshalb noch nicht konsultiert, oder doch, Herr Leif?«

»Nein«, entgegne ich zerknirscht. »Ich komme gerade aus der Kita. Ich wollte mich nicht irremachen mit der Recherche in irgendwelchen Foren, aber wenn das jeder bloß lustig findet, ist es offenbar nichts, worüber ich mich sorgen müsste. Außer, Sie und alle anderen sind ein bisschen verrückt geworden.«

Dr. Bärbeißer lacht abermals und fächert sich dabei Luft mit meiner nicht gebrauchten Karteikarte zu. »Herr Leif, wirklich, Sie machen mir Spaß, aber bitte, fragen Sie ruhig Ihren Spezialisten bei Google. Ich glaube, wenn ich Ihnen das erklären muss, pullere ich mir in den Kittel.«

Was soll der Mist?

»Sie sind Ärztin, also erklären Sie es verdammt noch mal.«

»Also gut, ich will es versuchen.« Sie schöpft Atem, wedelt eifriger und reißt sich dann am Riemen. »Als ich schwanger war, beide Male mit meinen Töchtern, hatte ich auch diesen sogenannten Schwangerschafts-Alzheimer. Was ich alles vergessen habe.« Sie winkt ab. »Ständig habe ich Patienten mit falschem Namen angesprochen, Leuten bei Halsentzündungen in die Ohren geschaut und all so was.«

»Das hat also jede Schwangere? Geht es wieder weg? Regeneriert sich die Gehirnmasse?«

»Das ist nicht nötig. Die Gehirnmasse schwindet nicht. Vielmehr ist es so, dass sich eine Schwangerschaft auf den ganzen Körper der Frau auswirkt, gleichermaßen auf Körper, Seele und natürlich auch den Geist. Das Gehirn bleibt also nicht …« Mit den Fingern malt sie Gänsefüßchen in die Luft. »… verschont.«

»Das heißt?«

»Es gibt Studien mit Schwangeren, in denen bei den Probandinnen eine reduzierte Wahrnehmung sowie ein eingeschränktes Kurz- und Langzeitgedächtnis festgestellt wurde. Auch das Konzentrationsvermögen ließ nach.«

Und was bitte soll daran lustig sein?

Dr. Bärbeißer fährt fort: »Es gibt sogar Hinweise darauf, dass das Gehirn einer Schwangeren im letzten Trimester schrumpft, nach der Entbindung aber wieder so groß ist wie ursprünglich.«

»Nach der Schwangerschaft verschwindet die Vergesslichkeit?«

»Nicht sofort, aber nach einem Vierteljahr sollte Frau Rados' Hirn wieder einwandfrei funktionieren.«

Mit einigem Argwohn mustere ich die Ärztin. Mir fällt es schwer, all das zu glauben. Wie kann es keine Folgeschäden haben? »Was ist mit dem allgemeinen Demenzrisiko? Steigt das?«

»Nein, Herr Leif, so begreifen Sie doch.« Nun ringt die Ärztin die Hände und schaut mich flehend an. »Dieser Schwangerschafts-Alzheimer ist nicht einmal eine Krankheit, sondern lediglich ein Symptom. Mit Demenz oder Morbus Alzheimer hat das überhaupt nichts zu tun. Die hormonellen Veränderungen, die stattfinden, sorgen einfach dafür, dass bestimmte körperliche Funktionen ein bisschen verrücktspielen.«

»Also muss ich mir keine Sorgen machen.«

»Genau.«

»Ah.« Ich glaube das jetzt. Vielleicht werde ich mich bei Doktor Internet rückversichern, aber erst einmal vertraue ich auf die Kompetenz der Ärztin. »Danke, dass Sie sich Zeit genommen haben.«

»Jederzeit gern, Herr Leif.«

Bei der Verabschiedung drückt Dr. Bärbeißer meine Hand besonders herzlich. Als sie die Tür hinter mir schließt, höre ich sie wieder lachen.

Ein Taxi bringt mich und das Gemüse nach Hause. Maja ist in der Küche und wedelt den Dampf von etwas Angebranntem in die Abzugshaube. Ich öffne ein Fenster und begrüße sie mit einem Kuss. Hannibal bekommt einen Hundeknochen, und auch für Lecter hole ich einen Snack aus dem Schrank, doch der Kater scharwenzelt nicht wie üblich zur Begrüßung herbei. Im Garten ist er nicht, auch nicht in einem Sessel im Wohnzimmer.

»Wo ist der rote Killer?«, frage ich Maja und Hannibal.

Der Dobermann antwortet mit einem Wuff, dann tappt er ins Foyer und die Treppe hinauf. Maja und ich folgen. Hannibal läuft ins Schlafzimmer und hockt sich vor die geschlossene Badezimmertür, hinter der ein klägliches Maunzen ertönt. Als ich öffne, schießt Lecter heraus.

»Oh«, sagt Maja und hebt die Hand vor den Mund. »Er saß auf der Badewanne, als ich vorhin hier drin war. Ich hab ihn wohl vergessen.«

Sanft aufblühende Gewissheit

Früh am Samstagmorgen machen Maja und ich uns auf den Weg nach Sylt, wo meine Mutter heute ihren siebzigsten Geburtstag feiert. Wir nehmen den Zug, um uns schneebedingtes Chaos auf den Autobahnen zu ersparen. Weil nach wie vor Erkältungszeit ist, habe ich ein Sechser-Abteil für uns allein reserviert – Plätze im Waggon mit vielen anderen, das ist mir zu riskant.

Die Soundbox, die ich mit meinem Handy verbunden habe, versorgt uns mit Musik. Es sind noch immer die Stones, die Maja hören möchte, und ich habe gewiss nichts dagegen.

Ich sitze am Fenster. Maja hat es sich auf zwei Sitzen bequem gemacht und den Kopf auf meine Brust gelegt. Ich wickele ihre Locken um meinen Finger und schaue auf die vorbeifliegende Winterlandschaft.

»Was, wenn ich am zwölften Mai nicht käme?«, fragt sie plötzlich. Das genaue Datum kennt sie inzwischen.

Nicht zum ersten Mal geistert diese Vorstellung durch meinen Kopf. Es ist unangenehm, sie diesmal von Maja impliziert zu bekommen. Was dann wäre? Ich würde wie ein Volltrottel vor meinen Eltern und unseren Freunden stehen … aber sonst?

Wieso sollte sie nicht kommen?

»Dann würden wir nicht heiraten«, antworte ich.

»Und davon abgesehen?«

»Davon abgesehen bliebe alles, wie es ist.« Das nehme ich an, aber die unausgesprochene Frage nagt weiter an mir. Also stelle ich sie: »Warum würdest du nicht kommen?«

Maja lässt sich für die Antwort Zeit. »Du solltest das wirklich wollen«, sagt sie nach einer kleinen Ewigkeit. »Es soll kein Pflichtding sein, du sollst es nicht wollen müssen, weil wir Nachwuchs erwarten.«

»Maja … Ich fühle mich alles andere als verpflichtet. Ich verstehe nur nicht, wieso du nicht einfach ja sagst.«

Sie setzt sich auf und schaut mich an. »Als du mich gefragt hast, war ich sauer auf dich. Was soll ich jetzt tun? Dir mein Okay geben und die ganze Planung angehen? Geschirr, Essen, Blumen, Deko, Sitzordnung … das ist mir alles so scheißegal. Es ist nicht wichtig. Allerdings hatte ich dich gebeten, mir zu zeigen, dass du das wirklich willst.«

»Was erwartest du von mir? Soll ich mich nachträglich an einem Fallschirm aus einem Flugzeug stürzen, einen Chor für dich singen lassen?« So ein Scheiß! Ärger keimt in mir.

»Du solltest mich besser kennen«, entgegnet sie nur und rückt von mir ab.

Ich kenne sie. Und deshalb käme ich mir mit solchen Aktionen total bescheuert vor. Wir beide mögen es echt, ohne Getöse und dämlichen Aufwand.

Sie wird kommen. Das weißt du eigentlich, raunt meine innere Stimme, und der Ärger verpufft so schnell, wie er kam. Ich werde am zwölften Mai nicht allein vorm Standesbeamten stehen, und ich werde eine Hochzeit organisieren, wie Maja und ich sie feiern wollen. Das ist der Beweis, den sie will. Ich soll es durchziehen, bis zum Schluss, wenn ich wirklich will – ohne von ihr oder jemand anderem geleitet zu werden.

Aus der Box kommen die ersten Töne von *Wild Horses*. Gerüchte ranken um diesen Song, an dem Mick Jagger und Keith Richards gemeinsam gearbeitet haben. Die einen behaupten, Jagger habe das Lied seiner Ex gewidmet, während andere sagen, dass Richards es für seinen gerade geborenen Sohn geschrieben hat. Für mich ist es eine der grandiosesten Balladen überhaupt.

Ich stehe auf und strecke die Hand nach Maja aus. Sie ist verwundert und zögert, doch dann nimmt sie meine Hand. Sanft ziehe ich sie an mich und bewege mich mit ihr im Takt der Musik.

Sie legt die Arme um meinen Nacken. Dass Leute am Abteil vorbeigehen und uns sehen, ist ihr so egal wie mir.

»Das ist das erste Mal, dass wir tanzen«, flüstert sie.

Statt einer Antwort küsse ich sie und spüre dabei die Bewegungen in ihrem Bauch.

»Die Kinder raufen wieder«, murmele ich an ihre Lippen.

Sie lacht leise.

Diese Bewegungen sind so deutliche Zeichen ihres Lebens, dass es merkwürdig ist, die beiden noch nicht als lebend zu bezeichnen. Das sind sie erst ab dem Tag ihrer Geburt.

Drei Leben, Max, murmelt die Stimme in meinem Kopf, *so eine große Verantwortung.* Eine Verantwortung, die mir manches Mal Angst macht.

Während wir engumschlungen tanzen, nimmt Maja den Blick nicht von mir. Ihre dunklen Augen sind wachsam, und das Lächeln liegt noch immer um ihren Mund.

Bei meinen Eltern angekommen, werden wir an den mit reichlich Torte und Kuchen bestückten Kaffeetisch gesetzt. Zwei besonders enge Freunde, Pauls Eltern, sind schon zur Feier des Tages da. Die anderen sind erst am Abend in ein Restaurant eingeladen.

Pauls Vater macht einen Spaß über Schwangerschaft, über den wir fast alle lachen. Nur Pauls Mutter bleibt still und betrachtet mich mit verklärtem Blick. Mir wird ebenfalls schwer ums Herz, denn Paul sah ihr so ähnlich.

»Wie geht's euch?«, frage ich sie leise, um die Unterhaltung der anderen nicht zu unterbrechen.

Sie nickt. »Ganz gut. Schön, dich mal wiederzusehen. Und

toll, welche Neuigkeiten ihr mitbringt. Wir freuen uns sehr für euch.«

»Danke.« Ich schlucke an dem Kloß, der in meinem Hals sitzt.

»Paul wäre bestimmt wahnsinnig gespannt auf deine Kinder.«

»Bestimmt. Er wäre ihnen ein toller Freund gewesen.«

Nicht nur das. Paul wäre der ideale Pate gewesen. Er hat Kinder geliebt, auch wenn er nie Pläne für eigene hatte. Er war schwul, aber das heißt ja nicht, dass er keine Kinder hätte haben können. Mit keinem seiner Partner war er jedoch lange genug zusammen, um entsprechende Pläne zu schmieden.

Nun müssen Kinder nicht zwingend Paten haben, insbesondere nicht, wenn sie in keinem bestimmten religiösen Glauben erzogen werden, aber trotzdem hätten Maja und ich gern welche. Doch Flo? Er ist viel zu beschäftigt, und er kann sich wahrscheinlich auch nicht recht in ein Kind hineinversetzen. Maja ist ebenso ratlos, denn sie hat keine ziemlich besten Freundinnen, keine echten Vertrauten. Nach ihrem Studium hat sie die meisten aus den Augen verloren und später nur gute Bekannte hinzugewonnen.

Früher hatten Paten außerdem die Aufgabe, für ihre Schützlinge zu sorgen, falls den Eltern etwas zustößt, und genau genommen würde ich den Paten meiner Kinder auch diese Aufgabe zutrauen wollen, denn meine Eltern wären schon jetzt mit siebzig zu alt dafür und Majas leben ja nicht mehr.

Mutters Stimme holt mich aus meinen Gedanken.

»Amke und Imke«, schlägt sie vor.

»Schöne Namen«, kommt es von Vater. Er lädt sich ein Stück Torte auf den Teller und reicht Maja die Kuchenschaufel.

»Die klingen ganz süß, sind aber eher nicht das, was wir uns vorstellen.« Maja zwinkert mir zu. »Oder, Max?«

Mach den Mund auf!, bedeutet das Zwinkern. Sie will nicht über Namen diskutieren. Ich noch viel weniger.

»Wahrscheinlich werden es keine friesischen Namen«, sage ich.

»Wieso nicht?« Vater klingt beleidigt. »Als hätten sie anderswo in Deutschland schönere Namen als hier.«

»Das nicht, aber es muss ganz einfach passen«, antworte ich.

Mutter ignoriert das alles. »Wie wäre es mit Levke und Frauke?«

»Oder mit Hilke und Stine?«, fällt es Pauls Vater ein.

»Imken und Nantje?« Das kommt von Pauls Mutter.

»Levke und Maike?«

»Insa und Weda?«

»Nein!«, rufe ich, am Ende meiner Geduld. »Weda Weda …« Moment, Korrektur. Ich ignoriere Majas Prusten und setze neu an: »Weder Weda noch Insa noch Nantje oder sonst ein friesischer Name.«

»Ach, Mäxchen.« Mutters enttäuschter Ton soll mir ein schlechtes Gewissen machen.

»Nee, nix *Mäxchen!* Anderes Thema bitte.«

Pauls Eltern lachen. Mutter und Vater tauschen einen Blick und erzählen dann von der Hochzeit eines Sohnes von Bekannten, zu der sie Ende April eingeladen sind.

Nun sind Maja und ich es, die sich kurz ansehen. Sie schaut arglos drein, und ich verkneife mir ein Grummeln. Echt gern würde ich meinen Eltern jetzt von unserem Hochzeitstermin am zwölften Mai erzählen, doch wenn Maja dann erklärt, dass ihre Zustimmung noch aussteht, könnte das in einem Fiasko enden. Ich werde meinen Eltern also, wie allen anderen, eine Einladung schicken … die ich bloß noch erstellen muss.

Mit auftrumpfendem Engagement

Duddy Ralf hat mir geraten, den Kinderwagen vor dem Kauf Probe zu fahren. Maja und ich haben keine Zeit, zwanzig Modelle persönlich zu testen, also informiere ich mich zuerst auf den Seiten der Warentester. Statt technischer Details lese ich zunehmend fassungslos Schreckliches über krebserregende kurzkettige Chlorparaffine, sogenannte Weichmacher, die in den Kunststoffgriffen verarbeitet wurden. Beim Schieben werden sie von der Mutter über die Haut aufgenommen und beim Stillen ans Baby weitergegeben. Nicht weniger gefährlich sind in den Bezügen enthaltene polyzyklische aromatische Kohlenwasserstoffe, welche direkt in den Organismus des Kleinen gelangen und ebenfalls im Verdacht stehen, Krebs zu erregen.

Die wenigen Exemplare, die bei den Warentestern gut abgeschnitten haben, nehme ich unter die Lupe, besuche die Webseiten und pralle vor einigen Slogans zurück.

Vertrauen und Erfolg. Mamis und Papis auf der Überholspur. Das klingt, als hätten potenzielle Helikopter-Eltern das Baby im Galopp zur Welt gebracht, um es quer durch Deutschland mit zu Brainstormings, Workshops und Verhandlungen zu nehmen.

Outdoor-Baby – Wandern, Trekking, Laufen. Das sind die Kinderwagen für Adrenalinjunkies und Sportbesessene, die trotz der ausreichenden Bewegung, die das Neugeborene verlangt, noch mehr, viel mehr, brauchen. Joggen mit Kinderwagen ist so hip, dass ich es superblöd finde.

Rumble Ride Indie Kids. Mit diesen Wagen geht's im ewig andauernden Vintage-Chic und bei sinnigen Gesprächen über den Weltfrieden über Stock und Stein, zum Hippietreffen auf eine Waldwiese.

Meine Liste verkürzt sich auf drei Hersteller, die ich nun direkt miteinander vergleichen kann. In erster Linie soll der Wagen natürlich für zwei sein und sehr sicher. Außerdem soll er gut aussehen, wozu die Farbe viel beiträgt. Blau fällt aus, sagt Maja, denn beim Kinderwagen will sie schon deutlich machen, dass Mädchen drinliegen. Ich verstehe nicht, wieso das nötig ist, aber gut. Hellgrün ist so empfindlich wie Gelb, und Dunkelgrün wirkt militärisch, also fallen diese Farben aus. Lila und Rosa kommen prinzipiell nicht in Frage. Braun und Grau sind zu unscheinbar. Es bleiben Orange und Rot. Wegen der Signalwirkung ist Maja für Rot. Der Wagen fällt auf, zum Beispiel wenn wir damit eine verkehrsreiche Straße überqueren. Ich stimme zu, also suchen wir nach einem sehr sicheren roten Zwillingskinderwagen.

Die meisten Zwillingswagen plazieren die Nester nebeneinander, einige hintereinander und manche sogar übereinander. Ich will keinen Güterzug und auch kein Doppelstockbett herumschieben, also konzentriere ich mich auf die Standardvariante – ist die auch sperrig. An der Supermarktkasse, im Zug und an zahlreichen anderen Orten wird es bestimmt eng. Da müssen wir durch.

Nachdem ich mich auf ein Ausstattungspaket festgelegt und für die Stadt geeignete Reifen entschieden habe, kontaktiere ich einen Händler in Frankfurt und frage an, ob er die beiden übrig gebliebenen Exemplare für den Praxistest vorrätig hat.

Positiv. Maja und ich sollen vorbeikommen, aber unbedingt in dem Auto, mit welchem der Wagen transportiert werden soll.

Ich hatte nicht vor, das Zwillingsgefährt im Auto herumzufahren, sehe aber ein, dass es ab und zu nötig sein wird. Nun ist es so, dass nicht einmal einfache Kinderwagen in den VW Käfer oder Porsche passen. Solange sich das Modell unkompliziert zusammenlegen lässt, was ich gleich herausfinden möchte, werde ich einfach ein Auto kaufen, in das der Kinderwagen passt.

Als ich die Verkäuferin später im Shop um die Möglichkeit einer Probefahrt bitte, blockt sie zuerst ab. Wir sollen den Wagen im Geschäft testen, um die Reifen nicht schmutzig zu machen oder andere Gebrauchsspuren zu riskieren. Ich mache ihr klar, dass ich keine tausendfünfhundert Euro ohne Absicherung investiere, und biete ihr eine Kaution an.

So bekommen wir den ersten Wagen und schieben ihn zu einem nahen Supermarkt, um zwei Kürbisse zu kaufen und in die beiden Nester zu legen. Das Gewicht muss ungefähr stimmen.

»Unsere Kinder sind ganz gelb im Gesicht«, witzelt Maja, während ich den Wagen schnaufend eine sich bergauf windende Straße hinaufschiebe.

Ich beabsichtige, das Testobjekt gleich wieder hinabzurollen, um Bremsfunktion und Kurvenlage zu testen. Es ist vergleichsweise leicht, bringt aber dennoch zwanzig Kilo auf die Waage.

»Sprich nicht schlecht von den Kleinen«, gebe ich ein bisschen atemlos zurück. »Du solltest sie lieben, wie sie sind.«

Eine Frau kommt uns entgegen und lächelt selig bei unserem Anblick.

»Wie schön«, flötet sie, als wir uns treffen, »Zwillinge!« Schon beugt sie sich über den Wagen, den ich unbeirrt weiterschiebe, und ihr entfährt ein irritiertes »Oh!«.

»Molly und Holly«, sagt Maja trocken.

Die Frau schüttelt den Kopf und geht ihres Weges, während wir am höchsten Punkt der Straße anlangen. Ich wende, wobei ich ein bisschen rangieren muss, was aber gut funktioniert. Dann geht es bergab. Und wie!

Immer schneller rollt das doppelte Babygefährt. Ich will es stoppen und ziehe die Bremse, doch die funktioniert nicht. Sie schleift nicht mal an den Reifen, sondern bewegt sich gar nicht. Der Wagen wird immer schwerer, meine Schritte größer. Während Maja längst stehen geblieben ist, nähere ich mich in schnellem Tempo der Kinderwagenguckerin und vermisse so etwas wie eine Fahrradklingel. Ich überlege, auf die Straße auszuweichen, entscheide mich wegen der Bordsteinkante und der hohen Geschwindigkeit aber dagegen und rufe: »Bahn frei!«

Die Frau wendet sich um und springt im letzten Moment zur Seite. Der Kinderwagen mit mir am Griff rast vorbei.

»Sie sind doch krank im Kopf!«, schreit die Frau mir nach, aber ich habe jetzt andere Sorgen, denn am Ende des Berges liegt eine vielbefahrene Straße. Wenn ich loslasse oder das Gefährt nicht stoppe, gibt es ein Verkehrschaos mit Kürbisbrei.

Glücklicherweise flacht die Steigung am Ende des Weges ab, und ich kann den Wagen zum Stehen bringen. Schwer atmend stemme ich die Hände auf die Knie, dann werde ich sauer und schiebe das Ding zurück ins Geschäft.

Beim Anblick der Kürbisse und weil wir den Wagen nicht nehmen, meckert die Verkäuferin, doch als ich sie auf das defekte Bremssystem hinweise und ihr sage, dass die Kürbisse unsere Kinder hätten sein können, wird sie still und rückt den zweiten Wagen zum Testen heraus.

Die Kürbisse werden umgepackt. Ich rufe Maja an und bitte sie, mir ein Stück entgegenzukommen. Seite an Seite schnaufen wir den Berg wieder hinauf.

»Können wir nicht einfach spazieren gehen, ganz normal?«, beschwert sie sich.

»Ganz normal?« Ich muss grinsen. »Wie normal kann so ein Spaziergang mit Kürbissen schon werden?«

»Das war deine Idee.«

»Nur den Berg noch, okay? Danach spazieren wir halbwegs normal.«

Maja traut meinem Versprechen nicht. »Und wenn bei diesem Wagen auch die Bremse oder irgendein anderes Teil versagt?«

»Hm.« Das will ich mir lieber nicht vorstellen. »Dann lass ich mir etwas einfallen.«

»Was denn? Konstruierst du einen supersicheren Kinderwagen und lässt ihn bauen?« Sie schickt mir einen Blick, der zu gleichen Teilen skeptisch und amüsiert ist. »Untersteh dich bloß! Ich werde keinen Panzer durch Frankfurt schieben.«

Abermals erreichen wir den höchsten Punkt des Weges. Ich wende den Wagen und schiebe ihn abwärts, zuerst in gemäßigtem Schritt. Die Bremse funktioniert, das Gefährt ist problemlos zu kontrollieren. Dies auch, als ich beschleunige. Es könnte ja sein, dass wir es mal eilig haben – natürlich ohne zu Eltern auf der Überholspur zu werden. Die vorbildliche Bereifung und Federung gleichen alle Unebenheiten auf dem Weg aus, und selbst bei einer Vollbremsung, wie ich sie am Ende der Straße hinlege, zeigt der Wagen ein stabiles Verhalten.

Während ich auf Maja warte, teste ich die Federung intensiver, indem ich die Hinterräder anhebe und auf das Pflaster fallen lasse.

»Na, hören Sie mal!«, schimpft eine ältere Frau, die aus einem Hauseingang gekommen ist, um Müll in die Tonne zu werfen.

»Wissen Sie nicht, dass man Babys nicht schütteln darf! Keinesfalls. Nie!«

Sie tritt näher, um sich vom Wohlbefinden des Wageninhaltes zu überzeugen, und murmelt: »Sie sind ja irre.«

»Wir machen bloß eine Probefahrt«, gebe ich zurück, aber das versteht sie offenbar nicht und verschwindet kopfschüttelnd.

»Noch eine neugierige Tante?«, fragt Maja, als sie bei mir ist.

Ich winke ab und überlasse ihr den Wagen, damit sie ihn auf dem ebenen Rückweg zum Shop selbst testen kann. Es ist nicht weit, aber dennoch bleiben zwei weitere Frauen stehen, um unsere Kürbisse zu beglotzen.

»Das kann ja lustig werden«, ärgert sich Maja. »Zuerst auf den Bauch, dann in den Wagen. Das geht ja gar nicht.«

Stimmt. Es geht überhaupt nicht. Das hemmungslose Verhalten mancher Frauen, insbesondere älterer, ist wirklich eigenartig. Dass sie auf Majas Bauch gucken und manche ihn tatsächlich berühren möchten, ist schon ein Thema gewesen. Wir fanden es beruhigend zu wissen, dass sich das nach der Geburt legt. Umso verstörender ist die Erkenntnis, wer fortan beglotzt und begrapscht werden soll – wildfremde Hände, von denen ich nicht weiß, wo sie vorher gewesen sind, in den Gesichtern meiner Mädels? Da soll mal die Erste kommen!

»Ach, das ist ja wunderbar«, tönt es in unmittelbarer Nähe.

Die fünfte Neugierige wagt sich heran und will ihren Rüssel über die Nester hängen. Maja schiebt den Wagen weiter.

»Oooh, sind das Zwillinge?«, fragt die Frau.

»Nein, Drillinge«, antwortet meine schlagfertige Liebste. »Das Hässliche haben wir zu Hause gelassen.«

Eine aufwendige Angelegenheit

Die Geburts-Playlist ist noch spärlich bestückt; damit fülle ich nicht einmal eine halbe Stunde, und ich bezweifle, dass Maja in dieser Zeit zwei Kinder zur Welt bringt. Dennoch ist es ein Anfang.

1. Alex Clare – *Three Hearts* … für den Moment, als mir Maja von ihrer Schwangerschaft erzählte
2. Jim Croce – *Time in a Bottle* … weil Maja und ich es so mögen
3. Elton John – *Tiny Dancer* … das wir auf dem Katamaran gehört haben
4. Guns N' Roses – *Sweet Child O' Mine* … in Erinnerung an die Fahrt zum Babykino
5. The Rolling Stones – *Wild Horses* … für unseren ersten Tanz

Wir haben außerdem: fertig tapezierte Babyzimmer, noch aufzubauende Möbel, Babykleidung, Mobiles und einen Kinderwagen. Wir haben nicht: eine Ahnung, in welcher Klinik Baby A und Baby B das Licht der Welt erblicken sollen. Das herauszufinden hat nun höchste Priorität.

Ich habe eine Checkliste mit Fragen heruntergeladen, deren Beantwortung durch die Ärzte der beiden in Frage kommenden Kliniken Licht in die medizinische Infrastruktur sowie die Möglichkeiten bringen soll.

- Wie ist der Umgang mit wehenfördernden Mitteln?
- Welche Erfahrungen bestehen mit PDAs?
- Wie oft werden mehrere Gebärende von einer Hebamme betreut?
- Ist am Wochenende und nachts immer ein Gynäkologe da?

- Wie ist die Rate der Not-Kaiserschnitte?
- Wie häufig werden Saugglocken oder Zangen eingesetzt?
- Wie viele Geburtszimmer sind verfügbar?
- Ist eine Kinderklinik zur Notfallversorgung angeschlossen?

Maja liest sich die Punkte durch und schüttelt den Kopf. »Die Frage nach den Hilfsmitteln finde ich überflüssig. Ich brauche keinen Gebärhocker und schon gar keine Sprossenwand. Vermutlich wird mir während der Wehen kaum nach Turnen zumute sein.«

»Diese Hilfsmittel gibt es doch nicht ohne Grund«, gebe ich zu bedenken. »Angenommen, du liegst schon eine Weile auf diesem Stuhl und es geht nicht voran.«

»Dann werde ich fluchen wie ein Bierkutscher, mich aber ganz sicher nicht an einer Sprossenwand versuchen.«

»Was ist mit der Wanne? Bestimmt ist es …«

»Eine Wassergeburt ist bei Zwillingen ausgeschlossen, denn die doppelte Geburt ist oft nur mit PDA zu schaffen. Das will ich vermeiden, so lang es geht, bin aber darauf eingestellt. In die Wanne darf ich dann jedenfalls nicht.«

Allein die Vorstellung der Hohlnadel, die zwischen die Wirbelsäule gestochen wird …

»Falls ein Kaiserschnitt gemacht werden muss, werde ich auch die PDA haben wollen, auf keinen Fall eine Vollnarkose.«

Ich fröstele und wende mich ab, damit Maja mein Gruseln nicht bemerkt. Durch das Terrassenfenster schaue ich in den Garten, wo Hannibal und Lecter sind. Der Hund wälzt sich im Schnee, der Kater sitzt auf einem leeren Blumenhocker und putzt sich. Das Inbild eines sorgenfreien Lebens.

Maja kommt an meine Seite. »Alles klar, Max?«

»Jepp«, presse ich zwischen den Zähnen durch.

»Du bist blass.«

Ich nicke in Richtung des seit Tagen grauen Himmels. »Das liegt am Licht. Wird Zeit, dass es Frühling wird.«

»Lenk nicht ab!«

Ich überwinde mich, sehe Maja an. »Tue ich gar nicht.«

Sie streicht über meinen Rücken. »Es ist möglich, dass alles einfacher wird als gedacht, aber du solltest dich, wie ich auch, auf andere Möglichkeiten einstellen.« Ihre Mundwinkel zucken; sie verkneift sich ein Grinsen. »Nicht dass du mir umkippst, ich werde dich brauchen.«

»Ich kippe schon nicht um«, brumme ich.

Das ist nicht meine Sorge, sondern dass ihr etwas geschieht. Weder eine PDA noch der Kaiserschnitt sind risikofrei. Die ganze verflixte Geburt ist ein einziges Risiko – und die Auswahl der richtigen Klinik setzt mich so unter Druck, dass ich letzte Nacht einen Alptraum hatte.

Darin bekam Maja Wehen, während wir im Stau auf der Autobahn standen. Um sie in eine Klinik zu bringen, fuhr ich zu schnell und wurde deshalb von der Polizei verfolgt. Ich konnte sie abhängen, doch in dem Krankenhaus, in das ich sie brachte, war niemand. Kein Arzt und keine Schwester weit und breit. Leere Zimmer, ein riesiger leerer Geburtssaal mit vielen OP-Tischen. Auf so einen Tisch legte ich Maja. Sie weinte und schrie, dass sie keine Lust hätte. Ich suchte nach Nadeln für eine PDA, fand aber nur welche, auf denen Elefantensymbole waren. Ein Behälter mit Skalpellen rutschte mir aus den Händen und schepperte auf den Boden. Panisch stürzte ich daraufhin durch das Krankenhaus und rief um Hilfe, fand nicht mehr zum Geburtssaal zurück und verhedderte mich in irgendwelchen Vorhängen.

In die Bettdecke verwurstet, bin ich von Majas Stimme wach geworden. Mein Herz holperte, mein Puls raste, Adrenalin erzeugte ein Dröhnen in meinen Ohren.

Wenn ich in den verbleibenden vier Monaten ständig solche Träume habe, bin ich pünktlich zum Geburtstermin reif für die Klapsmühle.

Am Abend schreibe ich mit Duddy Ralf. Er erzählt mir von seinen Erfahrungen mit den Frankfurter Geburtskliniken. Er und seine Frau waren in einer der Kliniken, die Maja und ich uns anschauen werden. Ralf hat nur Positives zu berichten und meint, ich solle es nicht übertreiben, auch nicht bei einer Zwillingsgeburt.

»Bist du sicher, dass das ein Mann ist, mit dem du da schreibst?«, fragt Maja, die am anderen Ende der Couch liegt und in ihrem tausendseitigen Roman liest.

»Auf der Duddy-Seite gibt es nur Männer«, antworte ich.

»Und das wird überprüft?«

»Nein, das wäre ziemlich übertrieben.«

Maja legt das Buch auf ihren Bauch. »Also könnte dein Ralf schon eine Frau sein.«

Ich klappe das Notebook zu und frage mich, wohin diese Unterhaltung führen soll. »Er ist ein Kerl«, sage ich dann.

»Was, wenn nicht?«

»Dann würde es keinen Unterschied machen, weil ich ja davon ausgehe, dass er einer ist.«

»Stell dir doch mal vor …« Maja legt das Buch ganz weg und setzt sich auf, was mit ihrem Bauchumfang inzwischen nicht mehr ganz leicht ist. »Ralf ist eine Frau, die alle gängigen Dating-Plattformen leid ist und auf diesem Weg einen Typen sucht.«

Zuerst will ich Maja sagen, dass die Phantasie mit ihr durchgeht, bremse mich aber. *Verständnis, Max, Verständnis!*

»Dann würde sie in einem Pool voller wahrscheinlich glücklich vergebener Männer fischen, die alle in der Erwartung sind, bald Papa zu werden – und deshalb null Chancen haben.« Punkt. So.

Nicht mit Maja. »Nicht jeder werdende Vater ist glücklich.«

»Ich bin es aber!« So. »Und Ralf ist ein Kerl.«

Maja zieht eine Augenbraue hoch. »Lernen wir ihn irgendwann mal live kennen?«

»Keine Ahnung. Ich hatte es nicht vor.«

Maja betrachtet mich einen Moment lang, dann legt sie sich wieder hin und nimmt sich ihr Buch vor. Ich schaue ihr kurz beim Lesen zu, klappe das Notebook dann wieder auf und chatte noch ein paar Sätze mit Ralf, fühle mich dabei aber seltsam.

Maja ist eigentlich keine eifersüchtige Frau. Sie hat keinen Grund zur Eifersucht und sucht auch nicht danach. Vielleicht hat sie diese ganzen Fragen nicht mal aus einem Anflug von Eifersucht gestellt, sondern lediglich, weil ihr die Möglichkeit in den Sinn kam. Dass sich Frauen anmelden auf diesem Portal, auf dem bereits gebackene Väter solche beraten, die den Weg noch vor sich haben, ist natürlich nicht ausgeschlossen. Aber wie krank wäre das denn?

Der Gedanke, dass Ralf eine Frau ist, gruselt mich. Ich will das nicht glauben, nicht einmal darüber nachdenken, doch die Welt ist nun einmal voller merkwürdiger Gestalten mit merkwürdigen Absichten, Interessen und Motivationen.

Vielleicht sollte ich Duddy Ralfs Identität tatsächlich überprüfen und ihn auf ein Bier einladen.

In aufgelöster Panik

Zum Ende des zweiten Trimesters bäumt sich die Euphorie in Maja noch einmal auf. Jubelnd stürzt sie ins Musikzimmer, wo ich gerade die Instrumente wegräume, auf denen die Kinder eben gespielt haben.

Sie reißt die Hände in die Höhe und ruft: »Wir haben gewonnen!«

Erst einmal freue ich mich mit und denke an irgendein tolles Spielgerät, das die Kita bei einem Malwettbewerb gewonnen hat. Als mir Maja jedoch sagt, dass sie und die Vorschulkinder zum Radio dürfen, flaut meine Freude ab.

»Ich weiß nicht«, grübele ich und räume die Triangeln an ihren Platz. »Willst du nicht lieber Annette fahren lassen?«

Prinzipiell ist ein Besuch beim Radio ziemlich ungefährlich, nicht jedoch, wenn der Sitz des Senders im Main Tower ist – und das ist das immerhin vierthöchste Gebäude Frankfurts.

Maja sieht darin einen Bonus. »Wir können das mit einem Blick über die Stadt von der Aussichtsplattform verbinden.«

»Du, dein Bauch und sechs Schulanfänger im Main Tower, auf der Aussichtsplattform auch noch.« Ich schüttele den Kopf. »Du kannst nicht allein hin.«

»Natürlich nicht, eine andere Erzieherin fährt mit.«

»Ich fahre mit. Bestimmt kenne ich von früher noch den einen oder anderen vom Sender. Dann dürfen die Kids auf ein paar extra Knöpfen herumdrücken.«

Maja stimmt zu und hastet aus dem Zimmer, um den Kindern die Nachricht zu überbringen. Wenig später ertönt unten vielstimmiger Jubel. Nach einem lauten Eins-zwei-drei rufen sie im Chor: »Das wird toll!«

Ich hoffe es.

Flughäfen, Bahnhöfe, Hochhäuser – alles nicht mehr sicher heutzutage. Und so bewegen wir uns am Ausflugstag in gleich zwei Gefahrenzonen. Wären Maja und ich allein unterwegs, würde ich mich weniger sorgen – dann könnte ich auch besser auf sie aufpassen. In der Gesellschaft von sechs nicht unbedingt immer einsichtigen Kids kann so ein Trip ziemlich anstrengend werden.

Mit einem nervösen Summen im Magen wechsele ich nach nebenan in Majas Büro und sortiere die Unterlagen für die Buchhaltung. Zwei Stunden später gehe ich nach unten. Alle Kinder wurden abgeholt, die Erzieherinnen und Big Mama sind nach Hause gegangen.

Maja und Jekaterina Poljakow sind im Spielzimmer der Regenbogengruppe und unterhalten sich.

»Machst du ganz leicht«, höre ich von der Russin. »Nastjenka und Ninoschka.«

Ich lehne mich an die Wand, verschränke die Arme und lausche.

Maja sagt: »Klingt arg russisch.«

»Ist russki, natierlich! Wunderbare Namen das sind.«

»Ach, ich weiß nicht ...«

»Gut, wie wäre dann mit Maschenka und Daschenka?«

»Jekaterina, das ist echt nett, aber ...«

»Kennst du russki Märchen *Hirsch mit Geweih golden?* Heißen die Zwillinge auch so dort.« Ein Klatschen ertönt, als Jekaterina Poljakow die Hände zusammenschlägt. »Ist perfekt.«

»Die Namen sind ewig lang. Da bin ich ja zum Abendessen noch nicht fertig, wenn ich sie zum Frühstück rufen will.«

»Ach, kannst du sie rufen einfach Mascha und Dascha. Gut!«

»Nein, das ist auch nicht so wirklich …«

»Valja und Galja?«

Maja schnaubt, anscheinend verkneift sie sich ein Lachen. »Sorry, aber die passen auch nicht ganz.«

»Wieso nicht?« Die Russin klingt empört. »Wusstest du, dass Maja ist ein russki Name auch. Ist kurz für Majenka.«

Ich beschließe, meine Liebste zu retten, betrete das Zimmer, als sei ich von einer Idee hergetrieben worden, und sage: »Maja, gerade sind mir neue Namen eingefallen. Wieso nennen wir die Mädchen nicht Annie, wie Annie Lennox, und Stevie, wie Stevie Nicks?« Gezielt lasse ich meinen Blick zur Putzfrau wandern. »Oh! Frau Poljakow, Sie sind ja auch noch da.«

»Da«, brummt sie. »Bin ich chier meist zuletzt. Und deine Namen sind bled!«

»Wieso?« Ich spiele den Erstaunten. »Ich dachte, Sie mögen Fleetwood Mac?«

»Was chat Fleetwood Mac zu tun mit diese blede Namen?«

»Na, Stevie Nicks, das war deren Frontsängerin.«

Jekaterina Poljakow winkt ab und tunkt den Lappen in ihren Wassereimer, um die Tische abzuwischen. »Mag ich Fleetwood Mac, aber nicht Amerikanzie.«

Maja verstaut einen letzten Bagger in einer Kiste und kommt dann zu mir. »Also mir gefallen die Namen, Max. Die sind super.«

Sie zieht mich aus dem Zimmer.

»Echt jetzt?«, flüstere ich, als wir im Flur nebeneinander auf der Bank hocken, um unsere Schuhe zu wechseln.

»Quatsch«, flüstert sie zurück.

Mit der Genehmigung der Eltern fahren Maja und ich am Mittwochnachmittag der Folgewoche mit der U-Bahn zum Main Tower. Gwyneth, Marlene, Lucy, Sahid, Arthur und Janosch haben einen Radioauftritt, bei dem sie ihre Vorstellungen von der Schule preisgeben – nicht alle denken positiv. Der Moderator, den ich tatsächlich kenne, amüsiert sich prächtig. Im Anschluss an das Interview und einen Ausflug in die Radiotechnik verabschieden wir uns vom Team und fahren die verbleibenden Etagen hinauf zur Aussichtsplattform, wo uns der Februarwind um die Ohren bläst. Der Ausblick ist erwartungsgemäß spektakulär, und die Kids sind begeistert. Das bedeutet auch den einen oder anderen Stressmoment.

Nach viel Rufen, Beobachten, Festhalten und Ermahnen bin ich erleichtert, die Plattform verlassen zu können. Wir sammeln uns vor den Fahrstühlen.

»Ich muss zur Toilette«, sagt Maja. »Noch jemand von euch?«

Sechs Kinder schütteln die Köpfe. Natürlich, denn unten wartet eine Kaffeehaus-Kette mit unwiderstehlichen Köstlichkeiten. Kaukau und Muffies, sagen die Kids. Das letzte Highlight unseres Trips.

»Okay.« Maja wendet sich zum Gehen. »Fahrt schon mal runter. Ich verschwinde kurz und bin gleich bei euch.«

»Willst du auch einen Kaukau und einen Muffie?«, rufe ich ihr nach, doch sie kichert nur und eilt zu den Toiletten.

»Huiiiii«, rufen die Kinder im Chor, als sich unser Fahrstuhl in Bewegung setzt, und »Ohhhh« machen sie alle, als sie ihre Näschen an der Vitrine des Kaffeehauses platt drücken.

Eine halbe Stunde später sind alle Kaukaus getrunken und die Muffies verspeist, doch Maja ist noch immer nicht aufgetaucht. Ich kann nicht sagen, dass ich das nicht merkwürdig finde, habe mit dem Sixpack aber genug zu tun.

Nach weiteren zehn Minuten, als ich Maja angerufen habe und sich ihre Mailbox gemeldet hat, bitte ich die Kids, die Jacken anzuziehen, Mützen aufzusetzen und Schals nicht zu vergessen. Ich lasse sie Zweierteams bilden, die sich an den

Händen zu halten haben, und führe sie zurück in die Lobby des Main Towers. Dort ist einiges los. Sicherheitspersonal tummelt sich, einige sprechen in Walkie-Talkies, andere miteinander. Alle ziehen ernste Mienen.

»Ich muss mal«, sagte Arthur.

»Ich hab Bauchweh«, kommt es von Marlene.

»Ich möchte die Schneekugel aus dem Laden«, verlangt Lucy.

»Sind das alles Terroristen?«, wundert sich Sahid und lacht.

»Ich will zu meiner Mami«, heult Gwyneth.

»Ich will noch einen Kaukau«, nörgelt Janosch.

»Seid mal kurz alle ganz mausestill«, bitte ich sie, lege meinen Zeigefinger über den Mund und schaue sie verschwörerisch an. »Ich bin jetzt der Häuptling, und ihr seid die Mitglieder meines Stammes, die mir auf Schritt und Tritt folgen.«

»Was für Mitglieder?«, wundert sich Arthur.

»Na, Indianer«, braust Sahid auf.

»Ich will kein Indianer sein«, protestiert Marlene.

»Ich auch nicht«, pflichtet Gwyneth ihr bei. »Ich will zu meiner Mami.«

»Wo ist eigentlich Maja?«, fragt Lucy.

»Die suchen wir jetzt«, sage ich. »Das ist unsere Mission.«

»Nur Astronauten und Verbrecher haben Missionen«, weiß Janosch. »Indianer graben Marta aus.«

Meine Geduld neigt sich dem Ende zu, also drehe ich mich um und schleiche los, zum Sicherheitspersonal. Glücklicherweise schleichen oder schlurfen die Kids alle hinter mir her.

»Was ist denn hier los?«, frage ich einen Sicherheitsmann.

»Ein Fahrstuhl ist stecken geblieben«, antwortet er sachlich.

Sofort erschließt sich mir alles: Maja kommt nicht. Ihre Mailbox meldet sich – in Fahrstühlen hat man manchmal keinen Empfang.

»Ich vermisse meine Frau«, stottere ich erschrocken. »Wissen Sie, wer in diesem Fahrstuhl ist?«

»Eine Frau, ja«, lautet die Antwort. »Maja Rados ist Ihre Frau?«

Geschockt nicke ich. »Wie lange steckt der Fahrstuhl schon fest?«

Der Typ schaut auf seinen Chronographen. »Seit jetzt fünfunddreißig Minuten.«

O Gott! Mein Herz fällt in die Hose.

»Funktioniert das Kommunikationssystem im Fahrstuhl? Ich muss mit ihr sprechen.«

»Da müssen Sie zum Hausmeister.«

Ich *muss* zum Hausmeister. Und das mit dem nörgelnden Sixpack im Schlepptau. Ich will losrennen, erinnere mich aber daran, wie ein Indianer zu schleichen. Sechs kleine Menschen schleichen mir nach. Auf dem Weg ins Kellergeschoss rufe ich im Kindergarten an, habe Annette an der Strippe und erkläre ihr kurz, was los ist. Sie will die Eltern informieren, die sich ohnehin gleich auf den Weg zum Abholen ihrer Sprösslinge machen, und sie bitten, die Kids im Main Tower einzusammeln.

Der Hausmeister ist ein netter Kerl, der gleich zum Fahrstuhl durchfunkt. Die Kids, die sich um mich drängen, freuen sich, als sie Majas Stimme hören, doch mein Herz fällt noch ein Stückchen tiefer, auf Untergrundniveau, denn sie klingt total verzweifelt. Ich gehe ein bisschen auf Distanz, nur so weit, dass ich die Kids noch im Blick habe, sie aber nicht jedes Wort verstehen.

»Max«, schnieft Maja. »Ich hasse es, eingesperrt zu sein.«

Verdammt, mein armer Schatz! »Bist du allein?«

»Das ist ja das Schlimme«, schluchzt sie. Sie will noch etwas sagen, doch ihre Stimme bricht.

»Bleib ruhig, bitte reg dich nicht auf«, sage ich ihr so optimistisch ich kann. »Hier arbeiten viele Leute daran, den Fahrstuhl in Bewegung zu setzen.«

Ich bleibe bei ihr am Lautsprecher. Der Sicherheitsmann oben hat die Info, wo die Eltern ihre Kinder abholen müssen, und während ich mit Maja spreche, trudeln sie ein. Sie sind voller Mitgefühl und drücken die Daumen. Am Schluss ist nur noch Janosch Schabrowski an meiner Seite. Er hält meine Hand und wird von Minute zu Minute nervöser. Es ist schwer, sowohl ihn als auch meine immer panischere Maja zu beruhigen, wo ich selbst alles andere als gefasst bin.

Frau Wallbusch-Schabrowski rauscht irgendwann an und motzt: »Das ist ja ein Unding! Wie kann es sein, dass Janosch hier mit Ihnen im Keller des Main Towers hockt? Sie sind noch immer kein geprüfter Erzieher. Sie haben keinerlei Qualifikation, meinen Sohn zu beaufsichtigen. Das hat ein Nachspiel, das verspreche ich Ihnen!«

Ich sage Maja, dass ich gleich wieder bei ihr bin, übergebe dem Hausmeister das Funkgerät und will dieser Frau so was von meine Meinung geigen, da spricht Janosch.

»Schimpf doch nicht mit dem Max, Mami! Seine Maja steckt ja im Fahrstuhl fest und sie hat doch zwei Babys im Bauch.«

Die Frau klappt die Kinnlade hoch. Ich verabschiede mich schnell von Janosch, drücke ihn fest und fühle mich elend, sobald ich allein bin.

Maja hängt zwischen Stockwerk dreiundfünfzig und zweiundfünfzig, auf etwa hundertsiebzig Metern Höhe. Ich sehe reißende Stahlseile, explodierende Bomben, eine in die Tiefe rauschende Metallbox, und aus einem Impuls heraus möchte ich zur Fahrstuhltür stürmen, um mich dagegenzurammen. Mit Mühe reiße ich mich zusammen, gehe zum Hausmeister und lasse mir das Funkgerät erneut geben.

»Maja, hörst du mich?«

»Ja.« Nur ein Wort, und es klingt noch immer so verzweifelt.

»Bleib bitte ruhig, mein Schatz. Ich bin sicher …«

»Er bewegt sich!« Jetzt ist Aufregung in ihrer Stimme. »Max, der Fahrstuhl fährt wieder.«

Der Hausmeister schaut auf die Anzeige über der Tür und nickt. »Kommt runter, das Ding.«

Einen Augenblick lang verfolge ich den Fortschritt der Anzeige, dann stürme ich nach oben ins Foyer und treffe in der Sekunde ein, als sich der Fahrstuhl öffnet.

Maja fliegt in meine Arme.

»Nie im Leben setze ich wieder einen Fuß in so ein Ding«, schluchzt sie.

Baby A oder B oder beide treten mich, als ich sie fester umarme.

»Geht's dir okay?«

Ich spüre sie nicken und bin mit ihrem Entschluss absolut einverstanden.

März

Das eingravierte Gelöbnis

Seit Maja im Fahrstuhl stecken geblieben ist, schläft sie nicht mehr gut. Sie behauptet, das hätte nichts mit dem Erlebnis zu tun, sondern mit den Babys, die seit neuestem nachtaktiv sind.

»Das ist hoffentlich eine kurze Phase«, murmele ich in der sechsten unruhigen Nacht in Folge total erledigt ins Kissen.

Maja kommt zu mir unter die Decke und schmiegt sich mit dem Rücken an mich. »Ich bin so müde«, raunt sie.

»Soll ich dir einen Tee machen, irgendwas mit Kräutern vielleicht?«

»Funktioniert sowieso nicht.« Sie rutscht dichter an mich. »Kuschel mich einfach, vielleicht hilft das.«

Ich kuschel sie gerne, finde aber am Ende genauso wenig Schlaf, denn ihre Unruhe und die Bewegungen der Babys halten mich wach. Wie sollen wir in ein paar Monaten fit sein, wenn wir nicht mal jetzt mehr pennen können?

In der Mittagspause am nächsten Tag frage ich Duddy Ralf, ob seine Frau auch so schlaflos war. Er bestätigt das und empfiehlt mir ein paar Hausmittel, von denen eins wirken konnte.

An diesem Abend bereite ich Maja einen Tee aus Melissenblättern, Johanniskraut, Frauenmantelkraut und Hopfen zu. Fazit: Haken dahinter, sie wühlt trotzdem.

Am Mittwoch gibt es warme Milch mit Honig von heimischen Imkern. Fazit: Haken dahinter. Ihr wird davon schlecht.

Am Donnerstag mixe ich nach einem Telefonat mit Dr. Bärbeißer einen Schlafcocktail aus Schüsslersalzen. Die Ärztin hat mir viel Glück gewünscht. Fazit: Keine Besserung, Haken dahinter.

Valium wäre jetzt gut, aber das steht natürlich auf der schwarzen Liste. Fazit: Wir bleiben wach.

»Kannst du mal aufhören zu gähnen!«, nörgelt Flo.

Ich blinzele mich aus dem Halbschlaf ins Café zurück und murmele ein »Sorry«.

»Meine Güte, was machst du nachts?«

»Nachts versuche ich zu schlafen.«

Nicht mal der zweite Espresso, den ich in unserer Shopping-Pause getrunken habe, macht mich wach. Auf der Stelle könnte ich einpennen. Sogar zum Sprechen zu müde, schildere ich ihm in knappen Worten Majas Schlafprobleme.

»Habt ihr es schon mit Vögeln probiert?«, fragt er total ernst. »Das sollte helfen.«

»Maja ist schwanger!« Ich hoffe, dass Flo das als Argument akzeptiert. Die Diskussion, die sich aus seinem Rat entwickeln könnte, möchte ich nämlich nicht führen.

Er runzelt die Stirn. »Willst du mir erzählen, du hättest seit …« Im Stillen rechnet er nach. »… sechs Monaten keinen Sex gehabt?«

Und schon sind wir mittendrin!

»Mir würde das Ding absterben«, ächzt er.

»Keine Sorge«, knurre ich. »Das Ding bleibt auch bei wenig bis keinem Sex dran.«

»Wie hältst du das aus?«

»Ich bin so beschäftigt, dass ich kaum dran denke.«

»Echt jetzt? Kein Sex? Null? Nicht mal der Gedanke? Nicht mal …« Flo lacht dreckig. »… you and your hand?«

»Meine Güte, Flo, hör auf! Wir hatten ja Sex, im Urlaub.«

»Nur ein einziges Mal?«

»Das ist nicht so leicht, kapierst du nicht?« Unmöglich kann ich Flo von meinen Hemmungen erzählen. Er hat nie mit einer schwangeren Frau geschlafen. Vermute ich. »Es ist auch eine Kopfsache.«

Flo lässt das nicht gelten. »Sex ist immer auch eine Kopfsache.«

»Aber noch mehr, wenn deine Frau schwanger ist.«

Er überlegt, und seine Miene erhellt sich unter einer geistigen Erleuchtung. »Du meinst, weil sie jetzt zwei Untermieter hat und du Angst hast, sie könnten dein Ding sehen?«

»Nicht direkt«, räume ich zerknirscht ein. »Es ist einfach ein total merkwürdiges Gefühl.«

»Hm.« Flo kratzt sich das Kinn. »Du solltest da drüber wegkommen und Maja vögeln. Sex vor dem Einschlafen macht müde.«

Ich lasse das so stehen und rufe die Kellnerin heran, um Flos und meinen Kaffee zu bezahlen. Danach nehme ich die Tasche, in der mein Hochzeitsoutfit ist. Zuerst war Flo von der Notwendigkeit einer Maßanfertigung überzeugt, doch weil der Frack, den ich beim Herrenausstatter anprobiert habe, wie für mich gemacht schien, verwarf er die Idee.

Auf dem Weg zum Juwelier erzählt mir Flo von der Band, die er wegen unserer Hochzeitsfeier angesprochen hat. Es sind fünf Jungs, die seit kurzem bei meinem Ex-Label unter Vertrag stehen und bisher dafür bekannt sind, derartige Partys zu rocken. Perfekt für mich und Maja! Nicht nur hinter die Punkte Musik und Anzug kann ich einen Haken setzen, auch einen Fotografen habe ich schon gefunden, und die Einladungen, die ich vor zwei Wochen in den Druck gegeben habe, warten nur noch darauf, adressiert und eingetütet zu werden.

Ein Kleid kann ich Maja natürlich nicht kaufen – das wäre neben der Wahl ihres Trauzeugen das Einzige, was sie erledigen müsste. Falls sie mich zu heiraten beabsichtigt.

Mein Trauzeuge wird Flo sein.

Beim Juwelier entscheide ich mich recht schnell für Platin als Ringmaterial, dessen hellsilberne Farbe schlichtweg am schönsten aussieht. Platin soll für die Ewigkeit gemacht sein, es wird nicht nachdunkeln oder anlaufen. Die Auswahl des Modells fällt nicht ganz so leicht, aber Flo zeigt sich so geduldig wie der Juwelier. Nach beinahe zwei Stunden fällt meine Wahl auf ein sechs Millimeter breites Ringpaar, dessen Oberfläche je zur Hälfte mattiert und poliert ist – für mich ein Symbol für sowohl glanzvolle als auch rauhere Zeiten. Während mein Ring geschlossen ist, hat Majas einen Schlitz, in dem ein rechteckiger vierzehnkarätiger Diamant sitzt.

Auf einem Bestellformular vermerkt der Juwelier die Größen, nachdem er an meinem Finger und einem Ring, den ich Maja für das Vorhaben stibitzt habe, Maß genommen hat. Für die Gravur notiert er unsere Namen: *Max* für Majas Ring, *Maja* für meinen.

»Soll Ihr Hochzeitsdatum eingraviert werden?«, fragt er dann.

Ich tausche einen Blick mit Flo, der mit den Schultern zuckt, und entscheide mich dagegen. Nicht weil ich unsicher bin, ob Maja mich am zwölften Mai heiratet, sondern weil wir seit Jahren ein Paar sind und sich unsere Wege noch eher gekreuzt haben. Nie und nimmer hätte ich damals daran gedacht, mehr für Maja zu sein als der Typ, der unbekannterweise für sie sorgt – ihr Leben finanziert. Ihr Leben, das nach dem Unfall, den ich verursacht habe, nicht mehr dasselbe war. Niemals sollte sie das erfahren und musste es doch. Weil ich mich in sie verliebt habe.

»Etwas anderes vielleicht?« Auf meine fragende Miene macht der Juwelier Vorschläge. »Ein Symbol, Ihre Fingerabdrücke oder vielleicht ein schöner Spruch.«

Er schiebt mir eine Liste mit Sprüchen in verschiedenen Sprachen hin. Flo und ich beugen uns darüber und schließen ein paar, die furchtbar kitschig sind, sofort aus.

»Je näher wir uns kennen, desto geheimnisvoller werden wir einander«, liest Flo und grunzt. »Wer will das denn?«

»Hm«, mache ich nur und überfliege die Liste von neuem. Keiner der Sprüche gefällt mir so richtig.

»Das passt alles nicht auf Maja und dich.« Flo richtet sich auf und läuft ein paar Schritte hin und her. »Eigentlich ist das ja eine schöne Sache, aber ihr beide, ihr bräuchtet irgendetwas …« Er schnippt mit den Fingern. »Du weißt schon, etwas Besonderes. Etwas, das typisch nach euch klingt.«

Ich mustere ihn gedankenverloren. Er redet weiter, und auch der Juwelier sagt irgendwas, doch ich höre keinen von beiden.

Mit einem Mal fällt es mir ein, und jetzt bin ich es, der mit den Fingern schnippt.

»Wild horses couldn't drag me away«, sage ich dem Juwelier. »Notieren Sie das.«

Flo schlägt mir auf die Schulter. »Die Stones, Max! Natürlich. Das ist klasse. Das passt genau.«

Der Juwelier schreibt Majas und meinen Trauringspruch auf. Ich schaue, dass alles richtig ist, und setze meine Unterschrift unter die Bestellung.

Es fällt mir echt schwer, Maja nichts von den Ringen und der coolen Gravur zu erzählen. Immerzu wollen ein paar Worte dazu über meine Lippen, und jedes Mal halte ich sie zurück, schleiche vor mich hin summend durch das Haus und sitze abends grinsend neben ihr auf der Couch. Ihre Blicke stellen Fragen, und irgendwann haut sie mir ein Kissen vor den Bauch.

»Nun spuck schon aus, was los ist!«

»Gar nichts.« Ich muss noch mehr grinsen. »Alles prima.«

Sie krabbelt auf meinen Schoß, legt die Hände auf meine Brust und zieht eine Braue hoch. »Wenn du es nicht sofort sagst …«

Ich ziehe sie an mich und unterbreche ihre Drohung mit einem Kuss. Sie küsst mich zurück, schmiegt sich an mich und reagiert mit einem behaglichen Schnurren auf die Regung, die sie unter meiner Hose spürt.

Diesmal wehre ich mich nicht gegen mein und ihr Bedürfnis.

Und in dieser Nacht schlafen wir beide selig.

Zwei einfältige Hennen

Die euphorische Phase ist vorbei, abgelöst von der wie im Internet angekündigten beschwerlichen Phase des letzten Trimesters.

Für die Babyphone, die ich bestellt habe, zeigt Maja wenig Interesse und meint, die Dinger würden schon funktionieren. Ich finde, das muss man testen, also stelle ich den Empfänger auf den Couchtisch, vor den Sessel, in dem sie sitzt und liest. Mit dem Sender gehe ich ins Kinderschlafzimmer und hocke mich zwischen die ausgepackten Möbelteile – am Aufbau habe ich mich versucht, bin aber an der IKEA-Gebrauchsanweisung gescheitert.

Ich schalte das Gerät ein und stelle es ein bisschen von mir weg.

»Maja, hörst du mich?«, frage ich in normaler Lautstärke.

»Klar und deutlich«, ruft sie von unten. »Funktioniert also.«

»Immer noch?« Das war sehr viel leiser.

»Immer noch klar und deutlich«, tönt es aus dem Wohnzimmer.

Weiter geht der Test. Die leisen Töne werden übertragen, aber was ist mit ganz lauten? Wie ein Babyschrei? Nicht dass das Phon dann überfordert ist und sich verabschiedet.

»Was hältst du von Hannah und Anna?«, brülle ich.

»Warum schreist du so?«, brüllt Maja zurück.

»Na, ich teste, wie das Gerät bei unterschiedlichen Lautstärken reagiert.«

»Ach so, dann vergiss bloß nicht, das Ding gegen eine Wand zu werfen, um zu überprüfen, ob es kaputtgeht, wenn es runterfällt. Tauch es besser auch unter Wasser und halte mit einem Schweißbrenner drauf. Für den Fall, dass eine Sintflut kommt oder ein Feuer ausbricht.«

Prinzipiell sind das alles ernst zu nehmende Eventualitäten.

»Hannah und Anna finde ich blöd«, fügt sie an.

»Aber sie können beide von hinten wie von vorn gelesen werden«, kontere ich. »Und es sind keine Namen von amerikanischen Sängerinnen.«

»Stimmt, aber ich mag sie trotzdem nicht.«

Ich nehme den Sender und lasse ihn aus einer Höhe von etwa fünfzig Zentimetern auf den Boden fallen. »Kommen von dir auch mal ein paar Vorschläge?«

»Was war das gerade? Hast du das Ding tatsächlich geworfen?«

»Nur ein bisschen. Hast du meine Frage gehört?«

»Ja, hab ich. Mir fallen keine passenden Namen ein, und bis ich keine Namen weiß, die eine gewisse Bedeutung für mich haben, schlage ich keine vor.« Ich höre sie genervt stöhnen. »Wenn du das weiter diskutieren willst, dann komm bitte runter. Es ist anstrengend, so zu schreien.«

Ich schalte das Gerät aus. Es funktioniert wohl tadellos und ist somit gekauft. Kurz schaue ich mich um und spiele mit dem Gedanken, mich an einem der Betten zu versuchen, lasse es aber. Für diese unverständlich instruierten schwedischen Konstruktionen sollte ich mir besser einen ganzen Tag Zeit nehmen.

Am Dienstag kommt Maja kaum aus dem Bett. Sie, die sonst nicht aufzuhalten ist, möchte nicht in ihr Kling Klang. Sie will zu Hause bleiben und sich ausruhen. Das will ich eigentlich auch, aber ich trage Baby A und Baby B nicht im Bauch herum, also fahre ich allein in die Kita.

Der Tag erweist sich als minderschwere Katastrophe. Im Büro klingelt ständig das Telefon. Im Musikunterricht gehen

Sahid und Arthur mit Blockflöten aufeinander los, weil sie sich vorstellen, es seien Lichtschwerter wie in *Star Wars*. Ein Dreijähriger aus der Mini-Gruppe stößt sich an einem Schrank und bekommt eine Beule. Eine Zweijährige sitzt mit Dauerdurchfall auf dem Topf, bis ihr Vater sie abholt. Tabea verweigert das Mittagessen, weil der von Big Mama zubereitete Kartoffelbrei nicht schmeckt wie der ihrer Omi. Annette wird nach Hause gerufen, weil ihr Vater gestürzt ist und ins Krankenhaus muss. Zwischendurch telefoniere ich immer wieder mit Maja, um zu hören, wie es ihr geht – besser zum Glück. Die übrigen Erzieherinnen und ich schlagen uns wacker und sind froh, als der Nachmittag da ist und die Kinderzahl schrumpft.

Janosch Schabrowski wird wie gewohnt zuletzt abgeholt. Seine Mutter beschwert sich über Majas Abwesenheit und hat überhaupt etwas dagegen, dass ihr Sohn während der letzten Monate seiner Kindergartenzeit nicht mehr hauptsächlich von der Chefin betreut wird. Ohnehin sei ihr Einverständnis dazu nicht eingeholt worden. Mit meiner letzten Reserve an Geduld erkläre ich ihr Dinge, von denen jeder normale Mensch annehmen würde, dass sie keine Erklärung brauchen, dann schließe ich die Tür ab, lehne mich dagegen, um Luft zu holen, und halte im nächsten Atemzug inne, weil es in der Küche lärmt.

Stimmen schrillen. Die eine auf Russisch, die andere auf Englisch. Bekommen sich Jekaterina Poljakow und Big Mama in die Haare, dann oft in ihrer jeweiligen Muttersprache. Wahrscheinlich, um ihren Mangel an Akzeptanz zu verdeutlichen.

Nach dem gemeinsamen Pläneschmieden für die Hochzeit hatte ich gehofft, die beiden seien nun so was wie ein Herz und eine Seele, aber Fehlanzeige.

In meinem Kopf brennt eine Sicherung durch. Ich stürme zur Küche, stoße die Tür auf und rufe in den Krawall:

»Was zur Hölle ist hier denn jetzt noch los?«

Die beiden halten inne und drehen sich zu mir um.

»Schmeißt sie ihre Kartoffeln auf Boden, den ich chabe gewischt eben!«, schimpft die Russin.

Big Mama stemmt die Hände in die Hüften und schiebt die ohnehin gewaltige Brust raus. »Eine einzige Schale war es. Was kommt sie auch her mit ihrem Mopp, um zu moppen, wenn ich hier noch arbeite?«

»Soll ich warten vielleicht, bist du chast getrödelt fertig? Njet!« Jekaterina Poljakow schüttelt den Kopf. »Muss ich nach Chause mal, kann ich chier nicht trödeln, bis Schnecke lahm chat fertig.«

Big Mama holt so tief Luft, dass sie zu explodieren droht. »Du nennst mich eine lahme Schnecke, ja? Sag das noch einmal, du Zimtzicke, dann lernst du mich von einer ganz neuen Seite kennen!«

»Acha, ganz neue Seite, ja?«, kräht Jekaterina Poljakow. »Bin ich aber gespannt sehr! Wusste ich gar nicht, dass du chast Seiten, rund wie du bist.«

»Schau dich selbst an! Dein Arsch und deine Hupen platzen doch bald aus den Klamotten.«

»Genug!«, unterbreche ich die beiden und reiße die Hände in die Höhe. »Wo sind wir hier? Im Kindergarten?« Die Sprache bleibt mir weg, weil mir klarwird, dass meine vor lauter Verzweiflung ausgespuckte Phrase an diesem Ort nicht ganz passend ist.

Die Frauen schauen mich an und wissen nicht, ob sie ja oder nein sagen sollen. Ich nutze ihre Irritation, nehme die Arme herunter, verschränke sie vor der Brust und fahre fort: »Vergessen Sie bitte nicht, dass es hier um eine Kartoffelschale geht, ja? Um eine Kartoffelschale. Sie müssen deshalb nicht so ausfallend werden!«

Zumindest die Köchin schaut betroffen zu Boden. Jekaterina Poljakow lässt sich von ein paar schroffen Worten nicht beeindrucken.

»Big Mama, wann sind Sie hier fertig?«

»In fünf Minuten«, grummelt sie.

»Gut.« Ich wende mich an die Russin. »Verlassen Sie jetzt bitte die Küche und kommen Sie in fünf Minuten wieder, um durchzuwischen.«

»Denke ich nicht in Traum«, erbost sie sich. »Chabe ich Arbeitsvertrag, der sagen ...«

»Ach, jetzt hören Sie doch mit Ihrem Arbeitsvertrag auf! Was steht denn diesmal nicht drin? Dass Sie mit Amerikanern arbeiten? Der Krieg ist vorbei, okay? Schon lange, und was mich betrifft: Ich habe auch keinen Arbeitsvertrag, der sagt, dass ich mich mit Kampfhennen herumschlagen muss, und ich mache es trotzdem. Davon abgesehen würde ich dann gern nach Hause, denn dort wartet meine Frau.«

Die Russin lässt sich immer noch nicht einschüchtern. »Ist sie schwanger bloß, Max Leif. Übertreibst du. Kommst du nach Russland und siehst du, wie normal Schwangerschaft ist. Bekommt eine Frau ein Kind, wo sie gerade noch an Band chat sortiert Schrauben.« Sie stampft mit dem Schrubber auf den Boden. »Macht da Mann nix huttitutti um Frau, die bloß Kind kriegt.«

Während es mir die Sprache ein zweites Mal verschlägt, knurrt Big Mama. »Auch nicht in N'Orleans.«

Ich hasse das einfach. Erst wetzen sie die Messer gegeneinander, und wenn ich schlichten will, richten sie sich vereint gegen mich, um mich zum Arsch der Nation zu machen.

Ich winke ab und murmele im Gehen: »Machen Sie doch, was Sie wollen. Gründen Sie einen Häkelklub oder hauen Sie sich die Köpfe ein, ich bin im Büro und in fünfzehn Minuten wieder unten. Dann will ich keine von Ihnen hier mehr sehen.«

Irgendwas erwidern die beiden noch, aber es ist abermals auf Russisch und Englisch – und interessiert mich einen Scheiß!

Trotz eingeworfener Bedenken

In der Klinik, für die Maja und ich uns schließlich zur Geburt angemeldet haben, weil dort eine Kinderklinik angebunden ist, werden Geburtsvorbereitungskurse angeboten. So etwas kenne ich aus Erzählungen oder Filmen und bin mir sicher: Es werden eine Reihe peinlicher Übungen gemacht, aus denen Männer eigentlich nur lernen, dass sie bei der Geburt danebenstehen und zuschauen, vielleicht die Nabelschnur durchschneiden. Letzteres schaffe ich ganz sicher ohne Kurs, auch zweimal nacheinander. Meine Idee, zu Hause einen Crash-Kurs auf DVD anzuschauen, fand Maja nicht gut, also schlug ich ihr vor, dass sie einen Kurs nur für werdende Mütter besucht. Da wurde sie böse. Also begleite ich sie an diesem Freitag und werde das wohl auch an den letzten beiden Freitagen des März und dem ersten im April tun. Eine absehbare Zeit.

In bequemer Kleidung und ohne Schuhe betreten wir den Kursraum, der von dunkelroten und orangen Farben dominiert wird – unweigerlich denke ich an das Innere einer Gebärmutter. Das Licht ist gedimmt, es riecht nach Duftöl, aus einer Stereoanlage dudelt leise Entspannungsmusik. Matten und Kissen sind zu Nestern arrangiert, in denen es sich schon die anderen drei Teilnehmerpaare bequem gemacht haben. Die Frauen sitzen vor den Männern, lehnen sich an deren Brust an. Auf jedem Babybauch ruhen zwei Paar Hände. Harmonie!

Die Hebamme begrüßt uns mit einem nonnenhaft milden Lächeln und bittet uns zum letzten freien Nest. Sie beginnt die Stunde, indem sie sich allen vorstellt. Sie ist Jutta, schon seit über zwanzig Jahren als Hebamme tätig, und sie hat in dieser Zeit eintausendzweihundertdreiundsiebzig Kindern auf die Welt geholfen. Bei dieser Zahl habe ich einen alten Disney-Cartoon vor Augen, in dem Babys auf einem Fließband transportiert werden.

Das Paar im linken Nest übernimmt. Simone und Gernot, beide Typ *Sag-nein-zu-tierischen-Erzeugnissen!*, sind ungefähr in meinem Alter und bekommen nach einer Pause von fünfzehn Jahren ihr viertes Kind. Links mittig kuscheln sich Alena und Hans aneinander, sie zirka fünfundzwanzig, er mindestens doppelt so alt. In sein grimmiges Schweigen hinein erzählt sie beinahe glaubhaft, dass die Schwangerschaft sie beide total überrascht hat. Das Paar mittig rechts neben uns hat Probleme, sich auszudrücken.

»Oh, Scheiße ey, was soll ich jetzt?«, regt sie sich auf. »Ich dachte, wir atmen hier und so.«

Er hilft ihr auf die Sprünge mit: »Ey, sag der doch, wie du heißt und so und wann den Kleinen sein Geburtstermin ist.«

Sie heißt Chantal, er Enes. Beide sind gerade zwanzig geworden, frisch verheiratet und »scheiße aufgeregt, was bald alles so abgeht«.

Jutta übergibt das Wort an Maja und mich. Maja hat kaum einen Satz gesagt, da unterbricht sie Alena aus dem Nest Mitte links.

»Sagt mal, seid ihr nicht die mit dem Boot?«

»Was für ein Boot?«, fragt ihr Mann.

»Maaann, irgend so ein Boot halt!« Sie schubst seine Hände von ihrem Bauch. »Was weiß ich, was für eine Sorte Boot das war. Ist doch egal. Es geht ja nicht darum, sondern um die beiden. Hab ich dir doch gezeigt, in der Zeitung. Das sind diese deutschen Flüchtlinge.«

Na klasse! Hätte ich das geahnt, wäre das der perfekte Grund gewesen, Maja diesen Kurs auszureden.

»Wir sind nicht geflohen«, kontert meine Liebste mit einiger Schärfe in der Stimme. »Wir waren im Urlaub, und unser Katamaran ist über Nacht auf See vor die Küste Afrikas abgetrieben.«

»Wusste ich es doch«, zwitschert Alena. »Ihr kamt mir gleich so bekannt vor. Ich dachte sofort, dass ihr ausseht wie die mit dem Boot.«

Ich spüre, wie Maja durchatmet und unsere Vorstellung zu Ende bringen will, da ruft Chantal aus dem Nest neben uns:

»Ey, glaub ich nicht! Das ist doch der Typ mit dem gelben Schweineporsche! Der die Schwangeren so hasst und zusammenschlagen will.«

Ach, wär ich bloß zu Hause geblieben!

»Das ist totaler Unsinn!«, fährt Maja sie an.

»Ist es überhaupt nicht. Stand ja auch in der Zeitung.«

»Können wir uns jetzt bitte auf den Kurs konzentrieren«, mahnen Simone und Gernot unisono. »Wir lesen keine Zeitung.«

Enes ignoriert sie und echauffiert sich: »Sag mal, Alter, spinnst du? Wieso willst du Schwangere zusammenschlagen? Wenn du meine Frau auch nur ansiehst, Alter, ich schwöre, mach ich dich kalt.«

»Reg dich ab«, antworte ich bissig. »Ich schaue lieber meine eigene Frau an.«

Chantal zeigt mit dem Finger auf mich. »Siehst du, er hasst mich!«

»Kinder, Kinder, bitte«, tönt Juttas Stimme für mein Empfinden viel zu milde in unsere illustre Runde. »Wir wollen uns doch nicht gegenseitig beleidigen, sondern uns hier miteinander auf ein großartiges Lebensereignis vorbereiten.«

Einen Scheiß will ich hier. Schon gar nicht miteinander. Nicht mit denen. Ich will nach Hause! Jetzt erst recht. Ich bin so sauer, dass ich das Geschehen um mich herum ausblende und nicht so recht sagen kann, wie Maja und ich in die leicht liegende Position gekommen sind. Jutta hat die Musik etwas lauter gedreht und raunt, wir sollen nun erst mal entspannen.

Ha! Ha!

Aber okay, wenn es sein muss.

Ich lege meine Hände zu Majas Händen auf ihren Bauch über die zappelnden Babys und versuche, mich auf uns zu konzentrieren. Gerade will es mir gelingen, da nörgelt Chantal.

»Was ist das für Mucke, ey? Fliegen hier Vögel rum oder wie? Und bei dem Wasserplätschern muss ich pinkeln.«

»Wir können etwas anderes hören, wenn dich das stört«, entgegnet die Hebamme geduldig. Schnell steht sie auf und wechselt die CD.

Die neue Melodie kommt ohne Vogelzwitschern und Wasserplätschern daher. Die alten klassischen Musiker hatten das Talent, diese Geräusche von Instrumenten erzeugen zu lassen. Klassik ist okay, es wirkt tatsächlich beruhigend. Ich schließe die Augen, da höre ich von ganz links, von diesem Gernot:

»Das ist Schubert. Haben Sie nicht Mozart?«

Ein zweites Mal springt Jutta zur Anlage und legt Mozart auf. Glücklicherweise hat niemand was gegen diesen Komponisten, und so kommen wir zu den ersten Atemübungen. Die richtige Atmung, erklärt Jutta, soll über den Wehenschmerz hinweghelfen und die Sauerstoffversorgung des Ungeborenen sicherstellen.

»Atmet ruhig durch die Nase ein, haltet die Luft auch während einer Presswehe niemals an«, erklärt sie, »und atmet durch den geöffneten Mund aus.«

Sie macht es vor und formt beim Ausatmen ein langgezogenes »Haaah«. Während im Nest neben uns statt des *Haaah*

Gelächter ertönt und im Nest Nummer zwei über die korrekte Ausführung des *Haaah* gestritten wird, klingen Simone und Gernot in Nest eins wie echte Profis, die das jahrelang bei Tantrasex geübt haben.

Bei meinem eigenen *Haaah*, mit dem ich verhalten in Majas Laut einstimme, fühle ich mich schlichtweg bescheuert. Noch peinlicher wird es bei der Eisenbahn-Atmungstechnik und dem *Tsch, tsch, tsch* einer alten Dampflok, das den Pressdrang unterdrücken soll, wenn der Muttermund noch nicht offen ist.

Bei der dritten Übung ist wiederum die ganz linke Fraktion am lautesten. Sie haben kein Problem damit, vor Fremden wie Hunde zu hecheln.

»Ey, ich kann das nicht, wenn die so laut sind«, beschwert sich Chantal und wird von Enes beruhigt: »Easy, Schatz, ich schwör, wir zieh'n das durch.«

»Könnten Sie bitte die Gespräche einstellen«, ermahnt sie Gernot. »Wir versuchen hier zu arbeiten.«

»Ey, was machst du mich an, Alter?«, erbost sich Enes, und wieder muss Jutta um Ruhe bitten.

Maja ist genervt.

»Unsere Kinder im Kling Klang haben ein besseres Benehmen«, murmelt sie. »Vielleicht hätten wir doch besser den Crash-Kurs auf DVD gemacht.«

Siehst du! Hättest du auf mich gehört, könnte ich antworten, entscheide mich aber für ein: »Ach was, im Wohnzimmer? Da wären ständig Hannibal und Lecter über uns drüber gelatscht.«

Es geht weiter im Programm. Die Hebamme händigt uns Seifenblasenflaschen aus. Die Männer müssen den Ring in die Lauge tauchen und ihren Frauen vorhalten, damit sie hindurchpusten und Seifenblasen produzieren. Platzen die Blasen, wird zu doll gepustet.

Chantal und Enes bekommen sich in die Wolle, weil sie ihm vorwirft, dass er ihr den Ring schief hinhält und ihre Seifenblasen deshalb immer platzen. Alena und Hans versuchen es nur kurz und haben dann keine Lust mehr. Simone und Gernot demonstrieren, dass in einer guten Partnerschaft jede noch so schwierige Aufgabe gemeinsam gelöst werden kann. Maja und ich sind so mit Beobachten beschäftigt, dass uns die Hebamme auffordert, öfter zu pusten.

»Beim nächsten Mal geht es um Massagetechniken und Geburtsstellungen«, sagt sie am Ende der zwei Stunden. »Jeweils in Kombination mit den heute erlernten Atemtechniken.«

Von mir aus gern. Aber ohne mich!

Schwer einsamen Herzens

Samstagmorgen, zehn Uhr – und wir liegen noch im Bett. Grandios! Also: Das Auge, das eben auf den Wecker gelinst hat, wieder zumachen, mich auf die andere Seite rollen, unter Majas Bettdecke kriechen, sie an mich ziehen und an ihrer Haut schnuppern. Wieder eindösen.

»Hahhh!«, sagt sie und versteift sich.

Es könnte klingen wie eine Atemübung. Tut es aber nicht.

»Hahhh?« Ich stütze mich auf, um sie anzuschauen. Sie liegt auf der Seite, hat das Gesicht von mir abgewandt, kneift die Augen zusammen und runzelt die Stirn.

»Hahhh!« Unter der Bettdecke legt sie die Hände auf ihren Bauch.

Alarmiert sitze ich im Bett. »Maja?«

Sie atmet durch, rollt sich zusammen und flüstert: »Ich glaube, das war eine Wehe.«

»Wie? Eine Wehe!«

»Eine Wehe eben.«

Woche fünfundzwanzig! Viel zu früh! »Aber die beiden sind doch noch gar nicht fertig.«

Maja öffnet die Augen, dreht den Kopf und schaut mich an. »Natürlich sind sie nicht fertig.«

»Wie kann das dann eine Wehe sein?«

»Eine Übungswehe war es eben.«

So was gibt es auch? Die beiden üben? Für den Ernstfall, wie bei der Feuerwehr? »Woher weißt du das?«

»Es hat sich angefühlt wie ein Regelschmerz, so ein Ziehen bis in den Rücken.«

»Und wenn es keine Übungswehe war?«

»Das will ich nicht hoffen.«

»Lässt sich das rausfinden, irgendwie?«

Maja entspannt sich und dreht sich auf den Rücken. Sie strampelt die Bettdecke weg, weil die sie wohl nervt. Ihre Hände liegen noch auf ihrem runden Bauch.

»Ich habe gelesen, dass es in vierundzwanzig Stunden nicht mehr als fünfzehn Kontraktionen sein sollten. Und die dürfen nur kurz sein, kürzer als eine halbe Minute.« Sie denkt nach. »Wie lange war das eben?«

Ich schätze ab. »Fünfzehn Sekunden vielleicht.« Geheuer ist mir das Ganze nicht. »Ich finde, wir sollten mit Dr. Papadopoulus reden.«

»Heute ist Samstag, Max.«

»Na und? Hat sie keine Notfallnummer?«

»Ich habe ihre Handynummer, doch.«

»Dann ruf an!«

Sie schüttelt den Kopf. »Easy, Max!«

Easy! Die Mädchen machen einen auf Feuerwehr, und ich soll ruhig bleiben? Weil ich das nicht kann und mich bewegen muss, stehe ich auf, laufe von der Tür zum Fenster und zurück.

»Soll ich dir einen Tee machen?«

»Ich trinke gleich einen zum Frühstück.«

»Magst du eine Tomate?«

»Keinen Tee, keine Tomate. Ich hab ewig keine Tomaten gewollt.«

Eben. Möglicherweise sind die Mädels auf Tomaten-Entzug. Ich hole ihr besser eine. Dann ist sie vielleicht abgelenkt. Meine Hand liegt schon auf der Türklinke, das erstarrt Maja auf dem Bett und sagt es wieder.

»Hahhh!«

Mit drei Schritten bin ich bei ihr, kauere über ihr – ohne zu wissen, was ich tun soll. Ich trau mich nicht mal, sie anzufassen, beobachte sie hilflos und zähle im Stillen die Sekunden.

»Ist das wieder eine Übungswehe?«

Maja nickt, wobei sie den Atem anhält und mich mit großen Augen anschaut. Nach einer Weile lässt sie die Luft aus ihrem Mund.

»Das waren fünfunddreißig Sekunden. Wo ist dein Telefon, ich rufe die Griechin an.«

Sie müht sich aus dem Bett, tappt auf unsicheren Füßen und ohne ihren Bauch loszulassen zur Tür. »Mache ich selbst.«

Von mir aus. Aber von ihrer Seite weiche ich nicht, und ich lausche jedem Wort, das sie mit der Ärztin wechselt. Nicht dass sie untertreibt.

Eine halbe Stunde später haben wir das Nötigste zusammengepackt und sind auf dem Weg in die Klinik. Maja schimpft über den Porsche, weil sie nicht mehr gut reinkommt.

»Wo ist der scheiß Käfer?«, faucht sie.

»Den hat doch Frau Poljakow«, erinnere ich sie. Sie und ihr Mann wollten heute zu Bekannten nach Nürnberg fahren, und weil ihr Auto in der Werkstatt ist, habe ich ihnen den Käfer geliehen.

»Hahhh!«, keucht sie und hält sich den Bauch.

Viel zu früh!, schreit es in meinem Kopf. Baby A und Baby B sind nicht fertig!

Der Arzt, der Maja untersucht, sieht das genauso. Er überprüft per Ultraschall, ob der Muttermund weicher geworden und eines der Babys tiefer ins Becken gerutscht ist. Ungeduldig erwarte ich seine Erklärung – und stelle mir dabei unfreiwillig den schmelzenden, Babys ausspuckenden Mund meiner Mutter vor.

Weg mit diesem Gedanken. Das ist ja widerlich! Hätte man nicht eine bessere Bezeichnung finden können? Wieso, zur Hölle, Muttermund?

»Alles okay hier«, sagt der Arzt und stöpselt Maja an einen sogenannten Wehenschreiber, der die Stärke und Anzahl der Wehen aufschreiben soll. Das Gerät ist arbeitslos. Also wird ein Fibronektin-Test durchgeführt, mit dem festzustellen ist, ob eine erhöhte Konzentration besteht.

»Negativ«, sagt der Arzt schließlich – ein Wort, mit dem ich im medizinischen Bereich so meine Probleme habe, weil negativ für mich erst einmal negativ bedeutet.

»Was heißt das?«, fragt Maja.

»Dass Sie mit hoher Wahrscheinlichkeit in den nächsten vierzehn Tagen nicht entbinden.«

»Was heißt hier in den nächsten vierzehn Tagen?«, poltert es aus mir raus. »Der Geburtstermin ist im Juni. Wir haben März.«

»Zwillinge kommen oft eher«, entgegnet der Arzt sachlich. »Hat Ihre Ärztin Ihnen das nicht erläutert?«

Wusste ich es doch! Die Griechin!

Maja nimmt mir den Wind aus den Segeln. »Sie hat es erwähnt. Aber jetzt wäre es dennoch zu früh.«

»Wäre es«, murmelt der Arzt, »aber es wird nicht passieren.«

Maja setzt sich auf. »Dann können wir ja wieder gehen.«

»Ich schlage vor, Sie bleiben übers Wochenende zur Beobachtung.« Sein Blick wandert von Maja zu mir. »Auch um sich auszuruhen. Ruhe ist jetzt sehr wichtig.«

Was glotzt der mich an? Als würde ich Maja beunruhigen. Das tue ich nicht. Aber so was von sicher nicht!

»Derlei Wehen werden häufig von körperlicher Unruhe ausgelöst«, erläutert er, wieder an Maja gewandt. »Stress verhindert eine gute Durchblutung und beeinflusst das Nervensystem negativ.«

»Ich bin überhaupt nicht gestresst«, kontert Maja. »Bloß erschöpft, aber das ist doch in diesem Stadium normal.«

»Natürlich«, lenkt er ein, »aber viele Frauen überschätzen sich. Gönnen Sie sich Ruhe, nur übers Wochenende. Ihren Kindern zuliebe.«

Wer kann da schon nein sagen? Ich spüre, wie ich innerlich einknicke, als mir klarwird, dass ich Maja hierlassen muss. Den ganzen restlichen heutigen Tag. Und morgen auch. Und ich muss mich aus der Ferne sorgen, weil ich nicht immerzu direkt bei ihr sein und reagieren kann, wenn sie »Hahhh!« macht.

Ein mieses Gefühl!

Wie zweimal mit einem Nudelholz verprügelt fühle ich mich, als ich am späten Nachmittag aus der Klinik schlurfe. Ohne Maja. Müde hat sie in ihrem Einzelzimmer gelegen und gesagt, es wäre okay, wenn ich jetzt gehe und mich um die Vierbeiner kümmere. Natürlich. Die haben uns heute überhaupt noch nicht wirklich gesehen. Zum Glück gibt es die Hundetür zum Garten.

Auf dem Heimweg stoppe ich am Supermarkt, um mich grundzuversorgen. Den Wochenendeinkauf konnte ich gestern schließlich wegen des Kurses nicht erledigen.

Missmutig stehe ich vor der Salatbar und grübele, ob ich lieber den verdammten Kartoffelsalat oder irgendein dämliches Gemüse nehmen soll, da höre ich eine bekannte Stimme.

»Hallo, Herr Leif? Wie geht's Frau Rados?«

Träge wende ich den Kopf und blinzele Dr. Ingrid Bärbeißer an.

»Sie ist im Krankenhaus. Wegen Übungswehen.«

»Oh«, sagt sie, fasst sich aber schnell. »Machen Sie sich mal keine Sorgen.« Das ist offenbar ihr Lieblingsspruch. »Das hat fast jede Schwangere. Ich hatte das auch.«

»Sie und fast jede Schwangere haben aber keine Zwillinge bekommen«, knirsche ich zurück und will mich auf die Salatbar konzentrieren, doch die Ärztin lässt mir keine Chance.

Sie legt eine Hand an meinen Arm. »Wirklich, Herr Leif.«

So müde, wie Maja mich eben angeschaut hat, wende ich mich erneut der Ärztin zu, ohne ein Wort auf ihre ohnehin vage Formulierung erwidern zu können.

»Warum kommen Sie nicht auf einen Sprung vorbei? Ich mache Lasagne heute Abend«, sagt sie völlig überraschend. »Mein Mann und ich würden uns über Ihre Gesellschaft freuen.«

»Wirklich nett, aber ich bin heute eine schreckliche Gesellschaft. Außerdem muss ich mich um die Tiere kümmern, mit dem Hund raus und so weiter.«

Sie winkt ab. »Ach was, Herr Leif. Kommen Sie rum, dann müssen Sie dieses Gemüse hier nicht so unschlüssig anstarren. Und bringen Sie Ihren Hund ruhig mit. Sie wissen ja, wo ich wohne. Neunzehn Uhr, okay?«

Weil ich die Ärztin zu meiner Hypochondrie-Zeit schon einmal zu Hause überfallen habe, weiß ich tatsächlich, wo sie wohnt. Deshalb nicke ich. Nur deshalb. Aber sie deutet das als mein Einverständnis zur Lasagne und schiebt ihren Einkaufswagen weiter.

Der eingebildete Star

Mit Dr. Bärbeißer habe ich nicht weiter über Majas Übungswehen gesprochen. Die Hochzeit im Mai war Thema beim Lasagne-Essen; spontan habe ich die Ärztin und ihren Mann dazu eingeladen. Die beiden haben sich gefreut und zugesagt – wie alle anderen, denen ich die Einladung geschickt habe.

Sobald ich wieder zu Hause war, holten mich meine Sorgen ein, doch es war schon zu spät für ein Telefonat mit Maja, also habe ich die Ursachen von frühzeitigen Wehen im Internet recherchiert und eine medizinische Dissertation gefunden, in der zu lesen war, dass insbesondere Stress und ein erhöhter seelischer Druck verantwortlich sind.

Den halben Sonntag habe ich darüber nachgegrübelt, ob sich Maja unter Druck gesetzt fühlt. Von mir vielleicht? Wegen des Kindergartens? Wegen der Zwillinge?

Bei meinem Besuch in der Klinik mochte ich sie nicht darauf ansprechen und ihr weiter Ruhe lassen. Die wollte sie nicht wirklich, sondern mit mir nach Hause. Ich hätte sie so gern mitgenommen, aber der Arzt hat es nicht erlaubt.

Am Montagmorgen sitze ich um acht Uhr dreißig in der Küche vor einem Becher Kaffee und warte auf Jekaterina Poljakow, die in einer halben Stunde zum Saubermachen da sein müsste und den VW Käfer wiederbringt. Ich will Maja nicht im Porsche abholen, wenn sie da so schlecht reinkommt.

Es ist ein fast normaler Tag.

Der Kaffee ist bald ausgetrunken. Weil ich nichts gegessen habe, werde ich vom Koffein unruhig, beginne herumzuschlendern, geselle mich zu Hannibal und Lecter in den Garten, in dem die ersten Frühlingsvögel zwitschern.

Endlich wird die Eingangstür aufgeschlossen. Ich gehe ins Haus, nehme Jekaterina Poljakow den Schlüssel für den Käfer ab und mache mich auf den Weg zur Klinik. Die Russin will mich zurückrufen, denn ihr ist etwas eingefallen. Weil ich weiß, was es ist und weil ich den Satz an diesem fast normalen Tag zuerst von Maja hören will, eile ich zum in der Einfahrt geparkten Wagen und presche davon.

Maja wartet schon. Sie umarmt mich, küsst mich und strahlt mich an. »Alles Gute zum Geburtstag, mein Schatz!«, sagt sie und drückt mir eine Glückwunschkarte in die Hand.

Mit wahrscheinlich im Aufenthaltsraum entliehenen Buntstiften hat sie eine Vierundvierzig auf die Frontseite gemalt. Im Inneren finde ich einen bebilderten Gutschein über ein Essen am Abend in einer ziemlich noblen französischen Brasserie, die in der Nähe der Zeil liegt.

Ich bin gerührt, überlege aber auch, ob das nicht zu anstrengend für Maja ist.

»Vielleicht sollten wir ein anderes Mal essen gehen. Ich dachte, ich koche uns heute Abend was Leckeres und wir entspannen zu Hause.«

»Ein Essen im Restaurant ist entspannend«, kontert Maja und schultert ihre Tasche. »Außerdem, zu Hause haben wir in letzter Zeit viel zu oft selbst gekocht und dann auf der Couch herumgelegen. Lass uns endlich mal wieder ausgehen!«

Ich nehme ihr die Tasche ab. »Okay, dann bringe ich dich jetzt erst mal heim.«

»Nein. Jetzt fahre ich mit dir ins Kling Klang.« Mein Widerwort wartet sie natürlich nicht ab, sondern geht voraus und verlässt das Krankenzimmer mit einem erleichterten Seufzer. »Zwei Tage lang blanke Langeweile«, raunt sie, als ich an ihrer Seite bin.

»Maja, du hattest Wehen …«

»Übungswehen!«

»Egal welche Sorte, der Arzt hat dir Ruhe verordnet.«

»Die habe ich eingehalten, und nun möchte ich zu den Kids.«

Maja ist so ein Dickkopf! Und ich darf es ihr gerade nicht sagen, sonst ärgert sie sich oder regt sich tatsächlich auf.

Ich öffne ihr die Tür, die ins Freie und zum Parkplatz führt. »Versprich mir, dass du dich nicht übernimmst.«

»Ach, Max!« Um frische Luft zu schnappen, bleibt sie stehen und atmet abermals tief durch. Dabei stemmt sie die Hände in den Rücken und streckt den Bauch raus, was sie in letzter Zeit öfter macht. Ich finde, das sieht total niedlich aus.

»Du hebst kein Kind hoch, okay?«

»Mach ich nicht.«

»Und denk dran, letzte Woche waren einige erkältet …«

»Schon gut, Max, und jetzt halt die Klappe!« Nach einem leicht sauren Blick zu mir watschelt sie weiter.

Ich gehe ein Stück hinter ihr und beobachte sie. Mir ist aufgefallen, dass Schwangere einen entenartigen Watschelgang haben. Auch der sieht bei Maja total niedlich aus.

Sie öffnet die Autotür des Käfers, den ich schon entriegelt habe. Während ich ihre Tasche in den Kofferraum lege, zwängt sie sich auf den Beifahrersitz und schnauft dabei. »Blödes kleines Auto! Wir brauchen etwas Größeres.«

»Ich weiß«, sage ich, als ich mich hinter das Lenkrad setze. Steht schon auf meiner To-do-Liste.

Durch den Verkehr der Rushhour schlängeln wir uns zum Kling Klang, wo uns die Kinder mit Jubel begrüßen. Für mich gibt es außerdem Bilder, eine Torte und ein Lied. Schon das zweite Ständchen. Alle singen fröhlich mit, nur Annette belässt es bei einem Lächeln. Mit vor der Brust verschränkten Armen mustert sie mich dabei, und ich überlege unweigerlich, was ich nun wieder falsch gemacht habe.

Um uns kompliziertes Ein- und Aussteigen in zu klein gewordenen Autos zu ersparen, fahren wir am Abend mit der Bahn in die Innenstadt. Hand in Hand spazieren wir das letzte Stück bis zur Brasserie. An einer Ecke steht ein Musiker mit rotem Wuschelkopf und einer Stimme wie Ed Sheeran. Mit einem von dessen Liedern singt er sich das Herz aus dem Leib.

Photograph handelt von heilender Liebe, wie so viele andere Songs, doch dieser tut es auf ganz spezielle Weise, mit ganz speziellen Worten und einer ganz simplen, aber doch grandiosen Melodie. Maja singt leise weiter, als der Musiker außer Hörweite gerät. Ab und zu tauscht sie einen Blick mit mir und legt sich meinen Arm schließlich schweigend um ihre Schulter, um sich im Gehen an mich zu kuscheln.

Ich notiere *Photograph* für die Geburts-Playlist.

Im Restaurant finden wir einen gemütlichen Platz, lesen die Speisekarte, bestellen Salat und Fisch. Gestenreich und mit verstellter Stimme erzählt Maja von einer Diskussion mit einer konstant schlecht gelaunten Schwester im Krankenhaus. Wir lachen, essen, und alles ist easy, bis plötzlich eine sehr schrille Stimme ertönt.

»Maaax, ich glaub's nicht«, kreischt es.

Erschrocken schaue ich mich um und entdecke Claudia in Gesellschaft einer mit Kamera bewaffneten Frau. Claudia Schumacher ist nicht nur Leadsängerin von Goldkind, einer Band, die ich bei LeifMusic gefördert habe, sondern auch meine Ex. Keine Ex, an die ich mich gern erinnere.

Zeternde Hyäne hat Jekaterina Poljakow sie immer genannt.

»Was für ein verrückter Zufall«, ruft sie – und alle Gäste hören zu. Dann kommt sie zu unserem Tisch. Nein, verdammt! »Da dachte ich mir, das hier ist der perfekte Ort für den Abschluss der One-Day-With-Story …« Sie wendet sich zu ihrer Begleiterin um und präsentiert mich dabei mit beiden Händen. »... und jetzt ist Max hier. Ist das zu fassen?«

Immerhin wissen jetzt alle Gäste, dass sie der vermeintliche Star irgendeiner irgendwo veröffentlichten Fotostory ist. Ich habe die Karriere von Goldkind und Claudia nicht verfolgt, weiß aber von Flo, dass sie nach dem Wechsel zu einem anderen Label vom Erfolg verlassen wurden. Vor einigen Monaten und nach einem abermaligen Wechsel konnten sie wieder einen Hit in den Charts plazieren. Sei es Claudia gegönnt.

»Wer ist Max?«, fragt die Frau mit der Kamera.

Claudia lächelt mich komisch an – Maja hingegen ignoriert sie geflissentlich. »Der Max ist ein sehr guter, alter Freund von mir.«

Hakt's?

Sie wartet, dass ich aufstehe, um sie zu begrüßen, doch ich denke nicht im Traum daran und hoffe, dass sie das als Zeichen zu verschwinden versteht. Erst einmal nicht. Erst einmal schlägt sie die Hände vors Gesicht.

»O mein Gott!«, ruft sie. »Du hast ja Geburtstag.«

Ich knirsche mit den Zähnen und schaue zu Maja, in deren Miene die Frage steht, wann ich das zu beenden gedenke. Noch währenddessen beginnt Claudia zu singen. Ich erstarre vor Scham, und mein Blick verankert sich mit dem von Maja, die nun ihrerseits mit den Zähnen zu knirschen scheint, denn Claudia singt *Happy Birthday* in der Stimmlage von Marilyn Monroe in ihrem Ständchen für John F. Kennedy.

»Danke, Claudia«, sage ich, aber sie hört nicht auf und setzt sich sogar auf unseren Tisch.

Da zückt Maja ihr Portemonnaie, zieht einen Fünf-Euro-Schein raus und steckt ihn Claudia ins Dekolleté. Als die überrascht und auch empört schweigt, grummelt sie: »Wir melden uns, wenn wir noch was hören wollen.«

Claudia mustert Maja, sprachlos zuerst. Dann bemerkt sie ihren Bauch und kommentiert das tatsächlich mit: »Hat ganz schön zugelegt, deine Freundin.«

»Schönen Abend noch, Claudia!«, grolle ich.

Endlich zottelt sie ab. Ich greife über den Tisch und will Majas Hand nehmen, doch sie zieht sie weg, verschränkt die Arme vor der Brust und blitzt mich total sauer an.

Hey, was kann ich dafür?, schießt es mir durch den Kopf. Zum Glück nicht aus dem Mund. Ich lasse meine Hand, wo sie ist, stütze den Kopf in die andere und übe mich im Indianerblick. Als ich irgendwann eine Braue hochziehe, die so viel heißt wie *Komm schon, du kleiner Sturkopf!*, hebt sich Majas Mundwinkel zu einem schiefen Grinsen. Sie gibt nach und nimmt meine Hand.

Ich ziehe sie an meinen Mund, gebe ihr einen Kuss drauf und lege sie dann an meine Wange.

Ganz eindeutige Mängel

Eine Woche später hat Maja am Nachmittag einen Termin zur Vorsorgeuntersuchung bei Dr. Papadopoulus – und sie will allein hin. Damit ich sie und die Ärztin nicht verrückt mache. Ich habe mich nicht aufgedrängt, hätte zwar gern einen Blick auf Baby A und Baby B geworfen, aber es sind Dinge zu erledigen. Nach der letzten Musikstunde im Kling Klang fahre ich nach Hause und kümmere mich um die Garage. Neben dem Porsche und dem Käfer wird dort bald ein drittes Auto, ein sehr viel größeres, parken, und ich muss Platz schaffen, denn Flo und ich haben die Möbel und den Krempel aus den ehemaligen Gästezimmern hier zwischengelagert. Die Betten und die Schränke lasse ich von einer Wohltätigkeitsstiftung abholen und bugsiere die einzelnen Teile in die Einfahrt.

Am Ende stehe ich vor ein paar Kisten, in denen Kram ist, der einst in den Schränken war. Vieles kann weggeworfen werden. Ich sortiere es für die jeweiligen Mülltonnen, da fällt mir ein Umschlag in die Hände. Pauls Eltern sind die Absender. Ich erinnere mich, dass ein USB-Stick darin ist und ein Brief. Nach Pauls Tod haben seine Eltern Fotos von ihm und mir auf dem Stick gespeichert. Viele alte, digitalisierte Bilder und etliche, die sie auf seinem Rechner gefunden haben. Ich habe den Stick nie an mein Notebook gesteckt. Damals nicht, weil ich es nicht konnte. Später geriet er in Vergessenheit. Jetzt hole ich das Ding aus dem Umschlag, überlege kurz und gehe dann ins Haus, starte den Laptop und schiebe den Stick in den USB-Port.

Beim Blick auf die ersten Fotos kräuselt sich Wehmut in meiner Magengegend. Paul und ich … wir waren schon zwei.

Einige der Bilder sehe ich zum ersten Mal, doch beim Betrachten spulen sich Sequenzen meines Lebens vor meinem geistigen Auge ab: Da ist das Abschiedsfest im Kindergarten, bei dem Paul und ich zwei Räuber spielten und eine eingebildete Prinzessin entführten. Später triumphieren wir als Schulanfänger mit unseren Zuckertüten. Paul war in der Schule immer besser als ich und hat mich durch so manches Fach gezerrt, indem er mich spicken ließ oder mir die Lösungen für meine Rechenaufgaben zuflüsterte, während er mit seinen eigenen beschäftigt war. Da waren Geburtstagsfeiern, Tage am Strand und auf See, Zeltabenteuer und Schulausflüge. Jüngere Bilder stammen aus unserer gemeinsamen Studienzeit, von Partys, Segelurlauben.

Hannibal hockt neben mir und scheint die Bilder auch zu betrachten.

»Das war er, unser Paul«, murmele ich mit einem Kloß im Hals, als ich zu einem der letzten Bilder klicke. Darauf sind Paul und ein drolliger Baby-Hannibal zu sehen. Ich habe das Foto gemacht, ohne zu wissen, dass ich bald auf den Hund kommen würde – durch den traurigen Umstand von Pauls plötzlichem Tod. Noch heute träume ich oft von ihm und sehe ihn so lebendig vor mir, dass mich beim Aufwachen die Traurigkeit packt.

Einigermaßen melancholisch klappe ich das Notebook zu, lege es weg und trotte wieder nach draußen, um die Arbeit in der Garage zu beenden. Hannibal folgt mir und schiebt seinen Kopf unter meine Hand, damit ich ihn kraule. Vor der Tür erwartet uns Lecter und präsentiert mir wie aus einer durch seinen sechsten Sinn empfundenen Empathie die neueste tote Maus als Bekenntnis seiner Liebe.

Diesmal schimpfe ich nicht mit ihm, sondern nehme ihn auf den Arm und streichele über sein dichtes rotes Fell. »Lass sie leben, okay?«

Er antwortet mit einem Schnurren.

Am nächsten Nachmittag holt mich Machete im Kling Klang ab. Eigentlich hatte ich ihn bloß gebeten, mir Angebote zur Kfz-Versicherung zu machen, doch er hat darauf bestanden, aus Düsseldorf zu kommen und mich beim Autokauf zu beraten – weil er so gern Autos kauft. Und Ahnung hat.

Als hätte ich die nicht. Ich habe mich natürlich zu den verfügbaren Fahrzeugen im SUV-Bereich informiert, wobei ich die asiatischen Hersteller ausklammern musste, weil ich denen einfach nicht traue und es außerdem nicht mag, dass sie so hemmungslos kopieren. Die Franzosen haben nette Gefährte im Angebot, doch es ist kein Geheimnis, dass das alles Werkstattautos sind, also bleiben die deutschen Fabrikate – wobei ich das mit dem Stern kategorisch ausschließe. Nein, ich werde nie Mercedes Benz fahren. Auch nicht, wenn sie noch so groß daherkommen. Da ich schon einen VW in der Garage habe, bleiben noch der Blauweiße und der mit den Ringen. Mit Letzterem liebäugele ich besonders, denn sein Kofferraum ist nicht nur größer, er ist auch schnittiger. Gewissermaßen.

Machete will mich zum Blauweißen überreden, denn er fährt selbst einen. Dessen Kofferraum ist tatsächlich so geräumig, dass der Zwillingswagen zusammengeklappt problemlos hineinpasst. Bis zur Geburt bewahren Maja und ich das Gefährt im Kling Klang auf, nachdem meine Mutter am Telefon meinte, es würde Unglück bringen, so etwas zu Hause zu haben, bevor die Kinder auf der Welt sind. Ich bin nicht abergläubisch, aber ich werde kein Unglück heraufbeschwören – und im Kling Klang ist genug Platz. Auch für die beiden Babyschalen, die Machete und ich für die Testfahrten ebenfalls mitnehmen. Als ich die am Morgen gekauften Wassermelonen aus der Küche anschleppe, wundert sich Machete.

»För wat sin die ens jut?«

»Das sind die Dummies für Baby A und Baby B.«

Machete kratzt sich am Kopf, schweigt aber. Ich packe die Melonen in die Schalen auf dem Rücksitz und steige ein. Machete wartet schon hinter dem Lenkrad.

Eine halbe Stunde später begutachten wir zusammen mit dem Verkäufer das potenzielle neue Auto. Schlecht schaut der Blauweiße gewiss nicht aus, aber ob er hält, was er verspricht, wird eine Testfahrt zeigen. Ohne Machetes Hilfe – da bestehe ich drauf, denn ich muss das später auch allein hinbekommen – verstaue ich das Gestell sowie die Körbe des Zwillingswagens im Kofferraum und lade die Babyschalen um. Nun schnalle ich sie wie erforderlich auf den Rücksitzen an, packe die Melonen in Babydecken und gurte sie ebenfalls fest. Machete ist das so peinlich, dass er versucht, den Verkäufer mit einem Gespräch abzulenken.

Als alles sitzt, wie es soll, geht es los. Zuerst auf die Autobahn, die wir hinter dem Main über den Kaiserlei-Kreisel wieder verlassen und in einer großen Runde zurückdüsen. Alles läuft gut, auch bei abruptem Bremsen oder in schärferen Kurven liegen die Melonen sicher in den Babyschalen.

Nachdem wir an einer roten Ampel gewartet haben, gebe ich Gas und merke sofort, dass etwas nicht stimmt. Das Pedal hängt fest, es kommt nicht zurück, als ich den Fuß wegnehme. Mit einem Fluchen, das Machete irritiert, trete ich auf die Bremse. Das soll man bei einem klemmenden Gaspedal nämlich tun, da die Bremsleistung grundsätzlich doppelt so hoch ist wie die Motorleistung, doch das verflixte Bremspedal lässt sich kein Stück nach unten treten.

»Jong, wat machste? Öwertreib et nit so verdamp!«, sagt Machete und schnappt sich den Griff über der Tür, weil wir zu schnell auf dichteren Verkehr zusteuern. »Du musst bremse, Jong! Bremse!«

»Wenn das ginge, würde ich es tun.« Ich trete die Kupplung, um in einen niedrigen Gang zu schalten und die Geschwindigkeit so zu drosseln. Die klemmt auch!

Ich glaube so wenig an Vorzeichen, wie ich abergläubisch bin, aber zuerst die defekte Bremse am Kinderwagen, jetzt funktioniert die hier im Blauweißen nicht, und mit ihr klemmt gleich das ganze Kupplungssystem. Das geht nicht mit rechten Dingen zu.

In beginnender Panik, auf die ich mich aber nicht konzentrieren kann, beginne ich im Slalom auszuweichen. Zum Glück ist die Straße geteilt, und der entgegenkommende Verkehr liegt hinter einem Grünstreifen. Auf unseren Fahrbahnen gibt es Lücken, in die ich springen kann, doch die Leute in den anderen Autos zwinge ich damit trotzdem zu Bremsungen. Ein Hupkonzert setzt ein. Mein Herz rast. Ich schalte die Warnblinkanlage ein und umklammere dann das Lenkrad.

Anscheinend stumm vor Irritation hat Machete mein Handeln beobachtet. Jetzt platzt ihm der Kragen.

»Tust du endlech ding Foß vom Jas, Jong!«, brüllt er. »Bist du bekloppt oder wat? Wat willst du denn hier beweise? Dat Ding fährt doch eins a!«

»Ich bin vom Gas, verdammt! Das beschissene Pedal klemmt. Und die Bremse auch.«

Machete nimmt mich wohl nicht für voll. Er presst sich in den Sitz. »Dat langt ens! Mach keen Mest!«

»Ich sag doch, ich bin es nicht, der hier Mist macht, sondern das Auto, von dem du so überzeugt bist!«

Als ich sehe, wie er nach der Handbremse tastet, setzt mein Herz einen Schlag aus. »Pfoten weg da! Die kannst du nicht anziehen, sonst wedeln wir gleich alle von der Straße.«

Er ist belehrbar. Zwar schreit er weiter, doch immerhin fasst er nichts an.

In das Hupkonzert tönt eine Sirene. Beim Blick in den Rückspiegel sehe ich, wie die Autos hinter uns eine Gasse bilden, um den Streifenwagen durchzulassen. Auch die Autos vor uns fahren rechts und links ran, was mir gut in den Kram passt. Kein Slalom mehr, sondern freie Fahrt. Sogar über eine rote Ampel, was die mir im Nacken sitzende Polizei richtig sauer macht. Sicher denken sie, ich bin ein Verbrecher auf der Flucht, mit einer Leiche im Kofferraum oder Koks zwischen den Polstern des Rücksitzes.

Machete schimpft weiter, und das nervt. Ich habe hier alle Hände voll zu tun und halte sein Motzen nicht länger aus.

»Jetzt halt die Klappe, Klaus! Ich versuche mich hier zu konzentrieren. Dein Brüllen hilft gar nicht, kapierst du, überhaupt nicht.«

Dass ich selbst brülle, wird mir klar, als er seine Lautstärke noch erhöht. »Der Lappen jehört dir wegjenommmen, Jong! Wat is denn in dich jefahren?«

Ich will nicht antworten. Will einfach nicht. Es bringt nichts. Außerdem traue ich meinen Augen nicht, als ich die andere Streife entdecke. Die blockiert die Straße vor mir. Ja, sind die denn ...?

In letzter Sekunde erspähe ich in den Büschen am Straßenrand eine Lücke, viel Grün dahinter. Der Ostpark.

Machete schreit sich die Seele aus dem Leib, als wir über unebenen Boden rumpeln, Zweige gegen die Scheibe klatschen und wir schließlich über Rasen schlittern. Beide Streifenwagen folgen uns, und eine nicht geringe Zahl Gaffer stürmt außerdem durch das Buschwerk. Nach einer Runde über das Grün, tausche ich mit meinem kreidebleichen, jetzt stillen Beifahrer einen Blick, dann packe ich die Handbremse und zerre sie hoch. Der Wagen wirbelt um seine eigene Achse, schlingert auf einen Teich zu und kommt an dessen Ufer endlich zum Stehen.

Das war knapp. Aber so was von!

Machete sackt in sich zusammen und stützt den Kopf in die Hände. »Dat henn ich nit verdient, Jong, mein Hähz!«

»So ein Scheiß passiert mir immer nur mit dir«, knurre ich und atme durch, um meine Muskeln zu lockern und mein eigenes Herz zu beruhigen.

Der Anblick der Polizisten, die das Todesgeschoss mit gezückten Waffen umstellen, ist der Entspannung aber nicht gerade dienlich. Wir werden aufgefordert, mit erhobenen Händen auszusteigen.

Ganz ehrlich gesagt kann ich es nicht abwarten, aus diesem Ding rauszukommen, egal wie. Ein weiteres Fabrikat ist auf meiner schwarzen Liste gelandet. Ich muss der Polizei einige Fragen beantworten, auch zu den Melonen. Das dauert. Dann wird der Blauweiße abgeschleppt, zum Autohaus gebracht und dort durchgecheckt. Bis auf das schon bei der Wagenübernahme defekte Kupplungssystem ist nichts kaputt. Der Verkäufer entschuldigt sich tausendmal, sicher in der Hoffnung, dass ich ihn nicht verklage. Viel zu erledigt bin ich dafür. Ich will mir gar nicht vorstellen, wie mausetot ich wäre, hätte ich nicht reagiert, wie ich im Endeffekt reagiert habe.

Die Polizei zieht ab, Machete wird wieder er selbst und verhandelt eine Probefahrt mit einem anderen Wagen. Die kann er gern machen, aber ohne mich! Nicht mal den mit den Ringen werde ich heute mehr testen.

Und was tut Maja, als ich davon erzähle? Natürlich. Sie lacht.

April

Echt absurder Lehrstoff

Frau Wallbusch-Schabrowski ist wieder mal gestresst und geladen. Sie ärgert sich, dass Maja nicht da ist, und kommentiert das mit einem schnippischen »Tja, da müssen wir uns wohl dran gewöhnen«.

Tja, das muss sie wohl.

Sie nimmt Janosch an der Hand und will ihn zur Tür führen. Er winkt mir zu, da fällt mir auf, dass er gar keine Mütze trägt. Schnell suche ich sie in seinem Fach. In diesem Moment kommt Annette vorbei und sagt: »Ach, Frau Wallbusch-Schabrowski! Hat der Janosch Ihnen schon erzählt, was er und die anderen heute Schönes in der Musikstunde gesungen haben?«

Die Nackenhaare stellen sich mir auf. So ein Biest!

»Clueso«, antwortet Janosch und stimmt fröhlich den Refrain von *Mitnehm'* an, doch seine Mutter unterbricht ihn mit den ersten Worten einer Schimpftirade. Die gilt natürlich nur mir.

Als die beiden weg sind, suche ich Annette und finde sie oben im Musikzimmer. Sie packt die Triangeln weg, die sie mit den Kleinen in ihrem eigenen Unterricht verwendet hat. Ich würde die Tür gern mit Schwung ins Schloss krachen lassen, schließe sie aber langsam und gehe dann zum Piano, um mich daran anzulehnen.

Mit verschränkten Armen beobachte ich sie, bis ihr das unangenehm wird und sie mich fragt, ob ich ein Problem hätte.

»Ich glaube, du hast das Problem«, antworte ich.

Ein herablassendes Schnauben ist ihre erste Reaktion. »Sicher nicht«, fügt sie an.

Von meinem Ärger angespornt, setze ich noch einen obendrauf. »Willst du dir nicht langsam einen anderen Job suchen?«

Damit überrasche ich sie. Sogar ein bisschen erschrocken richtet sie sich auf. »Was ist das denn für eine blöde Frage?«

»Blöde Fragen gibt es nicht. Nur blöde Antworten. Und ich meine das ganz ernst. Offenbar leidest du unter meiner Anwesenheit. Allerdings werde ich nicht gehen. So wenig, wie Maja und ich uns trennen werden. Wir bekommen Kinder, werden heiraten.«

Annette spiegelt meine Körperhaltung und verschränkt die Arme ebenfalls. »Dann heiratet doch.«

»Weiß du, ich hatte nie weibliche Mitstreiter ... in Herzensdingen, aber die Basis ist die gleiche wie bei der mir bekannten Konstellation: Maja und ich sind ein Paar. Ich will keinen zusätzlichen Stress in der aufregenden Zeit, die vor uns liegt. Ich möchte hier das, was man als gesundes Klima bezeichnet, und ich toleriere deine Mobbingversuche nicht weiter.«

»Ich mobbe dich doch nicht!«

»Das versuchst du, in leichter Form, wofür ich nicht sonderlich empfänglich bin. Ich weiß nicht, wie steigerungsfähig du bist, und habe nicht vor, es herauszufinden. Wenn du also meinst, dass für uns beide hier kein Platz ist, musst du gehen.«

»Ich ... ich will ja nicht ...«, stottert sie und wirkt plötzlich nur noch halb so hart. Meine Worte haben ins Schwarze getroffen.

Mit einem »Denk darüber nach« will ich aus dem Zimmer gehen.

»Max ...« Mit einem Mal hat Annette Tränen in den Augen. Sie wendet sich ab.

Ich mache kehrt, stehe bald hinter ihr und zögere. Dann lege ich ihr eine Hand auf die Schulter, drücke sie kurz ermutigend.

Sie wischt sich über die Wange. »Tut mir leid«, sagt sie dann.

Ich ziehe meine Hand zurück und murmele ein »Alles klar, Kumpel«. Dann lasse ich sie allein.

Ich wollte ja nicht wieder hin, aber Maja meinte, das sähe feige aus. Da ich das nicht bin, haben sie und ich weiter am Geburtsvorbereitungskurs teilgenommen. Ich für meinen Teil freue mich, dass er am heutigen Freitagabend zum letzten Mal stattfindet.

Zum Warm-up spielen wir *Ich packe meinen Koffer*. Jedes Paar soll gedanklich in die Kliniktasche packen, was es für wichtig hält. Obwohl die meisten Begriffe mit Bademantel, Zahnbürste et cetera total simpel sind, müssen wir immerzu unterbrechen, denn Chantal und Enes haben kein allzu gutes Gedächtnis. Dabei nehmen die beiden so merkwürdige Dinge wie Pokémon-Sammelkarten und einen Schnuffelschal mit, die wir anderen uns auch merken müssen. Man dürfte erwarten, dass sie sich Mühe geben. Tun sie aber nicht. Besondere Probleme haben sie mit dem Kofferinhalt von Alena und Hans, die nicht ohne ein Parfüm Nummer soundso und The Duke Munich Dry Gin in die Klinik fahren würden. Es ist eine Frage der Zeit, bis Simone und Gernot der Kragen platzt.

»Kokos-Zitronengras-Badeseife mit Hanfschnur«, äfft Öko-Simone Luxus-Alena nach und tippt sich an den Kopf. »Ihr habt ja eine Macke.«

Ich schmunzele, denn das könnte Maja gesagt haben. Hätte sie vielleicht auch, und die andere kam ihr bloß zuvor.

Worüber ich prinzipiell froh bin, denn in dieser Gruppe tut es irgendwie gut, halbwegs normal zu sein.

Glücklicherweise besteht Hebamme Jutta nicht auf einer Spielfortsetzung, sondern zählt auf, was neben dem Üblichen tatsächlich in die Kliniktasche gehört oder von Nutzen sein könnte. Da wir im Kurs keine Handys verwenden dürfen, versuche ich mir alles zu merken, wie eben beim Spiel.

Traubenzucker, warme Socken, Zeitschrift, Kuschelkissen.

Kuschelkissen? Was für ein …

»Unsinn«, murmelt Maja nur für mich hörbar, und so lösche ich das Kissen von meiner gedanklichen Liste.

»Nehmt vielleicht auch Fotos von lieben Personen mit«, schlägt Jutta in ihrem Singsang-Ton vor. »Die spenden euch Kraft zum Durchhalten.«

»Unsinn«, murmelt Maja wieder. »Wenn du bei mir bist, brauche ich kein Foto von dir.« Sie will noch etwas anfügen, da meldet sich Simone zu Wort.

»Ich kann mir vorstellen, dass eine Engelkarte besser hilft als ein Foto. Erzengel Michael repräsentiert die Kraft.«

Ihr Mann nickt bestätigend, und auch die Hebamme hält das für eine gute Idee.

»Jedem Tierchen sein Pläsierchen«, witzelt Luxus-Hans, und seine Frau kichert dazu.

Jutta fährt fort: »Massageöl nicht vergessen und einen halben Liter starken Kaffee. Damit kann die Hebamme Tücher tränken und einen Dammschutz machen.«

Wir sollen zu Hause Kaffee kochen? Ihn in eine Thermoskanne füllen, in die Klinik schleppen und …?

»Unsinn!«, raunt Maja, inzwischen schlecht gelaunt.

Okay, den Kaffee also wieder streichen. Das nächste Thema ist interessanter.

»Stellt euch beruhigende Musik zusammen oder Lieder, die ihr gern habt, die euch verbinden und stärken.«

Check. Die Playlist ist noch immer kurz, aber bereits vorhanden.

Die Uhr mit dem Sekundenzeiger zur Wehenmessung und die Badesachen für die Geburtswanne kommen für mich ebenfalls nicht in Frage. Letzteres nicht nur, weil Maja wegen der Zwillinge nicht in die Wanne darf, sondern grundsätzlich. Mal ernsthaft! Ich setze mich doch nicht in Badehose …

Majas leises Lachen unterbricht meine Gedanken.

»Was hat sie gesagt?«, flüstere ich.

»Du sollst einen Fächer mitbringen, um mich abzukühlen, oder besser noch Wasser-Spray.« Ihr Bauch wackelt vor Lachen unter meinen Händen. »Wenn du es wagst, mich anzusprühen, ist Polen offen, das schwör ich dir.«

Die Vorstellung hat was von einer überzogenen Komödie.

Jutta ermahnt Maja und mich, ihre Tipps ernst zu nehmen, dann schaltet sie den Fernseher an und startet den Film einer, wie sie sich ausdrückt, harmonischen Geburt, auf die sich die Gebärende ausgezeichnet vorbereitet hat.

Die Intellekt-Fraktion setzt sich vom TV-Gerät abgewandt auf ihre Matte, um zu meditieren, weil sie Fernsehen prinzipiell ablehnt. Alle anderen schauen zu, und ich muss zugeben, die Frau macht das wirklich vorbildlich. Kaum einen Ton gibt sie von sich, von einem Schrei ganz zu schweigen. Man sieht sie nicht mal wirklich pressen. Sie lächelt sogar. Natürlich, der Film soll beruhigen, und so wäre die Aufnahme einer Frau, die den Kreißsaal zusammenbrüllt und an den Presswehen beinahe erstickt, wohl unangebracht. Dennoch halte ich es für falsch, uns solche Illusionen zu machen. Bei mir funktioniert das schon mal gar nicht, denn ich habe erlebt, wie sich eine Frau verhält, die ein Kind bekommt.

Davon abgesehen hoffe ich, Maja fühlt sich von diesem Film nicht unter Druck gesetzt. Ich erwarte nicht von ihr, dass sie jeden Schmerz schluckt, still und glücklich gebärt.

Schon gar nicht zweimal nacheinander. Weil ich hinter ihr sitze, kann ich den Ausdruck auf ihrem Gesicht nicht sehen, doch in meinen Armen fühlt sie sich entspannt an.

Mein Blick huscht wieder zum Bildschirm, wo der Kopf des Kindes scheinbar mühelos aus der Mutter flutscht. Zuletzt zieht sie es sogar selbst aus sich heraus und nimmt es in den Arm, obwohl es noch an der Nabelschnur hängt.

Chantal sagt: »Ihh, ist das eklig!«, während Klaus mit vor den Mund gehaltener Hand aus dem Raum stürzt. Enes lacht deshalb und schickt ihm ein »Weichei« hinterher.

Ich fühle mit dem Flüchtenden und kann einen neuen Gedanken nicht für mich behalten: »Entschuldigung, aber welchen Nutzen haben wir von diesem Film?«, frage ich mit leisem Ärger im Bauch. »Was wir da gesehen haben, entspricht zum einen nicht der Realität, und zum anderen finde ich es unangebracht, hier in der Runde auf das Geschlecht einer Frau schauen zu müssen. Das ist nicht jedermanns Sache.«

Jutta reagiert beleidigt. »In der Kursbeschreibung wurde der Film angekündigt.«

»Das hätte auch eine Animation sein können.« Die es zur Veranschaulichung doch getan hätte.

»Weichei«, kommt es abermals von Enes.

Weil ich ein höflicher Mensch bin, verabschiede ich mich am Kursende von der Hebamme und danke ihr für die vermittelten Informationen. Ein paar davon sind ja ganz nützlich.

Welche gleich noch?

»Ein Glück ist das geschafft«, sagt Maja auf dem Weg zum Auto – einem sicheren, zuverlässig funktionierenden SUV der Marke mit den Ringen im Übrigen.

Jepp, das ist geschafft, antworte ich im Stillen. Aber das waren bestimmt nur Peanuts gegenüber dem, was uns sicher noch bevorsteht.

Die abgefahrene Tatsache

Beinahe drei Wochen nach dem letzten Geburtsvorbereitungskurs, als ich gerade den Wochenendeinkauf in die Küche schleppe, klingelt mein Handy. Die anrufende Nummer ist unbekannt. Dass ich das Gespräch annehme, bereue ich, sobald ich Claudias Stimme höre. Zuerst erkundigt sie sich verlogen interessiert, wie es mir geht, dann lädt sie mich zu einem Promokonzert ein, das sie mit Goldkind am Abend in einem Club gibt. Ohne nach einer Entschuldigung zu suchen oder freundlich zu sein, sage ich ihr ab und beende das Gespräch.

»Das war nicht wirklich Claudia, oder?«, fragt Maja, die Lebensmittel in den Kühlschrank räumt.

»Doch. Ich sollte zu einem Gig kommen. Wahrscheinlich hat sie Schiss, dass Goldkind die Location nicht füllt.«

»Komisch, dass sie deine Nummer noch hat.«

Oh, oh! Das klingt nach Ärger. Ruhig bleiben, Max! Rechtfertige dich jetzt und beklage dich nicht darüber. »Ich kann nichts dafür, dass sie meine Nummer noch hat.«

»Komisch, dass sie dich noch anruft und einlädt.«

»Auch dafür kann ich nichts, aber du hast ja gehört, was ich ihr gesagt habe.« So, Gespräch beendet. Bitte!

Nicht mit Maja. »Habt ihr in letzter Zeit häufiger telefoniert?«

Nein! Nein! Nein!

»Nein.«

»Hm!«

Dieses *Hm* ist kein normales *Hm.* Kein nachdenkliches oder verwundertes *Hm.* Es ist ein *Ich-glaube-dir-nicht-Hm.* Warum will sie mir das nicht glauben? Ich möchte jetzt kein Theater! Schon gar nicht wegen nichts.

»Maja, bitte …«

»Ja, schon gut. Sorry.« Tatsächlich wird ihr die Unsinnigkeit ihres Argwohns bewusst. »Im schwangeren Zustand reagiere ich allergisch auf diese Frau.«

»Das solltest du nicht.«

»Ich weiß.« Maja nimmt die Kosmetikartikel, um sie ins Bad zu bringen.

Kaum ist sie aus der Küche, klingelt mein Handy erneut. Wieder wird eine unbekannte Nummer angezeigt, doch es ist eine andere als eben. Ich zögere, gehe dann doch ran.

»Nowak«, sagt eine Frau. »Herr Leif?«

Ich kenne keine Frau Nowak. Vielleicht ist es jemand wegen des Kling Klang. »Ich bin das, ja.«

»Vor einiger Zeit waren Sie in meiner Apotheke.« Die Nervosität in ihrer Stimme ist plötzlich nicht mehr zu überhören. Clarissa Nowak? Die Apothekerin aus Bockenheim. Ich schaue, ob Maja in der Nähe ist, höre sie aber oben im Bad hantieren.

»Können wir uns unterhalten?«

»Ähm, also … ja.« Nee, eigentlich will ich nicht.

Mein Verstand brüllt mich an, ich sollte nicht. Was für ein Blödsinn damals, sie wegen ihres Aussehens anzusprechen. Dass sich Menschen ähnlich sehen, auch mehr als zwei oder drei auf diesem Planeten, obwohl sie gar nichts miteinander zu tun haben, ist natürlich möglich. Wie diese Frau es schon auf den Punkt gebracht hat. Sie dachte, ich hätte sie angebaggert. Hat sie es sich nun überlegt und will eine Affäre?

»Haben Sie heute Zeit?«, fragt sie. »In zwei Stunden mache ich hier Schluss. Ein paar Straßen weiter gibt es das Café Auszeit.«

»Ähm, also …«

Ich war noch vor dem Urlaub bei ihr, im November. Angenommen, sie will keine Affäre, warum ruft sie dann jetzt an? Aus Neugier?

Maja kommt zurück.

»Okay«, beeile ich mich zu sagen und checke die Uhrzeit. »Siebzehn Uhr dann. Bis nachher.« Ich beende das Gespräch und lege das Handy weg.

Maja zieht die Brauen hoch. »Das war aber nicht wieder …«

»Das war Flo«, unterbreche ich sie. »Ich fahre nachher kurz zu ihm. Er hat irgendein Problem.«

Um ihrem Blick auszuweichen, wasche ich das eingekaufte Obst in der Spüle und sortiere es in Schalen und Körbe. Es fühlt sich übel an, sie zu belügen, aber ich kann ihr jetzt nicht erklären, dass ich eine Frau treffe, die ihr ähnlich sieht. Sie würde das falsch verstehen und sich aufregen. Das soll sie auf keinen Fall. Ich werde diese Apothekerin also auf einen Kaffee einladen und sämtliche Missverständnisse klären.

Clarissa Nowak wartet im Café Auszeit an einem Tisch am Fenster. Mit einem miesen Gefühl in der Brust setze ich mich zu ihr, ohne die Jacke auszuziehen, und bestelle einen Espresso. Ein schnelles Getränk. Sie trinkt Milchkaffee. Kein schnelles Getränk.

»Sie haben mich nachdenklich gemacht, Herr Leif«, beginnt sie. »Ich habe ein bisschen Zeit gebraucht, deshalb melde ich mich erst jetzt.« Sie atmet durch. »Darf ich fragen, wer die Frau ist, die mir angeblich ähnlich sieht?«

Das miese Gefühl in mir weitet sich aus, schleicht jetzt in meinen Magen. »Meine Lebensgefährtin«, zwänge ich raus.

Clarissa Nowak nickt. »Ich wurde adoptiert«, sagt sie dann. »Ich war sehr klein, als ich in ein Heim kam, drei Jahre. Dort war ich aber nur kurz, zog bald zu meinen Eltern.«

Sie nippt an ihrem Kaffee, behält die Tasse in der Hand, schließt beide Hände darum, als wollte sie sie wärmen.

»Ich habe keine Erinnerung an meine leiblichen Eltern. Wann immer ich über sie nachgedacht habe, war da etwas …« Sie überlegt. »Eine Sehnsucht, die sich wie ein Loch anfühlt.«

Das kommt mir bekannt vor. So ähnlich spricht Maja, wenn sie an ihre Mutter denkt. Geistesabwesend nehme ich den Espresso, der mir eben vorgesetzt wurde, trinke und verbrenne mir die Zunge.

»Ich wusste von meiner Adoption. Meine Eltern hatten außerdem den Namen meines Vaters vom Heim bekommen, wohl auf dessen Wunsch hin. Dass meine Mutter nicht mehr lebte, wussten sie auch. Sie gaben mir den Namen des Mannes irgendwann, damit ich mich bei ihm melden kann, wenn ich möchte.« Nachdenklich schüttelt sie den Kopf. »Ich wollte nie. Nach der Schule ging ich zum Pharmaziestudium nach Berlin, lernte meinen heutigen Ex-Mann kennen, heiratete und bekam meine Tochter. Mein Sohn folgte vor fünf Jahren. Vor drei Jahren trennten sich mein Ex und ich. Ich zog mit den Kindern hierher zurück, um mich um meine Eltern zu kümmern, lernte meinen jetzigen Mann kennen. Schließlich bekam ich die Möglichkeit, die Apotheke zu übernehmen.«

Am liebsten möchte ich aufstehen und herumlaufen. Ich zwinge mich, ruhig zu bleiben, und bringe dieses ganze Gespräch auf den Punkt: »Als ich Ihnen gesagt habe, dass Sie jemandem ähneln, haben Sie an eine Schwester gedacht?«

Clarissa Nowak zieht die Schultern hoch und lässt sie wieder fallen. »Oder an eine Cousine. An irgendjemanden aus meiner leiblichen Familie.«

»Den Namen Ihres Vaters«, frage ich, »wissen Sie den noch?«

Sie schaut mir fest, irgendwie hoffend in die Augen und spricht das Unfassbare aus: »Antonio Rados.«

Meine Kehle schnürt sich zu. Fassungslos starre ich die Frau an und versuche zu begreifen, was ich seit einigen Minuten ahne.

»Ihre Partnerin«, fragt sie zögerlich, »ist das meine Schwester?«

Abgesehen vom Nicken hocke ich da wie ein Löwe, der aus der Savanne nach Alaska gebeamt wurde, stocksteif vor Schreck. Keinen Ton bringe ich heraus.

»Ist sie jünger?«, fragt Clarissa.

Ich will ihr antworten. Kläre meine Kehle, zwinge die Worte aus dem Mund. Meine Stimme klingt hölzern. »Wann ist Ihr Geburtstag?«

»Anfang August«, sagt sie und nennt mir auch das Jahr.

»Gleich alt«, murmele ich und springe mit einer Entschuldigung vom Tisch auf, um vor der Tür nach Luft zu schnappen.

Es tut mir leid, sie gerade da sitzen zu lassen, denn die Neuigkeit muss für sie noch schockierender sein als für mich, doch ich brauche dringend ein paar Sekunden, um mich zu sortieren.

Als stünde ich unter einer Eisdusche, fröstele ich, obwohl mir nicht kalt ist. Im Gegenteil. Ich schwitze so sehr, dass mein T-Shirt unter der Jacke an meinem Oberkörper klebt. Mit gesenktem Kopf, die Hand vor den Mund gepresst, wandere ich hin und her – und habe keine Ahnung, wie ich Maja erzählen soll, dass sie eine Zwillingsschwester hat. Mir wird klar, dass es gar nicht ihre Mutter war, die ihr immer gefehlt hat, sondern ihr Zwilling.

Für so etwas gibt es keine schonende Methode, egal wie ich es formuliere. Das ist eine brachiale Wahrheit – und ich habe Angst vor Majas Reaktion. Sie könnte sich so erschrecken, so emotional einbrechen, dass die Wehen einsetzen und die Kinder zu früh geboren werden. Sie darf es momentan nicht erfahren.

Wieso muss das überhaupt jetzt passieren, verdammt? Und wieso mir? Ihr Vater hätte ihr das erzählen sollen. Es wäre seine Pflicht gewesen. Nun hab ich diesen Mist an der Backe. Das muss geheim bleiben, bis die Mädchen auf der Welt sind. Was siebenunddreißig Jahre Zeit hatte, kann noch sechs bis acht Wochen warten.

Mit diesem Entschluss gehe ich ins Café. Die Irritation und der Schock stehen Clarissa ins Gesicht geschrieben. Die Arme hat sie um den Oberkörper geschlungen. Sie zittert.

»Ich verstehe das nicht«, flüstert sie.

»Ich auch noch nicht so wirklich«, gebe ich zurück und habe den Wunsch, sie irgendwie zu trösten, doch ich wage es nicht, ihr näher zu kommen. Das ist alles zu spooky.

Aus meiner Hilflosigkeit heraus versuche ich, die Geschichte aufzuarbeiten, indem ich das erzähle, was ich von Maja weiß: der Tod der Mutter, Majas schwere Krankheit, die den Vater verzweifeln ließ. Das muss der Grund gewesen sein, warum er den gesunden Zwilling zur Adoption freigegeben hat. Da war keine weitere Familie, keine Onkel oder Tanten, die sich um das Mädchen hätte kümmern können.

Nachdem ich Clarissa von Majas Zwillingsschwangerschaft erzählt habe, beginnt sie zu weinen. Ich beruhige sie, so gut ich kann, und bitte sie, mir Zeit zu geben. Sie verspricht es, denn sie versteht, dass ich es Maja nicht sofort erzählen kann. Wir verabschieden uns mit einer befangenen Umarmung, dann fahre ich nach Hause.

Maja empfängt mich im Foyer mit den Worten: »Mach, dass du verschwindest!« Ihr Blick ist kalt, doch ihre Augen sind rot, als hätte sie geweint.

Hannibal tappt herbei und schiebt den Kopf unter meine Hand, damit ich ihn kraule, doch ich kann nicht. Lecter schmust um meine Beine, damit ich ihn begrüße, aber ich spüre ihn kaum.

»Warum?«, frage ich.

»Du triffst dich mit Flo, ja?«, ätzt Maja. »Seit wann hat Flo lange Haare, Brüste und einen dicken Arsch?«

Mist! »Du bist mir gefolgt?«

»Natürlich! Ich dachte zwar, du triffst dich mit Claudia, aber im Prinzip kommt es auf dasselbe raus.«

Ärger grollt in mir. Zuerst leise, dann immer lauter. »Na wunderbar. Vielen Dank für dein Vertrauen.«

»Du hast offenbar keines verdient.« Sie deutet auf die Tür, durch die ich gerade erst reinkam. »Und jetzt raus!«

»Maja, reg dich bitte nicht auf, diese Frau ist nicht …«

Sie unterbricht mich und schreit: »Ich reg mich auf, wenn du nicht sofort verschwindest, also raus!« Ihre Wut färbt die Narben rot.

»Maja, bitte! Ich kann es erklären.« Nur wie, das weiß ich trotz reinem Gewissen nicht. Sie ist ja jetzt schon auf hundertachtzig.

»Ich will nichts hören. Zieh Leine!«

»Hast du diese Frau angesehen?«

»Ich musste sie gar nicht genau sehen. Ich bin an diesem Café nur vorbeigefahren.« Ein unechtes Lachen steigt aus ihrer Kehle. »Im Porsche übrigens.«

»Du bist im achten Monat schwanger, Maja. Du kannst keinen Porsche mehr fahren.«

»Und wie ich das kann.«

Innerlich knicke ich ein. Vielleicht ist es besser, wenn ich jetzt gehe. Ihretwegen und wegen des Babys. Ein bisschen auch meinetwegen, denn genau genommen möchte ich gerade nicht bei Maja sein, weil ich dann ständig das Gefühl hätte zu lügen. Weiter und weiter. Ich brauche eine kleine Zeit mit mir selbst, um nachzudenken, wie ich ihr das Unfassbare möglichst schonend beibringe … Nun, da sie überzeugt ist, dass ich sie betrüge, kann das nicht bis nach der Geburt warten.

Im Gehen nehme ich Hannibals Leine von der Türklinke, pfeife ihn zu mir, werfe zuerst Lecter, dann Maja einen entschuldigenden Blick zu, den der eine verwundert und die andere zornig erwidert.

Nach abgewehrter Annäherung

Es knurrt. Tief und gefährlich. So grollend, dass ich davon wach werde. Ein verklebtes Auge zwinge ich auf, dann das andere. Ich gucke auf den Regenbogen, den ich einst an die Wand im Zimmer der Regenbogengruppe gemalt habe, und stelle fest, dass ich auf dem Spielteppich liege. Das Knurren höre ich noch immer.

Mühsam hebe ich den Kopf und entdecke Hannibal, der vor dem Spielteppich sitzt, zur Tür starrt und knurrt. Kaum öffnet sie sich einen Spalt, da beginnt er zu dezi-bellen. Die Tür schließt sich sofort wieder.

»Aus!«, stöhne ich, nachdem ich meine Zunge vom Gaumen gelöst habe, und schicke ein »Verdammte Scheiße« hinterher, denn mir fällt ein, was gestern so alles passiert ist.

Hannibal verstummt. Aber nur, bis sich die Tür abermals öffnet. Erneut knurrt er und schluckt seinen Groll, als ich ihn noch einmal zum Stillsein auffordere. Big Mama linst ins Zimmer.

»Max?«, raunt sie.

»Jepp«, gebe ich müde zurück.

»Was tun Sie hier?«

Hmmm. »Ich liege hier.«

Irgendwie habe ich mich letzte Nacht wohl hierher verirrt.

»Was ist mit dem Dobermann?«

»Der tut nichts. Der passt nur auf mich auf.«

»Können Sie ihm bitte sagen, er soll mich nicht beißen.«

»Macht er nicht. Er tut nur so.«

Prompt knurrt Hannibal wieder, wie um sich zu beweisen. Mit einem derben »Verflucht, jetzt lass das« stelle ich das ab.

Big Mama wagt sich ins Zimmer. »Ist irgendwas passiert?«

»Ähm … eigentlich.« Ich kraule mir den Kopf. »So einiges.«

»Okay«, sagt sie. »Am besten kommen Sie in die Küche. Ich mache Ihnen Frühstück.«

Hannibal reagiert auf das magische Wort und tappt Big Mama hinterher, also raffe ich mich auf und tue dasselbe. In der Küche setze ich mich auf den Stuhl in der Ecke und beobachte, wie die Köchin den Hund versorgt. Schweigend haut sie danach ein paar Eier in die Pfanne, brät Speck und wirft mir immer wieder düstere Blicke zu – was sie wirklich gut kann. Bald weiß ich nicht mehr, wohin ich schauen soll, konzentriere mich auf Hannibal und bringe ihn nach seiner Mahlzeit in den Garten. Nicht mal zwei Minuten bin ich dort grüblerisch und mit schwerem Herzen auf und ab geschlendert, da pfeift mich Big Mama zu sich.

Mit einem weiteren düsteren Blick setzt sie mir den Teller vor und brummt: »Hatten Sie Streit mit Maja, oder warum schlafen Sie hier?«

Mit der Gabel stochere ich im Ei, nicke.

Big Mama stemmt die Arme in die Seiten. »Wegen einer anderen Frau?«

»Schon, aber nicht im üblichen Sinn. Ich muss Maja etwas sagen, aber das würde sie wahrscheinlich sehr aufregen.«

»Schämen Sie sich!« Big Mama verzieht den Mund und schüttelt den Kopf. »Wie können Sie so etwas tun? Jetzt, ausgerechnet.«

»Ich habe gar nichts getan!« Ohne Ei und Speck angerührt zu haben, lege ich die Gabel auf den Teller. »Leider denkt Maja genau das. Als wäre ich so einer.«

Big Mama bleibt bei ihrer Theorie. »Jeder Mann kann so ein Mann sein. Mein Mann auch. Sieben Jahre waren wir zusammen, da hatte er etwas mit einer anderen Frau, und ich habe es herausgefunden.« Sie nimmt meine Gabel und hält sie mir hin. »Und jetzt essen Sie, Max!«

Ohne Appetit spieße ich Ei und Speck auf die Gabel und tue wie befohlen. Nebenbei hält mir Big Mama einen Vortrag über

Vertrauen und Treue in Partnerschaft und Ehe, über den nur natürlichen Mangel an Sex während der Schwangerschaft und darüber, dass ein verantwortungsbewusster Mann das niemals als Anlass zum Fremdgehen nimmt.

Es geht zu einem Ohr rein und zum anderen wieder raus. Ich ärgere mich, überhaupt geredet zu haben. Ich hätte die Klappe halten und eine Ausrede als Grund für meine Nacht im Kling Klang finden sollen, denn Big Mama kann ich die Wahrheit genauso wenig anvertrauen wie einer anderen Frau in Majas und meinem Bekanntenkreis. Nachher verplappert sich irgendeine.

Den Teller habe ich noch nicht ganz geleert, da fliegt die Tür auf, und Maja watschelt in die Küche.

»Was machst du hier?«, zischt sie.

Ich zucke mit den Schultern. »Ich arbeite hier. Aber was machst du hier? Du bist im Mutterschutz.«

Sie schnaubt. »Super Ironie.«

Ich will nicht streiten, sie nicht aufregen. »Maja …«

»Dein Musikunterricht fällt heute aus. Bitte geh jetzt.«

Mit einem Seufzen schiebe ich den Teller weg und stehe auf, schaue ihr fest in die Augen. »Du musst mir vertrauen, Maja. Ich kann dir erklären, warum ich diese Frau getroffen habe. Nur muss das noch ein bisschen warten.«

Sie verengt die Augen zu Schlitzen. »Warum? Ist dir bisher noch kein plausibler Grund eingefallen? Was wirst du mir irgendwann erklären – dass alles platonisch ist?«

»Ich habe weder eine platonische Sache noch eine emotionale oder sexuelle mit dieser Frau. Sie ist nicht mal eine Bekannte.«

»Hah!«, grollt Big Mama, klappt den Mund aber zu, als ich ihr über die Schulter einen Blick zuwerfe, und kümmert sich um das Frühstück für die Kinder.

Ich konzentriere mich wieder auf Maja, deren Miene noch angespannt ist, aber nicht mehr so hart wie eben. Langsam beginnt sie zu zweifeln. Ich wage einen Schritt in ihre Richtung und, weil sie sich nicht rührt, einen zweiten. So gern würde ich sie berühren, über ihre Wange streicheln. Um mich davon abzuhalten, schiebe ich die Hände in die Taschen.

»Ich fahre übers Wochenende weg«, sagt sie.

Ich hab mich wohl verhört! »Allein? Wohin?«

»Nicht allein. Mit Jekaterina. In den Taunus. Zum Wellness.«

Jede Menge Bedenken springen auf meine Zunge und wollen aus meinem Mund: Sauna? Massagen? Ist das in der Schwangerschaft erlaubt? Und die Russin als Begleitung? Nicht dass sie Maja zu einer Art Revolution gegen mich antreibt. Sie überredet, mich mit heruntergelassener Hose an einer Anhängerkupplung durch das Westend zu schleifen.

»Ich mache spezielle Programme, die sehr schonend sind. Ich will einfach ein bisschen entspannen.«

»Okay«, presse ich hervor und gehe an Maja vorbei zur Tür. »Wo ist eigentlich Hannibal?«

»Im Garten.«

»Na klasse!« Schon wieder gerät sie in Rage. »Bestimmt hat er auf den Rasen gekackt. Gleich kommen die ersten Kinder. Wenn die Eltern sehen, dass ein Dobermann …«

»Ich mache es weg«, unterbreche ich sie. »Und dann sind wir auch gleich verschwunden.«

Zuerst fahre ich zu Dr. Bärbeißer. An deren Praxistür lese ich, dass die Ärztin bis einschließlich heute Urlaub hat. Ich rufe sie an, doch ihr Mobiltelefon ist ausgeschaltet, also hinterlasse ich ihr eine Nachricht. Dann mache ich mich auf zu Dr. Papadopoulus, deren Sprechstundenhilfe mir sagt, dass die Chefin heute und übers Wochenende auf einer Tagung ist. Ich rufe Flo an. Er ist in Hamburg, um eine Band anzuhören.

Scheiße! Alles Scheiße!

Mit Hannibal im Schlepptau verirre ich mich an den Main,

sitze dort auf einer Bank und starre auf das Wasser, auf die containerbeladenen Schiffe und Sportboote. Dann fällt mir Duddy Ralf ein. In einer Mail frage ich ihn, ob er Zeit für ein Treffen hat. Er antwortet prompt, zögert aber. Warum? Weil er vielleicht doch, wie Maja vermutet, eine Frau ist?

Alles Scheiße!

Ich stecke mein Handy wieder in die Jackentasche, da geht eine neue Nachricht von Ralf ein, in der er sich erkundigt, wo ich bin.

Eine Stunde später setzt sich ein Typ im grauen Anzug neben mich auf die Bank. Während er seine Krawatte lockert, grinst er mich schief und mit hochgezogener Braue an.

»Herr Wallbusch, was machen Sie denn hier!«, frage ich und überlege, ob seine Frau ihn wegen des Clueso-Songs auf mich angesetzt hat, da streckt er mir die Hand hin und sagt:

»Ralf.«

»Ähm …« Ich schüttele seine Hand. Mein verwirrtes Hirn rattert auf Hochtouren, um die Puzzleteile zusammenzusetzen. »Ähm, ich bin Max.«

»Das dachte ich mir, seit Janosch die Zwillinge erwähnt hat. Ein Max in Frankfurt, der bald Vater von Zwillingen wird.« Amüsiert schüttelt er den Kopf. »So viele gibt's da sicher nicht.«

Duddy Ralf ist also keine Frau, sondern Janosch Schabrowskis Vater. Deshalb hat er damals, als er Janosch zu spät im Kling Klang eingesammelt hat, so grüblerisch gewirkt. Das ist verrückt! So verrückt, dass ich lachen muss. Ralf stimmt ein. Noch im Lachen wird mir bewusst, warum ich ihn herbestellt habe, und ich bin plötzlich unschlüssig, ob ich ihn einweihen soll. Andererseits, warum nicht, wenn er schon längere Zeit ahnt, wer ich bin?

Ein bisschen verhalten beginne ich, wobei ich das Gefühl habe, ein Märchen zu erzählen – oder eine Story für die Fernsehshows, die Maja früher geschaut hat. Der Fakt, dass alles wahr ist, wühlt mich auf und lässt die Worte schließlich aus meinem Mund sprudeln.

»Stell dir mal vor«, sagt Ralf, als ich schweige und auf den Main schaue, »Maja wäre nicht ausgerechnet jetzt schwanger geworden, ihr wäre nicht übel gewesen, du wärst nicht in die Notdienst-Apotheke gefahren, wärst auf diese Frau nie aufmerksam geworden.«

Eine krasse Vorstellung. Vielleicht wären Maja und Clarissa alt geworden, ohne je voneinander zu erfahren. Ihr Leben lang hätten sie diese Leere gespürt, ohne zu wissen, warum und dass es einen Menschen gibt, ganz in der Nähe, der sie ausfüllt.

»Prinzipiell ist es eine tolle, eine einfach wunderbare Neuigkeit«, schlussfolgert Ralf. »Du solltest es Maja sagen.«

»Ich kann damit sowieso nicht mehr warten. Nicht, wo sie diesen Verdacht hat. Aber wenn es mich schon so berührt, was macht es dann mit ihr? Es ist auch nicht so, als wäre sie halbwegs darauf vorbereitet. Sie denkt, alle Mitglieder ihrer Familie wären tot.«

Ralf denkt darüber nach und schnaubt dann verdrießlich. »Ich bleibe dabei, sag es ihr. Bereite sie darauf vor, dass sie eine großartige, positive Nachricht hören wird.« Er schaut auf seine Uhr. »Ich muss zurück ins Büro. Wie wär's mit einem nicht-virtuellen Bier demnächst?«

»Gern.« Ich reiche ihm die Hand, schüttele sie. »Danke, Ralf.«

»Nicht dafür.« Er steht auf, betrachtet mich noch mal nachdenklich und lacht erneut. »Das muss ich Natascha auch schonend beibringen.«

Das kann ich mir vorstellen. Frau Wallbusch-Schabrowski wird nicht begeistert sein zu erfahren, dass ihr Mann und ich so was wie Buddys sind.

»Dann haben wir ja beide eine Aufgabe.«

Ein absonderliches Wochenende

Die Nacht war kurz. Ohne Maja fühlt sich das Haus seltsam an. Ein paarmal wollte ich sie anrufen und fragen, ob es ihr gutgeht, doch ich habe mich überwunden und mich mit intensiver Recherche zu Frühgeburten abgelenkt.

Als ich am Samstag appetitlos vorm Frühstück sitze, Hannibal und Lecter mit der von mir verschmähten Wurst füttere, ruft Dr. Bärbeißer zurück. Ich will ihr das Wochenende lassen und sie am Telefon um ihren medizinischen Rat bitten, doch sie würgt mich ab und bittet mich, zu ihr nach Hause zu kommen.

In ihrem Büro, das ihrem Sprechzimmer in der Praxis ähnelt, allerdings gemütlicher ist, erzähle ich ihr alles.

»Du meine Güte!«, sagt sie dazu. »Prinzipiell würde ich Ihnen raten, mit dem Erzählen zu warten, aber unter den von Ihnen geschilderten Umständen …«

»Eben!« Ich beginne im Zimmer auf und ab zu laufen. »Nun habe ich mich aber eingelesen und mache mir Sorgen.«

Sie seufzt. »Natürlich tun Sie das, Herr Leif.«

»Begründet! Wir sind in der zweiunddreißigsten Schwangerschaftswoche. Das wären acht Wochen zu früh.«

»Also, optimistisch betrachtet kommen Zwillinge zum einen meist früher als einzelne Säuglinge zur Welt, und zum anderen haben sie ab sofort fast so gute Chancen wie ein Kind, das zum Termin geboren wird.«

»Das weiß ich. Aber fast so gute Chancen sind nicht dieselben guten Chancen. Die Risiken, nicht zu überleben oder eine Behinderung davonzutragen, sind höher, denn die beiden sind trotz allem noch nicht vollständig entwickelt.«

Dr. Bärbeißer weist auf den freien Stuhl. »Herr Leif, würden Sie sich bitte setzen. Sie machen mich ganz kirre mit Ihrem Herumlaufen. Das vertrage ich heute gar nicht.«

Unwillig nehme ich Platz und lasse meinen Gedanken weiter freien Lauf: »Außerdem bin ich besorgt, dass mit einer Frühgeburt das Risiko für Maja steigt, von den psychologischen Auswirkungen abgesehen. Sie ist nun einmal Spätgebärende, bei denen es sowieso häufiger zu Komplikationen kommen kann.«

»Aber doch nicht in Deutschland«, entgegnet Dr. Bärbeißer beinahe empört. »In Entwicklungsländern, ja, dort schon, aufgrund der mangelnden medizinischen Versorgung vor allem.«

»Hier gibt es auch Fälle. Ich habe von einer spätgebärenden Mutter gelesen, die an einer Lungenembolie verstarb, und von einer anderen, die nach einer vorzeitigen Zwillingsgeburt so starke Blutungen hatte …«

»Ich wünschte, Sie würden das endlich lassen«, unterbricht mich die Ärztin. »Dieses Nachlesen im Internet. Warum sprechen Sie überhaupt mit mir, wenn alles, was ich sage, falsch ist und Doktor Internet es grundsätzlich besser weiß?« Um irgendetwas in der Hand zu haben, nimmt sie einen Schreibblock vom Tisch und rollt ihn zusammen. »Das sind Medien, Herr Leif, und die leben nun einmal von Sensationen, vor allem von negativen. Haben Sie nicht noch mehr Horrorvorstellungen im Repertoire? Wie wäre es mit einer Blutdruckkrise und einem daraus folgenden Schlaganfall oder einem Herzinfarkt? Oder vielleicht eine Sepsis, die von Bakterien im Blutkreislauf verursacht wird. Bakterien sind für Sie doch besonders interessant, oder nicht, Herr Leif?«

Sepsis? Herzinfarkt? Schlaganfall? Mist! Von diesen Gefahren habe ich bisher nicht gehört. Um die Ärztin zu beschwichtigen, vor allem zu stoppen, hebe ich die Hände und will etwas sagen, bleibe aber stumm wie ein Fisch.

»Eine Fruchtwasser-Embolie«, schimpft Dr. Bärbeißer in mein konsterniertes Schweigen. »Noch eine populäre Möglichkeit, dem Tod im Kreißsaal auf die Schippe zu springen. Fruchtwasser ist schließlich in Mengen vorhanden, es könnte ins Blut gelangen …«

»Hören Sie auf!«, keuche ich. »Hören Sie bloß auf!«

»Aufhören? Aber wir haben nicht einmal die Hälfte aller möglichen Gefahren in Betracht gezogen. Es gibt so viel mehr, schließlich ist es doch eine Risikoschwangerschaft.« Sie klatscht den Schreibblock auf den Tisch. »Frau Rados ist siebenunddreißig. Somit besteht bei ihr nicht die zehnprozentige Chance einer Komplikation, sondern eine zwanzigprozentige. Überlegen Sie mal, Herr Leif, doppelt so hoch! Außerdem muss sie Zwillinge auf die Welt pressen, also sollten wir zwanzig Prozent draufpacken, großzügig auf fünfzig Prozent aufrunden. Fifty-fifty. Murphy reibt sich schon jetzt die Hände!«

Ich schieße aus dem Stuhl. »Was sind Sie denn für eine Ärztin?!«

Sie zuckt mit den Schultern. »Eine ehrliche, das wissen Sie doch.«

»Wie soll ich jetzt noch pennen? Als hätte ich nicht schon genügend Sorgen. Ich bin für Ihre Meinung, ob ich Maja gerade dem Risiko eines Schocks aussetzen sollte, hergekommen.«

»Das Thema haben Sie selbst gewechselt. Natürlich besteht das Risiko, dass Frau Rados sich aufregt, aber Sie sind darauf vorbereitet. Sie können vorbeugen, eine entspannte Atmosphäre schaffen und sie Stück für Stück einweihen.«

Ah, auf einmal so. »Warum haben Sie das nicht gleich gesagt? Sie haben mich bewusst aufgeregt und total übertrieben.«

»Sie auch!«

Es bringt nichts. Ich könnte noch hundert Sachen sagen, und sie würde mir hundert Kontras geben. So typisch Frau ist das. Schlimm genug, dass ich mich mit meiner eigenen streiten muss. Mit jeder anderen werde ich mich zukünftig nicht mehr auseinandersetzen. Weder mit Big Mama noch mit Jekaterina Poljakow, und auch nicht mit Dr. Ingrid Bärbeißer, sondern Konsequenzen ziehen. Die erste hier und jetzt.

»Schönes Wochenende!«, knurre ich auf dem Weg zur Tür. »Und auf Nimmerwiedersehen! Ich suche mir jetzt einen Arzt, der mich nicht verarscht.«

Meine Hand liegt schon auf der Klinke, da höre ich die Ärztin lachen. Genervt fahre ich herum. Dr. Bärbeißer hockt in ihrem Sessel, hält sich den Bauch und lacht Tränen.

»Ach, Herr Leif«, seufzt sie und zupft ein Zewa aus der Box, tupft sich damit über die Wangen. »Wissen Sie, dass ich Sie echt gern habe? Sie sind zu komisch.«

»Sie spinnen doch total!«

»Sie ebenfalls. Sie spinnen so was von.«

»Wenn das ein Versuch der Patientenrückgewinnung ist, scheitern Sie gerade kläglich.«

Das gibt ihr den Rest. Sie lacht so laut, dass ihr Mann ins Zimmer schaut – mir dabei beinahe die Tür vor den Kopf schlägt – und sich erkundigt, ob alles okay ist. Als seine Frau das kichernd bestätigt, lässt er sie wissen, dass das Mittagessen fertig ist.

»Bleiben Sie doch zum Essen, Herr Leif«, sagt Dr. Bärbeißer.

Ihr Mann nickt. »Es gibt Hackbraten mit Kartoffeln und Gemüse. Ist genug da.«

Die beiden haben sich abgesprochen. Jetzt nehmen sie mich zusammen aufs Korn. Grimmig schüttele ich den Kopf. »Nein. Ich gehe jetzt.« Für immer.

»Kommen Sie schon, Herr Leif!« Die Ärztin schlägt einen versöhnlichen Ton an. »Regen Sie sich nicht auf, alles wird gut.«

Ich tausche einen Blick mit ihrem Mann.

Er zwinkert. »Nachtisch gibt's auch. Schokoladenpudding. Ist gut für die Nerven.«

Ich lasse die Schultern sinken. »Na, okay. Vielen Dank.«

Dr. Bärbeißer steht auf, kommt zu mir und schließt mich in ihre Arme. Dann tätschelt sie mir die Wange und dreht mich um, damit ich ihrem Mann ins Esszimmer folge.

Mit abgewogenem Mut

Maja und Jekaterina Poljakow sind am Sonntagabend aus dem Taunus nach Frankfurt zurückgekommen. Maja hat bei unserer Putzfrau übernachtet – das hat mir Jekaterina Poljakow in einer SMS mitgeteilt. Um neun Uhr am Montagmorgen rückt sie zum Putzen an, und weil ich mir blöde Kommentare ersparen will, verlasse ich das Haus ein paar Minuten vorher. Nicht in Richtung Kling Klang. Der Musikunterricht fällt auch heute wieder aus, denn es ist Schwangerschaftsberatung bei Dr. Niki Papadopoulus, und Maja hat einen Termin zur Vorsorgeuntersuchung. Ich bin noch vor ihr in der Praxis, sitze ungeduldig im Wartezimmer und werde von den anderen Schwangeren mit Argwohn gemustert. Sie verlieren das Interesse, als Maja kommt und sich neben mich setzt. Ich kann nicht aufhören, sie anzusehen. Mein Herz schlägt nicht schneller als zu Beginn unserer Beziehung, sondern pumpt in einem wohligen Takt vor sich hin. Weil Maja so schön ist, nicht nur ihr Gesicht und ihr dicker Bauch, in dem meine Kinder sind, sondern von innen heraus. Sie ist einfach eine wunderbare Frau, ohne die ich niemals mehr sein möchte. Prinzipiell nicht einmal für drei Tage – wie mir das Wochenende deutlich gemacht hat. Nicht aus Sorge um sie, sondern weil ich in ihrer Gesellschaft am meisten ich selbst sein kann.

»Geht's dir gut?«, murmele ich.

»Ja«, gibt sie zurück und schaut mich an. »Und dir?«

»Auch.«

Sie nickt. Schweigt. Legt die Hände auf den Bauch.

Wenn es den Babys gutgeht, werde ich ihr nachher alles sagen – das ist der Plan. Aber wenn nur eines schwächelt oder es Unregelmäßigkeiten gibt, dann schweige ich weiter. Bis sie geboren sind. Punkt.

»Jekaterina würde Patin eines der Mädchen sein«, sagt sie nach einer Weile leise.

»Echt?«

»Echt. Wie findest du die Idee?«

Gut. Prompt. Und ohne Bedenken. Jekaterina Poljakow hat zwar die eine oder andere merkwürdige Ansicht, aber sie hat ein gutes Herz. Meine Meinung nimmt Maja mit einem Nicken hin.

Als die nächste Frau in die Sprechstunde gerufen wird, sind wir allein, und der Raum erscheint plötzlich viel stiller. Wäre nicht die nervige Musik im Radio. Die endet jedoch und wird abgelöst durch einen alten Bette-Midler-Song. *The Rose*.

Ich bin ein Kerl, okay, und ich sollte dieses Lied vielleicht kitschig finden, auf keinen Fall zugeben, dass es mir gefällt. Doch das tut es. Ich mochte es schon immer. Weil es eben nicht kitschig ist, sondern poetisch. So poetisch, dass mir Bette Midlers Worte in diesem Moment richtig nahegehen. Ich bin ein Kerl, ja, aber ich glaube trotzdem, dass die Liebe eine Blume ist und Maja ihr einziger Samen. Ich würde sie heiraten zu diesem Song – wenn sie mich heiratet. In ein paar Wochen. Ich würde sie zu diesem Song heiraten, weil ich es selbst nicht besser sagen könnte als Bette Midler.

Weil mich die Gefühle überwältigen, nehme ich Majas Hand. Sie lässt es zu, verschränkt ihre Finger mit meinen.

»Eins der schönsten Lieder, die je geschrieben wurden«, raunt sie.

Ist jetzt auf der Playlist.

Sie atmet durch, weil sie aufgerufen wird, steht auf und watschelt vor mir ins Sprechzimmer. Dr. Niki Papadopoulus begrüßt uns herzlich, Maja sogar mit einer Umarmung – und das mag ich irgendwie. Von distanzierten Ärzten gibt es wirklich genug. Und gerade in dieser Branche ist Herzlichkeit echt angebracht. Sie startet einen Small Talk über den Frühling, während Maja ihren Bauch auspackt und es sich auf der Liege bequem macht. Ich bekomme zwar, wie immer, einen Stuhl angeboten, bevorzuge es aber, wie so oft, zu stehen. Nahe am Bildschirm. Babykino!

»Hier haben wir die kleinen Schätzchen, anständig gewachsen sind sie in den letzten Wochen«, sagt die Ärztin und macht sich ans Messen. Zuerst Baby A, dann Baby B.

»Also ist alles in Ordnung?«, frage ich und spüre, wie meine Hände in den Hosentaschen vor Aufregung feucht werden.

»Aber ja, Herr Leif, alles prima.«

»Keine Unregelmäßigkeiten?«

Sie schüttelt den Kopf, und Maja schickt mir einen skeptischen Blick, den sie mit einer gezückten Braue garniert.

»Gut!« Ich puste Luft aus. Da fällt mir etwas ein. »Wie ist das eigentlich? Ist mal die eine, mal die andere Baby A und Baby B oder ist es immer dieselbe?«

Dr. Papadopoulus schiebt den Schallkopf weiter über Majas Bauch, misst und erklärt nebenbei: »Baby A ist der Leitzwilling. Sie liegt unten, seit vielen Wochen inzwischen, mit ihrem Köpfchen am Beckenrand, wie es sein soll. Sie wird bestimmt zuerst geboren.« Nach ein paar Klicks schiebt sie den Fokus auf Baby B. »Die zweite ist oben. Sie ist äußerst mobil, liegt mal so und mal anders. Momentan aber auch mit dem Köpfchen zum Becken, und die Wahrscheinlichkeit, dass sie jetzt noch eine Drehung schafft, ist sehr gering. Wenn sie es versucht, werden Sie es spüren.«

»Weil kein Platz mehr ist«, schlussfolgert Maja.

»Genau, die beiden müssen nun wohl so verharren.«

Maja lacht. »Dann wird Baby B mit ziemlich schlechter Laune auf die Welt kommen.«

Trotz aller Nervosität wegen des nun bevorstehenden Gesprächs muss ich grinsen, denn mir ist klar, dass Maja Baby B mit sich vergleicht, sie für die Ungeduldige und Wilde hält, während Baby A ganz offenbar meine ausdauernde Natur zu haben scheint.

So merkwürdig es war, Maja nicht zu Hause zu haben, so seltsam ist es jetzt, als sie die Tür aufschließt, vor mir eintritt und Hannibal begrüßt. Lecter sitzt auf der Treppe ins Obergeschoss und mustert sie wie gewohnt voller Argwohn. Ich habe hauptsächlich mit mir selbst zu tun, denn nun, da ich weiß, dass es den Babys gutgeht, steht dem Reinen-Tisch-Machen nichts im Wege. Nichts außer meiner Aufregung.

Ich warte, bis Maja zur Ruhe kommt und auf die Couch im Wohnzimmer plumpst, dann setze ich mich zu ihr, wäge ihre Stimmung ab und halte ihr schließlich meine Hand hin. Sie nimmt sie, taucht mit ihrem Blick in meinen – und wartet.

»Ich möchte es dir jetzt gern erzählen«, sage ich.

Sie nickt. »Okay.«

»Aber du musst, egal was du gleich hörst, ruhig bleiben, einatmen und ausatmen. Es ist nichts Schlimmes, im Gegenteil, eigentlich ist es eine wunderbare Neuigkeit.«

Maja runzelt die Stirn. »Das klingt trotzdem nicht gut.«

»Es ist gut, wirklich.« Ich nehme auch ihre zweite Hand. »Und ich wünschte, du hättest es früher erfahren.«

Abermals nickt sie mit einem »Okay«, wobei sie jedoch nicht mehr so gelassen klingt wie gerade noch.

»Du erinnerst dich sicher nicht an die Zeit nach dem Tod deiner Mutter, als du so krank wurdest.«

Sie schüttelt den Kopf. »Ich war zweieinhalb. Was war damals?«

»Nun ja …« Verflixt, ist das schwer! »Dein Vater stand vor einer harten Entscheidung. Zuerst starb seine Frau, dann musste er sich um dich kümmern und ...« Mist, wie sag ich das? »Das wollte er ohne Zweifel auch, du solltest wieder gesund werden, allerdings konnte er sich in dieser Zeit um niemanden sonst kümmern.«

Die Falten auf Majas Stirn werden tiefer. »Max, komm auf den Punkt. Um wen sonst hätte er sich kümmern müssen? Um seine Eltern?«

Mein Herz schlägt so schnell, dass es seinen Takt verliert und gefühlt in die Kniekehlen rutscht. »Um deine Schwester.«

Majas Augen werden groß. Sie öffnet den Mund, will etwas sagen, klappt ihn ohne ein Wort wieder zu. In meinem Hals beginnt es zu kribbeln. Bis hinauf in meine Nase und unter meine Augen. Ein tiefer Atemzug hält mich vom Heulen ab.

»Um deine Zwillingsschwester.«

Ich sehe nicht nur, wie Maja erstarrt, ich fühle es auch. Noch hält sie meine Hände, doch sie erkalten. Sie wird blass.

»Maja, atme!«, sage ich leise. »Ganz ruhig bleiben, bitte. Und weiteratmen.«

Mit einem Keuchen zieht sie Luft in ihre Lungen, entreißt mir ihre Hände und legt sie auf ihre Brust. Vollkommen entgeistert starrt sie mich an.

»Max ...«, ächzt sie.

Ich rutsche näher, schlinge einen Arm um sie. »Alles in Ordnung, mein Schatz. Eine gute, wirklich gute Sache ist das.«

»Es ... das geht doch gar nicht«, stottert sie. »Wieso? Das hätte Papa mir doch gesagt. Das ... ich verstehe das nicht. Das kann nicht sein.«

»Er wird sich nicht getraut haben, nach all den Jahren. Er hat ihr seinen Namen mitgegeben und gewartet, dass sie sich meldet, aber sie hatte ihre Gründe, es nicht zu tun.«

Eine Träne kullert über Majas Wange, gefolgt von einer zweiten. »Ich kann doch nicht … Ich bin doch kein …«

»Kein Zwilling?« Ein leises, warmes Lachen erklimmt meine Kehle, doch ich dränge es zurück. »Du bist ein Zwilling, mein Schatz, und mit eben dieser Veranlagung bekommen wir unsere Mädchen. Weißt du noch, wie du mir im Urlaub auf dem Katamaran erzählt hast, dass dir irgendjemand fehlt?«

Sie schließt die Augen, doch ihre Tränen drängen sich unter den Lidern durch. Sie kann nicht antworten. Sie presst ihren Mund so fest zusammen, dass er zittert.

»Sie ist es, die dir gefehlt hat. Ich habe nachgelesen.« Natürlich habe ich das. Ich bin der Onlinerecherche-König. »Zwillinge fühlen sowohl die Anwesenheit als auch die Abwesenheit des jeweils anderen immer und überall, ihr Leben lang.«

Sie versucht, ihre Fassung zu erlangen. »Das ist die Frau, die du im Café getroffen hast?«

Ich erzähle Maja von der ersten Begegnung und der zweiten, von Clarissas Anruf und dem Treffen. Als ich fertig bin, will Maja sie sehen. Nicht morgen oder irgendwann später, sondern sofort. Einen Moment zögere ich, schätze ihre Stimmung ein zweites Mal ein und zücke dann mein Handy, um Clarissa anzurufen.

Sie ist überrascht, denn sie war auf Warten eingestellt, doch sie freut sich. Eine halbe Stunde später klingelt sie an unserer Tür. Ich stehe auf, Maja tut dasselbe, doch sie bleibt hinter mir, schleicht in meinem Schatten ins Foyer und versteckt sich hinter mir, als ich aufmache. Wie ein scheues Eichhörnchen lugt sie über meine Schulter, als Clarissa »Hallo« sagt.

Clarissas Blick wandert von mir zu Maja, bleibt an ihr kleben und bekommt einen sonderbaren Ausdruck.

Ich entscheide, dass es das Beste ist, ein bisschen Platz zu machen, und trete zurück.

»Ich bin Clarissa«, sagt sie.

Maja räuspert sich, schlingt die Arme um ihren Oberkörper und antwortet: »Maja.«

Damit werde ich für die beiden unsichtbar. Wie Magnete, die sich unwillkürlich anziehen, obwohl sie einander doch fremd sind oder nach gewöhnlichem Verständnis sein sollten, nähern sie sich und liegen sich in der nächsten Sekunde in den Armen. Beide weinen. Mein Herz fühlt sich an wie ein Knoten. Verstohlen wische ich mir selbst eine Träne von der Wange, schließe die Tür und trolle mich ins Wohnzimmer.

Die abgehobene Putzhilfe

Während der folgenden Tage bin ich so gut wie immer allein unterwegs. Im Kling Klang gebe ich den Musikunterricht, kümmere mich um Organisatorisches und bin Ansprechpartner für die Erzieherinnen und Eltern. Nebenbei kläre ich die letzten Details der Hochzeit ab – in drei Wochen ist es so weit. Mit Ausnahme von Jekaterina Poljakow und Big Mama weiß von den Gästen niemand, dass Maja noch immer nicht ja gesagt hat. Insbesondere meine Eltern sind total aufgeregt, ständig rufen sie an und geben mir Tipps.

Clarissa hat Urlaub genommen und ist oft bei uns zu Hause oder mit Maja unterwegs. Die beiden haben viel geredet und versucht, die Ereignisse ihrer Kindheit, insbesondere ihre Trennung, aufzuarbeiten, doch einiges wird wohl immer eine Vermutung bleiben. Das trübt die Freude nicht.

Es tut gut, Maja so glücklich zu sehen. Von der Schwere des dritten Trimesters ist kaum etwas zu spüren. Clarissa scheint das alles wegzublasen, vergessen oder unwichtig zu machen.

An jedem Morgen erwacht Maja neben mir, kuschelt sich an mich und sagt lächelnd einen Satz wie: »Wusstest du schon, ich bin ein Zwilling?«, oder sie schläft bei mir ein und flüstert: »Ich habe eine Schwester, ist das nicht cool?«

Das ist es. Absolut. Eine der coolsten, außergewöhnlichsten und bewegendsten Sachen, die in meinem Leben passiert sind.

Am Freitag sind Maja und Clarissa zum Babykleidung-Shoppen in ein Outlet-Center gefahren. Ich klappe gerade den Deckel des Pianos zu und unterhalte mich mit Janosch

Schabrowski, der mir beim Aufräumen des Musikzimmers hilft, da klingelt mein Handy. Ich ziehe es aus meiner Hosentasche und sehe, dass Jekaterina Poljakow anruft. Sie putzt gerade im Haus.

»Max Leif«, keucht sie. »Kommst du cher sofort!«

Ihr Tonfall erschreckt mich, denn der klingt nach einem Problem.

»Was ist los, Frau Poljakow? Etwas mit Hannibal oder Lecter?«

Sie stöhnt. »Auch, firchte ich. Benehmen sie sich sehr merkwirdig! Und vertrage ich das gerade nicht. Mein Cherz!«

Ohne weitere Fragen zu stellen, verspreche ich, in zehn Minuten da zu sein, und schaffe das beinahe. Mit langen Schritten sprinte ich vom Auto zum Haus, schließe hastig auf und stürme hinein.

»Frau Poljakow, wo sind Sie?«

»Bin ich chier«, antwortet sie aus dem Wohnzimmer, wo ich sie in einem Sessel von Hund und Kater flankiert finde.

Als ich mich vor sie hocke, hebt sie den Kopf und schaut mich an. Dann linst sie zu den Tieren und vergräbt das Gesicht in den Händen. »Machen die beiden mich wahnsinnig!«, jammert sie. »Sollen sie aufheren zu tanzen sofort! Chalte ich nicht aus.«

Sie tanzen? »Aber sie sitzen doch nur da. Ganz brav.«

Die Russin schüttelt den Kopf. »Eben nicht, eben chaben sie getanzt und gestarrt mich an wie bese Wesen! Ieberchaupt ist seltsam ganzes Chaus. Spukt es chier. Lauert Gefahr chinter allen Ecken. Sind da die Pflanzen in Küche, die wachsen an Fenster hoch. Und Staubsauger erst! Schreit er die ganze Zeit und klagt, dass er ist satt und will nicht mehr Staub von Boden fressen. Kann ich nicht arbeiten.«

Ich lege eine Hand auf ihre Schulter. Sie zuckt zusammen, späht mich zwischen den Fingern hindurch an.

»Wieso schaust du so komisch, Max Leif?«, flüstert sie. »Bist du wirklich Max Leif? Verschwindest du! Geh weg!«

Vorsichtshalber ziehe ich meine Hand zurück. Dann erinnere ich mich an etwas anderes, das sie am Telefon gesagt hat. »Was ist mit Ihrem Herz?«

»Oh, rast es! Und Puls schlägt bis Chals, kann ich kaum Luft cholen.«

Ein Schwächeanfall. Das muss es sein. »Ich rufe einen Arzt.«

Sie beginnt zu weinen. »Will ich keinen Doktor. Sagt er, bin ich irre, und steckt er mich in Mühle Klaps.«

»Beruhigen Sie sich, Frau Poljakow. Ich telefoniere jetzt mit meiner Ärztin, okay? Sie wird Sie nicht in eine Klapsmühle stecken.«

Den Protest der Russin ignorierend, rufe ich in der Praxis von Dr. Bärbeißer an und lasse mich zu ihr durchstellen. Sie verspricht, in der Mittagspause herzukommen, und empfiehlt mir, Jekaterina Poljakow Wasser trinken zu lassen und sie irgendwo hinzulegen. Beides ist mühsam, denn meine Putzfrau unterstellt mir, ich hätte das Wasser vergiftet. Als sie daraufhin behauptet, die Couch, auf die sie sich legen soll, wird sie mit einem Happs auffressen, kommt mir ein Verdacht – den ich aber noch nicht zu äußern wage.

Dr. Bärbeißer hat keine solchen Hemmungen. Nachdem sie Jekaterina Poljakow untersucht hat, schaut sie ihr tief in die Augen und fragt: »Haben Sie heute oder in naher Vergangenheit bewusstseinserweiternde Substanzen konsumiert?«

Die Russin erschrickt und beeilt sich, das zu verneinen. »Chabe ich nie in Leben. Schwöre ich.«

Mir fällt etwas ein, das meinen Verdacht bestärkt. Ich wechsele in die Küche, öffne den Schrank, in dem Maja im Herbst Machetes Cannabis-Kekse versteckt hat. Die Tasse, in die sie die Tüte gesteckt hat, ist leer. Tatsächlich finde ich sie im Mülleimer. Ohne Kekse. Mit der Tüte zwischen zwei

Fingern kehre ich ins Wohnzimmer zurück und halte sie Jekaterina Poljakow unter die Nase.

»Haben Sie diese Kekse gegessen?«

Die Russin schluckt. Ihr Blick fliegt von der Tüte zu mir. »Chabe ich«, gesteht sie. »Lagen die da ewig. Dachte ich, esse ich sie, bevor sie schmecken nicht mehr. Aber waren doch bloß Kekse.«

Dr. Bärbeißer nimmt mir die Tüte ab und steckt die Nase rein. Sie zieht eine Braue hoch. »Ich frage jetzt lieber nicht, warum Sie so was im Haus haben, Herr Leif.«

Ich zupfe ihr die Tüte aus der Hand. »Das war ein Geschenk.« Dass es eins von ihrem Bruder war, verschweige ich an dieser Stelle taktvoll.

»Eigenartige Geschenke bekommen Sie.« Sie steht auf, streicht sich die Hose glatt. »Frau Poljakow soll sich ein bisschen ausruhen und etwas essen. Sie wird bald müde sein.«

Ich begleite die Ärztin zur Tür, wo sie mir erneut ins Gewissen reden will. Mit meinem hochheiligen Schwur, dass Maja und ich keine Drogen nehmen, beruhige ich sie.

Ganz wunderbar, denke ich, sobald sie weg ist, und lehne mich einen Moment an die geschlossene Tür. Als hätte ich nicht genug zu tun. Jetzt muss ich mich auch noch um eine Russin auf Dope kümmern. Angesäuert tappe ich ins Wohnzimmer und verkneife es mir, Jekaterina Poljakow die Leviten zu lesen.

»Bist du Baron Droge, Max Leif«, schimpft sie und setzt sich schwerfällig auf. Strähnen ihres sonst so akkuraten Haares sind aus dem Zopf gerutscht und stehen von ihrem Kopf ab. Ihre Augen haben die typische Rötung. Ihr Make-up ist verschmiert.

»Bin ich überhaupt nicht …«, hebe ich an, doch ich komme nicht weit.

»Chast du noch mehr chier versteckt irgendwo? Koks in Spülkasten von Klo vielleicht? Cheroin in Dose für Mehl?«

Sie hebt den Zeigefinger. »Max Leif, ist kein Spaß mit Drogenmafia in Frankfurt. Weiß ich!«

Dass sie als Russin davon überzeugt ist, kann ich mir sehr gut vorstellen.

»Werde ich nicht mehr kommen in dieses Chaus, wenn du chast mehr Drogen chier! Bin ich nicht müde lebens.«

»Wie gesagt …« Ich setze mich zu ihr. »Hier waren nur die beiden Kekse. Machen Sie bitte keinen Aufstand deshalb. Die waren tatsächlich ein Geschenk von einem Bekannten, der ein bisschen verrückt ist, mehr nicht.«

»Chast du Freund, der ist Baron Droge? Ist auch nicht gut.«

Machete verkauft ja so einiges. Dass er mit solchem Kram zu tun hat, schließe ich aber aus. Nur bringt er mich wieder und wieder in schwierige Situationen oder ist dabei, wenn etwas passiert. Bedauerlicherweise habe ich ihn zu einem Gast auf der Hochzeit gemacht, nachdem ich auch seine Schwester und deren Mann eingeladen habe. Darüber sollte ich noch mal nachdenken.

Später. In Ruhe.

»Haben Sie Hunger, Frau Poljakow?«

Sie nickt. »Wie Bär.«

Auch nicht verwunderlich. »Wie wäre es mit einem Sandwich?«

»Zwei, bitte.« Sie blickt sich um. »Muss ich noch aufräumen.«

»Ach, vergessen Sie das.«

»Wer soll das machen sonst? Maja nicht! Chabe ich nur gesaugt. Muss noch gewischt werden Boden und Spiegel und …«

»Ich erledige das schon.« Na, klar doch. Das auch noch. »Jetzt essen Sie erst einmal was. Dann fahre ich Sie nach Hause, und dort können Sie sich ausruhen.«

Jekaterina Poljakow widerspricht nicht. Also verschwinde ich in der Küche und bereite ihr zwei extra dicke Sandwiches zu.

Mai

Viel verwirrendes Deutsch

Die Mädchen haben inzwischen reichlich Kleidung. Genau gesagt ist es so viel, dass man beide eine Woche lang stündlich umziehen könnte. Weil Neugeborene angeblich schnell wachsen, haben wir drei Größen vorrätig: winzig klein, sehr klein und etwas größer. Gewaschen und in Körbe und Kartons sortiert, warten die Strampler, Bodys und Jäckchen darauf, in Schränke eingeräumt zu werden, wozu diese erst mal aufgebaut werden müssen. Nach wie vor stapeln sich die einzelnen Möbelteile in den Kinderschlafzimmern.

An einem Samstag gehe ich das an. Maja unterstützt mich, indem sie die IKEA-Gebrauchsanweisungen liest, womit sie mehr Erfahrung hat als ich. Ich habe früher nie in diesem Möbelhaus gekauft, sie schon. Natürlich hätten wir den Aufbauservice in Anspruch nehmen können, doch selbst ist der Mann, der werdende, eigentlich vielbeschäftigte Vater auch. Nach sechs Stunden stehen zwei Schränke, zwei Betten, eine Kommode, zwei Regale und der Wickeltisch. Ich bin durchgeschwitzt und habe so wunde Fingerspitzen, dass ich am Montag weder Gitarre noch Piano spielen kann.

Maja reicht mir den Heizstrahler, der nun über dem Wickeltisch angebracht werden muss – ein Geschenk von Jekaterina Poljakow. Ich ziehe das Gerät aus der Verpackung, betrachte es argwöhnisch.

»Wie soll das denn an der Wand befestigt werden? Ist bestimmt made in Russia.«

Maja schnappt sich die Bedienungsanleitung, lehnt sich gegen eines der Bettchen und liest vor: »Schalten Sie die Macht ein.« Sie kichert. »Das klingt nach einem Lichtschwert.«

»Ich sag's ja.« Ich halte den Heizstrahler an die Wand über dem Wickeltisch. »Russen eben. Denen geht es ständig um die Macht.«

»Nee, ist aus China.« Maja liest weiter: »Wer einen Stromschlag erhält und danach ohne Bewusstsein ist, sollte nicht voreilig begraben werden. Er könnte noch nicht tot sein und sollte erst von einem Medizinmann untersucht werden.«

Ich nehme den Heizstrahler herunter und drehe mich zu ihr um. »Kannst du vergessen, dass ich dieses Ding montiere. Lass uns ein ordentliches Gerät kaufen.«

»Quatsch. Ist doch nur die Übersetzung.«

»Ich riskiere das nicht. Nachher explodiert das Ding oder hat eine schädliche Strahlung oder …«

»Ach, Max, übertreib nicht schon wieder!«

Das ist keine Übertreibung, sondern Vorsicht. »Ich möchte nicht, dass du die Macht einschaltest und dann bewusstlos, vielleicht noch nicht ganz tot über einer unserer Töchter zusammenbrichst.«

Maja lacht so sehr, dass ich befürchte, sie presst. Ich verstehe nicht, was daran so lustig ist.

»Wieso denn ich?«, japst sie dann. »Es könnte dir genauso passieren.« Mit gespielt strenger Miene kommt sie zu mir, stemmt die Arme in die Seiten und schiebt ihren Bauch gegen meinen. »Sag nur, du hast nicht vor, deinen Mädels die Kackwindeln zu wechseln.«

Darüber habe ich ehrlich gesagt noch nicht nachgedacht, es aber nicht ausgeschlossen. Das sage ich ihr so und bringe sie schon wieder zum Lachen. Während ich Kartons zusammenfalte, beruhigt sie sich.

»Lass uns für heute Schluss machen«, schlägt sie vor. »Das Gerät kannst du morgen noch anschrauben. Du solltest jetzt duschen. In zwei Stunden ist meine Schwester da.«

Schon wieder? »Wie jetzt? Heute?«

»Klar.« Maja schiebt sich und ihre Murmel aus dem Schlafzimmer der Babys. »Hab ich dir doch gesagt. Sie bringt ihren Mann und die Kinder mit.«

Och nö! Wie konnte ich das nur vergessen? Vielleicht habe ich ebenfalls Schwangerschafts-Alzheimer – oder ich bin nur schwerhörig.

»Wann hast du mir das erzählt? Ich dachte, wir machen heute einen Ruhigen.« Immerhin hatte einer von uns beiden eine doch ziemlich stressige Woche.

»Gestern Abend«, flötet sie, schon auf Treppe.

Ich laufe ihr nach. »Aber, Maja, ich bin total erledigt. Ich hab den ganzen Tag Möbel zusammengeschraubt.«

»Du musst ja nichts mehr tun. Wir kochen auch nicht. Wir bestellen nur Pizza, dann nörgeln die Kids wenigstens nicht, dass sie irgendwas nicht essen.«

Klasse! Nörgelnde Kids. So gern ich Clarissa habe, ich mag heute keine Kinder um mich. Schließlich ist Samstag. »Können wir das nicht verschieben?«

»Das wäre unhöflich, findest du nicht?« Maja erreicht das Wohnzimmer und ordnet die Kissen auf der Couch. »Die Kids bleiben sowieso nur zum Essen und werden danach von Clarissas Eltern abgeholt.«

Ich plumpse in einen Sessel. Auch das noch. Das bedeutet Open End, ohne die Hoffnung auf die einsetzende Müdigkeit der Kinder, die den Eltern einen Grund zur Heimfahrt liefert.

»Bist du nicht auch müde? Es war doch ein anstrengender Tag.«

Sie schüttelt den Kopf. »Nö. Ein bisschen geschafft wie immer, aber deshalb mag ich mich noch lange nicht schlafen legen.«

»Von Schlafen redet doch niemand, nur von Chillen.«

»Das tun wir dann ja. Zu viert. Das wird lustig.«

Ich resigniere und schleppe mich unter die Dusche. Als ich wieder nach unten komme, sind die vier neuen Familienmitglieder bereits da. Die Pizza ist bestellt, Clarissas Fünfjähriger jagt Lecter durch das Foyer, seine ältere Schwester setzt Hannibal eine Mütze auf. Clarissa unterhält sich mit Maja, während ihr Mann Stefan mit einem Bier in der Hand darauf wartet, dass ich mittrinke.

Ich habe ihn bereits kennengelernt, und ja, er ist ein netter Kerl. Aber der Mann der Schwester meiner Frau muss nicht zwingend mein bester Freund werden. Die Chancen dafür stehen nämlich schlecht, denn schon beim ersten Treffen kannte er nur zwei Themen: Computer und Fußball. Von Musik hat er keine Ahnung, und nicht einmal das Ersatzthema Autos kann er bedienen – im Gegensatz zu Ralf, der sich bei unserem ersten echten gemeinsamen Bier als ein Kenner beider Szenen erwiesen hat.

Maja fand es spektakulär, dass mein Duddy Janoschs Vater ist. Uns ist aufgefallen, dass Natascha Wallbusch-Schabrowski seither nicht mehr gemotzt oder einen Beschwerdebrief verfasst hat. Entweder reißt sie sich aus eigenem Antrieb zusammen oder hat von ihrem Mann eine Ansage bekommen.

»Die Eintracht hat verloren«, begrüßt mich Stefan. »Und die blöden Bayern haben mal wieder alles plattgemacht.«

Ich nehme mir auch ein Bier. »Keine Ahnung, hab's nicht gesehen.«

Er runzelt die Stirn. »Wie kann man das nicht gesehen haben?«

Ich trinke einen Schluck, setze die Flasche dann ab und antworte: »Sehe ich nie. Hab anderes zu tun.« Um nicht zu sagen: Wichtigeres.

Er schlägt mir auf die Schulter. »Junge, da müssen wir dich aber ganz schön umkrempeln. Bei uns in der Familie schauen die Männer Fußball, gehen zu den Spielen, sind im Verein.«

Clarissas Sohn steht plötzlich vor uns und quetscht den gequält dreinschauenden Lecter an sich. »Den nehm ich mit. Der muss mit mir ins Bett kommen.«

Ich tausche einen Blick mit Maja und Clarissa. Die eine grinst, die andere verzieht den Mund zu einer Schnute. Ich löse den Kater sachte aus den Armen des Kindes. »Der muss hierbleiben. Der kann anderswo nicht einschlafen.«

Der Junge stampft mit dem Fuß auf und heult. »Ich will aber!«

Ich bin sehr dankbar, als Clarissa sich opfert und mit ihm nach oben geht, um in Ruhe mit ihm zu sprechen. Wenig später ist ihre Tochter allerdings bei mir und verlangt nach dem Kater, weil der Hund sie inzwischen langweilt. Bevor sie ihn mir entreißen kann, stehe ich auf und gehe zur Terrassentür.

»Wir lassen Lecter mal in den Garten. Er braucht ein bisschen frische Luft.«

Sie trippelt mir nach. »Wieso braucht er frische Luft? Was tut er im Garten? Hat er keine Angst, wenn es dunkel wird? Sind dort andere Katzen?«

Als sie die Maus sieht, verstummt sie abrupt. Wieder einmal säuberlich getötet, liegt das Tier auf der Terrasse, direkt vor der Tür. Kreischend rennt sie zurück.

Mit einem Seufzen setze ich den Kater ab. Er schmust um meine Beine, schaut zu mir auf und maunzt.

»Schon klar, Alter«, gebe ich zurück. »Ich liebe dich auch.«

Ich finde, es wird Zeit, dass die Pizza kommt.

Mit verflixter Sorgfalt

Am Montagabend verabschiedet sich Maja zu einer Gesprächsrunde mit den Eltern der Zwei- bis Vierjährigen im Kling Klang. Ich warte, bis sie die Tür hinter sich zuzieht, lausche auf den Motor des noch in der Einfahrt parkenden SUVs, und als dessen Brummen verklingt, packe ich alle für den Test benötigten Artikel auf den Küchentisch. Was ich vorhabe, muss ich vor Maja nicht verheimlichen, aber sie würde nur den Kopf darüber schütteln und behaupten, das sei Unsinn oder hätte noch Zeit.

Wie es um unsere zukünftige Zeit bestellt ist, das ist meines Erachtens nicht einzuschätzen. Was erledigt ist, ist erledigt – und die Beschäftigung ist außerdem eine gute Abwehr gegen Hirngespinste, die mir bildhaft darstellen, wie dämlich ich als verschmähter Bräutigam am Hochzeitstag aussehe, wie mitleidig mich die Gäste betrachten, wie gedemütigt ich Maja erkläre, dass ihre Abfuhr kein Problem ist und wir einfach so weitermachen können wie bisher.

Es sind nur noch Tage bis zum zwölften Mai. An jedem einzelnen findet sich die eine oder andere Stunde, in der mir vor lauter Nervosität schlecht wird und ich die Hochzeit in Frage stelle. Das liegt wohl vor allem daran, dass Maja überhaupt nicht aufgeregt ist. Davon, dass sie sich ein Brautkleid gekauft hat, habe ich nichts mitbekommen, und an manchen Tagen muss ich sie sogar daran erinnern, dass wir übers Heiraten gesprochen haben. Vielleicht wegen des Schwangerschafts-Alzheimer.

Nein, Max, nicht über die Hochzeit nachdenken! Alles wird gut.

Und jetzt wird getestet.

Den Anfang macht die Ersatzmilch. Laut einer ÖKO-TEST-Studie enthalten viele dieser Produkte Stoffe, die Tumore und Nierenschäden verursachen – was mich an Majas schlimme Kinderkrankheit erinnert. Jede davon betroffene Ersatzmilch habe ich also auf die schwarze Liste gesetzt und widme mich nun dem ersten von drei Produkten, die bestanden haben und zudem keinen Fabrikzucker beinhalten. Es sind alles Probepackungen, die ich nach der Anmeldung zum Bonusprogramm einer Drogerie erhalten habe. Mit der Anleitung vor der Nase löffele ich die angegebene Menge Milchpulver in ein Glas, schütte exakt auf siebenunddreißig Grad erhitztes Trinkwasser hinterher, rühre um, puste und trinke. Grundsätzlich kein Fan von Milch, bin ich auf ein eher negatives Geschmackserlebnis vorbereitet, doch was da über meine Zunge fließt, übertrifft meine Erwartungen. Mit zwei Schritten bin ich an der Spüle, spucke das Zeug aus und spüle mit Wasser nach.

Bäh!

Bitter wie diese überflüssigen Artischocken auf der Pizza. Nicht mal Hunger wird das Zeug runterbringen. Nicht bei mir. Nicht bei meinen Mädels. Die Packung landet im Müll. Auf geht's zur nächsten Milch, die ich schließlich weniger beherzt koste. Zwar stresst sie meinen Geschmacksnerv nicht so arg wie die erste Probe, doch sie ist auch keine Köstlichkeit. Genau gesagt schmeckt diese Milch nach Pappe, und so landet sie ebenfalls im Müll. Das muss besser werden!

Es wird besser. Probe Nummer drei ist am wenigsten bitter und besitzt einen akzeptablen Geschmack, der mich zwar nicht reizt, das ganze Glas auszutrinken, doch der Produktname macht den Anfang der Liste, die an diesem Abend um einiges andere ergänzt werden soll.

Feuchttücher sind als Nächstes dran. Sie dürfen nicht parfümiert sein, keine Konservierungsstoffe und keine halogenorganischen Verbindungen besitzen, denn diese können Allergien und sogar Krebs auslösen. Mir dürfen sie außerdem nicht stinken und kein ekliges Gefühl einer zweiten, atmungsunaktiven Haut geben. Ähnlich ist es mit Gesichts- und Bodylotions. Viele riechen widerlich süßlich, andere ziehen einfach nicht ein, egal wie gut ich sie im Gesicht, auf den Armen und der Brust verteile.

Ganz übel sind die Wundcremes. Wie ein Fettfilm müssen die auf der Haut bleiben, doch einen Juckreiz sollten sie nicht auslösen. Meine linke Bauchseite, die ich mit einem solchen Produkt eingeschmiert habe, brennt allerdings und färbt sich rötlich. Schnell wasche ich die Schmiere ab und katapultiere die Probe in den inzwischen gut gefüllten Müll.

Obwohl mein Magen durch die vielen Düfte verstimmt ist, widme ich mich der letzten Produktgruppe: sogenannte Beikost. In den Gläschen, die ich gleichzeitig im Wasserbad erwärme, befinden sich verschiedene Breie aus Möhre, Kürbis und Pastinake – dieses Gemüse musste ich erst einmal googeln. Spinat wäre das vierte verfügbare Gemüse gewesen, doch dem verweigere ich das Haus. Alle anderen Sorten schmecken allerdings überraschend gut. Ich koste mehrmals und überlasse die Reste Hannibal und Lecter, die am Tisch lauern und den Kurz-vorm-Verhungern-Blick aufgesetzt haben.

Gerade will ich mich auf den Obstbrei-Nachtisch stürzen, da höre ich, wie sich die Eingangstür öffnet. Majas Schritte hallen im Foyer.

»Ich bin wieder da«, ruft sie und wundert sich, weil Hannibal nicht zur Begrüßung anwetzt. »Wo seid ihr denn alle?«

»Das ging aber schnell«, antworte ich und werfe einen Blick auf all den Kram vor mir, den ich nicht mehr verschwinden lassen kann.

Maja kommt in die Küche. »Was soll das denn heißen, es ging schnell? Zwei Stunden, wie immer. Was machst du …«

Zuerst mustert sie mich, dann den Krempel auf dem Tisch. »… da?«

Ich stelle den Apfel-Banane-Pamps weg. »Och, ich schau nur, was es so gibt.«

Sie stemmt die Hände gegen ihr Nierenbecken, wodurch sich ihr großer Bauch noch weiter vorschiebt, und kommt näher. »Wie? Du schaust nur? Du bist halb nackt und glänzt wie ein Pharao, der eine Salbung erhalten hat.«

Ach, stimmt ja. Die Lotions! »Ähm, also das liegt daran, dass die meisten Sachen nichts taugen. Sie ziehen nicht ein.«

Maja nimmt eine der Tuben und betrachtet sie. Mit Furchen in der Stirn schaut sie auf. »Max, das ist Wundsalbe, die zieht nicht ein.« Ihr Blick gleitet über meinen Oberkörper. »Außerdem schmiert man die an den Hintern. Wenn er wund ist von der Windel.«

»Also, ich wollte das nicht übertreiben.«

»Tust du das nicht schon?« Sie greift sich eines der Beikost-Gläser, betrachtet es und schüttelt den Kopf. Was sie sagen will, kann ich mir denken und komme ihr zuvor.

»Das ist erst ab dem fünften Monat. Weiß ich. Ich hab nur schon durchgekostet. Wer weiß, ob wir später Zeit für so was haben.«

Ohne einen Kommentar stellt Maja das Glas zurück und nimmt die Probepackung Ersatzmilch. »Und was ist hiermit? Ich werde stillen, Max.«

O bitte, jetzt keinen Vortrag, wie ihn das Blitzen in Majas Augen ankündigt. Abermals versuche ich, ihr den Wind aus den Segeln zu nehmen: »Natürlich wirst du das. Ist das Beste fürs Baby, überall liest man das.« Und das stelle ich keineswegs in Frage. »Aber falls es nicht klappt …«

»Es wird klappen.«

»Falls etwas dazwischenkommt …«

»Was denn?«

Hm! Gute Frage. Ich überlege fieberhaft, und mir fällt etwas ein. »Du könntest nicht genug Milch haben.«

»Die Menge passt sich dem Bedarf an. Wenn zwei trinken, wird Milch für zwei produziert. Schmeiß ja dieses Zeug weg.«

Es dauert eine Weile, bis ich die Cremes und Lotions runtergewaschen habe. Jede Menge heißes Wasser und ordentlich Seife sind nötig. Nach der Dusche ziehe ich die Schlafanzughose über und packe mich zu Maja auf die Couch. Sie blättert in einem Buch, aus der Anlage dudelt Radiomusik.

»Das hat mir Clarissa geschenkt«, sagt sie. »Ein Namenslexikon.«

»Okay …« Ich verschränke die Hände hinter dem Kopf und mache es mir bequem. »Die gibt's doch aber auch online.«

»Online kann man schlecht verschenken.« Nach einem tadelnden Blick rückt sie mit einer Neuigkeit heraus. »Clarissa würde sich freuen, die zweite Patin zu werden.«

Das dachte ich mir schon, und wie bei Jekaterina mag ich den Gedanken. Mein Schweigen interpretiert Maja allerdings anders und schmiegt sich an mich, legt ihre Stirn an meine und schaut mir in die Augen.

»Bist du damit einverstanden?« Sie fragt das, als sei sie darauf eingestellt, mich überzeugen zu müssen.

Das nutze ich schamlos aus, tue so, als dächte ich nach, und antworte ihr schließlich: »Nur, wenn ich für ein Mädchen den Namen aussuchen darf.«

Mit einem noch eindringlicheren Blick warnt sie mich davor, einen neuen Musikernamen anzubringen, dann lehnt sie sich zurück. Das bedeutet wohl, ich habe freie Bahn. Also nehme ich ihr das Namenslexikon ab, blättere zu einem bestimmten Buchstaben und zeige auf einen Eintrag. Maja schaut mich überrascht an, dann lächelt sie und gibt mir einen Kuss. Sie blättert im Lexikon zurück und tippt auf ihren Favoriten. Als ich sie zurückküsse, legt sie ihre Hand in meinen Nacken und hält mich fest.

So viele Vorschläge hat es gebraucht, so viel Zeit ist vergangen … nun finden wir die Namen innerhalb von Sekunden, ohne weiteres.

»Wir verraten sie niemandem, bis die beiden auf der Welt sind«, flüstert Maja an meine Lippen, als könnte jemand lauschen.

Ich nicke verschwörerisch. »Kein Wort zu irgendwem.«

Sie küsst mich wieder, schmiegt sich an mich.

Wir sind sanft, behutsam, wir kuscheln und streicheln. Wir sind unser Sauerstoff und verlassen das Jetzt für eine Weile, um aufzuwachen und mit dem Träumen zu beginnen – so singt es die Stimme, die zwischen Majas Flüstern in mein Ohr dringt. Während ich sie liebe, sachte. Alles, was wir sind – das ist der Gedanke, der in meinem Bewusstsein Runden dreht. Das ist alles, was wir sind.

Danach lege ich mich hinter Maja, streichle über ihren Bauch.

»Was war das für ein Song?«, murmelt sie, noch atemlos.

»Jonah«, antworte ich. *»All we are.«*

Ich spüre ihr Lächeln. »So schön.«

Notiert für die Playlist.

Müdigkeit lullt meinen Geist ein. Mit einem Gefühl der absoluten Behaglichkeit und Majas Duft in der Nase schlummere ich ein.

In verdächtiger Gesellschaft

»So«, sage ich und verkneife mir das *Es ist so weit!*

Maja kommt zu mir ins Foyer, flankiert von Hannibal und aus der Distanz der Küche beobachtet von Lecter. Vermeintlich ahnungslos fragt sie: »So?«

Als hätte sie vergessen, dass morgen der zwölfte Mai ist. Fehlt nur die Frage, wohin ich an diesem Abend denn zu verschwinden gedenke – völlig überraschend.

Auf das Spiel lasse ich mich ein. »Ich bin dann jetzt bei Flo.«

Es ist Brauch, dass Braut und Bräutigam die Nacht vorm großen Tag nicht zusammen verbringen und sich erst zur Trauung sehen. Aus diesem Grund verbringe ich die verbleibende Zeit bei Flo, der enttäuscht ist, dass wir keinen spektakulären Junggesellenabschied zelebrieren. So mit allem Drum und Dran. Er findet es ein bisschen öde, dass wir bloß bei ihm auf der Couch rumlümmeln, ein paar Bier trinken, quatschen und vielleicht einen Film schauen. Aber er akzeptiert meinen Wunsch.

Einen Junggesellenabschied brauche ich nicht. Schließlich bin ich seit Jahren kein Junggeselle mehr. So sachlich das auch klingen mag, aber die Trauung ist in der Außenansicht tatsächlich ein Akt für die Öffentlichkeit. Auf den lasse ich mich nach wie vor keineswegs ein, um irgendwelche Regeln einzuhalten, sondern weil es für mich richtig ist, weil ich es möchte und weil ich Maja liebe – noch immer und für das, was als meine Ewigkeit auf Erden vorgesehen ist. Auf kindische, aus den USA hergebrachte Bräuche, die mich morgen mit einem Kater aufwachen lassen, verzichte ich dabei gern.

Wenig später steige ich in den Porsche und starte den Motor. Kaum röhrt er auf, da dudelt mein Handy in der kleinen Reisetasche. Eine größere brauche ich nicht, weil mein Anzug bereits bei Flo ist. Ich gehe ans Telefon, obwohl es mir Machete als Anrufer prophezeit, und bereue es in der ersten Sekunde, als er »Jong, du musst sofort kommen« sagt.

Wohin auch immer … »Ich kann jetzt nicht. Ich muss zu Flo. Wo bist du denn?«

»Bei de Polezei«, entgegnet Machete mit einigem Zorn in der Stimme. »De Sackjesichter henn mich ens hier einjebuchtet und mache vill Jedöns om nix!«

Na klasse! Typisch Machete. Ich lasse die gelbe Flunder aus der Einfahrt rollen, plötzlich unentschlossen, welche Richtung ich einschlagen soll. »Was hast du angestellt?«

»Gar nix. Han en Leckerschen an de Po jefasst, weil se ihn mir hinjehalten hat. Dann han ich dat Security-Typ en Kinnhake verpasst, und nun han ich enne Anzeije vonwejen Körperverletzong am Hals.«

Selber schuld.

»Allet Kinderkacke«, knarzt er weiter, als ich schweige. »Fünfhundert Euro müssen jezahlt werden, aber jerade erreich ich die Inge nit.«

Schlaue Dr. Bärbeißer. Und dämlicher Max, dass du dein Telefon nicht auch ausgeschaltet hast.

»Mach voran, Jong! Fünfhundert Euro, dat is doch nix für dich, und ich zahl dir dat ens zurück. Sonst kann ich morje nit zu dinge Hochziet kommen.«

Eigentlich gar nicht schlecht, flüstert mir mein Schweinehund zu, aber der Kumpel in mir wischt die Bedenken beiseite und macht sich auf den Weg zur Wache, in der Machete festgehalten wird.

Dreißig Minuten später, nach einem Kampf durch den Feierabendverkehr in der City, treffe ich ein und stelle mich am Empfang vor.

Die stämmige Polizistin mustert mich, dann greift sie zum Telefon und sagt: »Hier ist ein Max Leif, der die Kaution für Klaus Kuhn hinterlegen will.«

Während ich warte, lässt sie mich nicht aus den Augen – als sei ich ein Arschgrapscher wie Machete. Ihr Blick wird mir so unangenehm, dass ich ihre zwei Kolleginnen erst bemerke, als sie bei mir stehen – und das, obwohl sie ziemlich auffällig sind. Ich wusste nicht, dass es in Frankfurt so scharfe Polizistinnen gibt. Offenbar hält man diese Sorte im Büro fest, statt sie auf Streife zu schicken. Die anderen Beamten bekommen diese Exemplare wohl auch selten zu Gesicht, so wie die alle gaffen, als wir losgehen, eine links und eine rechts von mir. Schweigend folgen wir einem Gang, biegen um ein paar Ecken, durchqueren einen Aufenthaltsraum, in dem mehr Gaffer hocken, und tappen eine Treppe hinunter. Es geht vorbei an grauen Türen, vermutlich den Zellen, wieder um Ecken und in einen weiteren Gang.

»Wie lange sind wir denn noch unterwegs?«, wage ich zu fragen und werfe einen Blick über die Schulter, weil ich das Gefühl habe, dass wir verfolgt werden.

»So lange es dauert«, entgegnet die Rothaarige knapp.

»Ist nur so, dass ich einen Parkschein für eine halbe Stunde gelöst habe, und wenn wir …«

»Interessiert uns nicht«, herrscht mich die Blonde an.

Ich klappe den Mund zu und bin plötzlich froh, dass die scharfen Polizistinnen nicht raus dürfen, weil sie noch unfreundlicher als ihre Kolleginnen auf Streife sind. Der lange Weg nervt mich trotzdem, denn den Parkschein habe ich nicht für eine halbe Stunde gezogen, sondern gar nicht. Rein, Machete auslösen, raus und zu Flo – so hatte ich mir das vorgestellt.

Aber erstens kommt es anders … und zweitens schon wieder. In einem Raum, in dem die Zellen nicht hinter Türen, sondern hinter Gittern sind, ist Endstation. Mitleidig schaue ich zu Machete, der in einem Käfig auf einer Bank ausharrt. Ganz und gar unbeeindruckt ist er von den zwei noch schärferen Beamtinnen, die am Gitter lehnen und ihn anscheinend bewachen. In diesem Moment verliere ich die Vorstellung vom weiteren Verlauf der Dinge. Eigentlich hatte ich erwartet, ein paar Papiere auszufüllen und die Scheine zu überreichen, aber jetzt wird mir irgendwie anders zumute, und tatsächlich: Ehe ich michs versehe, stehe ich mit dem Gesicht zu einer Wand, habe die Beine gespreizt, die Arme über den Kopf gestreckt und lasse den Bodycheck der Schwarzhaarigen, die gerade noch am Käfig stand, über mich ergehen.

»Hören Sie mal!«, protestiere ich, als sie meinen Hintern abtastet. »Ich hab bloß Geld dabei. Nichts, wonach Sie suchen.«

»Woher weißt du, wonach wir suchen?«, entgegnet sie und schiebt ihre Hand allen gottverdammten Ernstes zwischen meine Beine. »Klar hast du dabei, wonach wir suchen«, lautet der Kommentar zu ihrem Fund.

Ich fasse es nicht! Das ist … Amtsmissbrauch! Schamloser!

Ich nehme die Arme runter und fahre herum. »Geht's noch? Sie sind ja wohl …«

Das Knallen eines Schlagzeugs lässt mich verstummen und zusammenzucken. Mein Blick fliegt von den vier Polizistinnen, die plötzlich ganz anders gucken, zu Machete in seinem Knast. Er hält eine Boom-Box hoch und feixt von einem Ohr zum anderen. Durch eine Tür am Ende des Raumes kommen sein Schwager, Dr. Bärbeißers Mann, Duddy Ralf und Vladimir, Jekaterina Poljakows bessere Hälfte.

Was zum Teufel … denke ich noch, da erscheint auch Flo auf der Bildfläche. Er hat eine Flasche Whiskey und ineinandergestapelte Becher dabei, drückt mir einen davon in die Hand und schenkt großzügig ein.

Während die fragwürdigen Polizistinnen die Hüften zu schwingen beginnen und neben dem Schlagzeug auch die Klänge der E-Gitarre aus der Boom-Box schallen, versammelt sich die halbe männliche Belegschaft, die eben noch oben an ihren Schreibtischen gesessen hat. Jetzt wird mir klar, warum sie gegafft haben. Zum Rhythmus von Robert Palmers *Addicted to love* klatschen sie in die Hände.

Flo öffnet die Gittertür und lässt Machete raus, um ihn mit Alkohol zu versorgen. Ralf, Herr Bärbeißer und Vladimir Poljakow bekommen ebenfalls zu trinken. Flo füllt sich den letzten Becher und hebt ihn. Über den Lärm hinweg prosten er und die vier anderen mir zu. Die Polizistinnen schälen sich aus ihren Uniformen, was die echten Cops mit Pfiffen und Johlen begrüßen.

»Hast du gedacht, du kommst ohne Party davon?« Lachend schlägt Flo mir auf die Schulter und stößt mich an, damit ich mit ihm trinke.

Ich kippe den Stoff hinunter, setze den Becher ab und wische mir über den Mund. Das kann ja heiter werden!

Irgendwann nach Mitternacht verirre ich mich auf dem Weg vom Klo zurück an die Theke in den lauschigen, von Grün umrankten Innenhof der Kneipe, die unsere letzte Station sein soll. An einem der Tische, auf denen Kerzen flackern, nehme ich Platz, strecke die Beine aus, verschränke die Hände über dem Bauch, lehne mich zurück und schließe für einen Moment die Augen. Als ich sie öffne, fällt mein Blick unweigerlich auf den klaren, von Sternen übersäten Nachthimmel. Heute suche ich nicht mal nach Gemini, denn es ist Mai. Das Sternbild der Zwillinge sieht man nur im Winter, dennoch sehe ich es im Geiste und weiß, wo Kastor und Pollux ihren Platz haben.

Gestern jährte sich Pauls Todestag zum dritten Mal. Drei Jahre ohne ihn. Und ich bin immer noch hier. Mehr denn je in meinem Leben. Angekommen.

»Hey, Paul«, murmele ich. »Weißt du, dass ich Maja morgen heirate?«

Mein Glas habe ich drinnen an der Theke gelassen. Hätte ich es hier, würde ich es gen Himmel heben.

»Du fehlst mir, Bruder. Wirklich. Das Leben geht weiter, und es geht gut, aber du fehlst trotzdem.«

Als wäre eine Antwort selbstverständlich, suche ich den Himmel ab. Doch der ist still.

»Wusstest du, dass ich Papa werde? Maja und ich bekommen zwei Mädels. Grandiose Mädels, das steht jetzt schon fest.«

Der Himmel schweigt weiter.

»Und Hannibal geht's gut. Es ist echt lustig, ihn mit dem Kater zu sehen. Man könnte ja denken, er würde das rote Pelzknäuel zerfetzen, wenn es ihm zu viel wird, aber er ist brav.«

Noch eine Weile sitze ich da und rede mit Paul. Dann stehe ich auf und verlasse den Hof, drehe mich an der Tür um und sehe zurück. In diesem Moment huscht ein Lichtschweif über die schwarze Kulisse. Ich habe schon einige Sternschnuppen in meinem Leben gesehen, aber keine war so hell, so gerade und so stark wie diese.

Ein paar Sekunden lang halte ich inne, die Hand auf der Klinke und den Blick im Himmel, das Herz voller Wärme, dann ziehe ich die Tür auf und geselle mich zu den anderen.

Total verrücktes Schicksal

Bekanntlich soll man aufhören, wenn es am schönsten ist. Diesen Zeitpunkt haben Flo, Ralf, Machete, Vladimir, Günther – formerly known as Herr Bärbeißer – und ich in der vergangenen Nacht eindeutig verpasst. Nachdem die Cop-Stripperinnen fertig getanzt hatten, sind wir essen gegangen und dann trinken. Und trinken. Und trinken. Es war vier Uhr morgens, als Flo und ich in ein Taxi stiegen und ich feststellte, dass ich zuletzt mit Bernd und seinem Hund im Park so besoffen war, am Abend nachdem ich von meinem Vaterwerden erfuhr. Vernünftigerweise hätten wir gegen Mitternacht die Segel streichen sollen – da war es am schönsten und wir waren noch nicht so voll.

Jetzt rolle ich mich im Bett auf die andere Seite. Noch auf der Suche nach dem Tag und der Tageszeit, schlinge meinen Arm um einen warmen Körper und nuschele: »Noch 'ne Runde kuscheln, okay?«

»Klar doch«, antwortet mir eine Männerstimme.

Ich öffne ein Auge und identifiziere Flos Rücken. »Ach, du bist das.«

»Wen hattest du denn erwartet?«, fragt er mit grimmigem Unterton. »Scheiß Whiskey.«

Beim Aufwachen hatte ich natürlich wie immer angenommen, in meinem Bett zu sein. Nicht in Flos. Ich rutsche wieder weg und reibe mir die Augen, damit sie sich leichter öffnen lassen.

Zum Glück ist die Hochzeit erst am Nachmittag.

»Wie spät ist es?«

Flo regt sich ein bisschen, um auf die Uhr zu schauen.

»Zwölf«, gibt er zurück und scheint weiterdösen zu wollen.

Ich setze mich im Bett auf, bin plötzlich hellwach.

»Zwölf. Verdammt! Um vierzehn Uhr müssen wir bei mir zu Hause sein.«

Kaum eine Sekunde später sitzt er auch. »Das schaffen wir!«

Dann geht alles sehr schnell. Wir stürmen aus dem Bett, prallen auf dem Weg ins Bad mehrmals gegeneinander, rammeln vor die Waschbecken zum Rasieren und Zähneputzen, streiten dabei, wer zuerst unter die Dusche darf. Ich habe die besseren Argumente, da ich später mehr Teile anziehen muss. Ich dusche eiskalt, trockne mich in Windeseile ab und hetze zu meiner Garderobe – ein Dreiteiler mit Plastron und weißem Hemd. Der Anzug ist taubenblau, denn ich will nicht wie ein Pinguin in Schwarz-Weiß herumlaufen, sondern Farbe bekennen. Mit dem Plastron mühe ich mich etwas ab, bis Flo noch triefnass und mit dem Handtuch um die Hüften da ist, um mir zu helfen.

Eine Stunde später sitzen wir im Auto und düsen los. Flo fährt, nicht nur, weil wir in seinem Wagen sitzen, sondern vor allem, weil mich die Nervosität bald umbringt. Rückversicherung beim Standesamt – check. Deko in Garten und Haus – check. Sektempfang – check. Fotograf – check. Musik – check. Rede – check. Kuchen – check. Catering – check.

»Die Ringe?«, rufe ich mit halbem Herzstillstand kurz vor einer auf Gelb schaltenden Ampel.

Flo legt eine Vollbremsung hin und tastet sein Jackett ab. »Mann, die hab ich doch«, ächzt er. »Jetzt beruhig dich doch mal.«

»Versuche ich ja.« Das geht nicht so leicht.

Er reibt sich die Stirn. »Echt mal, Max, das war ordentlich gestern. Ich hab bestimmt noch einige Promille auf dem Tacho.«

Ich winke ab. »Ach, wir haben doch jetzt Freunde bei der Polizei.«

Die Erinnerung an den Abend verschafft mir ein bisschen Ablenkung von meinem Hauptgedanken: *Maja wird da sein! Maja wird da sein! Maja wird da sein! Maja wird* … Wie eine Laufzeile rollt der Satz durch meinen Kopf.

»Ich hoffe, sie kommt.«

Bei Grün fährt Flo weiter und schickt mir einen genervten Blick. »Natürlich kommt sie.«

Toll, dass zumindest er so überzeugt ist.

»Sollen wir vielleicht noch bei McDonald's anhalten? Ich hab irgendwie Hunger.«

Es ist nach Mittag, und wir hatten kein Frühstück.

Flo schaut zur Uhr im Cockpit. »Kurz nach eins. Ein Stopp ist drin.«

Weil wir es nicht riskieren wollen, die Anzüge einzusauen, gehen wir ins Restaurant, statt am Drive-in-Schalter zu bestellen. Wir sitzen kaum eine Minute, da packt mich ein Schreck, der aus einer Lücke auf meiner Checkliste resultiert.

»Die Blumen!« Ich lasse meinen Cheeseburger fallen und springe auf. »Wir haben den Brautstrauß und meinen Anstecker vergessen!«

Nicht die Bestellung, aber die Abholung, die hätten wir beinahe verschwitzt. Flo klatscht seinen Hamburger aufs Tablett und steht ebenfalls auf.

»Na klasse«, brummt er. »Wie sollen wir das schaffen?«

Wir schaffen das!

Mit so einigen km/h zu viel scheucht Flo seinen Wagen zum Floristen und von dort in Richtung Westend. Zehn Minuten vor vierzehn Uhr sind wir da. Die Einfahrt vom Haus ist voller Autos, also parkt Flo am Straßenrand. Mein Herz tobt, als wir das Haus betreten. Wir durchqueren das Foyer und betreten das Wohnzimmer, das für die Trauung umgeräumt ist. Jekaterina Poljakow und ihr Mann Vladimir haben ganze Arbeit geleistet. Alles ist mit weißen Blumen und viel Grün geschmückt. Die Gäste warten im von Sonnenschein verwöhnten Garten, wo ein Pavillon aufgestellt ist. Darunter steht eine Tafel, flankiert von Stühlen, beides gemietet.

Ich begrüße den Standesbeamten und meinen Vater mit Handschlag. Meiner Mutter gebe ich einen Kuss auf die Wange. Sie ordnet meine Haare, rückt das Plastron zurecht und drückt mich noch einmal an ihre Brust. Wir gehen ins Haus. Die Gäste folgen uns nach und nach und nehmen ihre Plätze ein. Die Kids und Erzieher des Kling Klang grinsen. Am breitesten grinst Janosch Schabrowski, der als einziges Kind von seinen Eltern begleitet wird. Big Mama, Jekaterina und Vladimir Poljakow nicken mir zu – natürlich, dem trinkfesten Russen ist kein Hangover anzumerken. Günther hingegen schon, doch er hält sich wacker neben Dr. Ingrid Bärbeißer und Machete, dessen zerknittertes Gesicht von der Nacht erzählt. Ganz vorne sitzen meine Eltern neben Pauls Eltern, Clarissas Mann und ihren Kindern. Der Standesbeamte wartet am Pult, Flo und ich stellen uns davor. Fehlen nur noch Clarissa und Maja.

Ich vermute, Maja ist bei Clarissa, um sich dort fertigzumachen. Ihre Schwester wird ihre Trauzeugin sein. Das sind positive Zeichen.

Sie kommt, sie kommt, sie kommt … tönt es in meinem Kopf, bis mir Flo, der meine Gedanken zu lesen scheint, den Ellbogen in die Seite rammt.

»Wie spät ist es?«, flüstere ich irgendwann.

»Vierzehn Uhr«, flüstert er zurück.

Verdammt, sie macht es spannend.

Und noch spannender.

»Wie spät jetzt?«, frage ich nach einer gefühlten Stunde.

»Vierzehn Uhr zehn«, antwortet Flo und klingt etwas unsicherer.

Ich wende mich zum Standesbeamten um. »Moment noch. Meine Braut ist hochschwanger und braucht etwas länger.«

Er nickt verständnisvoll.

Die Anspannung macht mich fertig. Jeder Muskel wird hart. Mein Nacken beginnt zu schmerzen. Von den Fersen kriecht die Furcht über meine Waden hinauf in meinen Bauch, in meine Brust und die Schultern. Ich presse die Lippen zusammen. Keinen Ton werde ich sagen zu dieser Verspätung. Das macht sie mit Absicht. Sie will mich zappeln lassen. Ganz geflissentlich ignoriere ich auch unsere Hochzeitsschar, deren Blicke gebannt auf mir ruhen und auf eine Reaktion warten. Ich werde nicht reagieren. Maja wird kommen. Sie wird …

Ein Geräusch holt mich aus meinen Gedanken. Flo stößt mich abermals in die Seite, um mich auf mein Telefon aufmerksam zu machen. Das bimmelt irgendwo in meinem Anzug. Mit erzwungener Ruhe ziehe ich es aus dem Frack und werfe einen Blick auf das Display. Majas Name leuchtet darauf.

Mein Herz rutscht unter die Wohnzimmerdielen. Ich nehme ab, habe mich noch nicht mal gemeldet, da legt sie schon los.

»Max!« Sie klingt verzweifelt.

»Maja?« Ich straffe die Schultern, um gerader zu stehen, um ihre Abfuhr mit Würde zu tragen.

»Es tut mir leid!«, schnieft sie und klingt traurig. Aller Stolz, auch der verletzte, macht die Fliege.

»Ist doch kein Ding, mein Schatz«, antworte ich schnell. »Wir müssen das nicht machen. Wir können das irgendwann … oder nie … oder in einem Jahr … oder wie auch immer …«

»Ich will doch«, unterbricht sie mich. »Ich war doch schon angezogen, aber dann …« Ihr Schrei treibt mir den blanken Horror in die Glieder. Meine Hand verkrampft sich ums Telefon, als ich sie keuchen und wimmern höre.

»Es geht los, Max!«

»Es geht …«

»Die Mädchen, Max! Clarissa und ich sind auf dem Weg in die Klinik.« Das Nächste bringt sie anscheinend weinend hervor. »Ich … ich kann grad nicht zur Hochzeit kommen.« Abermals schreit sie, dann wird die Verbindung unterbrochen.

Ganz starr stehe ich da, umklammere mein Handy, hebe irgendwann den Blick und schaue in die Gesichter vor mir. Schaue zu Flo und dann zum Standesbeamten. Jeder ist aufgestanden. Als käme die Braut.

»Ich muss los«, ächze ich und spurte aus dem Haus, zur Garage. Die ist zugeparkt. Ein paar Schritte renne ich hierhin, dann woandershin. Dann ist Flo an meiner Seite.

»Ruhig, Max, ich fahre dich«, höre ich ihn wie von weit weg sagen. Er tänzelt vor mir herum, hebt die Hände, um mich zu beruhigen.

Meine Eltern tauchen im Blickfeld auf. »Wir bringen dich hin, Mäxchen«, kommt es von meiner Mutter. Mein Vater nickt das ab.

Machete erscheint auf der Bildfläche. »Ich kann auch fahren.«

Von irgendwoher tönt der Standesbeamte. Er räuspert sich und meint: »Also, wenn meine Dienste hier dann nicht weiter benötigt werden …«

»Ich will aber die Hochzeit sehen«, kräht Janosch Schabrowski.

In meiner wüsten Rumrennerei remple ich gegen Jekaterina Poljakow. Sie packt mich bei den Schultern und rüttelt mich.

»Fahre ich dich, Max Leif!«, sagt sie. »Bin ich Patin. Andere Patin ist auch da, also muss ich sein da ebenso. Keine Rede wider! Weiß ich auch, wo ist ein Weg schleich zu Klinik. Und gut!«

Meine Verzweiflung implodiert. »Mir ist egal, wer mich fährt«, rufe ich, »oder mir seinen verdammten Autoschlüssel gibt, aber ich muss jetzt sofort fahren!«

Die Russin nickt. »Los dann.«

Wenig später sitze ich neben ihr auf dem Beifahrersitz. In völliger Ruhe steuert sie den Wagen durch Frankfurt.

»O Gott, o Gott, o …«, rufe ich und kann nicht begreifen, was passiert. »Bitte, bitte, lass Maja nichts passieren.«

»Passiert ihr nichts«, entgegnet die Russin.

Mein Herz rast, mein Puls klopft im Hals. Mit der Hand fahre ich mir übers Gesicht, zerzause meine Haare. »Das sagen Sie so einfach. Wissen Sie, wie viele Frauen schon bei der Geburt gestorben sind?«

»Nein«, lautet ihr trockener Kommentar. »Wie viele waren es?«

Ich habe keine Ahnung. Eine Milliarde?

Scheiße!

»Ich werde jetzt Papa, Frau Poljakow!«

Sie schaut zu mir rüber und frotzelt: »Überraschung ist das!«

Ihr Zynismus prallt an mir ab, dafür verzweifele ich ein bisschen mehr.

»Ich bin überhaupt nicht vorbereitet. Ich habe gar nichts dabei. Kein Duftöl, keine Musik, nicht mal ein Snickers, falls es länger dauert. Ich bin noch halb betrunken, und wie man richtig atmet, habe ich auch vergessen.«

»Geht alles von allein, Max Leif, brauchst du nicht diese Krempel«, erwidert sie konstant gelassen. »In Russland, weißt du, die Frauen arbeiten auf Acker Kartoffel, wenn Wehen beginnen. Und sie laufen neben Mann auf Kutsche zum Chospital, weil ist kein Platz mehr für sie auf Chänger vor lauter Kartoffeln.«

Barbarische Russen!

Der verzauberte Mann

Seit vier Stunden haben wir den dreizehnten Mai. Vor den Fenstern des Geburtszimmers ist es noch stockdunkel, aber es fühlt sich weder wie Nacht noch wie früher Morgen an. Mir ist, als sei ich in einem zeitlosen Raum. Ich bin nicht müde, nicht munter. Mir ist heiß, und trotzdem kriecht ein Kälteschauer nach dem anderen über meinen Rücken. Mein Magen knurrt vor Hunger, und zugleich ist mir schlecht. Ich bin nicht ich selbst. Ich bin nichts außer völlig erledigt.

Und Maja erst!

Sie tut mir so leid, und ich kann kaum etwas für sie tun. Bei jedem Stöhnen stockt mein Atem, bei jedem Schrei stolpert mein Herz. Die PDA hat sie bisher abgelehnt, und je mehr Zeit vergeht, desto schroffer reagiert sie, wenn die Hebamme ihr das zur Schmerzlinderung anbietet.

Das Brautkleid, das wunderschöne, das sie noch trug, als ich wie ein Blitz in die Klinik einschlug, hat sie inzwischen gegen einen weißen Kittel mit blauen Punkten getauscht. Ich für meinen Teil habe mich nur des Plastrons, des Fracks und der Weste entledigt. Das nicht mehr blütenweiße Hemd steht offen, die Ärmel sind aufgeschlagen. Die Anzughose ist zerknittert. Meine Füße werden von teuren Schuhen gequält – den nach fünfzehn Stunden unbequemsten der Welt. Die bequeme Kleidung, zu der die Hebamme im Vorbereitungskurs geraten hat, liegt zu Hause im Schrank. Überhaupt nichts mache ich so, wie ich es sollte – zumindest fühlt es sich so an.

Ich soll mal pausieren, hat Maja vor einer Weile gesagt, aber ich weiche nicht von ihrer Seite. Hier ist auch niemand mehr, der mich vertreten könnte, denn Jekaterina Poljakow und Clarissa sind gestern Abend auf die Party gefahren, die

Majas und meine Hochzeitsfeier werden sollte. Auf mein Drängen hin zwar, aber sie haben eingesehen, dass es schade um die Band und Big Mamas leckeres kreolisches Essen wäre.

Eine neue Wehe packt Maja, und sie verkrampft sich, ihre Narben auf der Schläfe pulsieren rot. Die Hebamme ermahnt sie, ruhig zu atmen. Das versucht sie und schlingt ihre Hand dabei fester um meine. Meine Finger spüre ich schon seit einiger Zeit nicht mehr.

Um ihren Kopf zu kühlen, nehme ich den Lappen aus einer von der Hebamme bereitgestellten Schüssel, quetsche das Wasser einhändig raus und tupfe Maja damit über die Stirn.

Sie schlägt meine Hand weg, öffnet die eben noch zusammengekniffenen Augen und zischt: »Hau bloß ab damit, verdammt. Leg du dich mal hierher und mach das mit, dann komme ich mit so einem triefenden Ding an.«

Ich werfe den Lappen in die Schüssel und verzichte auf eine Antwort. Bisher hat sich Maja so weit unter Kontrolle, dass sie mich nicht mit Schimpfwörtern betitelt. Ich fände es gut, wenn das so bliebe.

»Ich habe keine Lust mehr, verflucht«, schimpft sie schon lauter. »Ich will, dass das aufhört. Ich will meine Ruhe! Ich will hier raus. Ich kann die verdammte Dekoration an der Decke nicht mehr sehen, dieses blöde Gebammel da, und die Scheißmusik geht mir auf den Wecker.«

Mein Blick fliegt zur Decke, unter der sich gelbe und orangefarbene Tücher spannen. In Kombination mit verschiedenen Objekten, wie metallenen Sonnen und Schmetterlingen, sollen sie Beruhigung spenden, ein heimeliges Ambiente schaffen. Bei Maja funktioniert das wohl nicht, aber ich kann die Deko nicht ändern. Das Radio hingegen, das kann ich ausschalten und will mich deshalb kurz von ihr lösen, doch sie hält meine Hand fest.

»Wohin will du jetzt, verflixter …«

In der Erwartung eines Schimpfwortes versteife ich mich, doch sie spricht nicht aus, was auch immer sie gerade von mir hält.

Böse, flitzende Spermien! Nur ihr seid schuld, ihr flinken Mistkerle!

Die Musik dudelt weiter. Die Hebamme klinkt sich ein: »Frau Rados, wenn Sie noch immer keine PDA …«

»Wehe, Sie sagen es noch einmal!«, faucht Maja die Frau an, doch die ist nicht beleidigt. Solche Reaktionen ist sie anscheinend gewohnt.

»Wie wäre es denn mit Lachgas stattdessen?«, fragt sie ruhig.

Lachgas? Moment mal. »Ist das legal?«

Während die Hebamme irgendwas erklärt, zeigt mir mein Geist ein Weltkriegsszenario und gleich darauf Teenager, die von Helium high sind und mit hohen Stimmen sprechen. Lachgas ist ausgeschlossen.

Majas Schrei holt mich ins Jetzt zurück. Ich verkneife mir einen eigenen, wenn auch leiseren Schmerzenslaut, weil meine Hand durch ihr festes Zudrücken inzwischen echt weh tut. Als sie sich beruhigt, beuge ich mich über sie und streichele mit der freien Hand über ihre Wange.

»Du machst das gut, mein Schatz«, flüstere ich.

»Ich will das Lachgas«, beschließt sie. »Sofort.«

Das kann nicht ihr Ernst sein. »Maja …«

Durch die Wimpern funkelt sie mich an. »Hast du nicht zugehört? Es ist ungefährlich. Es wird oft eingesetzt und ist so gut wie nebenwirkungsfrei.«

»So gut wie ist aber nicht …«

»Ich diskutiere das jetzt nicht aus. Komm ja nicht auf die Idee …«

Ihre Stimme bricht ab, als die nächste Welle ihren Körper in Besitz nimmt. Kaum ist ihr Schrei verebbt, da setzt ihr die

Hebamme eine Maske über Nase und Mund. Maja entspannt sich und lockert sogar ihren Griff. Mir ist das alles nicht geheuer, und ich beobachte sie genau, rede mit ihr, um sicherzugehen, dass sie bei Bewusstsein und Verstand bleibt.

Mitten in meiner Schilderung der gestrigen Überraschungsparty wendet sie mir den Kopf zu, atmet geräuschvoll in die Maske und ächzt:

»Ich – bin – dein – Vater!«

Alarmiert rufe ich die Hebamme, die lacht aber nur. Maja kichert ebenfalls und japst: »Den kennst du doch, Max, oder etwa nicht?«

»Meinen Vater?«, entgegne ich versucht locker, als mir ihr Scherz klarwird. »Logisch kenne ich den, und du hast keinerlei Ähnlichkeit mit ihm.«

Majas Lachen lässt ihren prallen Bauch wackeln. Noch einmal atmet sie in die Maske und brummt mit dunkler Darth-Vader-Stimme: »Schalte die Macht jetzt ein.«

»Das ist ganz sicher nicht schädlich?«, frage ich die Hebamme.

Sie schüttelt den Kopf und überprüft den Fortschritt der Geburt. »Okay«, sagt sie gut gelaunt. »Der Muttermund ist nun weit genug auf. Dann kann es ja losgehen.«

Das dachte ich vor vierzehn Stunden schon.

Mein Blick fliegt wieder zu Maja, die genug hat und sich die Maske abzieht. Ein warmer Glanz liegt in ihren Augen. Ihr Daumen streichelt über meinen Handrücken. Ihr Lächeln kann ich nur erwidern, so erledigt ich auch bin. Wir lauschen beide, als die Hebamme im Nebenzimmer mit der Gynäkologin spricht, die wir in den vergangenen Stunden schon ein paarmal gesehen haben. Sie kommt nun noch einmal und wird bleiben.

Maja holt plötzlich tief Luft. Ihr Schrei bleibt in ihrer Kehle stecken, und sie beginnt zu pressen. Wenig später lässt sie meine Hand gehen und setzt sich ein Stück auf. Mir wird so schummrig, dass ich ihren festen Griff vermisse und mich an der Liege festhalte, um bloß nicht umzukippen.

Ruhig, Max, ganz ruhig!, befehle ich mir. *Du musst jetzt stark sein!*

Die nächsten Minuten erlebe ich wie in einer Trance als den Beginn eines Wunders.

Es ist vier Uhr zweiunddreißig, als Baby A geboren wird. Sie ist das Mädchen, das all die letzte Zeit geduldig mit dem Köpfchen vor dem Beckenrand gelegen hat. Im Radio spielt *The Boxer* von Simon & Garfunkel, dessen *Lei-la-lei*-Chorus wie eine Hymne klingt.

Baby A heißt Franka, benannt nach Majas Mutter Francesca. Sie macht keinen Laut, als sie auf Majas Bauch gelegt wird, auch nicht, als ich die Nabelschnur durchschneide, was mit malträtierter Hand verdammt schwierig ist. Aber gelingt. Es ist total irre zu beobachten, wie sie die Augen öffnet, die Finger bewegt, die Händchen auf Maja legt, die Beinchen anzieht – und atmet. Ich bin so fasziniert, dass ich beinahe Baby B verpasse.

Um vier Uhr vierundvierzig presst Maja das Mädchen auf die Welt, das oben lag und sich viel Bewegungsfreiheit herausnahm. Nach einem Song, den ich überhört habe, schallt *Staying Alive* von den Bee Gees aus den Boxen des Radios. Der empörte Schrei des Neuankömmlings tönt hinein.

Ein weiteres Mal bekomme ich die Schere in die Hand gedrückt, zwänge die Nabelschnur durch und könnte kurz heulen vor lauter beseelter Fassungslosigkeit. Paula, die nach Paul benannt ist, wird neben ihre Schwester auf Majas Bauch gelegt.

Maja und ich tauschen einen Blick, sie wischt sich eine Träne von der Wange. Ich beuge mich zu ihr und küsse sie.

Eine Woche später verlassen wir die Klinik. Majas Tasche habe ich mir über die Schulter geworfen und schleppe mit ziemlichem Stolz die Schale, in der Paula liegt und wie gewohnt Krawall macht. Maja trägt die andere Schale mit der friedlich schlummernden Franka.

Auf dem Weg zum Auto grinst Maja mich an. Ich grinse zurück und wundere mich ein bisschen, wie viele Veränderungen die letzten drei Jahre gebracht haben. Als einsamer Kerl stand ich damals am Rande des Wahnsinns. Ich kam auf den Hund und wurde zweisam. Plötzlich mischte Maja mein Leben auf, und ich hatte hart zu kämpfen, um mit ihr dreisam zu werden. Den Kater haben wir im Galopp durch das Leben adoptiert und sind viersam geworden. Verheiratet sind wir zwar nicht, aber das ist und bleibt eine fehlende Unterschrift auf dem Papier. Den zweiten Versuch haben Maja und ich auf das nächste Frühjahr verschoben.

Nun sind wir sechs. Bei ausgeglichenen Verhältnissen. Drei charmante Kerle, drei bezaubernde Damen. Perfekt. Welche Herausforderungen da auch immer kommen mögen, ich bin bereit für jede einzelne. Wie abwechslungsreich sie sein können, das habe ich in den vergangenen neun Monaten gelernt. Das Leben wäre langweilig ohne. Das ist eine Weisheit, die ich meinen Mädels mit auf den Weg geben werde.

Neben anderen.

Welche noch?

Nun, beispielsweise sollen sie alles tun, was sie von ganzem Herzen wollen. Aber nichts, was ich ihnen verbiete. Und jeden Tag einen Apfel essen! Das hält den Doktor fern.

Mein Leben zu sechst ist … jetzt.